천일야화

아라비안 나이트

KB143453

현대지성 클래식 8

아라비안 나이트(천일야화)

1판 1쇄 발행 2016년 6월 17일
2판 1쇄 발행 2019년 7월 15일
2판 5쇄 발행 2024년 2월 29일

지은이 작자 미상
그린이 르네 불
옮긴이 윤후남
발행인 박명곤 **CEO** 박지성 **CFO** 김영은
기획편집1팀 채대광, 김준원, 이승미, 이상지
기획편집2팀 박일귀, 이은빈, 강민형, 이지은
디자인팀 구경표, 구혜민, 임지선
마케팅팀 임우열, 김은지, 이호, 최고은

펴낸곳 (주)현대지성
출판등록 제406-2014-000124호
전화 070-7791-2136 **팩스** 0303-3444-2136
주소 서울시 강서구 마곡중앙6로 40, 장흥빌딩 10층
홈페이지 www.hdjisung.com **이메일** support@hdjisung.com
제작처 영신사

Ⓒ 현대지성 2019

※ 이 책은 저작권법에 따라 보호받는 저작물이므로 무단 전재와 복제를 금합니다.
※ 잘못 만들어진 책은 구입하신 서점에서 교환해드립니다.

"Curious and Creative people make Inspiring Contents"
현대지성은 여러분의 의견 하나하나를 소중히 받고 있습니다.
원고 투고, 오탈자 제보, 제휴 제안은 support@hdjisung.com으로 보내 주세요.

현대지성 홈페이지

현대지성 클래식 8

천일야화

아라비안 나이트
ARABIAN NIGHTS

작자 미상 | 르네 불 그림 | 윤후남 옮김

현대
지성

목 차

1장
아라비안 나이트의 시작

고대 페르시아의 사산 왕조❦ 연대기를 보면 어린 시절부터 총명하기로 이름이 난 한 왕에 대한 이야기가 나온다. 그는 지혜롭고 사려가 깊어 백성들의 사랑을 한 몸에 받았으며, 용맹스럽고 잘 훈련된 병사들을 거느리고 있어서 이웃 나라들에게는 두려움의 대상이었다. 그에게는 두 아들이 있었는데, 왕위 계승자인 큰아들 샤리야르는 왕처럼 아주 덕망이 높았고, 작은 아들 샤스난 역시 그에 못지않은 덕성을 지니고 있었다.

오랫동안 화평한 가운데 왕이 나라를 다스리다 죽자 샤리야르가 왕위를 이어받았다. 왕국의 법에 따라서 장남이 아닌 샤스난은 조그만 땅덩어리도 가질 수 없었다. 하지만 그는 형이 누리는 행복을 시샘하기는커녕 형의 마음에 들도록 온갖 노력을 기울였다. 그리하여 어렵지 않게 형의 마음을 살 수가 있었

❦ 사산 왕조(A.D. 226~651): 제국의 영토는 오늘날의 이란을 중심으로 이라크, 터키 동부, 인도 북부 등에 이르렀다.

다. 본래부터 동생에게 큰 애정을 가지고 있던 샤리야르는 타타르 왕국을 그에게 주었다. 샤스난은 즉시 타타르로 가서 그곳의 도시인 사마르칸트에 궁전을 지을 터를 정했다.

그로부터 10년이 흐른 뒤, 그동안 동생을 보지 못한 샤리야르는 동생이 몹시 보고 싶어졌다. 그리하여 동생을 자신의 궁전으로 초대하기 위해 대신大臣을 보냈다. 대신이 사마르칸트 근처에 도착했을 때 샤스난이 소식을 듣고 영주들을 거느리고 그를 맞으러 나왔다. 영주들은 황제가 보낸 대신에게 경의를 표하기 위해 화려하게 차려입고 나타났다. 타타르 왕은 반갑게 대신을 맞으며 형의 안부를 물었다. 대신은 형이 건강하게 잘 지내고 있다고 전하고는 그곳에 온 목적을 말했다. 샤스난은 감격에 차서 대답했다.

"현명하신 대신이여, 형님이신 황제께서 내게 이 같은 영광을 주시다니 이보다 더 기쁜 일이 어디 있겠소. 나 역시 형님을 얼마나 뵙고 싶었는지 모르오. 내 왕국은 평화로우니 10일이면 떠날 준비를 할 수가 있소. 그러니 수고스럽게 굳이 성 안까지 오실 필요가 없소. 여기에 천막을 치고 기다려 주시오. 당신과 수행원들에게 필요한 것들을 모두 마련해 주겠소."

대신은 그 제안을 선뜻 받아들였다. 그로부터 10일 후, 떠날 준비를 마친 샤스난은 아내인 왕비를 두고 저녁에 수행원들을 데리고 도시를 벗어났다. 그는 대신의 천막 옆에 자신이 묵을 막사를 마련하고 대신과 밤이 깊도록 이야기를 나누었다. 그러다가 몹시 사랑하는 왕비를 한 번 더 보고 싶어 혼자서 막사를 나와 궁전으로 돌아왔다. 그런데 왕비가 적과 내통하며 자신을 배신할 음모를 꾸미고 있지 않은가. 그는 가슴이 무너져 내려앉았다. 불운한 왕은 분함에 못 이겨 배신자들이 그가 온 것을 미처 알아채기도 전에 긴 칼을 뽑아들고 그들의 목을 쳐시는 시체를 궁전 밖 도랑으로 던져 버렸다.

이렇게 복수를 하고 막사로 돌아온 그는 자신에게 일어난 일에 대해서는 한 마디도 없이 막사를 걷으라 명하고는 날이 밝기 전에 행군을 서둘렀다. 행군과 함께 울려 퍼지는 큰 북과 악기 소리에 모두 즐거워하였지만 왕만은 그렇지 못했다. 그는 아내가 배신했다는 사실이 몹시 괴로워서 행군하는 내내 매우 침울해했다.

그가 페르시아 수도 가까이 다다르자 샤리야르 황제와 그의 신하들이 모두 나와 그를 맞이하였다. 두 왕은 서로를 보자 너무 기뻐서 마차에서 내려 서로 얼싸안고 애정과 존경 어린 말을 주고받고는 다시 마차에 올라타 백성들이 환호하는 가운데 궁전으로 향했다. 황제는 동생을 위해 마련해 둔 궁전 거처로 동생을 안내했는데 자신의 거처와 정원을 사이에 두고 마주보고 있는 곳이었다. 사실 동생이 거처할 궁전은 연회와 다른 행사들이 열리는 곳이었기 때문에 훨씬 더 호화로웠다.

샤리야르는 동생이 목욕을 하고 옷을 갈아입도록 곧바로 그곳을 나갔다. 동생이 목욕을 끝내자 샤리야르가 곧 다시 돌아왔다. 두 왕은 소파에 나란히 앉아 정담을 나누며 오랜만에 회포를 풀었다. 저녁식사 시간이 되자 두 사람은 함께 식사를 하고 다시 이야기를 나누었다. 그러다가 샤리야르는 시간이 너무 늦은 것을 알고 동생이 쉴 수 있도록 자리를 떴다.

불운한 샤스난은 잠자리에 들었지만, 형과 이야기하는 동안 잠시 잊혔던 슬픔이 밀려들어 마음을 주체할 수가 없었다. 그래서 휴식을 취하지 못하고 쓰라린 기억으로 밤새 괴로워했다. 아내가 내통하던 장면이 너무도 생생하게 떠올라 정신이 나가 버릴 것 같았다. 그는 잠을 잘 수가 없어서 자리에서 일어나 몹시 비참한 감정에 빠져들었다. 그의 얼굴에 그러한 감정이 너무도 역력하게 나타나 황제가 눈치 채지 않을 수가 없었다. 샤리야르는 동생이 침울해하는 것을 마음 아파하며 날마다 색다른 즐거움이나 가장 호화로운 여흥으로 동생의 마음을 달래 주려고 애썼다. 그러나 그러한 노력이 동생의 근심을 덜어주기는커녕 더욱더 슬프게 만들었다.

어느 날 샤리야르가 수도에서 이틀이 걸리는, 사슴들이 아주 많이 사는 지역에서 사냥 시합을 열자고 하자 샤스난은 건강이 나빠 함께 갈 수 없으니 참석하지 못하는 점을 용서해 달라고 청했다. 동생에게 어떤 것도 강요하고 싶지 않았던 황제는 동생이 하고 싶은 대로 할 수 있도록 귀족들만 데리고 사냥에 나섰다. 이렇게 해서 혼자 남은 타타르 왕은 방에 틀어박혀 정원이 내다보이는 창문 옆에 앉아 있었다. 그곳은 안에서 바깥을 볼 수는 있어도 밖에서 안을 들여다볼 수는 없는 곳이었다. 잠시 후 그는 온 신경을 곤두서게 만드는 광경을 목격하게 되었다. 황제의 궁전으로 통하는 밀실문이 갑자기 열리더니 몇 사람이 밖으로 나왔는데 그들 가운데 황비가 끼여 있는 것이 아닌가. 그녀의 당당한 태도는 나머지 사람들과 뚜렷이 구별이 되었다. 황비는 타타르 왕이 황제와 함께 사냥을 나가고 없는 줄 알고 수행원들과 함께 그의 창문 가까이로 다가왔다. 그래서 그는 황비가 동행한 사람들과 반역의 음모를 꾸미며 밀담을 나누는 소리를 들을 수가 있었다.

황비의 비열한 행동을 보면서 타타르 왕은 수많은 생각에 잠겼다.

'나처럼 불행한 사람은 없다고 생각하다니, 얼마나 어리석은가! 높은 지위에 있는, 권력을 쥔 자들에게 있어서 그들의 명예와 재산을 탐내는 자들의 존재는 피할 수 없는 운명이야. 이치가 그러할진대, 비탄에 젖어 나를 망치는 것은 얼마나 어리석은 일인가! 그런 불운한 일이 나에게만 일어나는 것은 아니니, 이제 마음의 평화를 찾아야지.'

그 순간부터 그는 괴로움을 털어 버렸다. 그는 저녁식사를 가져오라 하여 사마르칸트를 떠난 후 처음으로 맛있는 식사를 하였다. 그리고 식사를 하면서 그를 위해 연주해 주는 음악을 즐겼다. 그 후 그는 매우 쾌활해졌다. 황제가 돌아온다는 전갈이 오자 그는 나가서 황제를 맞으며 아주 유쾌하게 인사를 했다. 동생이 떠날 때처럼 침울하리라 생각했던 샤리야르는 동생의 유쾌한 모습을 보고 너무도 기뻤다.

"내 아우야, 내가 없는 동안 기운을 차리고 밝은 모습으로 돌아와서 참으로 다행이구나. 네가 왜 그처럼 우울해했는지, 그리고 왜 지금은 그렇지 않은지 물어봐도 될까?"

타타르 왕은 뭐라고 대답해야 할지 난감해하며 한참을 생각하더니 이내 입을 열었다. "형님은 저의 황제이시자 주인님이십니다. 하지만 청하건대, 그 질문에 대답할 수 없음을 용서해 주십시오."

"그럴 수 없다, 아우야." 하고 황제가 말했다. "대답해야 하느니라. 꼭 들어야겠다."

황제의 간곡한 청에 못 이겨 샤스난은 입을 열었다.

"그렇다면, 형님, 제게 명하시니 말씀해 드리지요."

그는 사마르칸트에서 왕비가 배신한 일에 대해 얘기를 하고는 이렇게 말했다.

"이 때문에 제가 슬퍼했던 것입니다. 제가 그리 침울해할 만하지 않습니까?"

"오! 내 아우야," 하고 황제가 말했다. "그런 끔찍한 일을 당하다니! 네 나라와 너를 배신한 그 자들을 처단한 것은 참으로 잘한 일이다. 그 누구도 네가 한 일을 비난하지 않을 것이다. 정당한 일이었으니까. 내가 그런 일을 당했다면 그보다 더한 일을 했을 것이다. 이제 네가 왜 그리 우울해했는지 알겠구나. 너무도 괴롭고 분통한 일을 겪었으니 그럴 수밖에! 오, 참으로 희한한 경험을 했구나. 하지만 너에게 다시 마음의 평온을 되찾아주신 신께 감사할 따름이야. 이제 네가 그처럼 평온을 찾은 데는 그만한 이유가 있을 터이니 그에 대해 하나도 숨김없이 말해다오."

샤스난은 형을 생각하니 이번에는 말문이 쉽게 열리지 않았다. 그러나 황제가 집요하게 물어 와서 피할 수 없었기 때문에 우연히 듣게 된 황비의 밀담에 대해 털어놓았다. 샤스난은 계속해서 얘기했다.

"이 같은 밀담을 엿듣게 되자, 여자란 모두 천성적으로 믿을 수 없는 존재라는 생각이 들었지요. 이런 생각을 하게 되자 여자들의 충실함을 믿는 남자라는 존재가 참으로 나약한 것 같았습니다. 다른 생각들도 들었지요. 요컨대, 내가 할 수 있는 최선은 나 자신을 위해 마음을 편히 갖는 것이라 생각했습니다. 그리고 형수님께서 언제 형님을 배신할지 모르니 그에 대해 형님에게 경고해야겠다고 생각했지요."

동생에게서 끔찍한 소식을 전해들은 황제는 분노를 참지 못하고 즉시 황비와 공모자들을 처형하라고 명했다. 이러한 가혹한 조치를 취한 후 어떤 여자도 믿지 못하게 된 황제는 앞으로 결혼하게 될 여자들이 그와 같은 배신을 하지 못하도록 결혼을 하고 하룻밤을 지내면 다음날 아침에 목을 졸라 죽이기로 결심하였다. 스스로 이러한 잔인한 법을 지킬 의무를 부여한 황제는 타타르 왕이 떠나는 즉시 이 법을 시행하기로 맹세하였다. 곧이어 타타르 왕은 황제가 준 훌륭한 선물들을 가득 싣고 길을 떠났다.

샤스난이 떠나자 샤리야르는 재상을 불러 자신의 맹세에 대해 알리고 날마다 새로운 신부를 데려다 바치라고 명했다. 재상은 그런 명령을 따르는 것이 참으로 내키지 않았지만 그의 주인인 황제에게 무조건 복종해야 했기 때문에 명령대로 하지 않을 수 없었다. 이렇게 해서 매일, 황제와 결혼한 처녀들이 아내가 된 다음날 죽임을 당했다.

이 같은 극악한 잔혹 행위가 널리 알려지자 온 도시가 술렁거렸지만 울며 탄식을 하는 것 외에는 할 수 있는 일이 없었다. 딸을 잃고 통곡하며 처절해하는 아버지들이 있는가 하면, 자기 딸도 그와 같은 일을 당할까봐 두려워하며 마음 졸이는 어머니들로 온 도시가 걱정과 비탄으로 가득했다. 이제까지 황제에게 쏟아졌던 찬사와 축복 대신에 저주의 말들이 백성들의 입에서 쏟아져 나왔다.

앞서 말했듯이, 이러한 잔혹한 명령을 실행하는 것이 내키지 않았던 재상에게는 두 딸이 있었다. 큰딸은 셰에라자드였고 작은 딸은 디나르자드였다. 작은 딸도 재주가 아주 많았지만, 큰딸은 여자로서 대단한 용기와 기지와 과단성까지 가지고 있었다. 그녀는 많은 책을 읽은 데다 기억력이 뛰어나서 읽은 내용을 하나같이 생생하게 기억했다. 철학, 의학, 역사, 그리고 교양에 정통했으며, 시를 짓는 솜씨는 당대 최고의 시인을 훨씬 능가했다. 게다가 미모가 완벽할 정도로 뛰어났으며 하는 일마다 미덕을 발휘했다. 재상은 큰딸을 애지중지했다. 그러한 사랑을 받을 만 했으니까.

어느 날, 아버지와 얘기를 나누던 중 셰에라자드가 말했다.

"아버지, 한 가지 부탁드릴 게 있어요. 제발 제 청을 들어주시기 바라요."

"거절하지 않겠다, 온당하고 합당한 부탁이면 말이다." 하고 재상이 대답했다.

"온당함으로 말하자면 이론의 여지가 없어요." 하고 셰에라자드가 말을 이어갔다.

"온당한지의 여부는 제가 이러한 청을 드릴 수밖에 없는 이유를 듣고 판단해 주세요. 저는 이 도시에 사는 가족들에게 황제께서 행하시는 야만적인 행위를 중단시키고 싶어요. 저는 그처럼 끔찍하게 딸을 잃을까 무서워하는 수많은 어머니들의 고통스런 걱정을 말끔히 없애 주고 싶어요."

"딸아," 하고 재상이 입을 열었다. "너의 의도는 참으로 높이 살 만하구나. 하지만 네가 치료하고자 하는 그 사악한 존재는 치료가 불가능한 것 같다. 어떻게 그 일을 해낼 생각이냐?"

"아버지," 하고 셰에라자드가 대답했다. "황제께서는 아버지를 통해서 날마다 신부를 새로 들이십니다. 그러니 저에 대한 아버지의 애정을 생각하시어 저를 황제에게 데려다 주세요." 재상은 이 말을 듣고 공포에 질렸다. "오 맙소사!"

하고 재상이 흥분하여 말했다.

"대체 제정신으로 하는 말이냐, 그런 위험한 부탁을 하다니? 황제가 어떤 맹세를 했는지 알지 않느냐. 그러고도 날더러 널 황제에게 시집보내 달란 말이냐? 그 같은 분별없는 열정 때문에 네가 어찌 될지 잘 생각해 보거라."

"알아요, 아버지," 하고 품성이 착한 셰에라자드가 대답했다. "제가 어떤 위험에 처하게 될지 알아요. 하지만 그래도 두렵지 않아요. 제가 죽게 된다면 그건 영광스런 죽음이 될 거예요. 제가 성공을 거둔다면 이 나라를 위해 중요한 일을 하는 게 될 거고요."

"안 된다, 안 돼!" 하고 재상이 말했다. "불 보듯 뻔한 그런 위험 속으로 가게 해 달라고 아무리 설득해도 안 된다. 내가 허락할 것이라고는 생각지도 말아라. 황제께서 나의 긴 칼을 네 가슴에 겨누라고 명한다면, 아! 복종하지 않을 수 없겠지. 아버지로서 그런 못할 짓이 또 어디 있겠느냐! 아! 설사 죽는 것이 두렵지 않다 하더라도 최소한 내 손을 네 피로 물들이는 그런 끔찍한 일을 저지르고 내가 얼마나 슬프고 고통스러워할지에 대해서는 염려해 주려무나."

"한 번 더 청하건대, 아버지, 제 부탁을 들어주세요." 하고 셰에라자드가 말했다.

"네 고집에 화가 나는구나!" 하고 재상이 목소리를 높였다. "왜 스스로 죽음을 자초하느냐? 무모하게 위험한 일에 뛰어들어 결과가 어찌될지를 모르고 덤벼드는 자는 결코 끝이 좋지 않느니라. 잘 먹고 잘 지내던 당나귀가 자기 꾀에 속아 결국 고생만 하게 되는 그 꼴이 될까 염려 되는구나."

"당나귀가 어떻게 불행하게 되었는데요?" 하고 셰에라자드가 물었다.

"듣고 싶다면 얘기해 주마." 하고 재상이 대답했다.

2장
당나귀와 황소와 일꾼

아주 부유한 한 상인이 시골에 집을 여러 채 가지고 있었는데, 그곳에서 온 갖 종류의 소들을 기르고 있었단다. 상인에게는 동물들의 말을 알아들을 수 있는 특별한 능력이 있었지. 그런데 자기가 들은 동물들의 말을 다른 사람에게 전해서는 절대로 안 되었단다. 그렇게 하면 목숨을 잃게 되어 있었지.

상인은 작은 외양간에 황소와 당나귀를 한데 넣어 키우고 있었단다. 어느 날, 상인이 그 외양간 옆에 앉아 있는데 황소가 당나귀에게 하는 말이 들렸지.

"오, 넌 편하게 쉬면서 할 일도 별로 없으니 정말 행복하겠다. 주인이 널 정성들여 반질반질 닦아주고 씻겨 주는데다 넌 날마다 미끈한 옥수수와 신선하고 깨끗한 물을 먹잖아. 네가 하는 중요한 일이라곤 주인님을 실어 나르는 것이 고작인데, 주인님이 나들이를 하는 일마저 거의 없으니 그것마저 없다면 넌 하는 일 없이 빈둥거리며 노는 거나 다름없지. 넌 그렇게 운이 좋은데, 내 신세는 처량하기 짝이 없어. 나는 날이 밝기가 무섭게 멍에를 메고 밤늦게까지 쟁기질을 해야 해. 너무 힘들고 피곤해서 어쩔 때는 완전히 녹초가 되지. 게다가

늘 내 뒤에서 나를 *끄*는 일꾼이 계속 매질을 해대기까지 한단다. 그렇게 쟁기를 *끄*느라 살갗이 다 벗겨져 버렸어. 한마디로 아침부터 저녁까지 죽도록 일을 하지. 그리고 저녁에 돌아오면 맛없는 음식을, 그것도 허기를 달랠 정도밖에 주지 않아. 이러니 네 신세를 부러워하지 않을 수 있겠니?"

당나귀는 황소의 말을 가만히 듣고 있다가 황소가 말을 마치자 이렇게 대답했지.

"사람들이 널 어리석은 짐승이라고 하더니 틀리지 않은 말이네. 넌 정말 단순하기 짝이 없구나. 사람들이 자기네 맘대로 널 부려먹는데도 단호하게 거부하지 못 하다니! 하지만 힘이 센 것만큼 용기도 있다면 사람들이 널 그렇게 함부로 다루지 못할 거야. 널 외양간에 매어 놓으려 할 때 왜 저항하지 않는 거야? 왜 뿔로 받아버리지 않지? 발로 밟아 네가 화났다는 걸 왜 보여주지 않는 거야? 그리고 왜 소리를 질러 그들을 겁먹게 만들지 않지? 넌 네 존엄성을 지킬 수 있는 모든 조건을 타고났으면서도 그걸 사용할 줄을 몰라. 그들이 한심한 콩이나 지푸라기를 가져다주면 그 음식에 입도 대지 마. 그냥 냄새만 맡고 먹지 마. 내 충고를 따른다면 너에 대한 대우가 곧 달라질 거야. 나한테 고마워하게 될걸."

황소는 당나귀의 충고를 선의로 받아들이고 매우 고마워했지.

다음날, 이른 아침에 일꾼이 황소를 데리러 갔단다. 일꾼은 황소를 쟁기에 매고 평상시대로 일터로 끌고 갔어. 하지만 당나귀의 충고를 귀담아 들었던 황소는 그날 내내 애를 먹였지. 저녁에 일꾼이 외양간으로 데려와 매어 놓으려 하자 악의를 품고 있던 황소는 평상시대로 고분고분 머리를 들이밀지 않고 뒤로 물러서면서 고래고래 소리를 질렀어. 그리고는 뿔로 들이받을 것처럼 일꾼에게 달려들었지. 한 마디로 말해서 황소는 당나귀가 해준 충고대로 했던 거야.

다음날, 일꾼은 평소와 다름없이 황소를 일터로 끌고 가려고 외양간으로 갔어. 그런데 전날 밤에 그가 넣어준 콩과 밀짚이 손도 대지 않은 채 여물통에 그

대로 있는 거야. 황소는 두 다리를 뻗고 이상한 숨소리를 내며 헐떡거리면서 땅바닥에 누워 있고 말이야. 일꾼은 황소가 아프다고 믿고는 가엾게 여기며 그 상태로는 일터로 끌고 나갈 수 없다고 생각하고 즉시 주인한테 가서 그 사실을 알렸단다. 황소가 짓궂은 당나귀의 충고에 따라 아픈 척하고 있음을 눈치 챈 상인은 당나귀를 혼내 줄 작정을 하고 일꾼에게 가서 황소 대신 당나귀를 쟁기에 매어 호되게 일을 시키라고 명했지. 일꾼은 주인이 명하는 대로 따랐어. 그래서 당나귀는 하루 종일 쟁기를 끌어야 했어. 당나귀는 그런 일에는 서툴렀기 때문에 완전히 녹초가 되어 버렸지. 게다가 호되게 매질을 당해서 저녁에 외양간으로 돌아오자 서 있을 수조차 없었단다.

한편, 황소는 아주 만족스러웠지. 황소는 외양간에 있는 음식을 다 먹어치우고 하루 종일 쉬었어. 당나귀의 충고를 따르길 잘했다는 생각이 들었고 그런

"뿔로 들이받을 것처럼
일꾼에게 달려들었지."

친절을 베풀어 준 것에 대해 수천 번 축복을 해 주었지. 그리고 저녁에 당나귀가 돌아오자 너무도 고맙다고 말했어. 당나귀는 아무런 대꾸도 하지 않았어. 완전히 녹초가 되어 반쯤 죽은 듯이 곯아떨어져 버렸거든.

여기까지 이야기를 마친 재상이 셰에라자드에게 말했다.

"딸아, 네 행동이 이 당나귀 같구나. 잘못된 판단으로 파멸을 자초하게 될 거다. 내 충고대로 잠자코 있거라. 죽음을 앞당기려 하지 말고."

"아버지," 하고 셰에라자드가 대답했다. "그런 얘기를 하신다고 해서 제 결심이 변하진 않아요. 황제께 저를 신부로 데려다 주실 때까지 계속 조를 거예요."

딸이 계속 고집을 부릴 것을 안 재상이 말했다.

"이런! 계속 고집을 부리니 앞서 말한 상인이 자기 아내에게 했던 대로 하지 않을 수 없구나."

"당나귀는 저녁에 마구간으로 돌아오자
서 있을 수조차 없었어."

당나귀가 처량한 신세가 된 것을 안 상인은 당나귀와 황소가 무슨 얘기를 주고받는지 궁금했단다. 그래서 저녁식사를 한 후 아내를 데리고 달빛을 받으며 밖으로 나갔지. 두 사람은 마구간 옆에 앉았단다. 상인이 도착한 후 당나귀가 황소에게 하는 말이 들렸지.

"이봐, 친구, 내일 일꾼이 음식을 가져다주면 어떻게 할 작정인지 말 좀 해 봐."

"어떻게 할 거냐고?" 하고 황소가 말했어. "네가 가르쳐준 대로 계속 그렇게 할 거야."

"조심해," 하고 당나귀가 말했지. "계속 그러면 네 신세를 망치게 될 거야. 오늘 저녁 집으로 돌아오는 길에 우리 주인님인 상인이 너에 관해 하는 말을 들었는데 정말 소름끼치는 말이었어."

"오! 무슨 말을 들었는데?" 하고 황소가 물었지. "넌 나를 사랑하니까 하나도 숨김없이 말해 줘."

당나귀가 대답했지. "우리 주인님이 일꾼한테 이렇게 말했어. '저 황소는 먹지도 않고 일도 할 수 없으니 내일은 잡아 죽여야겠다. 그러니 도살장으로 보내야겠다.' 이게 내가 해줄 말이야." 하고 당나귀가 말했지. "널 지켜주고 싶은 우정 때문에 말해 주는 거야. 새로 충고 하나 할게. 일꾼이 밀겨와 밀짚을 가져다 주거든 불끈 일어나서 먹어. 그러면 주인님이 네가 다 나았다고 생각하고 널 죽이라는 명령을 취소할 거야. 하지만 그러지 않을 경우에는 널 죽이고 말거야."

이 얘기를 듣자 황소는 당나귀가 의도했던 대로 반응을 보였지. 매우 겁을 먹고 두려워서 울어댔거든. 유심히 그 대화를 듣던 상인이 갑자기 웃음을 터뜨렸어. 그 바람에 옆에 있던 그의 아내가 화들짝하고 놀랐지.

"여보, 왜 그리 배꼽을 잡고 웃는지 이유를 말해 줘요, 나도 좀 같이 웃게요." 하고 아내가 말했어.

"부인," 하고 상인이 대답했지. "내가 웃는 소리를 듣는 것으로 족하시오. 속 시원히 말해 줄 수가 없으니 말이오. 방금 당나귀가 황소에게 한 말을 듣고 웃은 것이라오. 무슨 말을 했는지는 말해 줄 수가 없소. 그것은 누설하면 안 되게 되어 있으니까."

"아니, 무엇 때문에 비밀로 해야 한다는 거예요?" 하고 아내가 물었지.

"내가 그걸 말하면, 내 목숨을 잃게 될 테니까." 하고 상인이 대답했단다.

"지금 날 놀리시는 거예요?" 하고 아내가 말했지. "말도 안 돼요. 뭣 때문에 그렇게 웃는지 당장 말해 주지 않으면, 그리고 황소와 당나귀가 서로 무슨 얘기를 나눴는지 얘기해 주지 않으면 맹세컨대 당신과는 더 이상 살 수 없어요."

아내는 이렇게 말하고는 집으로 돌아가 한쪽 구석에 앉아 밤새 울었지. 다음날 아침까지도 아내가 계속 울고 있는 것을 본 상인은 아내에게 말했어. 그렇게 스스로를 괴롭히는 것이 얼마나 어리석은지 말이야. 그리고 아내가 사소한 호기심 때문에 비밀을 알고자 하지만 그 비밀을 지키는 것이 상인 자신에게는 얼마나 중요한지에 대해 말했지.

"그러니, 그 일에 대해서는

"아내는 밤새 울었지."

더 이상 생각하지 마시오." 하고 상인이 말했단다.

그러자 아내가 대답했어. "내 호기심이 충족될 때까지 눈물이 마르도록 더 생각할 거예요."

"진지하게 말하는데, 당신의 그 무분별한 고집을 따른다면 나는 목숨을 잃게 될 거요." 하고 상인이 대답했지.

"그러든 말든 얘기해 줘요!" 하고 아내가 말했어.

상인이 말했지. "아무리 말해도 사태 파악을 못하니 그 고집 때문에 죽음을 자초하게 될 거요. 그러니 자식들을 부르겠소. 당신이 죽기 전에 당신 얼굴을 볼 수 있도록 말이오."

그리하여 상인은 자식들을 부르고 아내의 부모와 다른 친척들도 불렀단다. 한자리에 모인 가족들은 그렇게 불려온 사연을 알게 되자 아내가 잘못을 저지르고 있다고 설득하려 애썼지만 아무런 소용이 없었지. 아내는 남편이 왜 웃었는지 이유를 알지 못할 바에는 차라리 죽는 게 낫다고 말했단다. 자식들은 아무리 애를 써도 어머니가 그처럼 우울해하자 통곡을 했지. 상인 역시 정신이 나가다시피 하여 자신이 그토록 사랑하는 아내를 살리기 위해 자신의 목숨을 던질 각오를 했지.

"딸아," 하고 재상이 셰에라자드를 보며 말을 이어나갔다. "이 상인에게는 암탉 50마리와 수탉 1마리, 그리고 주변에서 일어나는 모든 일에 주의를 기울이는 개 한 마리가 있었단다. 아까 말했듯이, 상인은 무엇이 최선일까에 대해 생각하고 있었지. 그 때 그의 개가 수탉에게 주인님이 안타깝게도 난감한 처지에 놓여 있다고 말하는 소리가 들렸지."

"뭐? 주인님이 그렇게 분별없단 말이야?" 하고 수탉이 소리쳤단다. "하나 있는 아내도 휘어잡지 못하다니. 난 아내가 50마리나 되는데도 내 마음대로 하고 사는데 말이야. 주인님한테 회초리를 가져다가 아내를 호되게 때려 주라고 해. 장담하건대, 그러면 정신을 차리고 말해서는 안 될 비밀을 알려 달라고 남편을 조르는 일은 없을 거야."

상인은 회초리를 들고 아내에게 가서 호되게 때렸지. 그러자 아내는 "됐어요, 그만요, 여보." 하고 소리를 질렀지. "그만 좀 하세요. 다시는 조르지 않을게요." 상인은 아내가 호기심 때문에 고집을 피운 것을 뉘우치는 모습을 보고서야 매질을 그쳤지. 상인의 친구들이 문을 열고 들어와 상인이 아내의 고집을 꺾은 것을 알고 매질을 해서 아내를 정신 차리게 하길 잘했다고 칭찬했어.

"딸아, 상인이 아내에게 했듯이 너도 그래야 정신을 차리겠니?" 하고 재상이 덧붙였다.

"아버지," 하고 셰에라자드가 대답했다. "제가 고집 피우는 걸 언짢게 생각하지 말아 주세요. 그 상인의 아내에 관한 얘기를 들어도 제 마음은 변함이 없어요. 제 계획에 찬성하도록 아버지를 설득하기 위해 여러 가지 이야기를 들려드릴 수도 있어요. 그리고 아버지가 아무리 반대하셔도 소용없다는 말씀을 드려 죄송해요. 자식에 대한 사랑 때문에 아버지가 저의 청을 들어주시지 않으면 제가 직접 황제께 찾아가겠어요."

결국 아버지는 딸의 확고한 결심을 꺾지 못하고 딸의 청을 들어주게 되었다. 그는 죽음을 초래하는 딸의 결단을 막지 못한 것이 슬펐지만 곧 황제에게 가서 다음날 저녁 셰에라자드를 데려오겠다고 고했다.

황제는 재상이 그처럼 엄청난 희생을 자처하는 것에 깜짝 놀랐다.

"대체 재상은 어찌하여 딸을 내게 데려오겠단 결심을 하게 되었는가?" 하고 황제가 말했다.

"폐하." 하고 재상이 대답했다. "소인의 딸이 자청한 일입니다. 슬픈 운명이 눈앞에 놓여 있는데도 전혀 두려워하지 않았습니다. 그저 일생에 있어 하룻밤 황제 폐하의 아내가 될 수 있는 영광을 택하고자 한답니다."

"하지만 사실을 잘 알고 행동하시오, 재상." 하고 황제가 말했다. "내일 내가 셰에라자드를 재상의 손에 넘기면 재상은 셰에라자드를 죽여야 할 것이오. 그렇게 하지 않으면 재상이 죽게 될 것이오."

"폐하, 비록 소인이 셰에라자드의 아비이긴 하지만 황제 폐하의 명령에 충실히 따를 것이옵니다." 하고 재상이 대답했다.

재상이 집으로 돌아오자 셰에라자드는 자신의 청을 들어준 것을 고마워했다. 재상이 슬픔에 빠져 있자 셰에라자드는 재상에게 딸을 황제에게 시집보낸 것을 절대로 후회하지 않게 될 것이라고 말했다. 그리고는 그와는 반대로 시집보낸 것을 평생 기뻐할 일이 생길 거라고 말했다.

이제 셰에라자드는 황제에게 가기 전에 몸치장을 해야 했다. 셰에라자드는 떠나기 전에 동생인 디나르자드를 따로 불러 이렇게 말했다.

"디나르자드, 아주 중요한 일을 해야 하는데 네 도움이 필요하단다. 제발 거절하지 마. 아버지께서 날 황제께 데리고 갈 거야. 그렇다고 놀라지 말고 끝까지 내 얘기를 들어봐. 내가 황제를 뵙는 즉시, 죽기 전에 너와 한두 시간 같이 있으면서 작별인사를 할 수 있도록 내일 아침 일찍 널 불러달라고 청할 거야. 내가 바라는 대로 허락을 받아내면, 넌 도착하자마자 내게 이렇게 말해. '언니, 제발, 조금만 있으면 언니와 헤어질 텐데 헤어지기 전에 재미있는 이야기 하나만 들려줘. 언니가 들려줬던 수많은 이야기들 중에서 하나만 말이야.' 그러면 내가 즉시 이야기를 시작할게. 이 방법으로 도시를 지금의 근심으로부터 구해 낼 수 있기를 바라."

디나르자드는 기꺼이 그렇게 하겠다고 대답했다.

재상은 셰에라자드를 데리고 궁전으로 가서 황제의 방으로 안내한 다음 궁을 나왔다. 단둘이 남게 되자 황제는 셰에라자드에게 얼굴에 쓴 베일을 벗으라고 명했다. 셰에라자드의 얼굴을 본 황제는 너무도 아름다워서 완전히 매혹되고 말았다. 그런데 셰에라자드가 눈물을 흘리는 것을 보고 그 이유를 물었다.

"폐하," 하고 셰에라자드가 대답했다. "저에게는 저를 지극히 사랑하는 여동생이 한 명 있습니다. 동생을 한 번 더 보고 작별인사를 할 수 있도록 내일 아침 일찍 동생이 이 방으로 올 수 있도록 허락해 주셨으면 합니다. 마지막으로 자매의 정을 나눌 수 있도록 허락해 주시겠습니까?"

이렇게 하여 샤리아르 황제의 허락을 얻어 디나르자드는 다음날 아침 동이 트기 1시간 전에 궁전으로 오게 되었다. 디나르자드는 언니의 부탁을 잊지 않고 이야기를 해 달라고 청했다.

"언니," 하고 디나르자드가 말했다. "금방 헤어져야 하는데 헤어지기 전에 언니가 읽은 이야기 중에서 재미있는 거 하나만 얘기해줘. 아! 그런 즐거움을 갖는 건 이게 마지막이 될 거야."

셰에라자드는 동생에게 대답하는 대신 황제를 돌아보며 말했다. "폐하, 동생의 청을 들어주도록 허락하여 주시겠습니까?"

"암, 그러고 말고." 하고 황제가 대답했다. 셰에라자드는 동생에게 잘 들으라고 말하고는 나중에는 황제를 향해 다음과 같은 이야기를 해주었다.

3장
상인과 지니 요정

옛날에 땅과 돈과 재산이 많은 한 상인이 있었다. 어느 날, 중요한 볼일이 있어 먼 길을 떠나게 된 상인은 식빵과 대추가 든 가방을 챙겨들고 말을 타고 출발했다. 거대한 사막을 지나는 동안에는 식량을 구할 수가 없었기 때문이다. 목적지에 무사히 도착한 상인은 일을 끝낸 후 다시 말을 타고 집으로 향했다.

여행을 떠난 지 나흘째 되는 날, 상인은 햇볕이 너무 따가워 길에서 벗어나 나무 그늘 아래로 갔다. 거기에는 맑은 호수가 있었다. 상인은 말에서 내려 말을 나무에 묶고 호숫가에 앉아 가방에서 식빵과 대추를 꺼냈다. 상인은 대추를 먹은 후 무심코 돌멩이를 집어들어 아무렇게나 던졌다. 충실한 이슬람교도였던 상인은 식사를 끝내자 손과 발과 얼굴을 씻고 기도를 했다. 그런데 기도가 채 끝나지 않아 여전히 무릎을 꿇고 있을 때 엄청나게 큰 지니 요정이 커다란 칼을 휘두르며 몹시 격분하여 다가왔다. 그리고는 무시무시한 목소리로 상인에게 말했다.

"네가 내 아들을 죽인 것처럼 이 칼로 널 죽여주겠다!" 지니 요정이 무섭게

엄청나게 큰 지니 요정이 커다란 칼을 휘두르며 몹시 격분하여 다가왔다.

고함을 쳤다. 괴물의 소름끼치는 모습과 위협에 겁을 먹은 상인이 벌벌 떨며 대답했다.

"아니! 어떻게 해서 제가 당신의 아들을 죽였단 말입니까? 아들을 본 적도 없고 알지도 못하는데 말입니다."

"네가 여기서 가방에서 대추를 꺼내 먹을 때 여기저기로 돌을 던지지 않았더냐?" 하고 지니 요정이 물었다.

"네, 그랬지요, 그건 사실입니다." 하고 상인이 대답했다.

"네가 아무렇게나 돌을 던질 때, 내 아들이 지나가다 그 돌에 눈을 맞아 죽었느니라. 그러니 너를 살려두지 않겠다." 하고 지니 요정이 말했다.

"아이고, 지니 요정님! 용서해 주십시오!" 하고 상인이 울부짖었다.

"절대로 용서 못한다, 절대로!" 하고 지니 요정이 소리쳤다. "다른 이를 죽인 사람은 죽어 마땅하지 않느냐?"

"맞습니다, 하지만 저는 요정님의 아들을 결코 죽인 적이 없습니다. 죽였다면 그것은 저도 전혀 모르고 한 일이고 악의로 그런 것이 아닙니다. 그러니 저를 용서해 주시고 제발 목숨만 살려 주십시오." 하고 상인이 대답했다.

"안 된다, 안 돼, 내 아들을 죽였으니 널 살려둘 순 없다." 하고 지니 요정이 단호하게 대답했다. 그리고는 상인의 팔을 잡고 땅에 얼굴을 처박게 한 다음 칼을 치켜들고 상인의 목을 치려 했다.

여기까지 이야기를 마친 셰에라자드는 날이 밝자 이야기를 중단했다. 그녀는 황제가 아침 일찍 기도를 하고 어전회의를 소집하러 간다는 것을 알고 있었다.

"언니, 정말 재미있어!" 하고 디나르자드가 말했다.

"그 뒷이야기는 더욱더 흥미진진하단다. 황제께서 오늘 날 죽이지 않고 내일 아침까지 그 뒷이야기를 할 수 있도록 허락해 주신다면 해줄 수 있을 텐데."

하고 셰에라자드가 말했다. 셰에라자드의 이야기를 매우 흥미 있게 듣고 있던 황제는 셰에라자드를 그날 죽이지 않고 이야기가 끝나면 죽이기로 결심했다. 황제는 일어나서 기도를 하고 어전회의실*로 향했다.

이 즈음에 재상은 안절부절못하고 있었다. 재상은 한숨도 못 자고 딸의 운명을 애통해하면서 밤을 지샜다. 얼마 후면 자신이 직접 딸을 죽여야 할 것이라고 생각했기 때문이다. 재상은 이런 암울한 생각을 하고 있었기 때문에 황제를 만나기가 두려웠다. 그래서 뜻밖에 황제가 회의실에 들어와서도 그에게 딸을 죽이라는 명령을 내리지 않자 놀랐다.

황제는 평상시대로 업무를 보며 하루를 보낸 후 밤이 되자 셰에라자드와 잠자리에 들었다. 그리고 다음날 날이 밝기 전, 셰에라자드가 황제의 허락을 구하기도 전에 지니 요정과 상인의 이야기를 계속하라고 명했다. 이에 셰에라자드는 다음과 같은 이야기를 이어갔다.

지니 요정이 자신의 목을 치려 하자 상인이 외쳤다.

"잠깐만요, 제발! 한 마디만 하게 해줘요. 아내와 아이들에게 작별인사를 하고 내 재산을 나눠줄 수 있도록 1년만 기다려 주세요. 내년 바로 이 날에 이 나무 밑으로 돌아올 테니 그때 내 목숨을 거두어 가 주세요."

"하늘에 대고 맹세하느냐?" 하고 지니 요정이 말했다.

"그럼요, 내 맹세를 믿어 주세요." 하고 상인이 대답했다.

이 말에 지니 요정은 상인을 호숫가에 남겨두고 사라졌다.

집에 돌아온 상인이 지니 요정과의 사이에서 무슨 일이 있었는지를 이야기하자 그의 아내가 자신의 얼굴을 때리고 머리를 쥐어뜯으며 통곡을 했다. 아이

---

* 임금의 앞에서 중신들이 모여 국가 대사를 의논하던 곳

들도 울음을 터뜨려 집 안이 온통 울음소리로 가득했다. 상인 역시 감정을 주체하지 못하고 울음을 터뜨렸다.

마침내 약속한 1년이 지나 상인은 집을 떠나야 했다. 그는 죽을 때 입을 옷을 가방에 챙겨 넣었다. 그러나 아내와 자식들에게 작별인사를 할 때가 오자 말로 다할 수 없는 슬픔으로 가슴이 미어졌다. 가족들과 헤어져야 하는 슬픔을 가득 안고 상인은 지니 요정을 만나기로 한 장소로 갔다. 그리고는 호숫가에 앉아서 비탄에 젖어 지니 요정이 나타나기를 기다렸다. 상인이 고통스럽게 마음을 조이며 그렇게 기다리고 있을 때 한 노인이 암사슴을 끌고 나타나더니 그에게 다가왔다. 서로 인사를 나눈 후 노인이 상인에게 왜 그렇게 사막 한가운데 앉아 있는지를 물었다.

상인이 자신이 겪은 일을 얘기하자 노인이 놀라며 소리쳤다.

"세상에 이처럼 놀랄 일이 있나! 도저히 어길 수 없는 맹세를 했구먼. 하지만 당신이 지니 요정과 만나는 장면을 봐야겠소."

그러고 나서 노인은 상인의 옆에 앉아 이야기를 나누었다.

상인과 암사슴을 끌고 온

상인은 호숫가에 앉았다.

노인이 이야기를 나누고 있을 때 또 다른 노인이 다가오는 것이 보였다. 검은 개 두 마리가 그 노인의 뒤를 따르고 있었다. 그 노인 역시 상인의 얘기를 듣자 상황을 지켜보겠다며 그 자리를 떠나지 않았다.

잠시 후 회오리바람에 먼지구름이 일듯이 두터운 연기가 솟아오르더니 그들을 향해 움직여 왔다. 연기가 그들 앞까지 오자 갑자기 걷히더니 지니 요정이 나타났다. 요정은 그들에게 인사도 없이 칼을 빼들고 상인에게 간 뒤 상인의 팔을 붙들고 말했다.

"일어나거라. 네가 내 아들을 죽였듯이 너를 죽여주마."

상인과 두 노인이 탄식하며 통곡하는 소리가 사방으로 울려 퍼졌다.

지니 요정이 상인을 붙들고 죽이려 하자 암사슴을 끌고 온 노인이 그 괴물 요정의 발 아래 몸을 던져 발에 입을 맞추며 말했다.

"지니 요정님, 부디 노여움을 잠시 푸시고 제가 겪어온 제 인생 얘기와 여기 보이는 암사슴에 관한 얘기 좀 들어주십시오. 만일 제 얘기가 상인이 겪은 일보다 더 놀랍고 흥미롭다면 상인이 저지른 죄를 반만 용서해 주십시오."

그 제안에 지니 요정은 한참 생각을 하더니 마침내 대답했다. "그렇다면, 좋다. 그렇게 하지."

첫 번째 노인과
암사슴에 관한 이야기

지니 요정님이 보고 있는 이 암사슴은 제 아내랍니다. 아내가 12살 때 결혼했는데 결혼한 지 20년이 되도록 아이가 없었지요.

저는 아이가 갖고 싶어서 노예의 아들을 양자로 들였는데, 아내가 이를 질투한 나머지 그 아이와 그 아이의 어미에게 증오심을 품게 되었답니다. 하지만 그런 증오심을 감쪽같이 숨기고 있었기 때문에 저는 아무것도 모르고 지냈어요. 그 사실을 알았을 때는 이미 너무 늦은 때였지요.

제가 긴 여행을 떠나느라 오랫동안 집을 비운 사이 아내는 마법을 배워서 마법으로 아이를 송아지로, 그 어미는 암소로 만들어 내 농장 일을 하는 농부에게 넘겨 버렸답니다.

집으로 돌아온 나는 아이와 그 어미가 어디 있는지 물었지요. "그 노예는 죽었어요." 하고 아내가 말했어요. "그리고 당신의 양아들은 어떻게 되었는지 몰라요. 지난 두 달 간 본 적이 없으니까요."

나는 그 노예가 죽은 것이 가슴이 아팠지만 무엇보다 아들이 사라지고 없었기 때문에 아들이 곧 돌아오기만을 바랐지요. 그러나 8개월이 지나도 아무런 소식이 없었어요. 대大바이람 절기※가 다가오자 나는 농부에게 사람을 보내 제물로 바칠 가장 토실토실한 암소 한 마리를 보내라고 했지요. 농부가 암소 한 마리를 보내오자 나는 그 소를 묶었어요. 그런데 그 소를 죽이려 하자 소가 애처롭게 울어댔어요. 소의 두 눈에서는 눈물이 흘렀지요. 너무도 기이하여 연민이 생기더라고요. 그래서 차마 죽일 수가 없어서 농부에게 다른 소를 데려오라고 명령했어요.

옆에 있던 아내는 내가 약한 모습을 보이자 노발대발하며 명령을 거두라며 소리쳤어요.

"당신, 뭐 하는 거예요? 저 소를 제물로 바쳐요. 농부에게 그보다 더 좋은 소가 어디 있다고 그래요? 축제에 쓸 만한 다른 소가 어디 있다고요?"

나는 아내의 말에 따라 나보다 더 동정심이 적은 농부에게 그 소를 죽이라고 명했어요. 하지만 농부가 소가죽을 벗기자 우리 눈에 그렇게 통통해 보였던 그 소는 뼈밖에 없었다고 했지요.

"갖다 치우거라." 하고 나는 농부에게 말했지요. "가져다 자선이나 하거라, 아니면 너 좋을 대로 치워 버리든지. 대신 통통한 송아지가 있거든 끌고 오너라." 농부는 통통한 송아지를 끌고 왔어요. 그런데 그 송아지는 나를 보자마자 목에 맨 끈이 끊어질 정도로 기를 쓰고 내 옆으로 와서 머리를 땅에 대고 내 발밑에 무릎을 꿇고 앉았어요. 마치 내 동정을 사려는 듯, 그리고 자기를 죽이는 잔인한 일은 하지 말아 달라고 애원하듯이 말이에요.

송아지의 이런 행동을 보니 앞서 눈물을 흘리는 소를 보았을 때보다 더욱 놀랍고 마음이 아파 아내를 돌아보며 말했어요.

※ 이슬람교도의 최대 연중 축제

"여보, 이 송아지를 죽이지 않겠소. 그러니 반대하지 마시오."

사악한 아내는 내가 원하는 바는 아랑곳하지도 않고 내가 굴복할 때까지 계속 나를 다그쳤어요. 그래서 나는 결국 그 가엾은 송아지를 묶고 칼을 빼들고 목을 치려 했지요. 그런데 송아지가 눈물이 그렁거리는 눈으로 그리운 듯이 나를 쳐다보는 바람에 차마 죽일 수가 없었어요. 그래서 칼을 내려놓고 다른 송아지를 잡겠다고 아내에게 단호하게 말했어요. 그리고는 다음 해 바이람 절기 때 그 송아지를 잡겠다고 아내를 달랬지요.

다음날 아침, 농부가 나를 찾아와 나랑 단둘이 할 얘기가 있다고 했어요. 마법에 대해 좀 아는 딸이 있는데 그 딸이 나를 만나고 싶어 한다는 것이었어요. 그래서 딸을 만났는데, 내가 여행을 떠나 집을 비운 사이 내 아내가 노예를 소로 만들고, 노예의 자식은 송아지로 만들어 버렸다는 얘기를 했어요. 그러면서 소의 모습으로 죽임을 당한 노예를 되살릴 수는 없지만 내 양아들은 되돌려 줄 수 있다면서, 그 양아들을 남편으로 삼게 해주고 내 아내에게 마땅한 벌을 내릴 수 있도록 해 준다면 아들을 되돌려 주겠다고 했지요.

내가 그리 하겠다고 하자 농부의 딸은 그릇에 물을 가득 채워 오더니 그 물 위에 대고 알 수 없는 말을 중얼거리고는 송아지에게 물을 부었어요. 그러자 송아지가 즉시 사람의 모습으로 변했지요.

"내 아들, 내 아들이구나!" 하고 나는 너무 기뻐서 아들을 껴안으며 소리쳤어요. "이 처녀가 너를 끔찍한 마법에서 구해 주었단다. 그에 대한 보답으로 너의 아내로 삼겠다고 약속했단다." 아들은 그 약속을 기쁘게 받아들였지요. 그리고 농부의 딸은 내 양아들과 결혼을 하기 전에 내 아내를 암사슴으로 만들어 버렸어요. 이 암사슴이 바로 내 아내랍니다.

그 이후 내 아들은 홀아비가 되었고, 여행을 떠났어요. 여러 해 동안 그 애 소식을 듣지 못했지요. 그래서 그 애를 찾으러 이렇게 나섰답니다. 아내는 맡

"그러자 송아지가 즉시 사람의 모습으로 변했지요."

길 만한 사람이 없어서 집으로 돌아갈 때까지 데리고 다니는 게 좋을 것 같아 이렇게 함께 다니지요. 이것이 나와 이 암사슴에 얽힌 이야기랍니다. 참으로 놀랍고도 기이한 이야기이지 않습니까?

"인정하지. 그러니 상인의 죄를 반만 용서해 주마." 하고 지니 요정이 말했다.

첫 번째 노인이 이야기를 마치자 두 마리의 검은 개를 끌고 나타났던 두 번째 노인이 지니 요정에게 말했다. "저와 이 검은 개 두 마리에게 일어난 일을 얘기해 드리겠습니다. 얘기를 해 드리면 이 상인의 나머지 반의 죄도 용서해 주십시오."

"그러지, 이 암사슴 이야기보다 더 놀라우면 말이야." 하고 지니 요정이 대답했다. 그러자 두 번째 노인이 이야기를 시작했다.

두 번째 노인과 검은 개 두 마리에 얽힌 이야기

위대한 지니 요정님, 이 두 마리 개와 나는 세 형제랍니다. 아버지는 우리 형제에게 각각 1,000시퀸*씩을 남기고 돌아가셨지요. 그 돈으로 우리는 모두 상인이 되었답니다. 형들은 외국을 돌아다니면서 장사를 했지요.

그런데 1년 후 형들이 장사가 망해 무일푼으로 돌아왔어요. 나는 형들이 집으로 돌아온 걸 반기며 다시 장사를 시작할 수 있도록 1,000시퀸씩을 주었지요. 형들과 달리 나는 장사가 잘 되어 많은 돈을 벌었거든요. 얼마 후 형들은 내게 와서 함께 외국으로 돌아다니며 장사를 하자고 했어요. 나는 그 자리에서 거절했지요. 그런데 형들은 내가 싫다고 하는데도 5년 동안이나 졸라댔어요. 그래서 결국에는 함께 장사를 하기로 했어요. 그런데 막상 함께 장사를 할 물건들을 사려고 하니까 형들은 내가 준 1,000시퀸을 이미 다 써버리고 다시 무일푼이 되어 있지 뭐예요. 그래도 나는 형들을 나무라지 않았어요. 오히려 금

♣ 옛 터키의 금화

고에 6,000시퀸이 있었기에 형들에게 각각 1,000시퀸씩을 또 줬지요. 그리고 나도 1,000시퀸을 갖고 나머지 3,000시퀸은 집 모퉁이에 묻어 두었지요.

우리는 물건을 사서 배에 싣고 순조롭게 항해를 했어요. 2개월을 항해한 끝에 다행히도 항구에 도착했지요. 우리는 배에서 내려 물건들을 좋은 가격에 팔

"나머지 3,000시퀸은 집 모퉁이에 묻어 두었지요."

앉어요. 특히 내 것은 아주 잘 팔려서 거의 다 이득을 봤어요.

장사를 끝내고 다시 집으로 돌아오려고 준비를 하던 차에 나는 해변에서 차림새는 볼품없지만 아주 아름다운 한 여인을 만났어요. 그녀는 우아하게 내게로 걸어오더니 내 손에 입을 맞추고는 너무나도 진지하게 자기와 결혼해 달라고 청했어요. 내가 청혼을 받아들이는 것에 난색을 표하자 그 여인은 자기가 가난하기 때문에 청혼을 거절해서는 안 되며, 어느 모로 보나 그녀와의 결혼에 매우 만족하게 될 것이라고 온갖 말로 설득했어요. 그래서 결국 나는 청혼을 받아들이게 되었어요. 나는 그녀가 입을 제대로 된 옷을 주문하고 형식을 갖추어 결혼을 한 다음 그녀를 데리고 배에 올라 항해를 시작했어요. 알고 보니 나의 아내가 된 그 여인은 장점이 아주 많은 사람이어서 그녀에 대한 나의 사랑은 하루하루 커져갔지요. 한편 장사에서 나만큼 이득을 못 본 나의 두 형은 나의 성공을 시기했어요. 그들은 시기심이 지나쳐 나를 죽이기로 공모를 했지요. 그리하여 어느 날 밤, 아내와 내가 잠든 사이에 우리를 바다 속으로 던져 버렸어요.

내가 물속으로 빠지자 아내는 즉시 나를 들어올려 어느 섬으로 데려갔어요.

"당신의 생명을 구해 주었으니 저에게 베풀어 준 당신의 친절에 대해 배신한 것은 아니네요, 여보." 하고 아내가 말했어요. "아셔야 할 일이 있어요. 저는 요정이랍니다. 당신이 배를 타고 출발할 준비를 하고 있을 때 저는 당신의 선함을 시험하려고 일부러 변장을 하고 해변에 나타났어요. 당신은 저를 너그러이 대해 주었지요. 그에 대한 보답을 할 수 있게 되어 기뻐요. 하지만 당신의 두 형이 한 행동에 너무도 화가 나서 그들을 살려둘 수가 없어요."

나는 감격스런 얼굴로 그 얘기를 들었어요. 그리고 내게 베풀어 준 친절에 대해 최대한의 감사를 표했지요. "하지만, 요정님, 저의 형들을 용서해 주십시오. 형들의 행동을 생각하면 참으로 괘씸하지만 난 그들을 죽일 정도로 잔인하진 못하답니다." 하고 내가 말했지요. 그리고는 형들을 위해 내가 해준 일들에 대해 얘기해 줬지요. 그러자 요정은 더욱더 분개했어요. 요정은 당장 배은망덕한 배신자들을 쫓아가서 복수를 해줘야 한다고 소리쳤죠.

"그들이 탄 배를 부숴서 바다 밑으로 가라앉혀 버려야겠어."

"요정님, 제발, 참으십시오. 노여움을 가라앉히고 그들이 나의 형님들이라는 걸 생각해 주세요. 악도 선으로 갚아야 하는 형제 말입니다." 하고 내가 대답했지요.

이렇게 해서 요정의 분노를 진정시켰지요. 내가 말을 마치자 요정은 눈 깜짝할 사이에 섬에서 우리 집 지붕으로 나를 데려다 줬어요. 나는 지붕에서 내려와 집 안으로 들어가 예전에 감춰두었던 3,000시퀸을 파냈지요. 가게로 나가자 다른 상인들과 이웃들이 돌아온 걸 환영해 주었어요. 그런데 나중에 집으로 돌아와 보니 검은 개 두 마리가 집 안에 있었어요. 개들은 매우 순종적인 자세로 내게 올라탔지요. 나는 어찌된 일인지 영문을 몰라 어리둥절했어요. 그때 갑자기 요정이 나타나더니 말했어요.

"여보, 이 개들을 보고 놀라지 말아요. 바로 당신 형님들이에요."

나는 깜짝 놀라서 어떻게 해서 형님들이 개로 변했는지를 물었지요. "내가 그랬어요, 그리고 형들이 탔던 배는 가라앉혀 버렸어요. 배에 있던 당신의 물건들을 모두 잃게 됐지만 달리 보상해 줄게요. 형들은 앞으로 5년 동안 개로 살도록 주문을 걸어놨어요. 그들은 배은망덕한 행동을 했으니 그런 벌을 받아 마땅해요." 하고 요정이 말했어요. 요정은 이렇게 말하고 어디 가면 자기 소식을 알 수 있는지를 알려주고 사라져 버렸답니다.

이제 5년이 거의 다 되어가기에 요정을 찾으러 가는 길이지요. 이게 바로 나에게 얽힌 사연이랍니다. 요정 중의 요정님! 참으로 기이한 이야기이지 않습니까?

"요정은 눈 깜짝할 사이에 섬에서 우리 집 지붕 위로 나를 데려다 줬어요."

"그렇군." 하고 지니 요정이 대답했다. "그러니 상인이 내게 저지른 죄의 나머지 절반도 용서해 주겠다."

이 말과 함께 지니 요정은 일어서더니 기쁘게도 연기구름 속으로 사라져 버렸다.

상인은 목숨을 구해 준 두 노인에게 정중히 감사를 했다. 두 노인이 상인을 위험에서 구해 낸 것을 기뻐하며 서로 작별인사를 하고 각자 갈 길을 갔다. 상인은 아내와 아이들 곁으로 돌아와 오래오래 행복하게 살았다.

4장
알라딘과 요술램프

옛날 중국의 한 부유한 도시에 무스타파라고 하는 재봉사가 살았다. 재봉사는 너무 가난해서 가족이라고는 아내와 아들 하나뿐이었는데도 근근이 끼니를 이어갈 수 있을 뿐이었다. 알라딘이라고 하는 하나뿐인 아들은 아무짝에도 쓸모가 없었으며 재봉사에게는 짐덩어리에 불과했다. 알라딘은 이른 아침부터 밖에 나가 하루 종일 거리를 쏘다니며 하릴없이 같은 또래의 아이들과 어울려서 놀았다.

알라딘이 장사를 배울 나이가 되자 그의 아버지는 그를 자신의 가게로 데려가 바느질하는 법을 가르치려 했으나 아무런 소용이 없었다. 알라딘은 아버지가 등을 돌리는 순간 가게를 빠져나가 버리곤 하였다. 무스타파가 꾸짖기도 해봤지만 구제불능이었다. 아버지는 아들 때문에 너무 속상해서 병이 들어 앓아눕다가 몇 개월 만에 그만 죽고 말았다.

무서운 아버지에게서 벗어나게 되자 알라딘은 게으른 나날을 보내며 길거리에서 살다시피 했다. 그는 15살이 될 때까지 쓸모 있는 일을 할 생각은 추호도 하지 않고 이러한 생활을 계속했다.

어느 날, 그가 부랑자 친구들과 거리에서 어울려 놀고 있는데 지나가던 나그네가 서서 그를 유심히 지켜보았다. 나그네는 아프리카 마술사로 알려진 마법사였는데 그 도시에 온 지는 이틀밖에 되지 않았다.

아프리카 마법사는 알라딘이 자기 목적에 꼭 맞는 소년이라는 것을 알아보고 그에 대해서 조사를 했다. 알라딘의 내력에 대해 알게 된 마법사는 그를 한쪽으로 불러 말했다.

"얘야, 네 아버지가 무스타파라고 하는 재봉사 아니냐?"

"네, 맞아요, 하지만 오래 전에 돌아가셨어요." 하고 소년이 대답했다.

이 말에 아프리카 마법사는 알라딘의 목에 팔을 두르고 입을 맞추면서 눈물을 흘리며 말했다. "내가 너의 삼촌이란다. 착한 네 아버지는 내 형님이셨지. 네 아버지를 빼닮아서 한눈에 널 알아봤단다."

그리고 나서 마법사는 알라딘의 손에 작은 동전들을 쥐어주며 말했다. "가서, 네 어머니에게 내 안부를 전하고 내일 찾아가겠다고 전해라. 착한 내 형님이 오랫동안 살다가 마지막을 보낸 곳이 어떤 곳인지 보고 싶구나."

낯선 나그네는 바로 마법사였다.

알라딘은 삼촌이 준 선물에 기뻐하며 어머니에게로 달려가서 말했다. "어머니, 나한테 삼촌이 있나요?" "아니란다. 얘야, 외가쪽도 친가쪽도 네게 삼촌은 없어." 하고 그의 어머니가 대답했다.

"방금 자기가 삼촌이라고 한 아저씨를 만나고 왔어요. 아버지의 동생이래요. 아버지가 돌아가셨다고 하니까 울면서 나한테 입을 맞추고는 돈을 줬어요. 또 엄마한테 안부를 전하라고 하면서 내일 찾아온다고 했어요. 아버지가 살다가 돌아가신 집을 보고 싶다고요." 하고 알라딘이 말했다.

"얘야, 네 아버지에게는 실제로 동생이 한 명 있었단다. 하지만 오래 전에 죽었지. 그 외에 다른 형제가 있다는 말은 못 들었단다." 하고 알라딘의 어머니가 대답했다.

다음날, 알라딘의 삼촌은 알라딘이 마을 다른 곳에서 놀고 있는 것을 찾아내어 전날처럼 포옹을 하며 금화 두 닢을 손에 쥐어주고 말했다. "얘야, 이걸 어머니한테 가져다 드려라. 오늘 밤에 찾아가겠다고 전하고 저녁식사를 준비해 달라고 말해라. 하지만 먼저 네가 사는 집이 어딘지 가르쳐 주렴."

알라딘은 마법사에게 집을 가르쳐 주고는 금화 두 닢을 어머니에게 가져다주었다. 그리고 삼촌의 말을 전하자 그녀는 밖으로 나가 식량을 사고 이웃에서 여러 가지 요리 기구를 빌려왔다. 그녀는 하루 종일 저녁식사를 준비했다. 그리고 저녁이 되어 식사 준비가 끝나자 아들에게 말했다. "삼촌이 우리 집을 찾지 못할지도 모르니 가서 만나거든 모시고 오거라."

알라딘이 막 집을 나서려고 할 때 마법사가 후식으로 먹을 포도주와 온갖 과일을 갖고 들어왔다. 아프리카 마법사는 가져온 물건들을 알라딘의 손에 건네주고는 알라딘의 어머니에게 인사를 하고 그의 형님 무스타파가 앉았던 소파를 알려 달라고 부탁했다. 알라딘의 어머니가 자리를 가리키자 그는 그 자리에 고개를 묻고 입을 맞추고는 눈물을 흘리며 계속해서 울부짖었다. "가엾은

형님! 형님과 마지막 포옹을 하지도 못
하고 이렇게 떠나보내다니 전 참으
로 박복한 놈입니다." 알라딘의 어
머니가 남편이 앉았던 자리에 앉으
라고 마법사에게 권하자 그는 거절
하며 말했다. "아닙니다. 그래서는
안 되지요. 맞은편에 앉겠습니다.
제게 이토록 소중한 집안의 가장
을 직접 볼 수는 없게 되었
지만 그분이 앉았던 자리
를 볼 수 있는 기쁨이라도
누릴 수 있게 말입니다."

마법사는 포도주와 과일을
잔뜩 가지고 왔다.

　　마법사는 자리에 앉자 알라딘의 어머니와
이야기를 나누기 시작했다. "형수님, 형수님께서 제 형님
과 결혼하여 행복하게 사시는 동안 저를 한 번도 보지 못한 것에 대해
의아하게 생각하실 겁니다. 저는 40년 동안 이 나라를 떠나 있었답니다. 그동
안에 인도, 페르시아, 아라비아, 시리아, 그리고 이집트를 여행했지요. 나중에
는 아프리카로 건너가서 그곳에 정착해서 살았답니다. 제 고국을 다시 한 번
보고 싶고, 또 형님이 보고 싶어서 필요한 것들을 준비해서 돌아왔지요. 아주
길고도 힘든 여행이었지만 가장 큰 슬픔은 형님이 돌아가셨다는 소식이었습
니다. 하지만 형님을 빼닮은 조카를 통해서 형님을 만나니 위로가 된답니다."

　　아프리카 마법사는 미망인이 남편에 대한 기억 때문에 흐느껴 울기 시작하
는 것을 보자 화제를 바꾸어 알라딘을 보고 이름이 무엇이며 무슨 일을 하느
냐고 물었다.

이 질문에 알라딘은 고개를 떨구고는 미망인이 다음과 같이 대답해도 하나도 무안해하지 않았다. "알라딘은 게으른 녀석이에요. 이 아이 아버지가 살아 있을 적에 장사를 가르치려 애썼지만 소용이 없었지요. 아버지가 죽은 후로 아무것도 한 게 없어요. 보셨겠지만 아직도 어린애인 줄 알고 그저 길거리를 쏘다니며 날마다 빈둥거리며 지내지요. 그걸 부끄럽게 여기도록 만들지 못한다면 이 놈은 아무짝에도 쓸모없는 놈이 될 거예요. 언젠가는 가까운 날에 이 녀석을 집 밖으로 내쳐서 혼자서 먹고 살게 할 작정이에요."

알라딘의 어머니는 이렇게 말하고 펑펑 울었다. 그러자 마법사가 말했다. "그건 옳지 않은 일이야, 조카. 스스로 벌어서 먹고 살 궁리를 해야지. 장사에도 여러 가지가 있어. 네가 하고 싶은 일이 있다면 도와주지. 기술을 배우고 싶지 않다면 내가 가게를 얻어 온갖 훌륭한 상품들과 린넨으로 채워 줄게. 그것으로 번 돈으로 새 물건을 사들여 또 장사를 하는 거지. 그러면 구차하게 살지 않아도 돼. 내 제안에 대해 어떻게 생각해? 솔직히 말해 봐. 내가 한 말을 언제든지 지킬 준비가 되어 있으니까."

일하기를 싫어했던 알라딘은 이 제안이 너무도 마음에 들었다. 그는 다른 일보다도 그 장사를 해 보고 싶다고 말하고는 마법사에게 친절에 고맙다고 말했다. "좋아," 하고 아프리카 마법사가 말했다. "내일 너를 데리고 나가서 이 도시의 어떤 상인보다도 더 근사한 옷을 사 주마. 그리고 함께 가게를 여는 거다."

마법사가 자기 남편의 동생이라는 사실을 그때까지도 결코 믿지 못했던 미망인은 아들에게 친절한 약속을 하는 것을 보고 더 이상 의심을 하지 않게 되었다. 그녀는 마법사의 호의에 감사를 표했다. 그리고 알라딘에게 삼촌의 호의에 걸맞게 조신하게 행동하라고 훈계를 하는 저녁을 대접했다. 식사 후 마법사는 작별인사를 하고 돌아갔다.

마법사는 약속한 대로 다음날 다시 와서 알라딘을 데리고 온갖 종류의 옷과 훌륭한 물건들을 파는 상인을 찾아갔다. 그는 알라딘에게 원하는 물건을 고르게 한 다음 즉시 돈을 지불했다.

알라딘은 새 옷을 매우 마음에 들어하며 삼촌에게 진심으로 고마움을 표시했다. 그러자 마법사가 대답했다. "넌 이제 곧 상인이 될 거다. 이 가게들을 자

마법사는 알라딘을
온갖 종류의 옷을 파는
상인에게 데려갔다.

주 드나들며 익숙해지도록 해야 할 것이다."

그리고 나서 그는 가장 크고 훌륭한 회교 사원들을 보여주고, 상인들의 숙소로 데려간 다음 황제의 궁전으로 데려갔다. 그곳을 그는 자유롭게 드나들었다. 그리고 마지막으로 알라딘을 자신의 숙소로 데려갔다. 그곳에서 마법사는 도시에 온 후 알게 된 상인들을 알라딘에게 소개시켜 주었다.

알라딘은 밤이 늦도록 이렇게 삼촌과 함께 돌아다니다가 삼촌에게 작별인사를 하고 집으로 갔다. 마법사는 알라딘을 혼자 보내려 하지 않고 집까지 바래다주었다. 알라딘의 어머니는 옷을 갖춰 입은 그를 보자 기뻐하며 마법사에게 수천 번의 축복을 해 주었다.

다음날 이른 아침, 마법사는 알라딘에게 시골길을 보여준다면서 데리고 나왔다. 가게는 내일 사주겠다고 했다. 그리고는 도시 성문 중 하나를 지나서 훌륭한 궁전들로 알라딘을 안내했다. 궁전에는 하나같이 아름다운 정원들이 딸려 있었는데 아무나 드나들 수가 있었다. 궁전을 지날 때마다 마법사는 알라딘에게 훌륭하지 않느냐고 물었다. 알라딘은 궁전이 새로 나타날 때마다 감탄했다. "지금까지 본 그 어떤 것보다 이 집이 더 훌륭해요, 삼촌."

이러한 계략을 써서 교활한 마법사는 알라딘을 시골까지 데리고 갔다. 마법사는 계획을 실행하기 위해서 알라딘을 더 멀리 데려가야 했기 때문에 기회를 틈타 피곤한 척하면서 한 정원에 있는, 황동으로 만든 사자의 입에서 맑은 물이 쏟아져 나오는 분수대 가에 앉았다.

"이리 오너라." 하고 그가 말했다. "너도 나처럼 피곤하겠구나. 좀 쉬자꾸나. 그러면 걷기가 좀 더 수월할 거야."

마법사는 허리띠에서 케이크와 과일이 든 손수건을 꺼내 분수대 가장자리에 펼쳐 놓았다. 이렇게 간단한 식사를 하는 동안 그는 알라딘에게 못된 친구들과 어울려 놀지 말고 배울 점이 있는 똑똑한 친구들을 사귀라고 진지하게 충

둘은 맑은 물이 쏟아져 나오는 분수대 가에 앉았다.

고했다. 충고를 끝내자 그들은 정원을 다시 걷기 시작했다. 아프리카 마법사는 정원을 지나고 시골을 지나 알라딘을 산으로 데려갔다.

마침내 그들은 높지도 낮지도 않은, 같은 크기의 산 두 개가 있는 곳에 다다랐다. 두 개의 산 사이에는 좁은 계곡이 펼쳐져 있었다. 바로 이곳이 마법사를 아프리카에서 중국까지 오게 한 계획을 실행할 장소였다.

"바로 여기다!" 하고 마법사가 말했다. "여기서 아주 특별한 것을 보여주마. 그걸 보여 준 걸 내게 고마워하게 될 거다. 먼저 내가 불을 켜는 동안 불을 붙일 마른 나뭇가지들을 주워 오너라."

알라딘이 나뭇가지를 잔뜩 주워오자 마법사가 거기에 불을 붙였다. 나뭇가지에 불이 붙자 마법사는 무슨 향료를 거기에 던지더니 알라딘이 이해할 수 없는 주문들을 외웠다.

마법사는 나뭇가지들에 불을 붙였다.

그 순간 땅이 흔들리더니 마법사의 바로 앞에서 갈라지면서 돌멩이 하나가 드러났다. 돌멩이 한가운데에는 놋쇠 고리가 고정되어 있었다. 알라딘은 너무 겁이 나서 도망을 가려 했다. 하지만 마법사가 그를 붙잡고 욕을 하면서 따귀를 때려 쓰러뜨렸다. 알라딘은 덜덜 떨면서 일어나서 눈물을 흘리며 말했다. "내가 뭘 잘못했기에 이러시는 거예요?"

"네 아버지 노릇을 하고 있으니 말대답하지 말아라." 하고 마법사가 대답했다. "하지만, 애야," 하고 마법사가 목소리를 누그러뜨리며 덧붙였다. "두려워하지 말아라. 너한테 아무것도 요구하지 않을 테니 내가 주는 혜택을 받고자 한다면 내가 시키는 대로 정확히 해야 한다. 이 돌 밑에 보물이 숨겨져 있다. 그걸 너한테 주려고 한다. 그걸 가지면 너는 이 세상에서 가장 부자인 왕보다도 더 큰 부자가 될 것이야. 너 말고 다른 사람은 누구도 이 돌을 들어올리거나 그 동굴로 들어갈 수 없게 되어 있어. 그러니 내가 시키는 대로 정확히 해야 한다. 너에게나 나에게나 아주 중요한 일이니까."

알라딘은 눈앞에서 벌어진 광경과 마법사가 하는 말에 너무도 놀라서 지나간 일은 모두 잊어버리고 일어서며 말했다. "알았어요, 삼촌, 어떻게 하면 되죠? 말만 하세요, 시키는 대로 할게요."

"참으로 기쁘구나, 애야, 고리를 잡고 이 돌을 들어올리거라." 하고 마법사가 알라딘을 껴안으며 말했다.

"네, 삼촌, 난 힘이 세지 않으니까 삼촌이 도와주세요." 하고 알라딘이 대답했다.

"그러면 아무 소용이 없단다. 고리를 잡고 너의 아버지와 할아버지의 이름을 말하거라. 그러고 나서 들어올리면 쉽게 들 수 있을 거다." 하고 마법사가 대답했다. 알라딘은 마법사가 시키는 대로 하고 돌을 번쩍 들어올려 한쪽으로 놓았다.

돌을 들어올리자 작은 문이 보이고 그 안쪽으로 내려가는 계단이 보였다. "동굴 속으로 들어가거라." 하고 마법사가 말했다.

"그러면 세 개의 커다란 홀이 나올 거야. 각 홀의 귀퉁이마다 금과 은이 가득 들어 있는 네 개의 커다란 놋쇠 통이 보일 텐데, 그것들을 절대로 건드리면 안 돼. 첫 번째 홀로 들어가기 전에 옷자락 끝을 접어 올려 몸에 감고 첫 번째와

두 번째 방을 지나서 세 번째 방으로 곧장 가렴. 무엇보다도 중요한 것은 절대로 벽을 건드려서는 안 된다는 거야. 네 옷자락이 닿아서도 안 돼. 그렇게 되면 너는 그 자리에서 죽게 될 거야. 세 번째 홀로 들어서면 끝쪽에 문이 하나 보일 거야. 그곳은 열매가 주렁주렁 열려 있는 훌륭한 나무들이 자라는 정원으로 통하지. 정원을 지나 다섯 발자국을 가면 테라스가 나오는데 구석에 불이 켜져 있는 램프가 있어. 그 램프를 내려서 불을 꺼. 그러고 나서 심지를 버리고 액체를 쏟아 버린 다음 허리띠에 차고 내게로 가져와. 액체 때문에 옷이 더러워질까봐 염려 안 해도 된단다. 그 액체는 기름이 아니니까. 액체를 쏟아 부으면 램프는 마를 거야."

이렇게 말한 다음 마법사는 자기 손가락에 낀 반지를 빼서 알라딘의 손에 끼워 주면서 부적이라고 말해 주었다. 그리고는 덧붙여 말했다. "자, 용감하게 내려가렴. 우리 둘 다 평생 부자로 살게 될 거야."

알라딘이 계단을 따라 아래로 내려가자 아프리카 마법사가 말한 대로 세 개의 홀이 보였다. 그는 죽을까봐 무서워서 아주 조심조심 홀들을 지나서 곧장 정원을 가로질러 구석에 놓인 램프를 끌어내린 다음 액체를 쏟아 버리고 허리띠에 묶었다.

그는 테라스에서 내려올 때 정원에 잠깐 멈춰서 갖가지 색깔의 특이한 과일들이 주렁주렁 열려 있는 나무들을 살펴보았다. 어떤 나무에는 온통 흰색의 과일만 열려 있었고, 또

구석에 놓인 램프를 끌어내렸다.

어떤 나무에는 수정처럼 투명하고 맑은 과일들이 매달려 있었다. 연한 붉은색 과일이 열린 나무가 있는가 하면 짙은 빨간색 열매가 매달려 있는 나무도 있었고 녹색, 파란색, 자주색, 그리고 노란색 열매가 열려 있는 나무도 있었다. 한마디로 온갖 색깔의 과일들이 열려 있었다. 흰색은 진주였고, 투명하고 맑은 과일은 다이아몬드였으며, 짙은 빨간색은 루비였고, 옅은 붉은색은 발라스 루비*, 녹색은 에메랄드, 파란색은 터키옥, 자주색은 자수정, 그리고 노란색은 옐로 사파이어였다. 알라딘은 그 보석들의 가치에 대해 몰랐기 때문에 무화과나 포도나 그 밖의 다른 과일들이 매달려 있는 것을 더 좋아했을 것이다. 하지만 그는 열매들이 매우 예쁘다고 생각하면서 가져갈 수 있을 만큼 많이 따서 지갑과 옷 사이사이에 가득 채웠다.

알라딘은 가치를 알지도 못하는 보석을 잔뜩 가지고 아주 조심스럽게 세 개의 홀을 지나 다시 동굴 입구에 다다랐다. 입구에서는 마법사가 초조하게 안절부절못하며 그를 기다리고 있었다.

알라딘은 그를 보자 소리쳤다. "삼촌, 손을 내밀어 날 꺼내 주세요."

그러자 마법사가 대답했다. "램프를 먼저 주려무나. 걸리적거릴 테니까."

"그럴게요, 삼촌." 하고 알라딘이 말했다. "하지만 지금은 줄 수가 없어요. 올라가면 줄게요." 아프리카 마법사는 알라딘을 끌어올려 주기 전에 램프를 손에 넣어야겠다고 결심했다. 하지만 알라딘은 과일을 잔뜩 몸에 지니고 있어서 허리춤에 있는 램프에 손이 잘 닿지 않으니 위에 올라가면 주겠다고 말했다. 알라딘이 램프를 계속 주지 않으려 하자 마법사는 벌컥 화를 내며 향료를 불 속에 던지며 두 마디의 주문을 외웠다. 그러자 즉시 돌이 원래 있던 제자리로 움직이면서 흙이 그 위를 덮어 마법사와 알라딘이 처음 도착했을 때의 상태가 되었다.

🌸　붉은 장미색의 루비

이러한 행동으로 보아 마법사가 알라딘의 삼촌이 아님에 분명했다. 사실, 그는 마법책에서 읽은 적이 있는 램프를 찾아서 모험을 떠난 마법사였다. 그는 얼마 전에야 램프가 어디에 숨겨져 있는지를 알게 되었고 그 램프를 손에 넣기 위해서는 다른 사람의 손을 빌려야 한다는 것도 알게 되었다. 그래서 아무짝에도 쓸모없는 알라딘의 손을 빌리기로 한 것이었다.

모든 희망이 사라진 것을 알게 된 마법사는 그날 아프리카로 돌아가 버렸다. 하지만 알라딘이 없어진 것을 알고 자기에게 알라딘의 행방에 대해 물을까 봐 마을을 피해서 멀리 돌아갔다.

동굴에 갇히게 된 알라딘은 울면서 램프를 주겠다고 하면서 삼촌을 소리쳐 불렀지만 아무 소용이 없었다. 그의 소리가 밖에서는 들리지 않았기 때문이다. 알라딘은 정원으로 갈 생각으로 계단 밑으로 내려갔다. 그러나 마법에 의해 열려 있던 문은 다시 마법의 힘으로 닫혀 있었다. 알라딘은 '다시는 빛도 못보고 컴컴한 어둠 속에서 곧 죽게 되었구나.' 라는 무서운 생각에 계단에 앉아서 더욱더 큰 소리로 울며 소리쳤다. 그러다가 전적으로 신의 뜻에 따를 결심을 하고 두 손을 꼭 움켜쥐고 말했다. "위대하고 높으신 하느님에게만 능력과 권세가 있습니다."

그러면서 알라딘은 마법사가 그의 손가락에 끼워 준 반지를 비볐다. 그 순간 머리가 천장까지 닿는, 무시무시하게 생긴 지니 요정이 땅 속에서 솟아나와 말했다. "뭘 원하십니까? 당신의 노예로서, 그리고 당신이 손가락에 끼고 있는 반지를 가진 사람들의 노예로서 명령만 하시면 무엇이든 할 준비가 되어 있습니다. 나와 그 반지의 다른 노예들은 준비가 되어 있습니다."

평상시였다면 알라딘은 너무나도 기이한 형상이 무서운 나머지 얼어붙은 채 입도 열지 못했을 것이다. 하지만 그가 처해 있는 위험이 그를 거침없이 대답하게 만들었다.

무시무시하게 생긴 지니 요정이 나타났다.

"여기서 나를 꺼내 주거라."

이렇게 말한 순간 그는 마법사가 땅을 갈라지게 했던 장소에 와 있는 자신을 발견했다. 알라딘은 깜짝 놀랐다. 그는 다시 이 세상에 나오게 된 것을 하느님에게 감사하며 서둘러서 집으로 향했다. 집 문을 들어서자 그는 어머니를 보게 된 안도감과 더불어 사흘 동안 아무것도 먹지 못해 기운이 빠져서 기절하고 말았다. 그는 오랫동안 죽은 듯이 기절해 있었다.

제정신이 돌아오자 알라딘은 어머니에게 그동안 일어났던 일들을 모두 얘기했다. 얘기를 들은 그의 어머니는 마법사를 몹시 증오했다. 그러고 나서 알라딘은 잠자리에 들어 다음날 늦게까지 잠을 잤다. 그가 잠에서 깨어 맨 처음한 말은 먹을 것을 달라는 말이었다. 그의 어머니가 말했다. "오! 얘야, 네게 줄 빵이 한 조각도 없구나. 하지만 목화가 좀 있으니까 그걸 짜서 내다 팔아서 빵과 저녁으로 먹을 것을 좀 사오마."

"어머니, 목화는 나중에 쓰도록 아껴 두세요. 어제 제가 가져온 램프나 줘 보세요. 제가 그걸 내다 팔면 그 돈으로 아침과 점심으로 먹을 음식을 살 수 있을 거예요. 저녁 식사용까지 살 수 있을지도 몰라요." 하고 알라딘이 말했다.

알라딘의 어머니가 램프를 들고 와서 아들에게 말했다. "여기 가져왔다. 한데 너무 더럽구나. 깨끗이 닦으면 돈을 더 받을 수 있을 게다." 알라딘의 어머니는 잔모래와 물을 가져와 램프를 닦기 시작했다. 그런데 램프를 문지르기 시작한 순간 무시무시하게 생긴 거대한 지니 요정이 나타나 천둥과 같은 목소리로 말했다. "뭘 원하십니까? 당신의 노예로서, 그리고 당신이 손에 든 램프를 가진 사람들의 노예로서 명령만 하시면 무엇이든 할 준비가 되어 있습니다. 나와 그 램프의 다른 노예들은 준비가 되어 있습니다."

알라딘의 어머니는 지니 요정을 보고 공포에 질려 기절하고 말았다. 동굴에서 이미 지니 요정을 본 적이 있는 알라딘은 어머니의 손에서 램프를 낚아챈 후 지니 요정에게 대담하게 이렇게 말했다.

"배가 고프다. 먹을 것을 가져오너라."

지니 요정은 즉시 사라지더니 잠시 후 커다란 은쟁반을 가지고 돌아왔다. 거기에는 가장 맛있는 진수성찬이 들어 있는 은으로 된 12개의 접시, 6개의 커다란 흰 빵이 담긴 두 개의 접시, 포도주 두 병, 그리고 은잔들이 얹혀 있었다. 지니 요정은 이 쟁반을 양탄자에 놓더니 사라져 버렸다. 알라딘의 어머니가 제정신이 돌아오기도 전에 순식간에 일어난 일이었다.

"배가 고프다.
먹을 것을 가져오너라."

알라딘은 의식이 돌아오도록 물을 가져와서 어머니의 얼굴에 뿌렸다. 그러자 곧이어 어머니가 의식을 회복했다. "어머니, 놀라지 마세요. 여기 어머니를 기쁘게 하고 내 배고픔을 채워 줄 것이 있어요." 하고 알라딘이 말했다.

그의 어머니는 식탁에 차려진 음식을 보고 깜짝 놀랐다. "애야, 이처럼 많은 음식을 누가 보내 주었느냐? 황제께서 우리가 가난한 것을 알고 측은히 여겨 보내신 거냐?" 하고 그녀가 말했다.

"그건 중요하지 않아요, 어머니. 앉아서 먹기나 해요. 어머니도 저처럼 훌륭한 아침식사가 필요하실 테니까요. 식사를 하고 나서 모두 다 말씀 드릴게요." 하고 알라딘이 말했다.

두 사람은 앉아서 잘 차려진 음식을 음미하며 먹었다. 하지만 알라딘의 어머니는 접시와 쟁반에서 계속 눈을 뗄 수가 없었다. 그것이 은으로 만든 것인지 아니면 다른 쇠붙이로 만든 것인지를 판단할 만한 능력은 없었지만, 그 가치보다도 색다른 생김새가 그녀의 관심을 끌었다.

알라딘의 어머니는 먹고 남은 음식을 가져다 보관해 놓은 다음 아들 옆 소파에 앉아서 물었다. "자, 이제 더 이상 조바심 나게 하지 말고 말해 보거라. 내가 기절한 동안 너와 지니 요정 사이에 무슨 일이 있었는지 있는 그대로 말해 보거라." 알라딘은 기꺼이 그러겠다고 말했다.

알라딘의 어머니는 지니 요정이 나타났을 때 그랬던 것처럼 아들이 들려준 얘기를 듣고 깜짝 놀라며 말했다. "하지만, 알라딘, 우리가 지니 요정과 무슨 상관이 있단 말이냐? 그 끔찍하게 생긴 지니 요정이 어찌하여 네가 아닌 나에게 말을 건단 말이냐? 동굴에서 네 앞에 나타났던 그 요정이 말이다."

"어머니, 어머니가 본 지니 요정은 몸집이 비슷하긴 하지만 내 앞에 나타났던 요정이 아니에요. 두 요정은 서로 아주 다르고 복장도 달랐어요. 그들이 섬기는 주인도 다르고요. 기억해 보면, 내가 처음에 본 지니 요정은 자기를 내 반지의 노예라고 했고, 어머니가 본 요정은 자기를 어머니가 손에 들고 있었던 램프의 노예라고 했어요. 하지만 어머니는 그 요정을 보자마자 기절을 하셔서 그가 하는 말을 못 들으셨을 거예요." 하고 알라딘이 대답했다.

"뭐라고!" 하고 어머니가 외쳤다. "그럼 그 램프 때문에 지니 요정이 네가 아니라 나한테 말을 한 거냐? 아! 알라딘, 이 램프를 당장 내 눈 앞에서 치우거라. 다른 곳에 가져다 놓거라. 다시 만졌다가는 놀라서 죽을지도 모르니 차라리 가져다 팔았으면 좋겠구나. 충고하는데, 그 반지도 치워 버리려무나. 우리의 예언자께서 악마라고 칭한 지니 요정과는 가까이 하지 말아라."

알라딘이 대답했다. "어머니, 죄송하지만 램프는 어머니에게도 나에게도 아주 유용해요. 램프를 팔지 않을 거예요. 그 거짓되고 사악한 마법사가 이 신기한 램프의 가치를 알지 못했다면 그처럼 힘들고 기나긴 여행을 하지는 않았을 거예요. 우연히도 우리 손에 들어왔으니 이웃 사람들이 질투하거나 부러워하지 않도록 그걸 자랑하지 말고 유익하게 잘 이용하도록 해요. 하지만 어머니가 지니 요정을 보면 기겁을 하시니까 어머니 눈에 띄지 않으면서 필요할 때 내가 쓸 수 있는 곳에 가져다 놓을게요. 그리고 이 반지는 그대로 갖고 있겠어요. 이 반지가 없었더라면 어머니는 다시는 나를 보지 못했을 거예요. 내가 지금은 이렇게 살아 있지만 무슨 일이 생겼는데 반지가 없다면 한 순간에 죽을 수도 있어요. 그러니 반지를 항상 내 손가락에 끼고 다닐 수 있게 허락해 주세요."

알라딘의 어머니는 좋을 대로 하라고 대답했다. 어쨌든 그녀로서는 지니 요정을 만날 일도 없을 것이고, 그에 대해 어떤 말도 더 이상 하고 싶지 않았기 때문이었다.

다음날 저녁이 되자 지니 요정이 가져다준 음식이 모두 바닥이 났다. 그 다음날, 알라딘은 배고픔을 떨쳐 버릴 수가 없어서 은접시 중 하나를 조끼 속에 넣고 아침 일찍 팔러 나갔다. 길을 가다 한 유대인을 만난 그는 길 한쪽으로 유

교활한 유대인은 접시를 받아들고 살폈다.

대인을 불러 세우고 접시를 꺼내 사겠느냐고 물었다. 그러자 교활한 유대인이 접시를 받아들고 살피더니 훌륭한 은으로 만든 접시라는 것을 알고는 알라딘에게 얼마에 팔 거냐고 물었다. 접시의 가치를 제대로 알지도 못하고 그런 거래를 해 본 적도 없는 알라딘은 양심껏 판단해서 주라고 말했다.

유대인은 이런 소박한 거래에 다소 당혹스러워 알라딘이 은이 무엇인지 아는지, 그리고 자신이 팔려고 하는 물건의 값을 제대로 아는지 의심스러워서 지갑에서 금화 한 닢을 꺼내 주었다. 그것은 접시 값의 60분의 1 밖에 되지 않는 금액이었다. 알라딘은 매우 달갑게 돈을 받아들고는 서둘러서 자리를 떠났다.

유대인은 엄청나게 이득을 봤음에도 그에 만족하지 않고 알라딘의 무지를 꿰뚫어 보지 못해서 화가 났다. 그래서 거스름돈을 달라고 하려고 알라딘을 쫓아가려 했다. 하지만 알라딘이 매우 빠른 속도로 이미 멀리 가 버렸기 때문에 쫓아갔다 해도 따라잡지는 못했을 것이다.

알라딘은 집으로 가는 길에 빵집에 들러 빵을 사고 거스름돈을 받아 집에 돌아가서 어머니에게 주었으며, 알라딘의 어머니는 그 돈으로 한동안 먹을 수 있는 식량을 샀다. 알라딘은 필요할 때마다 유대인에게 같은 가격에 접시를 한 개씩 팔았으며, 열두 개를 팔 때까지 그들은 이렇게 생활해 나갔다. 유대인은 엄청난 이득이 남는 이 같은 거래가 끊어질까 두려워 처음 이후로는 가격을 더 깎을 엄두를 못 냈다.

접시를 모두 팔아치우자 알라딘은 무게가 접시의 열 배나 되는 쟁반을 팔 생각을 했다. 그 쟁반을 들 수만 있었다면 접시를 팔았던 유대인에게 가져갔을 것이다. 하지만 너무 크고 무거워서 들 수가 없었기 때문에 유대인을 집으로 데려와야 했다. 유대인은 쟁반의 무게를 살피더니 금화 열 닢을 내놓았다. 알라딘은 이에 매우 만족해하였다.

돈이 모두 바닥이 나자 알라딘은 다시 램프에게 부탁을 했다. 그가 램프를 손에 들고 비비자 그 순간 지니 요정이 나타나 이전처럼 똑같은 말을 되풀이해서 말했다. 알라딘이 말했다. "배가 고프다. 그러니 먹을 것을 가져 오너라." 지니 요정이 사라지더니 잠시 후 이전과 똑같은 수의 접시가 든 쟁반을 가지고 나타나 그의 앞에 내려놓고는 사라졌다.

알라딘은 먹을 것이 또 다 떨어지자 접시 하나를 들고 이전에 접시를 거래했던 유대인 행상인을 찾아 나섰다. 그런데 금세공인의 가게를 지나려 할 때 금세공인이 그를 알아보고 불러 세워 말했다.

"이보게, 젊은이. 일전에 젊은이가 유대인과 얘기하는 걸 봤는데 그 유대인에게 물건을 팔러 가는 모양이지? 그런데 그 유대인이 유대인들 중에서도 제일 나쁜 사기꾼이라는 걸 모르나? 내가 그 접시의 실제 가치가 얼마나 나가는지 알려줌세. 젊은이를 속이지 않는 다른 상인들을 소개해 줄 수도 있네."

접시 가격을 더 많이 받을 생각에 알라딘은 조끼 속에서 접시를 꺼내 금세공인에게 보여주었다. 금세공인은 한눈에 그것이 가장 훌륭한 은으로 만들어진 것임을 알아보고 그와 똑같은 접시를 유대인에게 팔았는지를 물었다. 알라딘이 금화 한 닢씩 받고 열두 개를 팔았다고 하자 금세공인이 소리쳤다. "악랄한 놈 같으니라고!" 그리고는 이렇게 덧붙였다. "젊은이, 지나간 일은 돌이킬 수가 없네. 이 접시는 우리 가게에서 사용하는 가장 순도가 높은 은과 같은 은으로 만들어졌군. 이 접시가 가격이 얼마나 나가는지 보여주면 그 유대인이 젊은이를 얼마나 속여먹었는지 알 거야."

금세공인은 저울을 가지고 접시의 무게를 달았다. 그는 1온스의 순은이 얼마인지를 말해 주고는 그 접시는 무게로 따져 금화 60냥에 팔린다고 말하며 즉시 그 돈을 지불했다.

알라딘은 그의 정직한 거래에 대해 고마워하며 나머지 접시와 쟁반을 그에게 팔아 무게로 따져 돈을 받았다.

알라딘과 그의 어머니는 램프에게 부탁하여 엄청난 보물을 가질 수 있었고 무엇이든 원하는 것을 가질 수도 있었지만 이전처럼 검소하게 살았다. 알라딘이 접시와 쟁반을 판 돈으로 한동안 먹고 살기에 충분했다는 것은 쉽게 짐작할 수 있을 것이다.

그러는 동안에 알라딘은 금란*과 은란**, 린넨, 비단, 그리고 보석류를 파

---

* 금실을 넣어 짠 천
** 은실을 넣어 짠 천

는 주요한 상인들 가게를 드나들면서 그들과의 대화를 통해 세상에 대한 지식을 습득해 나갔다. 그는 보석 상인들과 사귀면서, 램프를 가지러 갔을 때 자신이 가져온 열매들이 색유리가 아니라 엄청난 가치가 있는 보석이라는 사실도 알게 되었다. 하지만 신중을 기하기 위해 그 누구에게도, 심지어는 어머니에게도 자기에게 보석이 있다는 사실을 알리지 않았다.

어느 날, 알라딘이 마을을 돌아다니고 있는데 황제의 딸인 부디르 알 부도르 공주가 목욕을 하러 오고 가는 동안 모든 사람들은 가게와 집 문을 닫고 안에 들어가 있으라는 포고를 하는 소리가 들렸다.

이 포고에 알라딘은 공주의 얼굴을 보고 싶은 호기심이 생겼다. 그래서 목욕탕 문 뒤에 몸을 숨겼다. 공주의 얼굴을 보기에 매우 적당한 곳이었다. 잠시 후 공주가 나타났다. 수많은 여자들과 노예들이 공주의 옆과 뒤에서 호위를 하며 따라왔다. 목욕탕 문에서 서너 발자국 떨어진 곳에 다다르자 공주가 베일을 벗었기 때문에 알라딘은 공주의 얼굴을 온전히 볼 수 있었다.

공주는 흑갈색 머리를 가진, 이 세상에서 가장 아름다운 여성이었다. 커다란 눈은 보석처럼 반짝였고 표정은 온화하고 사랑스러웠으며 코는 흠잡을 데가 없었고 입은 조그마했으며 입술은 주홍색에 몸매는 완벽했

공주는 이 세상에서 가장 아름다웠다.

다. 그러니 알라딘이 황홀하여 넋을 잃은 것은 놀랄 일이 아니었다.

공주가 그의 앞을 지나 목욕탕으로 들어가자 알라딘은 그곳에서 나와 집으로 갔다. 그의 어머니는 알라딘이 여느 때와는 달리 우울한 표정으로 생각에 잠겨 있는 모습을 보고 무슨 일 때문에 그러는지, 혹시 아픈 것은 아닌지를 물었다. 알라딘은 잠시 침묵을 지키다가 마침내 사실대로 모두 말하고는 이렇게 말을 맺었다. "공주를 사랑해요. 황제께 공주와 결혼하게 해 달라고 부탁할 거예요."

알라딘의 어머니는 아들이 하는 말을 듣고 깜짝 놀랐다. 하지만 공주와 결혼하겠다는 얘기를 듣고 말했다. "얘야, 무슨 소리냐? 정신이 나간 모양이구나."

알라딘이 대답했다.

"어머니, 제정신으로 하는 말이에요. 어리석고 분수에 넘치는 일이라고 꾸중하실 줄 알았어요. 하지만 다시 한 번 말씀드리건대 황제 폐하께 공주와 결혼하게 해 달라고 부탁하기로 결심했어요. 어머니가 아무리 꾸짖어도 소용없어요. 황제 폐하께 드릴 만한 선물로는 저번에 지하에 있는 동굴에서 가져왔던 유리들을 생각하고 있어요. 그 유리들이 사실은 엄청난 가치가 있는 보석이었어요. 아주 훌륭한 군주에게 걸맞은 것들이죠. 가게들을 드나들면서 그것들이 값나가는 보석이라는 사실을 알았어요. 어떤 상인도 우리가 가지고 있는 보석과 비교할 만한 보석을 가진 사람은 없어요. 크기나 아름다움 면에서 말이에요. 하지만 그들은 자기네 보석을 실제 가격보다 더 비싸게 받지요. 그러므로 황제 폐하께 우리 보석을 가져다드리면 매우 좋아하실 거예요. 보석을 담을 커다란 도자기 접시가 있지요? 그걸 가져다주세요. 색깔별로 정리하면 얼마나 아름다운지 한 번 보게요."

알라딘의 어머니가 접시를 가져오자 알라딘은 보석을 보관해 두었던 두 개의 지갑에서 보석을 꺼내 가지런히 늘어놓았다. 대낮인데도 보석들이 내뿜는

두 사람은
너무도 눈이 부셔
깜짝 놀랐다.

다양한 색의 화려한 빛에 두 사람은 너무도 눈이 부셔 깜짝 놀랐다. 그 가치를
알지는 못했지만 화려한 보석들을 보자 알라딘의 어머니는 걱정이 조금 누그
러졌다. 하지만 알라딘이 조급하게 굴까봐 다음날 궁전에 가기로 약속했다. 다
음날 알라딘은 날이 밝기도 전에 일어나 어머니를 깨우며 빨리 옷을 입고 궁
전으로 가서 재상과 중신들이 어전회의실*에 자리를 잡고 앉기 전에 입궐하
라고 재촉했다.

알라딘의 어머니는 전날 보석들을 담아두었던 접시를 두 장의 보자기에 싸

◈   임금의 앞에서 중신들이 모여 국가 대사를 의논하던 곳

서 궁전으로 향했다. 궁전 문 앞에 이르렀을 때 재상과 다른 중신들이 막 안으로 들어갔다. 그녀는 수많은 신하들 사이를 뚫고 널따란 어전회의실로 들어갔다. 회의실 입구는 매우 웅장했다. 그녀는 황제와 황제의 좌우로 늘어서 있는 재상과 중신들 앞쪽에 자리를 잡았다. 순서에 따라 몇 가지 사안들에 대한 논의가 이루어진 후 어전회의가 끝이 났다. 황제는 일어서서 재상의 호위를 받으며 왕의 처소로 돌아갔다.

〈재상〉

알라딘의 어머니는 황제와 신하들이 모두 물러가는 것을 보고 그날은 회의가 다시 열리지 않을 것이라 판단하고 집으로 돌아왔다. 알라딘은 어머니가 황제에게 얘기도 꺼내지 못한 것을 알고 매우 실망했다. 하지만 알라딘의 어머니는 그를 위로하며 말했다. "내일 다시 가 보마. 내일은 황제 폐하께서 그리 바쁘지 않을지도 모르니까."

다음날 아침, 알라딘의 어머니는 전날처럼 이른 시간에 선물을 가지고 황제의 궁으로 갔다. 하지만 궁전에 도착하여 어전회의실이 닫혀 있는 것을 보고 어전회의가 이틀에 한 번씩 열린다는 것을 알게 되었다. 그리하여 다음날 다시 찾아갔다. 그녀는 그 후 어전회의가 있을 때마다 여섯 번을 더 찾아가서 그 때마다 황제의 바로 앞에 자리를 잡고 서 있었다. 하지만 첫 날과 마찬가지로 말할 기회를 갖지 못했다.

하지만 6일째 되는 날, 어전회의가 끝난 후 자기 방으로 돌아온 황제가 재상에게 말했다. "요 며칠 사이에 어전회의를 할 때마다 어떤 여인이 보자기에 무언가를 싸들고 있는 것을 보았는데, 회의가 시작될 때부터 끝날 때까지 바로 내 앞에 자리를 잡고 서 있었소. 다음 회의 때 그 여인이 오거든 불러오시오. 무슨 연유인지 들어야겠소." 재상은 손을 아래로 내렸다가 머리 위로 들어올려 대답을 대신했다. 그 명령을 실행하지 못하면 손을 잃어도 된다는 뜻이었다.

다음 회의가 열리는 날, 알라딘의 어머니는 여느 때처럼 어전회의실로 가서 황제의 바로 앞에 자리를 잡았다. 재상은 즉시 왕홀*을 들고 다니는 신하를 불러 알라딘의 어머니를 가리키며 황제 앞으로 불러오라고 명했다. 알라딘의 어머니는 즉시 그를 따라갔다. 황제 앞에 이르자 그녀는 바닥에 머리를 조아리고 황제가 일어나라고 명령하기를 기다렸다. 곧이어 황제가 이렇게 말했다. "선량한 여인이여, 그대가 어전회의가 시작되어 끝날 때까지 오랫동안 서 있는 것을 지켜 보았노라. 무슨 연유인고?"

황제의 물음에 알라딘의 어머니는 다시 한 번 엎드리며 말했다. "군주 중의 군주이신 황제 폐하, 무례하게도 이런 요청을 드리는 것을 용서해 주십시오. 먼저 용서해 주시고 벌하지 않으시겠다는 약속을 해 주십시오."

"그래, 무슨 말을 하든 용서해 주겠노라. 벌하지 않을 테니 용기 있게 말해 보거라." 하고 황제가 대답했다.

알라딘의 어머니는 이처럼 세심하게 신중을 기한 뒤 무슨 연유로 왔는지 차분하게 설명한 후 공주에 대한 아들의 사랑을 참작해 달라고 말하면서 거듭해서 용서를 빌었다.

---

* 왕의 권위를 나타내는 지팡이

황제는 조금도 노여워하는 기색이 없이 설명을 듣더니 대답을 하기 전에 냅킨에 싸서 가져온 것이 무엇이냐고 물었다. 알라딘의 어머니는 왕의 발 밑에 놓았던 접시를 들고 보자기를 풀고는 황제에게 보여주었다.

황제는 접시에 담긴 아주 크고 아름답고 값진 보석을 보고 놀라고 감탄하여 입을 다물지 못했다. 그는 탄복을 금치 못하며 한참 동안 말을 잇지 못했다. 그러다가 알라딘의 어머니의 손에서 선물을 받아들고는 기쁨에 겨워 외쳤다. "참으로 화려하고 아름답도다!"

황제는 놀라서 입을 다물지 못했다.

황제는 탄복을 하며 보석들을 하나하나 만져보고는 재상을 돌아보고 접시를 보여주면서 말했다. "보시오, 이처럼 화려하고 아름다운 보석을 일찍이 본 적이 없다고 고백하고 자백하고 감탄하고 경탄해 보시오."

재상은 넋을 잃었다. 황제가 말을 이었다. "자, 이 선물에 대해 어찌 생각하시오? 내 공주만한 가치가 있지 않소? 이렇게 공주의 가치를 높이 사는 자에게 공주를 주어야 하지 않겠소?"

재상이 대답했다. "이 선물이 공주만한 가치가 있다는 것은 인정합니다. 하지만, 폐하, 결정을 내리시기 전에 저에게 3개월만 시간을 주십시오. 그 시간 동안에 폐하께서 그토록 총애하시는, 소신의 아들이 황제께서 전혀 알지 못하는 낯선 자인 알라딘보다 더 고귀한 선물을 준비할 수 있기를 희망합니다."

황제는 기꺼이 이 부탁을 들어주며 알라딘의 어머니에게 말했다. "선량한 여인이여, 집으로 돌아가 아들에게 말해 주거라. 그 제안을 받아들인다고 말이다. 하지만 앞으로 3개월 이내에는 공주를 결혼시킬 수 없느니라. 3개월이 지나면 그 때 다시 오거라."

알라딘의 어머니는 호의적인 대답을 듣고 기대 이상으로 만족하여 집으로 돌아갔다. 그리고는 3개월 후에 황제의 결정을 들으러 다시 궁전에 가기로 했다고 아들에게 말했다.

알라딘은 그 소식을 듣고 자기가 이 세상에서 가장 행복한 사내라고 생각하면서 어머니의 노고에 감사했다. 결혼 승낙을 얻어내는 일은 그의 행복에 그토록 중요했던 것이다. 그로부터 두 달이 지난 어느 날 저녁, 알라딘의 어머니는 시내에 나갔다가 가게마다 온통 나뭇잎과 비단과 양탄자로 치장이 되어 있고 만나는 사람마다 모두 기쁨에 들떠 있는 것을 보았다. 거리는 의식을 거행할 때 입는 의복을 갖춰 입은 관리들로 붐볐다. 그들은 호화롭게 치장한 말을 타고 있었으며 관리들마다 수많은 하인들이 뒤따르고 있었다.

알라딘의 어머니는 무슨 축제가 있기에 이처럼 대대적으로 준비를 하느냐고 사람들에게 물었다. 한 사람이 대답했다. "아니, 오늘 밤 황제 폐하의 따님이신 부디르 알 부도르 공주와 재상의 아드님이 결혼식을 하는데, 그것도 모른단 말이오? 공주님이 이제 곧 목욕을 하고 돌아오실 거요. 이 관리들은 결혼식이 엄숙히 거행될 궁전으로 가는 행렬을 돕기 위해 모인 것이오."

알라딘의 어머니는 급히 집으로 가서 알라딘에게 이 사실을 알렸다. "애야, 이제 넌 글렀다. 황제 폐하의 고상한 약속이 모두 허사가 되어 버렸다. 오늘 밤 재상의 아들이 공주님과 결혼한단다."

알라딘은 그 소식을 듣고 가슴이 쿵 내려앉았다. 하지만 램프를 생각하자 갑자기 희망이 생겼다. 그는 기필코 결혼을 막아야겠다고 생각했다. 그래서 방으로 가서 램프를 들고 비볐다. 그 순간 지니 요정이 나타나 말했다. "뭘 원하십니까?"

알라딘이 말했다. "들거라. 지금까지 너는 날 위해 일을 잘 해 주었다. 하지만 지금 아주 중대한 일을 맡기려 한다. 나와 결혼하기로 한 황제 폐하의 따님이 오늘 밤 재상의 아들과 결혼하려 한다. 그대로 둬서는 안 된다. 결혼식이 거행되기 전에 두 사람을 내게 데려오너라."

"주인님, 명령에 따르겠습니다." 하고 지니 요정이 대답했다.

알라딘은 여느 때처럼 어머니와 저녁식사를 했다. 그리고는 다시 자기 방으로 가서 지니 요정이 돌아오기를 기다렸다.

황제의 궁전은 결혼 축제로 한창 즐거움에 들떠 있었다. 축제는 한밤중까지 계속되었다. 한밤중이 되자 신랑과 신부가 그들의 방으로 들어갔다. 그런데 방으로 들어간 순간 지니 요정이 그들을 붙잡아 곧장 알라딘의 방으로 데려갔다. 두 사람은 자신들이 어떻게 해서 그곳으로 가게 되었는지 알 수가 없었기 때문에 몹시 두려웠다.

"신랑을 데려가거라. 그리고 내일 새벽까지 잘 가두어 두었다가 다시 데려 오너라." 하고 알라딘이 명령했다. 그리고 나서 알라딘은 자신이 부당한 대우를 받았다는 것을 설명해 줌으로써 신부의 두려움을 달래 주려고 애썼다. 하지만 신부는 황제의 약속에 대해 아무것도 모르고 있었기 때문에 소용이 없었다.

새벽이 되자 지니 요정이 재상의 아들을 데리고 나타났다. 그는 바로 옆방

"신랑을 데려가거라."

황제는 문을 열고
침대 옆으로 다가갔다.

에 지니 요정과 단둘이서 밤새 갇혀 있었다. 재상의 아들은 문 앞에 꼼짝도 않고 넋이 나가 서 있었다. 알라딘의 명령에 램프의 노예는 두 사람을 다시 궁전으로 데려다 놓았다.

지니 요정이 그들을 막 안전하게 내려놓았을 때 황제가 아침 인사를 하기 위해 문을 두드렸다. 밤새 얇은 속옷 차림으로 서서 추위에 떨며 죽을 뻔했던 재상의 아들은 노크 소리가 나는 순간 전날 밤 옷을 벗어 두었던 옷 갈아입는 방으로 달려갔다.

황제는 문을 열고 침대 옆으로 다가가 공주의 이마에 입을 맞추었다. 그런데 공주가 아주 우울해하는 것을 보고 깜짝 놀랐다. 공주는 고뇌에 찬 얼굴을 하고 슬픈 표정으로 황제를 바라볼 뿐이었다. 황제는 공주가 이처럼 아무 말도 없이 침울해하는 데에는 필시 특별한 이유가 있을 것이라 생각하고 즉시 황후의 방으로 가서 공주의 상태에 대해 얘기하면서, 공주가 자기를 보고도 아무 말 없이 침울해하기만 했다고 말했다. "폐하, 제가 가서 살펴보겠어요. 나한테도 그러진 않을 거예요." 하고 황후가 말했다.

황후가 찾아갔을 때도 공주는 입을 굳게 다물고 아무 말이 없었다. 하지만 황후가 다그치자 공주가 깊은 한숨을 내쉬며 눈물을 흘리면서 말했다. "전 너무나 불행해요." 공주는 자기에게 일어났던 모든 일을 얘기했다. "딸아, 이 모든 것을 너 혼자만 알고 있거라. 이런 이상한 얘기를 하면 모두들 네가 제정신이 아니라고 생각할 테니까." 하고 황후가 대답했다.

황후는 공주의 방에서 나와 재상의 아들에게 가서 물었다. 하지만 공주와의 결혼을 자랑스럽게 여기고 있는 그는 전부 사실이 아니라고 말했다. 그리하여 다음날도 결혼식이 화려하게 진행되었다.

그날 밤 알라딘은 다시 지니 요정을 불러 공주와 재상의 아들을 데려오게 했다. 그리고 다음날 아침, 황제가 방문할 시간에 맞추어 다시 궁전으로 데려다 놓게 하였다. 황제가 묻자 공주는 눈물을 흘리며 마침내 모든 일을 얘기했다. 황제는 재상을 불러 의논을 하던 중 재상의 아들이 공주보다 더 심한 일을 겪었다는 사실을 알고 결혼식을 취소하라고 명령하였다. 그리하여 왕국 전역에서 며칠 동안 더 계속될 예정이었던 모든 결혼식 행사가 중단되었다.

이처럼 갑작스럽게 결혼식 행사가 중단되자 이러저러한 소문이 나돌았다. 하지만 어떤 연유로 그렇게 되었는지는 밝혀지지 않았다. 이와 같은 예상치 않은 갑작스런 변화로 인해 온 도시와 왕국에 여러가지 추측과 의문이 난무했지만, 재상과 그의 아들이 몹시 풀이 죽은 얼굴로 궁전을 나왔다는 것 외에는 정확한 진실을 알 수 없었다. 그 비밀을 아는 사람은 알라딘뿐이었고, 알라딘은 영악하게도 그 비밀을 아무에게도 말하지 않았기 때문에 알라딘과 그의 요청에 대해 까맣게 잊고 있었던 황제와 재상은 이 모든 혼란의 원인이 알라딘일

거라고는 생각지도 못했다.

이제 황제가 알라딘의 어머니에게 약속을 한 지 3개월이 지났다. 알라딘의
어머니는 황제의 결정을 듣기 위해 궁전으로 찾아갔다. 황제는 즉시 그녀를 알
아보고는 재상에게 데려오라고 명령했다.

"폐하," 하고 알라딘의 어머니가 황제 앞에 엎드리며 말했다. "폐하께서 명
하신 대로 3개월이 지나서 소인의 아들을 위해 간청 드리고자 왔습니다."

황제가 이 여인의 요청에 대해 대답을 주겠다고 시간을 정할 때에는 다시 이
여인을 보리라고는 생각도 하지 못했다. 하지만 황제는 자신이 한 약속을 저버
리기가 싫었다. 그래서 재상과 의논을 하자 재상은 알라딘의 처지로서는 도저
히 감당하기 힘든 조건을 제시하라고 충고해 주었다. 황제는 그 충고가 현명하
다고 생각되어 충고를 받아들여 알라딘의 어머니에게 말했다.

"선량한 여인이여, 황제란 무릇 자신이 한 약속을 지켜야 하는 것이므로 나
또한 내가 한 약속을 지킬 생각이다. 그러므로 너의 아들을 내 딸과 결혼시키

"아들에게 이렇게 전하거라."

겠노라. 다만, 네 아들이 더욱더 가치 있는 것을 가져오지 않는다면 결혼을 허락할 수 없노라. 그러니 아들에게 이렇게 전하거라. 순금으로 만든 40개의 쟁반에 일전에 나에게 선물로 가져왔던 것과 똑같은 보석들을 가득 담아서 40명의 흑인 노예들이 들고 오도록 하되, 그들 앞에서 화려하게 차려입은 젊고 잘생긴 40명의 백인 노예들이 행렬을 인도해 오도록 하여라. 그러면 나의 약속을 즉시 이행하도록 하겠노라. 이 조건을 이행하면 공주를 그와 결혼시키겠노라고 가서 말하거라. 그의 대답을 기다리겠노라."

알라딘의 어머니는 다시 한 번 왕 앞에 엎드려 절하고는 물러나왔다. 집으로 돌아오는 길에 알라딘의 어머니는 아들의 어리석은 상상에 혼자서 웃었다. "대체 어디서 황제 폐하가 요구하신 것을 구한단 말인가?" 하고 그녀는 혼자 중얼거렸다. 집으로 돌아와 그녀는 황제가 전하라고 한 말을 아들에게 전하고는 이렇게 덧붙였다. "황제께서는 당장 너의 대답을 듣길 원하신단다. 하지만," 하고 그녀는 웃으면서 말했다. "기다리고 싶은 대로 언제까지나 기다리시라지."

"어머니가 생각하시는 것처럼 그렇게 오래 걸리지 않아요." 하고 알라딘이 대답했다. "공주를 위해 내가 할 수 있는 것에 비하면 하찮은 것이에요. 그런 하찮은 것을 요구하시다니 매우 다행이에요. 그것들을

'보석을 이고 있는 흑인 노예'

당장 준비하도록 할게요."

알라딘은 즉시 지니 요정을 불러 원하는 것을 주문했다. 지니 요정은 즉시 명령을 이행하겠다고 말하고는 사라졌다. 잠시 후 지니 요정이 40명의 흑인 노예들을 데리고 나타났다. 흑인들은 황제에게 바쳤던 것들보다 훨씬 더 크고 아름다운 진주, 다이아몬드, 루비, 에메랄드, 그리고 온갖 종류의 보석들이 담긴 순금으로 된 쟁반을 하나씩 머리에 이고 있었다.

"어머니," 하고 알라딘이 말했다. "시간을 낭비하지 말아요. 황제 폐하와 어전회의에 모인 중신들이 자리를 뜨기 전에, 공주를 얻는 대가로 폐하가 요구한 지참금인 이 선물을 가지고 빨리 궁전으로 돌아가세요. 내가 신속하고 정확하게 폐하의 요구를 이행한 것을 보시고 얼마나 열렬하게, 그리고 얼마나 진심으로 공주와 결혼하는 영광을 갖고 싶어 하는지 아실 거예요."

선물을 든 행렬은 너무도 장관이어서 그들이 거리를 지나갈 때 사람들이 몰려들어 감탄을 금치 못했다. 노예들이 입은 보석으로 번쩍이는 화려한 옷들을 보고 사람들은 그들이 왕과 왕자들이라고 생각했다. 알라딘의 어머니가 앞장선 가운데 그들은 침착하게 궁전을 향해 걸어갔다. 그들의 모습이 서로 너무나도 비슷해서 구경꾼들이 놀라워하였다.

그들이 궁전으로 오고 있다는 소식을 들은 황제가 그들을 안으로 들여보내라고 명령했기 때문에 행렬은 아무런 방해를 받지 않고 궁전으로 들어갔다. 그들은 질서정연하게 일부는 왼쪽으로, 나머지는 오른쪽으로 줄을 서서 어전회의실로 들어섰다. 그리고 모두 안으로 들어서자 황제의 왕좌 앞쪽으로 반원형으로 정렬하여 선 다음 흑인 노예들이 황금 쟁반을 양탄자 위에 내려놓고, 양탄자 위에 머리를 조아리며 엎드렸다. 동시에 백인 노예들 역시 머리를 조아렸다. 그러고 나서 그들이 일어서자 흑인 노예들은 쟁반 뚜껑을 연 다음 가슴 위에서 팔짱을 끼고 똑바로 섰다.

그 사이에 알라딘의 어머니는 왕좌의 발치로 가서 경의를 표한 다음 황제에게 말했다. "폐하, 소인의 아들은 이 선물들이 부디르 알 부도르 공주님의 가치에 비하면 하잘것없는 것이라고 생각한답니다. 하지만 그럼에도 불구하고 폐하께서 이 선물을 받아주시기를 바라며 이 선물이 공주님의 마음에 드시길 희망한답니다. 폐하께서 요구하신 조건들을 맞추려고 노력했으므로 그러시리라 확신한다고 하였습니다."

황제는 더 이상 망설이지 않았다. 그는 알라딘이 보내는 화려한 선물을 보고 매우 기뻐했다. "가서 아들에게 전하라." 하고 황제가 말했다. "두 팔을 벌리고 그를 맞이할 준비가 되었노라고. 빨리 서둘러 와서 나의 손에서 공주를 받아 가면 그보다 더 기쁜 일이 없겠노라고 전하여라."

알라딘의 어머니가 물러가자 황제는 어전회의를 마치고 왕좌에서 일어나 공주의 하인들을 시켜 쟁반을 공주의 방으로 옮기게 했다. 그리고 시간이 나자 공주의 방으로 가서 함께 보석을 구경하였다. 40명의 노예들은 안내를 받아 궁전으로 안내되었다. 그 노예들의 화려한 모습에 대해 공주에게 얘기하던 황제는 그들을 공주의 방 앞으로 데려오라고 명했다. 격자창을 통해 공주에게 자신의 말이 과장이 아님을 보여주기 위해서였다.

그 사이에 집에 도착한 알라딘의 어머니는 태도와 표정으로 좋은 소식을 가져왔음을 아들에게 보여 주었다. "알라딘, 기뻐하렴. 너의 최고의 소망이 이루어지게 되었단다. 황제 폐하께서 네가 부디르 알 부도르 공주님과 결혼할 자격이 있다고 선언하시면서 너를 맞아 결혼을 성사시키기를 고대하고 있다고 하셨단다." 하고 그녀가 말했다.

이 소식에 황홀하여 넋을 잃은 알라딘은 방으로 가서 여느 때처럼 램프의 노예를 불렀다. "지니, 즉시 목욕을 해야겠다. 그리고 나면 이제까지 군주가 입었던 옷 중에서 가장 화려하고 가장 훌륭한 옷을 가져오너라." 하고 그가 말했다.

그 말이 입에서 떨어지기가 무섭게 지니 요정은 알라딘과 자신을 보이지 않게 변신시킨 다음 알라딘을 온갖 색깔의 훌륭한 대리석으로 만든 목욕탕으로 데려갔다. 그곳에서 알라딘은 향기로운 향수에 목욕을 하였다. 그러고 나서 홀로 나오자 눈부시게 훌륭한 옷이 준비되어 있지 않은가.

지니 요정은 옷 입는 것을 도와주고 옷을 다 입자 알라딘을 그의 방으로 데려다 주고는 명령할 다른 일이 있는지를 물었다. "있다." 하고 알라딘이 대답했다. "황제 폐하의 마구간에 있는 가장 훌륭한 말보다도 더 훌륭하고 아름다운 말을 가져오너라. 안장과 굴레와 아주 값비싼 장신구들을 달아서 가져 오너라. 또한 황제께 선물을 가져간 노예들처럼 화려한 복장을 한 노예 스무 명이 필요하다. 그들은 나의 옆과 뒤에서 나를 호위할 것이다. 그리고 나의 앞에서 2열로 서서 호위를 할 스무 명의 노예들도 필요하다. 나의 어머니를 위해 시중을 들 여섯 명의 여자 노예들도 데려오너라. 부디르 알 부도르 공주님의 시녀들 못지않게 화려하게 차려 입혀야 한다. 그 여자 노예들에게는 어떤 왕비에게라도 맞는 옷을 한 벌씩 들고 오게 하라. 마지막으로 금화 만 냥씩을 열 개의 지갑에 넣어 오너라. 자, 어서 서둘러라."

알라딘이 이 명령을 내리자마자 지니 요정이 사라졌다. 하지만 곧이어 요정은 말과, 금화 만 냥씩이 든 지갑을 든 열 명을 포함한 마흔 명의 노예, 그리고 알라딘의 어머니가 입을 가지각색의 옷을 은종이로 싸서 머리에 인 여섯 명의 여자 노예를 데리고 나타나 알라딘에게 바쳤다.

알라딘은 네 개의 지갑을 집어 옷을 이고 있는 여섯 명의 여자 노예와 함께 어머니에게 주면서 돈을 원하는 곳에 쓰라고 말했다. 그리고 나머지 여섯 개의 지갑은 노예들에게 주면서 거리를 걸어갈 때 사람들에게 한 줌씩 던져 주라고 명령했다. 이렇게 모든 준비가 끝나자 알라딘은 말에 올라 궁전을 향해 출발하였다. 지갑을 든 세 명의 노예는 그의 왼쪽에, 다른 세 명은 그의 오른쪽에 서서 호위를 하였다. 알라딘은 한 번도 말을 타본 적이 없었지만 너무나도 우아하게 말을 몰았기 때문에 말을 잘 타는 노련한 기수가 봤다 하더라도 그를 초보자라고 생각하진 못했을 것이다.

알라딘이 지나가는 거리는 수많은 구경꾼들로 발 디딜 틈이 없었다. 사람들은 환호를 했는데, 특히 지갑을 든 여섯 명의 노예들이 금화를 한 줌씩 던져줄 때마다 환호성을 질렀다.

황제는 알라딘의 훌륭한 복장과 화려한 행렬에 탄복하며 그를 기쁘게 맞이하여 최선을 다해 예우해 주었다. 알라딘을 환영하는 연회가 열린 뒤 혼인 계약이 이루어지고 정식으로 날인을 하였다. 황제는 당장 결혼식을 하고 싶어 했다. 하지만 알라딘은 이렇게 말했다.

"폐하, 우리가 결혼을 하기 전에 공주님께 걸맞은 집을 지을 수 있도록 폐하의 궁전 근처에 있는 땅을 하사下賜하여 주십시오. 제가 얼마나 신속하게 성을 짓는지를 보시면 공주님과 결혼하고 싶어하는 저의 열망을 아실 수 있으실 겁니다."

황제는 그를
기쁘게 맞이하였다.

황제는 이 부탁을 기꺼이 들어주고는 알라딘을 포옹하며 집으로 돌아가는 것을 허락해 주었다. 알라딘은 매우 정중하게 절을 하고 물러나와 지니 요정을 만나기 위해 사람들이 환호하는 가운데 서둘러서 집으로 갔다. 집에 도착하자 그는 자기 방으로 가서 램프를 꺼내 문질렀다. 지니 요정이 나타나 충성의 말을 하자 알라딘이 말했다.

"지니 요정, 나의 배우자가 될 부디르 알 부도르 공주님을 맞이할 궁전을 지어다오. 궁전은 석영, 벽옥碧玉, 마노, 청금석♣, 그리고 여러 가지 색깔의 가장 훌륭한 대리석으로 짓도록 하여라. 궁전 지붕에는 커다란 둥근 지붕으로 된 홀을 짓고 밖에서 볼 때 사면이 똑같게 만들어라. 벽은 벽돌을 쓰지 말고 순금과 은을 교차하여 쌓고 각 면에는 여섯 개의 창문을 만들어라. 미완성으로 남겨 둘 한 개를 제외하고 이 창문들의 격자창을 이 세상에서 가장 훌륭한 다이아몬드, 루비, 에메랄드로 장식하거라. 궁전 정문의 안쪽과 바깥쪽에는 뜰을 만들고 널따란 정원도 만들거라. 무엇보다도 보물창고를 지어 금과 은으로 가득 채우도록 하여라. 부엌과 창고 또한 부족함이 없게 하여라. 마구간은 최고의 말들로 채우고, 마지막으로 궁전 하인들을 배치하거라. 자, 어서 가서 명령을 실행해라."

알라딘이 이러한 명령을 내린 것은 해가 질 무렵이었다. 그런데 다음날 아침 날이 밝기도 전에 지니 요정이 나타나 말했다. "주인님, 궁전이 완성되었습니다."

알라딘의 명령에 지니 요정은 알라딘을 궁전으로 데려가 방들을 보여 주었다. 알라딘은 하인들은 물론 모든 것이 마음에 들었다. 이번에는 지니 요정이 보물창고로 안내했다. 창고지기가 문을 열어 주었다. 창고 안에는 크기가 다양

♣ 선명한 청색의 보석

한 지갑들이 천장까지 가지런히 정렬이 되어 쌓여 있었다. 이번에는 지니 요정이 마구간으로 안내하여 세상에서 가장 훌륭한 말들과, 말들을 손질하느라 바쁜 마부들을 보여 주었다. 그곳에서 그들은 창고로 갔다. 창고에는 음식과 장식에 필요한 모든 것들이 차곡차곡 쌓여 있었다.

알라딘은 궁전을 꼼꼼히 살핀 뒤 말했다. "지니, 이 세상에서 나보다 더 만족한 사람은 없을 것이다. 그런데 한 가지가 부족하구나. 황제의 궁전에서 여기까지 공주님이 걸어오실 때 밟고 올 훌륭한 벨벳으로 된 양탄자가 필요하다."

말이 떨어지는 순간 지니 요정이 사라지더니 한순간에 알라딘이 원하는 것이 이루어졌다. 그리고는 지니 요정이 다시 돌아와 황제의 궁전 문이 열리기 전에 알라딘을 집으로 데려다 주었다.

황제의 문지기들은 궁전 문을 연 순간 깜짝 놀랐다. 하룻밤 사이에 웅장하고 화려한 궁전이 세워지고 문 앞에서부터 그 궁전까지 벨벳 양탄자가 깔려 있지 않은가! 그들은 즉시 재상에게 가서 보고를 했고, 재상은 급히 황제에게 가서 말했다. "알라딘의 궁전이 틀림없도다!" 하고 황제가 외쳤다. "내가 짓도록 허락한 궁전 말이다. 하룻밤 사이에 지을 수 있다는 걸 내게 보여주어 깜짝 놀라게 하려고 한 것일 게다."

알라딘은 집으로 돌아오자 어머니에게 부디르 알 부도르 공주님에게 가서 그날 밤 공주를 맞이할 궁전의 준비가 끝날 것이라고 전해 달라고 부탁했다. 알라딘의 어머니는 여섯 명의 하녀를 데리고 즉시 출발하였다. 황제가 들어왔을 때 알라딘의 어머니는 공주와 나란히 앉아 얘기하고 있었다. 황제는 알라딘의 어머니를 보고 완전히 달라진 모습에 깜짝 놀라며 기뻐했다.

그동안에 알라딘은 그의 새 집으로 갔다. 그에게 큰 도움을 준 램프와 반지도 잊지 않고 가져갔다. 그날 저녁 부디르 알 부도르 공주가 황제의 궁전에서 나오자 기쁨과 환호성과 음악소리가 울려 퍼졌다. 아주 멋진 행렬이 공주를 알라딘의 궁전까지 인도해 주었고 궁전에서는 알라딘이 깊은 경의를 표하며 공주를 맞을 준비를 하고 서 있었다. 알라딘은 공주를 커다란 홀로 안내하였다. 공주는 화려한 홀의 모습에 말할 수 없이 놀라워하였다. 그리고 나서 축제가 늦은 밤까지 계속되었다.

다음날 아침, 알라딘은 옷을 입자마자 황제와 그의 신하들을 자신의 궁전으로 초대하러 갔다. 황제는 기꺼이 초대에 응하여 재상과 중신들을 데리고 알라딘을 따라나섰다. 알라딘의 궁전이 가까워올수록 그 아름다운 모습에 황제의 놀라움은 더욱더 커졌다. 하지만 홀 안으로 들어서서 다이아몬드, 루비, 에메랄드 등 크고 완벽한 보석으로 장식된 창문들을 보자 너무 놀라서 한동안 얼어붙어 있을 정도였다.

황제가 말했다. "아들아, 내 일찍이 이같이 감탄스러운 홀을 본 적이 없단다. 그런데 한 가지 놀라운 것은 창문 하나가 미완성이로구나."

"폐하, 하나를 미완성으로 놔둔 것은 일부러 그런 것이옵니다. 폐하께서 이 홀을 완성하는 기쁨을 누리시기를 바라는 마음에서였습니다." 알라딘이 대답했다.

"그 마음을 고맙게 받아들이겠노라. 즉시 창문을 완성하도록 명령하겠다." 하고 황제가 말했다.

황제가 준비된 식사를 마치고 일어섰을 때 보석상들과 금속세공인들이 대기하고 있다고 알려왔다. 황제는 홀로 나가 미완성된 창문을 보여주며 말했다. "내 너희들을 부른 것은 이 창문을 나머지 창문들과 같이 완벽하게 장식하라고 하기 위함이다. 신속하게 끝내도록 하여라."

보석상들과 금속세공인들은 스물세 개의 창문들을 꼼꼼하게 살폈다. 그리고는 각자 어떤 보석을 가져올 수 있는지를 함께 모여 논의한 뒤 다시 황제 앞으로 왔다. 대장인 보석상이 나머지를 대표하여 말했다. "폐하, 저희 모두는 최선을 다해 폐하의 분부를 이행하고자 하는 마음은 있사오나 우리 중 어느 누구도 이 위대한 작업에 필요한 만큼의 보석을 가지고 있는 자가 없사옵니다."

"나에게 충분한 보석이 있노라. 내 궁전으로 가서 필요한 보석을 가져다 쓰도록 하여라." 하고 황제가 말했다.

황제는 자신의 궁전으로 돌아가자 궁전에 있는 보석을 모두 꺼내 오라고 명했다. 보석상들은 특히 알라딘이 황제에게 선물로 준 보석들을 포함하여 많은 양의 보석을 가져갔다. 하지만 작업을 겨우 시작했을 뿐인데도 보석은 곧 바닥이 나고 말았다. 그들은 여러 차례 황제의 궁전을 드나들며 보석을 날랐다. 창문이 절반도 완성되지 않은 채로 한 달이 지나갔다. 그동안에 황제의 보석은 바닥이 났고 재상의 보석을 빌려오기까지 했지만 창문은 아직도 반 이상이 미완성인 채였다.

나머지 창문처럼 훌륭하게 창문을 꾸미려 한 황제의 노력이 모두 수포로 돌아간 것을 알게 된 알라딘은 보석상들과 금속세공인들을 불러오게 하여 작업을 중단하라고 명하고, 이제까지 한 작업을 모두 해체하고 보석들을 황제와 재상에게 돌려주라고 명하였다. 그들은 6주 동안 했던 작업을 단 몇 시간 만에 해체하고 알라딘을 홀로 홀에 남겨둔 채 물러갔다. 알라딘이 몸에 지니고 다니던 램프를 꺼내 비비자 지니 요정이 나타났다.

"지니," 하고 알라딘이 말했다. "일전에 나는 이 홀에 있는 스물 네 개의 창문 중에서 하나를 미완성으로 남겨두라고 명했고 너는 나의 명령을 정확히 이행했었다. 이제 이 창문도 나머지 창문들처럼 꾸며놓거라."

그러자 지니 요정이 즉시 사라졌다. 알라딘이 홀을 나갔다가 잠시 후 돌아왔을 때는 그가 원하는 대로 창문이 나머지 창문들과 똑같이 완성되어 있었다.

그 사이에 보석상들과 금속세공인들은 황제의 궁전으로 가서 황제 앞으로 안내되었다. 대장 보석상은 알라딘에게서 돌려받은 보석을 내놓았다. 황제는 알라딘이 그 보석들을 다시 가져가라고 한 이유에 대해 말했는지를 물었다. 그들이 아무런 이유도 설명하지 않았다고 말하자 황제는 말을 대기시키라 하고 말을 타고, 몇몇 수행원은 걸어서 뒤따르게 하고 알라딘의 궁전으로 향했다. 알라딘은 궁전 문 앞까지 나와 황제를 맞이하고는 황제의 질문에 대답하는 대신 커다란 홀로 안내했다. 황제는 창문이 다른 창문들처럼 완성이 되어 있는 것을 보고 깜짝 놀랐다. 처음에는 다른 창문을 잘못 본 것이 아닌가 하는 생각을 했으나 다른 창문들을 유심히 살핀 결과 미완성이었던 창문이 몇 분 만에 완성되었음을 알게 되었다. 보석상들이 수 주일이 걸려서도 완성하지 못했던 창문이 말이다. "아들아, 항상 눈 깜짝할 사이에 이처럼 놀라운 일들을 해내니 대체 넌 어떤 사람인 것이냐. 이 세상에 너 같은 사람은 없을 것이로다. 너를 알면 알수록 감탄스럽구나." 하고 황제가 말했다.

알라딘은 궁전에만 있지 않고 가끔은 이러저러한 회교 사원에 나가기도 하고, 기도를 하러 가거나 재상을 방문하거나 중신들을 방문하는 등, 일주일에 한두 번씩은 시내로 나가 사람들에게 자신의 모습을 보여 주도록 신경을 썼다. 시내에 나갈 때마다 그는 두 노예로 하여금 자신이 탄 말 옆에 서서 걸어서 따라오면서 거리와 광장을 지날 때 사람들에게 돈을 한 움큼씩 던져주게 하였다. 이러한 그의 자비로움에 사람들은 그를 사랑하고 축복해 주었다. 또한 사람들이 그의 머리를 걸고 맹세하는 일이 흔해졌다. 이렇게 하여 알라딘은 사람들의 애정을 사게 되었으며 황제보다 더 많은 사랑을 받게 되었다.

알라딘은 몇 년 동안을 이렇게 지냈다. 그 무렵 아프리카에 있던 아프리카 마법사는 알라딘을 떠올렸다. 그는 알라딘이 자신이 내팽개쳐두고 왔던 동굴 속에 갇혀 죽었을 거라고 생각했지만 확인해 보기로 결심했다. 그는 긴 시간에 걸쳐 조심스럽게 마법을 통해 조사했고, 그 결과 알라딘이 동굴에서 빠져나와 그의 신기한 램프 덕분에 아주 화려하게 살고 있다는 것을 알게 되었다.

이 사실을 알자마자 마법사는 중국의 수도를 향해 급히 출발했다. 수도에 도

마법사는 마법을 통해 조사해 보았다.

착한 그는 숙소로 가서 오랜 여행으로 지친 몸을 쉬었다.

마법사는 수소문을 한 끝에 알라딘의 엄청난 부와 그의 자선 행위와 그가 지은 웅장한 궁전에 대해 들었다. 궁전을 직접 보자 마법사는 그러한 궁전을 지을 수 있는 자는 지니 요정밖에 없다는 사실을 알았고 참패를 당한 기분에 몹시 화가 났다. 그는 램프가 있는 장소를 기필코 알아내야겠다고 결심하며 숙소로 돌아갔다. 그리고 마법의 힘으로 램프가 있는 곳을 알아냈다. 그는 참으로 기쁘게도 알라딘이 그가 염려했던 것처럼 램프를 몸에 지니고 있는 것이 아니라 궁전 안에 둔 사실을 알게 되자 이렇게 중얼거렸다. "램프를 빼앗고 말겠어. 그 녀석에게 복수를 할 거야. 원래대로 가난뱅이로 만들어 버리겠어."

마법사는 또한 알라딘이 8일간의 일정으로 사흘 전에 사냥을 떠났다는 사실도 알게 되었다. 이 정도의 시간이면 마법사가 그의 계획을 실행하기에 충분한 시간이었다. 마법사는 즉시 행동을 개시했다.

먼저 그는 구리 세공인을 찾아가 열두 개의 램프를 사서 바구니에 담아 알라딘의 궁전으로 갔다. 그는 궁전 가까이 가자 이렇게 외쳤다. "낡은 램프를 새것으로 바꿔 줍니다!"

공주는 무슨 말인지 정확히 듣지는 못했지만 멀리서 외치는 소리를 들었다. 사람들이 모여 있는 것을 보고 궁금해진 공주는 하녀를 시켜 무엇을 팔고 있는지 알아오게 하였다.

하녀는 웃으면서 곧 돌아왔다. 하녀가 배꼽을 잡고 웃는 바람에 공주는 화가 났다. 하녀가 여전히 웃으면서 말했다. "공주님, 그 사람이 손에 바구니를 들고 있는데 훌륭한 새 램프가 가득 담겨 있지 뭡니까. 그걸 헌 것과 바꿔 준다고 하니까 아이들과 사람들이 주위로 몰려들어 그를 보고 놀리는 바람에 꼼짝을 못하고 있답니다."

또 다른 하녀가 그 말을 듣고 있다가 말했다. "램프라고 하면, 공주님께서 보

"낡은 램프를 새것으로 바꿔 줍니다!"

셨을지 모르겠는데, 왕자님께서 예복을 갈아입는 방 선반에 낡은 램프가 하나
있습니다. 너무 낡아서 그걸 새것과 바꾸면 누구라도 좋아할 거예요."

이 램프의 가치에 대해 모르고 있던 공주는 하인을 시켜 램프를 가져오게 한
다음 새것과 바꾸어 오라고 하였다. 하인은 램프를 들고 궁전 밖으로 나갔다.
궁전 문을 나서자마자 아프리카 마법사가 보였다. 그는 마법사를 불러 낡은 램
프를 보여주면서 새것과 바꾸자고 말했다.

마법사는 그 램프가 바로 자신이 원하던 것임을 한눈에 알아보았다. 궁전
에서 사용하는 도구들은 모두 금이나 은으로 되어 있기 때문에 그처럼 낡은 램

프가 궁전에 또 있을 리가 없었기 때
문이다. 그는 하인의 손에서 램프
를 잽싸게 뺏어서 가슴 깊이 쑤
셔넣고는 바구니를 내밀며 마
음대로 고르라고 말했다. 하인
은 하나를 골라 공주에게 가져갔
다. 램프를 바꾸자 아이들이 마법사를
보고 바보라고 놀리는 소리가 더 크게 울려
퍼졌다.

아프리카 마법사는 사람들로 하여금
마음껏 놀리라고 내버려 둔 채 두 궁전
사이에 있는 광장에서 황급히 빠져나와
인적이 드문 거리로 가서, 이제는 필요

황제는 궁전이 갑자기
사라져 버린 것을 보고
깜짝 놀랐다.

없는 램프와 바구니를 아무도 보지 않는 골목에 내려놓았다. 그
리고는 한두 개의 거리를 지나 도시 성문을 빠져나와 시골길로 접
어들어 호젓한 곳에서 남은 하루를 보냈다. 밤이 되자 마법사는 품
속에서 램프를 꺼내 문질렀다. 그러자 지니 요정이 나타나 말했다.
"뭘 원하십니까? 당신의 노예로서, 그리고 당신이 손에 든 램프를
가진 사람들의 노예로서 명령만 하시면 무엇이든 할 준비가 되어 있
습니다. 나와 그 램프의 다른 노예들은 준비가 되어 있습니다."

마법사가 말했다. "명령하노라. 나를 당장 아프리카로 데려다 주고, 너와 다
른 램프 노예들이 이 도시에 지은 궁전과 그 궁전에 사는 사람들을 당장 아프
리카로 옮겨 놓거라." 지니 요정은 아무런 대답이 없었다. 하지만 마법사와 궁
전을 마법사가 원하는 장소로 송두리째 즉시 옮겨 놓았다.

황제는 늘상 바라다보이던 궁전이 갑자기 사라져 버린 것을 보고 깜짝 놀라 재상을 불러 의논하였다. 평소에 알라딘을 두려워하고 싫어했던 재상은 주저하지 않고 알라딘을 체포하라고 황제에게 조언을 하였다. 알라딘을 당장 죽일 수도 있었으나 그렇게 되면 사람들이 반란을 일으킬 수도 있었다.

황제는 노여워하며 당장 알라딘을 불러오게 하였다. "너의 궁전은 어디로 사라졌느냐?"

알라딘이 대답했다. "폐하, 말씀 드릴 수가 없습니다. 하지만 40일만 시간을 주십시오. 40일이 지나도 궁전을 제자리에 돌려놓지 못하면 그 벌로 제 머리를 내놓겠습니다."

"당장 가거라, 하지만 40일이 되면 돌아와야 한다." 하고 황제가 말했다.

알라딘은 황제의 면전에서 물러나왔다. 너무나 굴욕적이어서 눈을 뜰 수가 없었다. 평소에 그의 친구라고 공언했던 조정의 중신들은 모두 그에게 등을 돌리고 그를 피하려 했다. 알라딘은 심란한 마음으로 만나는 사람마다 그의 궁전을 본 적이 있느냐고 헛되이 물어보며 도시를 방황했다.

그렇게 사흘을 보낸 그는 자살할 결심으로 시골로 향했다. 물에 빠져 죽으려고 강으로 다가가던 그는 그만 발이 미끄러져 넘어지고 말았다. 넘어지면서 그는 그때까지 손가락에 끼고 있었으면서도 그 힘에 대해 까맣게 잊고 있었던 마법의 반지를 문지르게 되었다. 그러자 그가 동굴에서 보았던 지니 요정이 나타나 말했다.

"뭘 원하십니까? 저는 당신의 노예입니다. 당신이 손가락에 낀 반지의 노예입니다."

알라딘은 뜻하지 않은 도움을 받게 된 것이 너무나도 기뻐서 말했다. "지니, 나를 당장 내 궁전이 옮겨진 곳으로 데려다 주거라."

이 말이 떨어지기가 무섭게 알라딘은 아프리카에 있는 자신의 궁전 옆에, 그것도 공주의 방 창문 바로 밑에 있는 자신을 발견했다.

그 때 우연히 창가로 다가온 부디르 알 부도르 공주가 알라딘을 보고 기뻐서 어쩔 줄을 몰라 했다. "이리 오세요, 밀실문을 통해 내 방으로 얼른 들어오세요." 하고 공주가 말했다. 알라딘 역시 공주 못지않게 기뻤다.

그는 공주를 다정하게 껴안으며 물었다. "내 방 선반에 두었던 램프는 어찌 되었소?"

"아! 어리석게도 그게 어떤 램프인지 모르고 새것과 바꾸어 버렸어요. 그리고 다음날 이곳에 와 있는 걸 알게 되었죠. 여기가 아프리카라는 말을 들었어요." 하고 공주가 대답했다.

"그렇다면, 여기가 아프리카니까 아프리카 마법사가 꾸민 일이 틀림없소. 그 마법사가 램프를 어디에 두었는지 아시오?" 하고 알라딘이 말했다.

공주는 마법사가 램프를 항상 품속에 지니고 다닌다고 하면서 자기에게 보여준 적이 있다고 말했다. "그렇더라도 그 못된 마법사를 혼내 줄 수 있을 것이오. 내가 돌아가면 나중에 내가 들어올 수 있도록 밀실문을 열어 두시오. 맨 먼저 할 일은 램프를 다시 손에 넣는 일이오." 하고 알라딘이 말했다.

밖으로 나온 알라딘은 길을 가다 거지를 만나 옷을 바꿔 입고 약제사를 찾아가 매우 비싼 가루약을 달라고 했다. 약제사가 의심스런 눈으로 보자 알라딘은 금이 가득 든 지갑을 보여주며 재차 소량의 가루를 달라고 말했다. 그는 가루약을 가지고 궁전으로 급히 돌아와 밀실문을 통해 공주의 방으로 가서 말했다.

"마법사가 다시 찾아오거든 자애롭게 맞아주시오. 그리고 공주의 신분에 걸맞은 대접을 해주고, 그가 떠나기 전에 공주를 위해 건배해 달라고 부탁하시오. 그리고 이 잔을 권하시오. 여기에는 가루약이 들어 있어 먹으면 잠이 들 거요. 그가 잠이 들면 우리는 램프를 손에 넣게 될 거고 램프의 노예들이 우리의 명령에 따라 우리를 다시 중국으로 데려다 줄 것이오."

알라딘은 거지와
옷을 바꿔 입었다.

　공주는 알라딘이 지시한 대로 모든 것을 신중하게 준비하였다. 여느 때처럼
공주를 찾아온 마법사는 공주가 의외로 미소를 지으며 맞이해주자 기뻤다. 그
는 공주와 시간을 보내다가 공주가 부탁하자 떠나기 전에 포도주 잔을 들이켰
다. 그리고 포도주를 마시자마자 벌러덩 뒤로 넘어져 죽어 버렸다. 공주는 알
라딘에게 미리 약속한 신호를 보냈다.

　알라딘이 홀로 들어오자 공주는 자리에서 일어나 매우 기뻐하며 그를 껴안
으려 하였다. 하지만 알라딘이 물러나며 말했다. "아직 다 끝나지 않았소. 공주
의 방으로 들어가 잠시 혼자 있게 해주시오. 그러면 여기 올 때 그랬듯이 공주
를 순식간에 중국으로 데려다 놓겠소."

　공주와 시녀들이 홀에서 물러가자 알라딘은 문을 닫고 곧장 마법사의 시신
으로 다가가 조끼를 풀어헤치고 램프를 꺼냈다. 램프는 공주가 말해 준 대로
꼼꼼하게 싸여 있었다. 알라딘은 종이를 풀고 램프를 문질렀다. 그러자 지니
요정이 나타났다. "지니, 이 궁전을 당장 중국에 있던 원래 자리로 옮겨 놓거

마법사는 벌러덩 뒤로 넘어져 죽어버렸다.

라." 하고 알라딘이 말했다.

궁전은 즉시 중국으로 옮겨졌다. 옮겨질 때 두 번의 조그만 충격이 느껴졌는데, 궁전이 들어올려질 때와 다시 땅으로 내려질 때였다. 그리고 두 번 모두 눈 깜짝할 사이에 이루어졌다.

아침 일찍 일어난 황제는 슬픔에 잠겨 습관대로 텅 빈 공간을 바라보았다. 그런데 궁전이 제자리로 돌아와 있지 않은가. 황제는 뛸 듯이 기뻤다. 그는 즉시 말을 대령하게 하여 돌아온 딸과 알라딘을 환영하기 위해 궁전으로 갔다. 황제의 방문을 예상하고 있었던 알라딘은 아침 일찍 일어나 가장 훌륭한 옷을 갖추어 입고 홀에서 황제를 맞을 준비를 하고 있었다. 그는 황제를 공주의 방으로 곧장 안내했다. 황제는 행복에 겨워 딸을 껴안았다.

"아들아, 자식에 대한 아비의 사랑 때문에 그러한 것이니 내가 심하게 대한 것을 용서하거라." 하고 황제가 알라딘을 돌아보며 말했다.

"폐하, 어찌 폐하를 원망하겠습니까." 하고 알라딘이 대답했다. 이 모든 시련은 모두 그 야비한 마법사 때문이었다.

아프리카 마법사가 죽긴 했지만 그에게는 주술에 능한 남동생이 있었다. 남동생은 극악무도함에 있어서나 치명적인 음모를 꾸미는 일에 있어서는 형을 능가했다. 두 형제는 함께 살진 않았지만 매년 주술을 통해 서로 소식을 주고받았다. 형에게서 아무런 소식이 없자 동생은 점성술을 통해 형이 독살을 당한 사실을 알아냈다. 그리고 더 자세한 조사를 한 결과 형의 시신이 중국의 수도에 있는, 형을 죽인 자가 사는 곳 근처에 묻혀 있다는 사실을 알게 되었다. 또한 형을 살해한 자가 황제의 딸과 결혼한 사실도 알아냈다.

그는 즉시 형의 죽음에 대한 복수를 하기 위해 중국 수도로 향했다. 피곤한 오랜 여행 끝에 중국 수도에 도착한 그는 알라딘이 그가 찾던 살인범이라는 사실을 알아냈다. 그는 대상隊商들이 묵는 숙소에 방을 잡았다. 그곳에서 그는 속세를 버린 파티마라고 하는 여자의 덕행과 독실함에 대해 들었으며 그녀가 행하는 수많은 기적들에 대해 들었다. 그는 자신의 계획을 실행하는 데 있어서 파티마가 도움이 될 것 같아 그 성스러운 여자가 누구이며 어떤 기적들을 행했는지 자세히 알려 달라고 했다.

"뭐라고요!" 하고 질문을 받은 사람이 말했다. "그녀를 본 적도, 그녀에 대해 들은 적도 없단 말이오? 그녀의 금식과, 금욕적이고 모범적인 생활에 온 도시가 찬사를 보내고 있는데 말이오. 파티마는 월요일과 금요일을 제외하고는 자신의 작은 수도실에서 절대 나오지 않는다오. 도시로 나올 때면 수많은 선행을 베풀지. 아픈 사람에게 손만 얹으면 어떤 병이든 낫는다오."

그날 밤, 마법사는 파티마의 수도실로 찾아갔다. 그는 파티마를 죽이고 그녀의 옷을 걸친 다음 복수를 할 작정으로 알라딘의 궁전으로 갔다.

사람들은 그가 파티마인 줄 알고 그 성스러운 여인을 보자 구름 떼처럼 주위

동생 마법사는
파티마의 옷을 입고
궁전으로 갔다.

로 몰려들었다. 축복을 해 달라고 애걸하는 자가 있는가 하면 그의 손에 키스를 하는 자가 있었고, 감히 쳐다보지 못하고 옷자락에만 입을 맞추는 이도 있었다. 또 어떤 이들은 손을 얹어 달라고 몸을 굽히기도 하였다. 그러면 마법사는 기도와 같은 말들을 중얼거리며 손을 얹었다. 그의 행동이 감쪽같아서 모두들 그를 파티마라고 생각했다.

비록 시간이 걸리긴 했지만 마법사가 마침내 궁전 앞 광장에 도착했다. 성스러운 여인이 광장에 와 있다는 얘기를 들은 공주는 파티마를 한 번 보고 싶어서 시녀 한 명을 시켜 그녀를 불러오게 하였다. 다가오는 시녀를 본 사람들은 그녀가 파티마에게 가까이 갈 수 있도록 뒤로 물러나 주었다. 시녀가 말했다. "성스러운 여인이시여, 공주님께서 당신을 보시고자 하신답니다."

"공주님께서 이처럼 큰 영광을 주시다니, 공주님의 명령에 따를 준비가 되어 있습니다." 하고 파티마로 변장한 마법사가 말했다. 마법사는 자신의 계획이 성공한 것을 매우 기뻐하며 시녀를 따라 궁전으로 갔다. 이야기를 나누던 공주가 말했다. "모범이 되시는 어머니, 한 가지 부탁이 있어요. 거절하시지 않길 바라요. 당신의 생활방식과 모범적인 태도를 통해 배울 수 있도록 저와 함께 지내요."

"공주님, 제가 들어드릴 수 없는 일은 부탁하지 말아 주십시오. 기도와 예배를 소홀히 하며 지낼 수는 없답니다." 하고 파티마로 변장한 마법사가 말했다. "그건 전혀 지장이 없을 거예요." 하고 공주가 대답했다. "궁전에는 빈 방이 아주 많아요. 마음에 드는 방으로 고르시면 돼요. 당신의 수도실에서처럼 마음껏 예배를 드릴 수가 있어요."

궁전을 둘러보려고만 했던 마법사였지만, 그의 계획을 실행하기에 그보다 더 좋은 곳은 없었으므로 잠시 뜸을 들이다가 대답했다. "공주님, 저같이 가난하고 미천한 여인이 화려하고 장엄한 이 세상을 등지고자 어떤 결심을 했던 간에, 이처럼 자비로우시고 신심이 깊으신 공주님의 의지와 명령을 감히 거절할 수가 없군요."

이렇게 해서 마법사는 비틀거리는 걸음걸이로 공주를 따라갔다.

공주가 마법사에게 함께 저녁식사를 하자고 요청했으나, 마법사는 항상 신중하게 감추고 다니던 얼굴이 노출되어 자신이 파티마가 아니라는 사실을 공주가 알아챌까봐 염려했다. 그래서 공주에게 간곡하게 용서를 구하면서 자기는 빵이나 마른 과일 외에는 다른 음식을 먹지 않으며 자기 방에서 검소하게 식사를 하고 싶다고 말했다. 공주는 그의 요청을 들어주며 말했다. "당신의 수도실에서 지낸다 생각하시고 편안하게 지내세요. 저녁 식사를 주문해 드릴게요. 하지만 식사를 끝내는 대로 다시 보도록 해요."

공주가 식사를 한 후, 파티마로 변장한 마법사는 노예로부터 공주가 식사를 마치고 일어섰다는 전갈을 받고 공주를 기다렸다. 공주가 말했다. "모범이 되시는 어머니, 이 궁전에 축복을 내려주실 당신 같은 성스러우신 분과 함께 있게 되어 참으로 기뻐요. 참, 궁전 얘기가 나왔으니 말인데, 궁전이 마음에 드세요? 먼저 궁전을 소개해 드리기 전에 이 홀에 대해 어떻게 생각하는지 말해 보세요."

이 질문에 가짜 파티마는 홀을 끝에서 끝까지 살펴보고는 말했다. "세상 사람들이 말하는 아름다움이 어떤 것인지를 모르는, 저처럼 혼자 지내는 사람의 판단으로 볼 때 이 홀은 참으로 감탄스럽고 아름답습니다. 하지만 한 가지 부족한 것이 있어요."

"그게 뭐지요?" 하고 공주가 물었다. "말해 주세요. 저는 항상 이 홀이 부족한 것이 없다고 믿어 왔고 또 그렇게 들어 왔어요. 한데 부족한 것이 있다면 채워 넣어야죠."

가짜 파티마가 의도를 숨기며 말했다. "공주님, 제 마음대로 말씀드리는 것을 용서하십시오. 제 생각이 쓸모가 있는지는 모르겠습니다만, 제 생각에는 천장 가운데에 대괴조*의 알을 매달면 이 홀은 이 세상에서 그 어느 것에도 견줄 수 없이 훌륭한 곳이 될 것이며, 이 궁전은 이 우주의 경이가 될 것입니다."

"모범이 되시는 어머니, 대괴조가 어떤 새인가요? 어디에서 그 알을 구하지요?" 하고 공주가 말했다.

"공주님, 그것은 어마어마하게 큰 새로 카프카스 산꼭대기에 산답니다. 이 궁전을 지은 건축가라면 그것을 구해 올 수 있을 겁니다." 하고 파티마를 가장한 마법사가 대답했다.

그 후 공주는 대괴조의 알에 대한 생각이 자꾸 떠올랐으며 궁전에 부족한 점이 있다는 생각에 괴로웠다. 그래서 알라딘이 돌아오자 그를 냉담하게 맞이하며 말했다. "저는 우리 궁전이 이 세상에서 가장 훌륭하고 감탄스럽고 완벽하다고 생각했어요. 하지만 스물네 개의 창문이 있는 홀을 자세히 보다가 결점

🔥　아라비아 전설에 나오는 거대한 새

을 발견했어요. 천장 한가운데에 대괴조의 알을 매달면 완벽하지 않겠어요?"

알라딘이 대답했다. "공주, 장식품이 필요하다고 생각할 만하오. 당장 그 부족함을 해결하여 당신을 위해 내가 못할 일이 없다는 것을 보여 주겠소."

알라딘은 부디르 알 부도르 공주를 그 자리에 두고 스물네 개의 창문이 있는 홀로 올라갔다. 그리고는 다른 사람들에게 노출될 위험이 있음에도 불구하고 늘 몸에 지니고 다니던 램프를 꺼내 문질렀다. 그러자 지니가 나타났다. "지니, 천장 한가운데에 대괴조의 알을 매달아야겠다. 이 램프의 이름으로 명령하니 즉시 실행에 옮기도록 하여라." 하고 알라딘이 말했다.

알라딘이 이 말을 하자마자 지니 요정이 홀이 흔들릴 정도로 어마어마하게 크고 끔찍한 소리로 고함을 질러 알라딘이 서 있을 수 없을 지경이었다. "뭐라고! 이런 죽일 놈 같으니라고!" 지니 요정이 아무리 대담한 사람이라도 부들부들 떨 정도로 무서운 목소리로 말했다.

"나와 내 동료들이 너를 위해 모든 것을 다 해 주었는데도 충분치 않단 말이냐? 내 주인님을 가져다가 이 천장 한가운데에 매달라고? 너같이 배은망덕한 놈은 이 세상에서 들도 보도 못했느니라. 이런 배은망덕한 행동의 대가로 너와 너의 아내와 네 궁전을 당장 재로 만들어 버려야 마땅하다. 하지만 이 요청이 네 머릿속에서 나온 생각이 아닌 것을 다행으로 알아라. 이런 생각을 한 놈은 너의 적이자 네가 죽인 아프리카 마법사의 동생이니라. 그 동생이 파티마 수도승을 죽이고 파티마의 옷을 입고 변장하여 네 궁전 안에 들어와 있다. 이 같은 악의에 찬 요구를 한 놈은 바로 그놈이니라. 그놈이 네 아내에게 제안을 한 것이니라. 그놈은 너를 죽일 음모를 꾸미고 있다. 그러니 몸조심하거라."

이렇게 말하고 지니 요정은 사라져 버렸다.

알라딘은 즉시 계획을 세웠다. 그는 공주에게 돌아가 갑자기 아픈 척을 했다. 공주는 파티마의 능력을 생각해 내고는 즉시 그녀를 불러오게 했다. 잠시

지니 요정이 크고 끔찍한 목소리로 소리쳤다.

후 파티마가 공주 앞에 나타났다. 그 사이에 공주는 어떻게 해서 그 성스러운 여인이 궁전으로 오게 되었는지를 설명해 주었다. 가짜 파티마가 나타나자 알라딘은 미소 띤 얼굴로 적절한 때에 잘 와 주었다며 반겨 맞았다.

"당신이 다른 사람들을 치료해 줬듯이 당연히 나도 치료해 줄 수 있으리라 생각하오." 하고 알라딘이 말했다.

가짜 파티마는 가운 밑 허리춤에 숨긴 단검에 손을 얹고 알라딘에게 다가갔다. 이를 알아챈 알라딘은 그 단검을 낚아채 그 자리에서 그를 죽여 버렸다.

"여보, 무슨 짓을 한 거예요? 성스러운 여인을 죽여 버리다니요!" 하고 공주가 놀라서 소리쳤다. "아니요, 공주." 하고 알라딘이 흥분하며 대답했다. "파티마를 죽인 것이 아니라 내가 막지 않았더라면 나를 죽였을 악한을 죽인 것이오. 이 사악하고 비열한 놈은, 바로 아프리카 마법사의 동생이오." 하고 알라딘이 얼굴을 가린 후드를 벗기며 말했다.

이렇게 하여 알라딘은 두 형제 마법사의 손아귀에서 영원히 벗어날 수 있게 되었다. 그로부터 몇 년 후 황제가 장수를 누리다가 죽었다. 그에게는 아들이 없었기 때문에 부디르 알 부도르 공주가 왕위를 이어받았다. 공주와 알라딘은 함께 나라를 통치하며 수많은 빛나는 업적을 남겼다.

5장
알리바바와 40인의 도둑

　페르시아의 한 마을에 카심과 알리바바라는 두 형제가 살았다. 두 형제는 아버지에게 물려받은 재산이 거의 없었다. 하지만 카심은 부유한 아내를 만나 부자로 살면서 유명한 상인이 되었다. 그러나 자신처럼 가난한 여자를 만나 결혼한 알리바바는 나무를 베어 세 마리 나귀에 싣고 마을로 가서 팔아 생계를 이어갔다.

　어느 날, 알리바바가 숲속에서 나무를 베는데 멀리서 커다란 먼지 구름이 이는 것이 보였다. 그 먼지 구름은 점점 다가오는 듯하였다. 한참을 유심히 보니 말들의 형체가 희미하게 보였다. 도둑일지도 모른다는 생각에 알리바바는 나귀들을 내버려 둔 채 나무 위로 올라가 숨어서 지켜보았다.

　곧 훌륭한 말을 탄 40명의 남자들이 다가오더니 말에서 내려 말을 묶어 놓은 다음 먹이를 먹였다. 그리고는 아주 묵직해 보이는 안장주머니를 떼어내어 들고 두목을 따라갔다. 두목은 알리바바가 숨어 있는 나무 근처의 바위로 다가왔다. 바위에 이르자 두목이 큰 소리로 외쳤다.

"열려라, 참깨!"

"열려라, 참깨!"

그러자 그 말이 떨어지기가 무섭게 바위의 문이 열렸다. 두목은 부하들을 모두 먼저 들어가게 한 후 그 뒤를 따라 들어갔고 문이 다시 저절로 닫혔다.

도둑들은 한참 동안 바위 안에서 나오지 않았지만 알리바바는 그들이 다시 줄지어 나와서 사라질 때까지 움직일 엄두가 나지 않았다. 안전하다는 생각이 든 뒤에야 알리바바는 나무에서 내려와 문으로 다가가 두목이 했던 것처럼 소리쳤다.

"열려라, 참깨!" 그러자 즉시 문이 열렸다.

안이 어둡고 침침하리라고 예상했던 알리바바는 아주 밝고 넓은 안을 보고 깜짝 놀랐다. 바위 꼭대기의 열린 틈을 통해 빛이 안으로 쏟아져 들어오고 있었다. 온갖 식량과 화려한 비단 꾸러미, 양단과 값비싼 양탄자들이 가득 쌓여 있었으며, 금덩이와 은덩이 들이 높이 쌓여 있었고 돈자루가 널려 있었다. 이처럼 많은 재물이 쌓여 있는 것으로 보아 이 동굴은 도둑들이 수 세대 동안 사용한 곳일 거라는 생각이 들었다.

알리바바는 나귀에 금화가 든 자루들을 싣고 나뭇가지로 덮어 가린 다음 집으로 돌아왔다. 집 안으로 들어서자 그는 금화를 아내 앞에 쏟아 부었다. 그리고는 번쩍이는 빛에 눈부셔 하는 아내에게 어떻게 해서 금이 생겼는지를 털어놓으며 무슨 일이 있어도 비밀을 지켜야 한다고 강조했다.

아내는 굴러 들어온 행운에 기뻐하며 금화를 하나씩 세려 했다. 알리바바가 말했다. "여보, 돈을 하나씩 세려 하다니, 절대로 다 세지 못할 것이오. 구덩이를 파서 묻어야겠소. 낭비할 시간이 없소."

"맞아요, 여보." 하고 아내가 대답했다. "하지만 우리가 얼마 정도나 가지고 있는지 알아야 하잖아요. 당신이 구덩이를 팔 동안 곡식의 양을 재는 작은 됫박을 빌려와서 세어볼게요."

아내는 근처에 살고 있는 시아주버니 카심의 집으로 가서 카심의 아내에게 잠시 됫박을 빌렸으면 한다고 말했다. 카심의 아내는 됫박을 빌려 주었다. 하지만 그녀는 알리바바네가 가난하다는 사실을 알고 있었기 때문에 대체 어떤 곡식을 재려고 하는 것인지 궁금했다. 그래서 됫박 바닥에 기름을 살짝 묻혀 가져와서는 오래 걸려서 미안하다며 됫박을 빨리 찾을 수가 없었다고 변명했다.

알리바바의 아내는 집으로 돌아가 금화를 다 셀 때까지 됫박을 채웠다가 비우기를 반복했다. 됫박의 수를 다 센 그녀는 그 수가 아주 많은 것에 매우 만족해하며 구덩이를 거의 다 파가고 있는 남편에게 가서 말해 주었다. 알리바바가 금화를 묻는 동안 그의 아내는 카심의 아내에게 자신의 정확함과 부지런함을 보여주기 위해 됫박을 돌려주었다. 하지만 금화 하나가 됫박 바닥에 붙어 있는 것은 알아채지 못했다. "형님, 됫박을 돌려 드려요. 오래 걸리지 않았죠? 빌려 줘서 고마워요." 하고 알리바바의 아내가 말했다.

알리바바의 아내가 떠나자 카심의 아내는 됫박 바닥에 금화가 붙어 있는 것을 보고 놀라서 입을 다물 수가 없었다. 부러움이 가슴을 파고들었다. '아니! 알리바바가 됫박으로 잴 정도로 금화가 많단 말인가?' 그녀는 카심이 돌아오자 그에게 말했다. "당신은 자기가 부자라고 생각하지만 큰 착각이에요. 알리바바는 당신에 비하면 엄청나게 부자예요. 그는 돈을 세는 게 아니라 됫박으로 잰다고요."

카심이 그 알쏭달쏭한 말에 대해 설명해 달라고 하자 카심의 아내는 어떻게 해서 그 사실을 알아냈는지를 말하면서 금화를 보여주었다. 금화는 너무나 오래된 것이어서 어느 왕조 때 주조되었는지조차 알 수가 없었다.

카심 또한 부러운 생각에 제대로 잠을 잘 수가 없었다. 그래서 아침 일찍 일어나 동생에게 갔다.

그가 말했다. "알리바바, 너 불쌍할 정도로 가난한 척하더니 금화를 됫박으로 잰다고? 네가 어제 빌려간 됫박 바닥에 붙은 금화를 보고 내 아내가 그걸 알아냈다."

알리바바는 아내의 어리석은 행동 때문에 카심과 그의 아내가 숨겨야 할 비밀을 알아내고 말았다는 것을 알았다. 그러나 이미 엎질러진 물을 주워 담을 수가 없었다. 그래서 조금도 놀란 기색이나 당황한 기색을 보이지 않고 모든 사실을 털어놓고 금화를 일부 줄 테니 비밀을 지켜 달라고 말했다.

"똑같이 나눠야 해." 하고 카심이 오만하게 말했다. "하지만 이 같은 보물이 정확히 어디에 있는지, 어떻게 하면 내가 원할 때 갈 수 있는지 알아야겠다. 말하지 않으면 가서 일러바치겠다. 그러면 더 이상 보물도 가져오지 못할 테고 네가 가진 것을 전부 잃겠지. 나는 고자질에 대한 대가代價를 받을 테고 말이야."

알리바바는 카심이 원하는 대로 모든 것을 말해 주었다. 그리고 동굴로 들어갈 때 외워야 할 주문도 알려 주었다.

다음날 아침, 카심은 해가 뜨기 훨씬 전에 일어나 금화를 가득 채워 올 욕심으로 커다란 상자들을 실은 노새 열 마리를 끌고 숲으로 출발했다. 얼마 후 바위 근처에 이르렀을 때 그는 알리바바가 얘기해 준 나무와 그 근처에 있는 동굴을 발견했다. 동굴 입구에 다다른 그는 주문을 외웠다.

"열려라, 참깨!" 그 순간 문이 열렸다. 안으로 들어서자 카심은 문을 닫았다. 그는 재빠르게 안으로 들어가 최대한 많은 금화 자루를 동굴 입구에 가져다 놓았다. 하지만 자신이 갖게 될 엄청난 재물에 대한 생각에 빠져서 문을 여는 데 필요한 주문을 생각해 낼 수가 없었다. 그래서 '열려라, 참깨!' 대신에 '열려라, 보리!'라고 외쳤다. 그러나 문은 굳게 닫힌 채 꼼짝하지 않았다. 그는 몇 가지 다른 곡식 이름을 외쳐보았지만 문은 여전히 열리지 않았다.

이런 상황은 상상도 못한 일이었다. 카심은 자신이 위험에 처했음을 알고 몹시 겁이 났다. 그래서 '참깨'라는 말을 기억해 내려고 했으나 그럴수록 더욱

더 혼란스러웠다. 그는 입구에 쌓아 놓았던 금화 자루들을 내팽개치고 주위에 널려 있는 보물들을 전혀 아랑곳하지 않은 채 동굴 안을 정신없이 왔다 갔다 했다.

점심때가 되자 도둑들이 동굴로 돌아왔다가 동굴에서 조금 떨어진 바위 근처에서 카심의 노새들이 등에 커다란 상자들을 싣고 돌아다니는 모습을 보게 되었다. 이 수상한 광경에 도둑들은 동굴을 향해 전속력으로 달렸다. 동굴 중앙에서 말발굽 소리를 들은 카심은 도둑들이 도착한 것을 알고 필사적으로 도망가기로 마음먹었다. 그래서 문 쪽으로 쏜살같이 달려가서 문이 열리자마자 맨 앞에서 오던 도둑을 쓰러뜨리며 달렸지만 곧 뒤이어 들어오던 도둑들에게

카심은 몹시 겁이 났다.

붙잡히고 말았다. 도둑들은 커다란 칼로 그를 베어 버렸다.

도둑들이 카심을 죽인 후 맨 처음 한 일은 동굴을 살피는 일이었다. 그들은 카심이 노새에 실으려고 문 쪽으로 가져다 놓은 금화 자루들을 발견하고 다시 제자리에 가져다 놓았다. 알리바바가 가져간 자루들은 눈치 채지 못했다.

그들은 회의를 열어 동굴로 들어오려는 자가 있으면 겁을 주기로 하고 카심의 시체를 네 토막 내어 동굴 문 안의 양쪽에 두 토막씩 매달아놓았다. 그 일을 끝낸 후 그들은 말을 타고 다시 길을 떠났다. 길 앞쪽에서 기다리고 있다가 지나가는 상인들을 공격하기 위해서였다.

한편, 카심의 아내는 밤이 되자 매우 불안했다. 남편이 돌아오지 않았기 때문이다. 그녀는 걱정이 되어 알리바바에게 달려가 말했다. "서방님, 카심 형님이 숲으로 갔는데 어떤 이유로 갔는지 아실 거예요. 이제 밤이 되었는데도 돌아오지 않아요. 무슨 사고를 당하지 않았는지 걱정이 되어서요."

알리바바는 카심이 한밤중에 마을로 돌아오는 것이 안전하다고 생각하여 돌아오지 않는 것이니 염려할 필요가 없다고 말했다.

카심의 아내는 불안한 밤을 보내면서 호기심 많은 자신을 몹시 원망했다. 그녀는 날이 밝자마자 펑펑 울면서 알리바바를 다시 찾아갔다.

알리바바는 먼저 카심의 아내에게 진정하라고 위로를 하고는 즉시 카심을 찾으러 세 마리 나귀를 끌고 숲으로 출발했다. 알리바바가 바위 근처에 다다랐을 때 카심도 그의 노새도 보이지 않았고, 문 부근에 피가 흥건했다. 그는 그 불길한 징조를 보고 몹시 걱정이 되었다. 하지만 주문을 외운 후 문이 열렸을 때 그는 카심의 시체가 걸려 있는 끔찍한 광경을 보고 공포에 휩싸였다.

그는 나귀 한 마리에 카심의 시체를 싣고 나무로 덮은 다음, 다른 두 마리 나귀에는 금화 자루를 싣고 마찬가지로 나무로 덮었다. 그리고는 문을 닫고 밖으로 나왔다. 하지만 들키지 않도록 조심하기 위해 숲가에서 밤이 이슥해지도록 기다렸다가 마을로 돌아왔다. 집으로 돌아오자 그는 금화가 실린 두 마리 노새를 작은 마당으로 끌고 가 자루를 내리는 일을 아내에게 맡기고 다른 한 마리 노새를 끌고 카심의 집으로 갔다.

알리바바가 노크를 하자 나중에 기지를 발휘하여 알리바바를 도와주게 될, 똑똑한 여자 노예 모르지아나가 문을 열어 주었다. 마당으로 들어서자 알리바바는 나귀에서 짐을 내려놓고 모르지아나를 옆으로 데려가서 말했다. "내가 하는 말을 누구에게도 해서는 안 된다. 너의 주인님의 시신이 이 두 개의 자루 속에 들어 있다. 우리가 할 일은 그가 노쇠하여 자연스럽게 죽은 것처럼 묻는 일이다. 네가 이 일을 잘 처리해 주리라 믿는다."

알리바바는 카심의 아내를 정성껏 위로하고 시신을 집 안에 들여놓은 다음 집으로 돌아왔다.

그는 카심의 시체를 보고
공포에 휩싸였다.

그 시간에 모르지아나는 약재상으로 가서 아주 위험한 병증에 효과가 뛰어난 약을 달라고 말했다. 약재상이 누가 아프냐고 묻자 모르지아나는 한숨을 내쉬며 말했다. "저의 선량한 카심 주인님이 아프세요. 먹지도 못하고 말하지도 못한답니다." 이렇게 말한 후 모르지아나는 약을 가지고 집으로 돌아왔다. 그리고는 다음날 다시 약재상을 찾아가 눈물을 흘리며 병든 사람이 최후에 먹는 약을 달라고 부탁했다. "아! 이 약도 아무 소용 없을 거예요. 우리 주인님을 잃게 될 거예요." 하고 모르지아나가 말했다.

한편, 마을 사람들은 알리바바와 그의 아내가 그날 하루 종일 우울한 표정으로 카심의 집과 그들의 집을 오가는 것을 보았기 때문에 저녁이 되어 카심의 아내와 모르지아나가 울부짖고 통곡하는 소리가 들려도 아무도 놀라워하지 않았다. 모르지아나는 주인님이 죽었다는 사실을 사방에 알렸다.

다음날 아침 일찍, 모르지아나는 바바 무스타파라고 하는 구두 수선공을 찾

모르지아나는 아침 일찍
구두 수선공을 찾아갔다.

아가 아침 인사를 하고는 금화를 한 닢 손에 쥐어 주며 말했다. "바바 무스타파, 바느질 도구를 챙겨서 같이 가요. 하지만 같이 가는 동안 눈을 가릴게요."

이 말에 바바 무스타파는 주춤했다. "오! 오!" 하고 그가 대답했다. "양심에 벗어난 일이나 내 명예에 손상이 가는 일을 시키려는 거군?"

"천만에요!" 하고 모르지아나가 금화 한 닢을 더 쥐어주며 말했다. "명예에 손상이 가는 일을 해 달라고 부탁한다니요! 그냥 따라오세요. 두려워 말고."

바바 무스타파는 모르지아나를 따라나섰다. 모르지아나는 손수건으로 그의 눈을 가리고 죽은 자기 주인의 집으로 데려갔다. 그리고는 시신 토막을 한데 모아놓은 방으로 들어서서야 손수건을 풀어 주었다.

"바바 무스타파," 하고 모르지아나가 입을 열었다. "서둘러서 이 시신 토막들을 한데 꿰매세요. 일을 다 끝내면 금화 한 닢을 더 줄게요."

바바 무스타파가 일을 다 끝내자 모르지아나는 다시 그의 눈을 가리고 약속한 금화 한 닢을 더 주고는 다른 사람들에게 비밀로 하라고 다짐을 한 후, 눈을 가렸던 곳으로 데려가서 손수건을 풀어주고 집으로 가도록 해주었다. 하지만 그가 호기심 때문에 돌아와서 비밀을 알아내려 할지도 몰랐기 때문에 모르지아나는 다시 일터로 돌아가는 그가 시야에서 사라질 때까지 지켜보고 나서 집으로 돌아갔다.

모르지아나와 알리바바는 신속하게 시신을 씻기고 옷을 입히는 의식을 치렀다. 그러고 나서 카심을 묘에 안장할 준비가 끝났다. 알리바바와 다른 가족들이 시신을 뒤따랐고 관습에 따라 마을 여자들이 미망인과 합류하여 함께 애도해 주었다. 그리하여 온 마을이 울음소리로 뒤덮였다. 이렇게 해서 카심이 끔찍하게 죽었다는 사실은 완벽하게 숨겨졌다.

장례식이 끝난 지 3, 4일 후, 알리바바는 공개적으로 자기의 재산을 미망인의 집으로 옮겼다. 하지만 도둑들에게서 가져온 돈은 밤에 옮겼다.

"우리가 발각된 게 틀림없어."

마침내 다시 숲으로 돌아온 도둑들은 카심의 시신과 함께 금화 몇 자루가 없어진 것을 알고 깜짝 놀랐다. "우리가 발각된 게 틀림없어." 하고 두목이 말했다. "우리의 비밀을 아는 자를 찾아서 죽이지 않으면 우리 보물을 모두 잃게 될 거야."

도둑들은 일제히 두목의 말에 찬성했다.

두목이 말했다. "그 자를 알아내는 방법은 마을로 내려가서 염탐하는 것뿐이다. 그 어떤 배신행위도 미연에 방지해야 하므로 염탐을 하다가 실패할 경우에는 큰 대가를 치러야 한다. 목숨도 불사해야 할 것이다."

그때 도둑 중 한 명이 벌떡 일어서더니 말했다. "그 조건을 받아들이겠소. 우리 모두를 위해 봉사를 하다가 목숨을 잃는다면, 그것을 영광으로 생각하겠소."

두목과 동료들은 그 도둑의 용기를 칭찬했다. 도둑은 아무도 알아볼 수 없도록 변장을 하고 마을로 내려가 어슬렁거리다가 우연히 바바 무스타파가 좌판을 벌이고 있는 곳으로 가게 되었다.

바바 무스타파는 구두를 꿰매는 송곳을 옆에 놓고 의자에 앉아서 막 일을 시작하려던 참이었다. 도둑은 그에게 인사를 건넨 후 그가 나이든 노인이라는 것을 알아채고는 말했다. "어르신, 이른 아침에 일을 시작하시는군요. 어르신

같은 나이에도 눈이 그렇게 잘 보이나요? 이보다 더 밝다 해도 바느질이 힘들 텐데요."

"무슨 말씀을!" 하고 바바 무스타파가 대답했다. "지금보다 더 침침한 곳에 서 시신도 꿰맨 적이 있다오."

"시신이라고요!" 하고 도둑이 놀라움을 가장하며 외쳤다. "그렇다오." 하고 바바 무스타파가 대답했다. "하지만 그 이상은 말할 수 없소."

"그러고 말고요." 하고 도둑이 대답했다. "어르신의 비밀을 알고 싶진 않습 니다. 하지만 그런 이상한 일을 한 집이 어떤 집인지 보고 싶군요." 도둑은 구 두 수선공의 마음을 사려고 금화 한 닢을 주었다.

바바 무스타파가 대답했다. "그 집을 가르쳐 주고는 싶지만 그럴 수가 없구

도둑은 구두 수선공의 마음을 사려고
금화 한 닢을 주었다.

려. 그 집을 오갈 때 눈을 가린 채 안내되어 갔으니까."

"그렇다 하더라도, 눈을 가리고 이끌려간 길을 조금이라도 기억할 수 있을 겁니다. 제가 똑같은 장소에서 눈을 가리겠습니다. 그러고 나서 함께 걷는 겁니다. 노고를 하면 누구나 그에 대한 대가를 받듯이 금화 한 닢을 더 드리겠습니다. 그러니 제 부탁을 들어주십시오." 하고 도둑이 말했다.

금화 두 닢은 바바 무스타파에게는 너무나도 큰 유혹이었다. 그래서 그는 이렇게 말했다. "길을 정확히 기억할지는 모르겠소만 당신이 그리 부탁하니 해보겠소."

이렇게 말하고 바바 무스타파는 자리에서 일어나 도둑을 모르지아나가 자신의 눈을 가렸던 곳으로 데려갔다. "여기였소, 여기서 눈가리개를 하고 당신 쪽으로 돌아섰소." 하고 바바 무스타파가 말했다. 손수건을 준비하고 있던 도둑은 손수건으로 바바 무스타파의 눈을 가리고 그 옆에 서서 반은 그가 이끌면서, 반은 바바 무스타파가 안내하는 대로 걸었다.

한참 후 바바 무스타파가 걸음을 멈추었다. "내 생각엔, 더 이상 가지 않은 것 같소." 하고 바바 무스타파가 말했다. 그는 지금은 알리바바가 살고 있는 카심의 집 앞에 정확히 멈추어 섰다. 도둑은 손수건을 풀어주기 전에 손에 들고 있던 분필로 문에 표시를 했다.

그리고는 그 집이 누구의 집인지 아느냐고 물었다. 바바 무스타파는 자기는 그 동네에 살지 않기 때문에 모른다고 대답했다.

바바 무스타파에게서 더 이상 알아낼 것이 없다는 것을 안 도둑은 고맙다는 인사를 하고 그가 일터로 돌아가도록 해 주었다. 그리고는 큰 대가를 받으리라 확신하며 숲으로 돌아갔다.

도둑과 바바 무스타파가 떠나고 얼마 후, 모르지아나가 심부름을 하러 알리바바의 집에서 나왔다가 돌아오는 길에 도둑이 해놓은 표시를 보고 멈춰서

도둑은 분필로 문에 표시를 해두었다.

서 자세히 들여다보았다.

"무슨 뜻으로 이 표시를 해놓은 걸까?" 하고 그녀는 중얼거렸다. "누군가가 우리 주인님에게 해코지를 하려고 하는 거로군. 하지만 어떤 의도로 표시를 했든 간에 최악의 사태는 생기지 않도록 조심하는 게 좋지."

그래서 모르지아나는 주인이나 주인마님한테는 한 마디도 없이 분필을 가져와서 길 양편에 있는 몇 채의 집 문에 똑같은 표시를 해 놓았다.

도둑은 야영지에 도착하여 염탐에 성공했다고 보고했다. 그리하여 그들은 즉시 조용히 도시로 들어가서 적을 죽일 기회를 엿보기로 결정했다. 그런데 앞장서서 마을로 안내하던 도둑이 어쩔 줄 몰라 했다. 문에 똑같은 표시가 있는 집들이 여러 채가 모여 있었기 때문이다. "아니, 안되겠다. 돌아가야겠다. 너는 죽어 마땅하다." 하고 두목이 말했다. 그들은 야영지로 돌아갔으며 마을로 안내했던 도둑은 즉시 죽임을 당했다.

이번에는 또 다른 도둑이 염탐을 자청하였다. 그 역시 바바 무스타파의 안내를 받아 같은 장소로 갔다. 그는 더욱더 치밀하게 잘 보이지 않는 곳에 빨간색 분필로 문에 표시를 해 두었다. 하지만 예리한 눈을 가진 모르지아나는 이번에도 표시를 찾아내어 다른 집들의 문에도 똑같은 표시를 해 놓았다. 그래서 이번에도 도둑들은 알리바바의 집을 찾아내지 못했다. 두목은 크게 화를 내며 부하들을 이끌고 숲으로 돌아가서 두 번째 염탐을 나갔던 도둑을 즉시 죽여 버렸다.

시간만 낭비하고 부하들을 잃게 되자 두목은 자신이 직접 나서기로 결심했다. 바바 무스타파의 안내를 받아 알리바바의 집 앞에 도착한 두목은 집 앞을 서성거리며 여러 가지 궁리를 하다가 숲으로 돌아갔다. 부하들이 기다리고 있는 동굴로 돌아간 두목이 말했다. "자, 동지들, 우리의 완전한 복수를 방해할 것은 아무것도 없다."

그러고 나서 그는 자신의 계략에 대해 설명하였다. 모두가 찬성하자 그는 부하들에게 마을로 내려가 19마리의 노새와 38개의 커다란 항아리 모양의 가죽 부대를 사고, 한 항아리에만 기름을 가득 채운 뒤, 나머지는 빈 채로 가져 오라고 명령했다.

이틀 후 모든 준비가 끝났다. 두목은 19마리의 노새에 37명의 도둑들이 든 37개의 항아리와 기름이 든 한 개의 항아리를 싣고 직접 노새들을 몰고 계획 대로 땅거미가 지는 저녁 무렵에 마을에 당도했다. 그는 노새들을 이끌고 거리를 지나 알리바바의 집으로 갔다. 그는 문을 두드리려다가 알리바바가 저녁식사를 한 후 밖에 나와 앉아 바람을 쐬고 있는 것을 보고 노새들을 멈추고 말했다. "내일 시장에 내다 팔려고 기름을 싣고 먼 길을 왔소이다. 이제 날이 저물었는데 어디에 묵어야 할지 모르겠소. 댁에서 밤을 지낼 수 있도록 허락해 주시겠소? 그렇게 해 준다면 참으로 고맙겠소."

도둑을 알아보지 못한 알리바바는 그를 반겨 맞으며 그를 접대할 음식을 차리라고 지시를 했다. 그리고 함께 음식을 먹은 후 두목은 쉬러 갔다.

두목은 항아리들이 어떤지 살피러 가는 척하면서 정원으로 슬며시 나가 항아리마다 지나가며 뚜껑을 열며 속삭였다. "내가 창문에서 돌을 던지거든 반드시 밖으로 나오거라. 즉시 너희와 합류하겠다." 그러고 나서 두목은 방으로 갔다. 그리고는 의심을 사지 않기 위해 곧 불을 끄고 방에서 빨리 나갈 수 있도록 옷을 입은 채 자리에 누웠다.

아침에 모르지아나가 식사 준비를 하는데 램프가 꺼져 버렸다. 집 안에는 기름이 남아 있지 않은데다 초마저 없었다. 죽을 끓여야 했기 때문에 모르지아나는 어찌할 바를 몰랐다. 그녀가 안절부절못하는 모습을 보고 압달라가 말했다. "그렇게 안절부절못하지 말고 마당에 가서 항아리 하나에서 기름을 좀 퍼 와요."

모르지아나는 압달라에게 조언해 줘서 고맙다고 말하고는 기름단지를 들고 마당으로 갔다. 그녀가 첫 번째 항아리로 다가가자 안에 있던 도둑이 나직하게 말했다. "지금이오?"

항아리 안에 기름이 아니라 사람이 들어 있자 모르지아나는 깜짝 놀랐다. 하지만 큰 위험을 피하려면 서둘러야 한다고 생각하고는 항아리마다 돌면서 대답했다. "아직 아니다, 하지만 곧 실행한다."

마침내 모르지아나는 기름이 든 항아리로 다가가서 서둘러 기름단지를 채운 다음 부엌으로 돌아왔다. 그리고 램프에 불을 켜자마자 커다란 주전자를 들고 다시 기름 항아리로 가서 주전자를 채운 다음 커다란 장작불 위에 올려놓았다. 주전자에 든 기름이 끓자 그녀는 항아리마다 돌아다니며 기름을 부어 안에

모르지아나는 항아리마다 기름을 가득 부었다.

든 도둑들을 질식시켜 죽여 버렸다.

모르지아나는 이처럼 아무 소리 없이 용기 있게 일을 처리한 후 빈 주전자를 들고 부엌으로 돌아왔다. 그리고는 죽을 끓일 만큼만 불을 남겨놓고는 기름을 끓이려고 피웠던 커다란 장작불을 끄고 램프 불도 끈 다음 조용히 기다렸다. 마당으로 열린 부엌 창문을 통해 다음에 무슨 일이 벌어질지 지켜볼 작정이었다.

얼마 기다리지 않았을 때 두목이 돌을 던져 신호를 보냈다. 아무런 응답이 없자 두목은 여러 차례 되풀이해서 돌을 던졌다. 그러다가 불안해져 마당으로 내려간 그는 죽은 부하들을 발견하게 되었다. 마지막 항아리에 든 기름이 없어진 것으로 보아 부하들이 어떻게 죽었는지 짐작할 수 있었다. 계획이 실패한 데 대해 분노를 하다 체념을 한 두목은 마당에서 정원으로 난 문의 자물쇠를 비틀어 열고 담을 타고 올라가 도망갔다.

그때서야 모르지아나는 자신의 계획이 성공한 것에 흡족해하며 침실로 갔다.

날이 밝기 전에 알리바바는 노예가 뒤따르는 가운데 목욕을 하러 갔다. 밤새 집 안에서 어떤 일이 벌어졌는지 아무것도 몰랐다. 그가 목욕을 하고 돌아왔을 때는 해가 중천에 떠 있었다. 그는 기름 항아리들이 그대로 있고 상인이 아직도 노새들을 데리고 떠나지 않은 것을 보고 깜짝 놀랐다.

그는 문을 열어 준 모르지아나에게 이유를 물었다. "주인님," 하고 모르지아나가 대답했다. "하느님께서 주인님과 주인님 가족을 지켜 주셨답니다. 저를 따라오셔서 제가 보여드리는 광경을 보시면 그 이유를 아시게 될 겁니다."

알리바바가 따라가자 모르지아나는 알리바바에게 첫 번째 항아리에 기름이 들어 있는지 살펴보라고 말했다. 항아리를 들여다본 알리바바는 그 안에 든 사람을 보고 소스라치게 놀라 소리를 질렀다. "겁내지 마세요." 하고 모르지아나가 말했다. "주인님이 보시는 그 사람은 주인님이나 그 어느 누구에게도 해를 끼칠 수가 없답니다. 죽었으니까요."

"아, 모르지아나!" 하고 알리바바가 말했다. "내게 보여준 게 대체 무엇이 냐? 설명해 보거라."

"설명해 드릴게요." 하고 모르지아나가 대답했다. "놀라움을 진정시키시고 이웃들의 호기심을 자극하지 마세요. 이 일을 비밀에 부치는 것이 중요하니까 요. 다른 항아리들도 살펴보세요."

알리바바는 항아리를 하나씩 살펴보았다. 기름이 들어 있던 항아리를 살피 던 알리바바는 거의 바닥까지 줄어든 기름을 보고 한동안 얼어붙어 서 있었다. 항아리와 모르지아나를 번갈아 보면서 너무나도 놀라서 말문이 막힌 채였다. 마침내 정신을 가다듬고 알리바바가 물었다. "상인은 어찌 되었느냐?"

"상인이라고요!" 하고 모르지아나가 대답했다. "그는 나와 다를 바 없는 사 람이에요. 그가 누구인지, 그리고 어떻게 되었는지 설명해 드릴게요." 그러고 나서 모르지아나는 처음부터 끝까지 이야기를 해 주었다. 집에 표시를 한 것부 터 도둑들을 죽인 것까지.

알리바바는
항아리를 살펴보았다.

알리바바는 그 이야기를 듣고 감격하여 소리쳤다. "네가 내 목숨을 구했구나. 그 대가로 네게 자유를 주겠다. 아니, 그게 전부가 아니다."

알리바바와 그의 노예인 압달라는 정원 끝쪽에 길고 깊은 도랑을 판 후 도둑들을 묻었다. 그리고 항아리와 무기들은 숨겨놓았다. 알리바바는 필요 없는 노새들을 하나씩 팔아치웠다.

한편, 숲으로 돌아온 두목은 매우 비참한 나날을 보냈다. 동굴은 너무 무서워서 들어갈 수가 없었다. 그는 알리바바에게 복수를 할 결심을 하고 새 계획을 세웠다. 두목은 먼저, 지금은 알리바바의 아들이 살고 있는 카심의 집 맞은편에 있는 가게를 얻어 그곳으로 화려한 물건들을 옮겨놓았다. 그리고는 비단장수로 변장을 하여 코지아 후세인이라는 이름으로 장사를 시작했다.

우연히도 바로 맞은편에 사는 이웃이 알리바바의 아들이라는 것을 알게 된두목은 종종 그에게 선물을 하고 저녁식사에도 초대하면서 그의 호감을 사기위해 수단과 방법을 가리지 않았다.

누구에게든 빚지는 것을 좋아하지 않던 알리바바의 아들은 아버지에게 그를 저녁식사에 초대하고 싶다면서 허락해 달라고 부탁했다. 알리바바가 기꺼이 그의 부탁을 들어주자, 알리바바의 아들은 다음날 코지아 후세인을 알리바바와 함께 하는 저녁식사에 데려오기로 했다.

약속한 시간에 알리바바의 아들은 코지아 후세인을 데리고 아버지의 집으로 갔다. 그런데 이상하게도 알리바바의 집 문 앞에 다다른 두목은 자신이 그토록 죽이고 싶어 한 사람에게 접근할 수 있는 기회가 왔음에도 불구하고 되돌아 나오고 싶었다. 하지만 바로 그 순간에 알리바바가 그를 맞으러 나와서 아들에게 친절을 베풀어 주어 고맙다는 인사를 했다.

"이번에는 제게 함께 식사할 영광을 주시지요." 하고 알리바바가 말했다.

"나리, 기꺼이 그러겠습니다. 하지만 소금을 먹지 않기로 맹세한 터라 소금이 들어간 음식이라면 함께 식사를 할 수가 없답니다." 하고 코지아 후세인이 대답했다.

"염려 마십시오. 가서 요리사에게 음식에 소금을 넣지 말라고 주문하겠습니다." 하고 알리바바가 대답했다.

알리바바가 부엌으로 가서 그 같은 주문을 하자 모르지아나는 소스라치게 놀라며 낯선 손님을 보기를 원했다. 그래서 음식을 나르는 압달라를 도와주러 갔다. 그녀는 코지아 후세인을 보자마자 그가 도둑의 두목이라는 것을 알아보았다.

모르지아나는 이 새로운 위험에서 알리바바를 구해야겠다는 결심을 하고 두목의 계획을 방해하기 위해 매우 대담한 방법을 생각해냈다. 두목이 좋은 의도로 찾아오지 않았을 거라고 생각했기 때문이다. 그녀는 계획을 실행하기 위해 방으로 가서 춤추는 무희의 옷으로 갈아입고 가면으로 얼굴을 숨긴 다음 허리에는 멋진 벨트를 묶고 단검을 매달았다. 그리고는 압달라에게 말했다. "당신의 작은 북을 가져오세요. 주인님과 손님의 관심을 다른 데로 돌릴 수 있도록 말예요."

알리바바가 춤을 주문하자 그녀는 우아하게 몸을 움직이기 시작했다. 그동안에 압달라는 작은북을 쳤다. 코지아 후세인은 춤을 지켜보고 있었지만 속으로는 알리바바를 죽일 기회를 엿보고 있었다.

모르지아나는 한동안 춤을 추다가 단검을 오른손에 쥐고 자신을 찌르는 척하면서 격렬하게 춤을 추었다. 그러다 몸을 빙 돌리면서 코지아 후세인의 가슴에 단검을 깊이 찔러 죽여 버렸다.

알리바바와 그의 아들은 이 광경에 충격을 받고 소리쳤다. "이런 몹쓸 것 같으니라고! 나와 내 가족을 망칠 셈이냐?"

"망치는 게 아니라 보호하려는 것이었어요." 하고 모르지아나가 대답했다.

"보세요!" 하고 모르지아나가 코지아 후세인으로 가장한 두목의 옷을 풀고 단검을 보여주며 말을 계속했다. "이 자가 어떤 자인지 잘 보세요. 진짜 기름장수가 아니란 것을 아실 거예요. 그리고 이 자가 40명의 도둑들의 두목이라는 것도요. 또한 식사 때 소금을 먹지 않겠다고 한 말을 기억해 보세요. 빵과 소금을 나누는 것은 우정의 표시지요. 그의 사악한 계획을 그보다 더 잘 보여주

그녀는 우아하게
몸을 움직이기 시작했다.

는 게 어디 있겠어요?"

알리바바는 두 번째로 그의 목숨을 구해 준 데 대해 모르지아나에게 고마움을 느끼며 그녀를 껴안았다. "모르지아나," 하고 알리바바가 말했다. "저번에 너에게 자유를 주면서 나의 고마움의 표시는 그것으로 그치지 않을 것이라고 약속했었다. 지금 내 말이 진실하다는 것을 증명해 보이겠다. 너를 나의 며느리로 삼겠느니라."

그리고는 아들을 보며 말했다. "아들아, 모르지아나를 네 아내로 맞는 것을 거절하지 않을 것으로 믿는다. 너도 알다시피 코지아 후세인은 내 목숨을 앗아갈 비겁한 의도로 너와 우정을 맺었다. 그가 성공했다면 너 또한 복수를 위해 죽였을 것이다. 생각해 보렴. 네가 모르지아나와 결혼하면 우리 가족과 너를 구해 준 사람과 결혼하게 되는 것이다."

알리바바의 아들은 싫은 내색을 하기는커녕 기쁘게 결혼에 동의했다. 며칠 후, 알리바바는 아주 경건하게 아들과 모르지아나의 결혼식을 치러 주었으며 호화로운 연회와 춤과 구경거리로 축하해 주었다.

알리바바는 나머지 두 명의 도둑이 아직도 살아있을지 몰라서 1년 동안 동굴에 발을 들여놓지 않았다. 하지만 그들이 그를 괴롭히려는 낌새가 전혀 보이지 않았으므로 동굴로 가서 주문을 외웠다. "열려라, 참깨!"

동굴 안으로 들어가자 최근에 누군가가 다녀간 흔적이 전혀 보이지 않았다. 그래서 그는 이 세상에서 그 동굴의 비밀을 아는 사람은 자신뿐이라는 것을 알았으며 많은 보물을 갖게 된 것이 기뻤다. 그는 도시로 돌아올 때 그의 무궁무진한 보물창고에서 말에 실을 수 없을 만큼 많은 금화를 가져왔다.

나중에 알리바바는 아들을 동굴로 데려가 비밀을 가르쳐 주었다. 그 비밀은 자손 대대로 이어졌으며, 그들은 그러한 행운을 누리면서도 절제된 생활을 함으로써 명예롭고 훌륭한 삶을 살았다.

6장
어부에 관한 이야기

옛날에 늙은 어부가 있었다. 어부는 매우 가난해서 아내와 세 아이들과 함께 근근이 살아가고 있었다. 어부는 날마다 이른 아침에 고기를 낚으러 나갔는데, 그물을 하루에 네 번 이상 던지지 않는 것을 원칙으로 했다. 어느 날, 그는 이른 새벽에 달빛을 받으며 해변으로 나가서 자리를 잡았다. 세 번 그물을 던졌는데, 그때마다 묵직한 것이 올라왔다. 그런데 말할 수 없이 실망스럽고 절망스럽게도 그물을 끌어올렸을 때 첫 번째 올라온 것은 죽은 당나귀 시체였고, 두 번째는 돌멩이가 가득 찬 바구니였으며, 세 번째는 흙과 조개껍질 덩어리였다.

이제 날이 밝아오기 시작하자 독실한 이슬람교도였던 어부는 기도를 했다. 그는 자신에게 필요한 것을 달라고 하느님께 도움을 청했다. 기도를 마치자 어부는 네 번째로 그물을 던진 후 앞서 그랬던 것처럼 힘들게 그물을 끌어올렸다. 그런데 이번에는 물고기 대신 노란 구리로 된 항아리가 올라오는 것이 아닌가. 항아리는 단단히 봉해진 것처럼 보였다. 어부는 이러한 행운이 찾아와서 기뻤다.

"쇠붙이로 물건을 만드는 주물공한테 팔아야지. 그 돈으로 옥수수를 사야겠어." 하고 어부는 중얼거렸다. 어부는 항아리를 이리저리 살피면서 안에 뭐가 들어 있는지 확인하기 위해 흔들어 보았다. 그러나 아무런 소리도 들리지 않았다. 그러자 어부는 납으로 된 항아리 뚜껑이 봉해져 있는 것으로 보아 아주 값비싼 물건이 들어 있을 것이라고 생각했다. 그래서 칼로 뚜껑을 열고 입구를 아래쪽으로 기울여 보았다. 그러나 놀랍게도 아무것도 나오지 않았다. 어부는 항아리를 앞에 놓고 찬찬히 들여다보았다. 그때 갑자기 아주 진한 연기가 솟아

그는 칼을 꺼내 항아리 뚜껑을 열었다.

올랐다. 그 바람에 깜짝 놀란 어부는 자기도 모르게 두세 걸음 뒤로 물러났다.

연기는 하늘까지 치솟아 오르더니 해변과 바다 위를 따라 길게 깔리면서 거대한 안개를 이루었다. 어부는 기절할 지경이었다. 연기는 항아리에서 다 빠져나가자 다시 한데 합쳐져 단단한 몸의 형상이 되었고, 마침내 아주 거대한 거인의 두 배가 넘는 지니 요정이 나타났다. 그 같은 괴물의 모습을 보고 어부는 도망치고 싶었지만 너무 무서워서 꼼짝을 할 수가 없었다.

지니 요정은 어부를 사나운 표정으로 보더니 무시무시한 목소리로 소리쳤다.

"죽을 각오를 하거라. 널 살려두지 않을 테니까."

어부가 대답했다. "아! 왜 날 죽인다는 겁니까? 방금 항아리 속에서 구해 주었는데 벌써 그 은혜를 잊은 겁니까?"

"아니, 기억하고 말고, 하지만 그렇다고 해도 네 목숨을 살려줄 순 없다. 단, 한 가지 호의를 베풀겠다." 하고 지니 요정이 말했다.

"그게 뭔데요?" 하고 어부가 물었다.

"네게 선택권을 주는 것이다. 내가 널 어떻게 죽이면 좋겠는지 네가 선택하게 하겠다." 하고 지니 요정이 대답했다.

"하지만 내가 어찌하여 요정님의 기분을 상하게 한 건가요? 당신을 구해 준 대가가 죽음인가요?" 하고 어부가 물었다.

"달리 선택의 여지가 없다." 하고 지니 요정이 말했다.

"내 얘기를 들어보면 그 이유를 알 것이다. 나는 하느님의 의지를 거스르는 반항적인 요정 중의 하나였지. 다윗의 아들인 솔로몬은 내게 자기의 권력을 인정하라고 하면서 자기 명령에 따를 것을 요구했어. 나는 거절하면서 이렇게 말했지. 그의 요구대로 충성을 맹세하느니 차라리 그의 분노를 사겠노라고 말이야. 그러자 그가 나를 벌하기 위해 구리로 된 항아리에 가둬 버린 것이야. 내가 감옥을 뚫고 나오지 못하도록 납으로 된 뚜껑에 위대한 하느님의 이름을 새겨

어부가 대답했다. "아! 왜 날 죽인다는 겁니까?"

서 직접 봉해 버린 거지. 그리고는 한 요정에게 항아리를 주면서 바닷속으로 던져 버리라고 명했어.

처음 100년 동안 갇혀 있으면서 누군가 나를 100년 안에 구해 준다면 부자로 만들어 주겠다고 맹세했지. 그 다음 100년 동안 갇혀 있을 때에는 나를 구해 주는 자에게 이 세상에 있는 온갖 보물들을 다 캐내어 주겠다고 맹세했어. 그리고 300년째 갇혀 있을 때는 나를 구해 준 자에게 강력한 군주가 되게 해 주고 항상 그의 옆에 머물면서 날마다 세 가지 요청을 들어주겠다고 맹세했어. 그래도 아무도 구해주는 이가 없자 화가 나고 미칠 지경이었지. 이렇게 오랫동안 날 가둬두다니, 누군가 날 구해주면 이번에는 가차 없이 죽여 버리겠노라고 맹세했지. 그리고 자신이 죽는 방법을 선택하는 것 외에는 그 어떤 선택권도 주지 않겠노라고 말이야. 오늘 네가 날 구해 주었으니 그 선택권을 주겠다."

어부는 말할 수 없이 슬펐다. 자기가 죽어야 한다는 사실 때문이 아니라 세 아이들 때문이었다. 자신이 죽으면 세 아이들이 얼마나 불행해질지 생각하자 가슴이 찢어지는 듯했다. 그래서 지니 요정의 화를 달래려고 애썼다.

"제발! 당신을 위해 내가 한 일을 생각해서 나를 불쌍히 여겨 주세요."

"이미 말했지 않느냐." 하고 지니 요정이 대답했다. "바로 나를 구해 주었기 때문에 널 죽이려는 것이다. 자, 시간을 낭비하지 마라. 네가 무슨 이유를 대든 간에 내 마음을 돌리지는 못한다. 자, 서둘러라, 어떻게 죽기를 원하느냐?"

필요는 발명의 어머니라고 하지 않았는가. 어부는 한 가지 꾀를 생각해 냈다.

"기필코 내가 죽어야 한다면," 하고 어부는 요정에게 말했다. "하늘의 뜻에 따르겠소. 하지만 내가 어떻게 죽어야 할지를 선택하기 전에 다윗의 아들인 예언자 솔로몬의 봉인에 새겨진 하느님의 이름에 걸고 내가 묻는 질문에 사실대로 대답해 주길 바랍니다."

지니 요정은 어부의 간청을 들어줄 의무가 있음을 알고 긴장하면서 대답했다.

"원하는 질문을 해 보거라, 어서."

"요정님이, 실제로 이 항아리 속에 들어가 있었는지 알고 싶어요. 위대한 하느님의 이름에 대고 맹세할 수 있나요?" 하고 어부가 물었다.

"그렇다, 위대한 하느님의 이름에 대고 맹세하건대, 그 속에 들어가 있었느니라." 하고 지니 요정이 대답했다.

"그 말이 사실이란 걸 믿을 수가 없습니다. 이 항아리는 요정님의 발 한 짝도 들어가지 않을 정도로 작은데, 어떻게 그 큰 몸집이 들어갈 수 있겠습니까?" 하고 어부가 대답했다.

"가능한 일이다. 내가 엄숙하게 맹세를 했는데도 날 믿지 못하겠단 말이냐?" 하고 지니 요정이 대답했다.

"못 믿겠습니다. 다시 그 항아리 속으로 들어간다면 모를까, 믿지 못하겠습니다." 하고 어부가 대답했다.

그러자 지니 요정의 몸이 스르르 녹더니 연기로 변해 전처럼 바닷가를 따라 길게 뻗어나갔다. 그러다가 마침내 한 곳으로 모이더니 항아리 속으로 다시 들어가기 시작했다. 연기는 계속해서 빨려들어갔다. 한 줄기도 남지 않을 때까지.

바로 그때 어부는 얼른 항아리 뚜껑을 집어 재빠르게 항아리를 덮었다.

"요정님," 하고 그가 소리쳤다. "이번에는 요정님이 내게 부탁할 차례네요. 하지만 이 항아리를 원래 있었던 바다 속으로 던져 버릴 참이에요. 그리고 바닷가에 집을 짓고 살면서 어부들이 그물을 던지러 이곳으로 오면 당신 같은 사악한 요정을 조심하라고 일러줄 겁니다. 자신을 풀어준 은인을 죽이겠다고 맹세한 당신 같은 요정을 말이에요."

지니 요정은 온갖 말로 어부를 설득하려고 애썼다.

"항아리를 열어라!" 하고 지니 요정이 말했다.

"날 풀어 주거라. 그러면 네가 원하는 것은 무엇이든 다 들어주겠다."

"이 배신자야, 네 말을 믿을 만큼 바보라면 내 목숨을 잃어 마땅하다. 너는 옛날 그리스 왕이 의사 두반에게 했던 것처럼 날 그리 하겠지. 내 그 얘기를 해 줄 테니 잘 들어 보거라." 하고 어부가 대답했다.

그리스 왕과 의사 두반에 관한 이야기

옛날에 나병에 걸린 왕이 있었다. 의사들이 그 병을 고치려고 온갖 방도를 다 써보았지만 아무런 소용이 없었다. 그 때 의술이 뛰어난 두반이라는 의사가 궁전에 도착했다.

그는 자연과학에도 경험이 많아서 풀과 약이 가진 좋고 나쁜 성분에 대해서 잘 알고 있었다. 두반은 왕의 병에 대한 얘기를 듣고 의사들이 모두 포기한 상태임을 알게 되자 왕에게 해줄 처방을 찾아보았다. 그는 왕 앞에 나아가 의례적인 의식을 갖춘 후 이렇게 말했다.

"폐하, 의사들이 폐하의 나병을 고치지 못한 것으로 알고 있습니다. 하지만 제 처방대로 하신다면 약을 먹거나 바르지 않아도 낫게 해드리겠습니다."

왕이 대답했다. "네가 약속한 대로 할 수만 있다면 너와 너의 자손 대대로 부자로 살게 해 주겠노라. 치료를 해 보거라."

의사는 집으로 돌아와 속이 텅 빈 방망이를 만든 다음 손잡이에 약을 집어넣었다. 그리고 그런 식으로 목적에 맞게 공도 만들었다. 그리고는 다음날 아침 왕에게 가지고 가서 말했다. "폐하, 말을 타고 가서 이 방망이로 운동을 하십시오. 손과 몸에 땀이 날 때까지 이 방망이로 공을 치십시오. 손이 따뜻해져 이 방망이 손잡이에 넣어둔 약이 따뜻해지면 그 기운이 온몸으로 퍼질 것입니다. 땀이 나면 약이 효과를 발휘할 것이니 운동을 멈추셔도 됩니다. 궁전으로 돌아가시는 즉시 욕실로 가서서 몸을 잘 씻고 문지르십시오. 그러고 나서 푹 주무십시오. 내일 아침이면 완전히 나아 있을 것입니다."

왕은 방망이를 가지고 공을 치기 시작했다. 함께 놀이를 나온 신하들이 공을 주워다 주었다. 왕은 의사가 말한 대로 손과 온몸이 땀에 젖어 방망이 속에 든 약이 효과를 발휘할 때까지 오랫동안 공놀이를 했다. 그리고는 궁전으로 돌아가서 욕조에 몸을 담갔다.

그런데 다음날 아침, 잠자리에서 일어나보니 놀랍고도 기쁘게도 나병이 완전히 치료가 되어 있지 않은가. 언제 병에 걸렸냐는 듯이 온몸이 깨끗했다. 왕은 옷을 입자마자 어전회의실로 가서 왕좌로 올라가 중신들 앞에 모습을 드러냈다. 새 약의 효능이 궁금했던 신하들은 아침 일찍 나와 있었다. 그들은 왕이 완전히 치료된 것을 보자 매우 기뻐했다. 의사 두 반은 어전회의실로 들어와 얼굴을 땅에 대고 왕 앞에 절을 했다. 왕은 그를 알아보고 자

속이 텅 빈 방망이를 만든 다음 손잡이에 약을 집어넣었다.

기 옆에 앉게 한 다음 신하들에게 소개하고는 온갖 칭찬을 늘어놓았다. 왕은 거기에서 그치지 않고 날마다 그에게 존경의 징표를 쏟아 부었다.

그런데 이 왕에게는 욕심 많고 시기심이 많았으며 그러다 보니 당연히 온갖 계략에 능란한 한 대신大臣이 있었다. 그는 왕이 의사에게 쏟아붓는 선물들을 보고 시기심을 느꼈다. 그래서 의사에 대한 왕의 존경심을 사그라뜨릴 음모를 꾸몄다.

"폐하," 하고 그가 왕에게 말했다.

"폐하께서도 아실지 모르겠지만, 적들이 폐하를 살해하도록 보냈을 수도 있는 사람을 폐하께서 곁에 두고 있다는 사실을 아시는지요?"

"아니, 모르오." 하고 왕이 말을 가로막았다. "대신이 배신자며 악한이라고 의심하고 있는 이 의사가 그 누구보다

'계략에 능한 대신'

도 뛰어나고 어진 사람이라는 것을 나는 잘 알고 있소. 그가 내 병을 고쳐 주지 않았소? 내 목숨을 노리고 있었다면 어찌하여 내 목숨을 구해 주었겠소? 그냥 두었으면 저절로 죽었을 텐데 말이오. 그의 덕행에 대신이 질투가 나는 모양이구려. 하지만 아무런 까닭 없이 그를 미워하는 것은 부당한 일이오. 신밧드 왕이 아들인 왕자를 죽음으로 몰아넣는 것을 막기 위해 한 대신

이 신밧드에게 해 준 이야기를 들려주겠소. 이 대신은 왕에게 다른 사람의 말만 듣고 행동해서는 안 된다고 하면서 다음과 같은 이야기를 들려줬다오."

남편과 앵무새에 관한 이야기

아주 착한 한 남자에게 잠시라도 보지 않고는 살 수 없을 정도로 지극히 사랑하는 아름다운 아내가 있었다. 어느 날, 급한 일로 집을 비우게 된 남편은 온갖 종류의 새를 파는 시장으로 가서 앵무새를 한 마리 사 왔다. 이 앵무새는 말을 할 수 있었을 뿐만 아니라 눈으로 본 일을 설명도 할 줄 알았다. 남편은 앵무새를 새장에 넣어 집으로 가져와서 아내에게 방 안에 두고 자신이 집을 비우는 동안 돌봐 달라고 말하고는 집을 떠났다.

집으로 돌아온 남편은 집을 비운 사이 별일이 없었는지를 앵무새에게 물었다. 그러자 앵무새가 아내의 나쁜 행실에 대해 고자질하는 바람에 아내는 남편에게 꾸지람을 들어야 했다. 아내는 노예들 중 누군가가 자신을 배신하고 고자질했을 거라 단정했지만, 노예들은 한결같이 그런 적이 없다면서 앵무새가 그랬을 거라고 입을 모아 말했다.

그러자 아내는 어떻게 하면 남편의 질투를 없애고 동시에 앵무새에게 복수를 할 수 있을까를 궁리하기 시작했다. 어느 날 남편이 또다시 볼일이 있어 집을 비우게 되었다. 아내는 한밤중에 노예들을 불러 한 노예에게는 앵무새의 새장 밑에서 맷돌을 돌리게 하고, 다른 노예에게는 마치 비가 쏟아지는 것처럼 새장 위에서 물을 뿌리라고 명령했으며, 또 다른 노예에게는 앵무새 앞에 놓인 촛불 앞에서 거울을 들고 앞뒤로 계속 움직이라고 명령했다. 노예들은 거의 밤을 새우다시피 아내가 하라는 대로 능숙하게 임무를 완수해 냈다.

다음날 밤, 집으로 돌아온 남편은 이번에도 자기가 집을 비운 사이 무슨 일이 있었는지 앵무새에게 물었다. 그러자 앵무새가 대답했다. "주인님, 밤새 천둥 번개가 치고 비가 몰아치는 바람에 정말 힘들었답니다."

밤새 천둥도 번개도 치지 않고 비도 내리지 않았다는 사실을 알고 있던 남편은 앵무새가 거짓말을 하는 것으로 보아 저번에도 거짓말을 했을 거라고 생각했다. 그래서 새장에서 앵무새를 꺼내 바닥에 세게 내동댕이쳤다. 그 바람에 새는 죽고 말았다. 나중에 이웃들의 말을 통해 가엾은 앵무새가 거짓말을 한 것이 아니라 아내가 한 못된 행동에 대해 설명했었다는 사실을 알게 된 남편은 새를 죽인 것을 후회했다.

앵무새를 바닥에 세게 내동댕이치는 바람에 새가 죽고 말았다.

"이보시오, 대신." 하고 왕이 말했다. "대신은 대신한테 아무런 해코지도 하지 않은 두반 의사가 미워서 날더러 그를 죽이라고 하는데, 난 그 남편이 앵무새를 죽이고 후회했듯이 후회하고 싶지 않소."

"폐하," 하고 대신이 대답했다. "앵무새가 죽은 것은 사소한 일에 불과합니다. 그 남편은 앵무새의 죽음에 오랫동안 슬퍼하지 않았을 겁니다. 하지만 무고한 사람을 해칠까 두려워 의사를 죽이지 못하다니요? 제가 그를 적대하는 것은 질투 때문이 아닙니다. 제가 무고한 사람을 험담하는 것이라면 어느 대신처럼 벌을 받아 마땅합니다. 허락하신다면 그 대신에 대한 이야기를 해드리겠습니다."

벌을 받은 대신大臣에 관한 이야기

사냥을 좋아하는 왕자를 둔 왕이 있었습니다. 왕은 종종 사냥을 나갈 때면 왕자도 함께 가도록 허락했지요. 다만, 그럴 때면 늘 재상에게 왕자를 돌보라고 명했답니다. 사냥을 나간 어느 날, 사냥꾼에게 자극을 받은 사슴이 뛰어가자 왕자는 재상이 뒤를 따라오는 줄 알고 사슴을 쫓아 멀리까지 달려갔지요. 그런데 너무나 멀리, 그리고 너무 열심히 뛰어간 바람에 함께 간 무리들을 잃어버리게 되었답니다. 길을 잃은 사실을 안 왕자는 걸음을 멈추고 재상을 찾아 헤맸지요. 하지만 그 지역 지리를 몰랐기 때문에 더욱더 외딴 곳으로 접어들게 되었어요.

그렇게 말을 타고 헤매던 중 왕자는 아리따운 한 처녀와 마주쳤답니다. 처녀는 말에서 떨어져 다쳐서 울고 있었고 말은 달아나 버리고 없었어요. 처녀를 안쓰럽게 여긴 젊은 왕자가 자기 등 뒤에 타라고 권하자 처녀는 기꺼이 그에 따랐지요.

말을 타고 폐허가 된 어느 집을 지날 때 처녀가 말에서 내려 달라고 했어요. 왕자는 말을 멈추고 처녀를 내려준 다음 자기도 말에서 내려 말을 끌며 집 가까이 가 보았어요. 집 안을 들여다보던 왕자는 소스라치게 놀랐지요. 처녀로 가장하고 있던 그 여자가 이런 말을 하고 있지 않겠어요. "기뻐하거라, 아이들 아, 식사로 젊은 청년을 가져왔단다." 그러자 다른 목소리들이 그에 답하여 말했어요. "어디 있어요? 배고프단 말예요."

왕자는 자신이 위험에 처해 있음을 즉시 알아차리고 전속력으로 말을 달려 달아났지요. 그러다 다행히도 길을 찾아 아버지가 있는 궁전에 무사히 도착했답니다. 왕자는 재상이 자기를 소홀히 돌본 탓에 위험에 처했었다고 고해 바쳤지요. 그러자 재상에게 화가 난 왕은 즉시 그를 목졸라 죽일 것을 명했답니다.

"폐하," 하고 왕의 대신이 말을 이었다. "의사 두반의 경우를 생각해 보십시오. 폐하께서는 두반이 폐하를 치료해 주었다고 말씀하시고 계십니다. 하지만 아아! 누가 그것을 장담할 수 있겠습니까? 두반이 폐하께 처방해 준 약이 시간이 지나면 치명적인 결과를 가져올지 누가 알겠습니까?"

왕은 대신의 사악한 의도를 알아낼 수도 없었고 두반이 자기를 치료해 주었다고 확신할 수도 없었다. 대신과 대화를 하는 동안 왕은 마음이 산란해졌다.

"그대 말이 맞소, 두반은 내 목숨을 빼앗으러 온 자일 수 있소. 약을 써서 쉽게 그리 할 수 있겠지." 하고 왕이 말했다.

이렇게 말하고 왕은 신하를 불러 두반 의사를 데려오라고 명했다. 왕의 의도를 전혀 모르는 두반은 서둘러서 왕에게로 왔다.

"아는고? 내가 왜 불렀는지?" 하고 두반을 보자 왕이 물었다.

"모르옵니다. 폐하께서 말씀해 주시길 간청드립니다." 하고 두반이 대답했다.

"너를 부른 이유는, 널 죽이기 위함이니라." 하고 왕이 말했다.

이 말을 듣자 두반은 소스라치게 놀랐다.

"폐하, 왜 저를 죽이시려는 겁니까? 제가 무슨 죄를 저질렀는지요?" 하고 그가 말했다.

"내가 들은 바로는," 하고 왕이 말했다. "네가 날 죽이기 위해 이 궁전으로 왔다고 한다. 그러니 미연에 그런 사태를 방지하기 위해 널 죽일 수밖에 없느니라. 내리치거라!" 왕이 대기하고 있던 사형집행관에게 명령했다. "그리고 나를 살해하러 온 이 불온한 인간으로부터 날 구해 내거라."

이런 잔인한 명령을 들은 두반은 곧 그가 왕에게서 받은 선물과 명예 때문에 그를 적으로 생각하는 자들이 생겼으며 마음 약한 왕이 그들의 말에 넘어갔다고 판단했다. 왕의 나병을 치료해 준 것이 후회되었지만 후회해봤자 이제는 소용이 없었다.

"그러니까," 하고 두반이 물었다. "이것이 폐하를 치료해 드린 것에 대한 대가이옵니까? 아, 폐하," 하고 그가 외쳤다. "저를 살려 주십시오, 그러면 하느님께서 폐하의 목숨도 살려 주실 것입니다. 하느님께서 폐하를 죽이지 않도록 저를 죽이지 말아 주시옵소서."

왕이 잔인하게 대답했다. "안 된다, 안 돼. 기필코 너의 목을 베어야겠다. 그렇지 않으면 날 치료해 주었듯이 살해할 테니까." 두반은 왕이 자기의 선의에 대해 그처럼 악의로 갚으려 하는 것에 대해 비통해하지 않고 죽을 각오를 했다. 사형집행인이 그의 손을 묶고 큰 칼을 내리치려 할 때 두반이 다시 한 번 왕에게 말했다.

"폐하," 하고 그가 말했다. "폐하께서 끝끝내 사형선고를 철회하시지 않으실 작정이시니 적어도 이 청만은 들어주십시오. 제가 집으로 가서 제 장례식을 준비시키고 가족에게 작별인사를 하고 자선을 베풀고, 제 책을 유용하게 쓸 사람들에게 나눠줄 수 있도록 허락해 주십시오. 특별히 폐하께 선물하고 싶은 책이 있사옵니다. 매우 귀중한 책이므로 폐하의 금고에 조심해서 보관할 가치가 있는 책입니다."

"그게 무언고? 무엇 때문에 그처럼 귀중하다는 것이냐?" 하고 왕이 물었다.

"폐하, 그 책에는 온갖 특별하고 진기한 내용들이 담겨 있답니다. 그 중에서도 특히 6번째 장을 펼치시고 왼쪽 페이지의 세 번째 행을 읽어 보십시오. 제 베어진 목이 폐하의 질문에 대답해 드릴 것입니다." 하고 두반이 대답했다.

왕은 호기심이 일어 다음날까지 사형집행을 미루고 삼엄한 감시 하에 두반을 집으로 돌려보냈다.

그동안에 두반은 모든 일을 정리하고, 그가 죽고 난 후에 들어보지도 못한 경이로운 일이 벌어질 것이라고 소문을 냈다. 다음날, 대신들과 통치자들과 호위들, 그리고 궁전의 모든 사람들이 그 경이로운 일을 직접 보기 위해 어전회의실로 몰려들었다.

의사 두반이 끌려 들어왔다. 그는 손에 책을 든 채 왕좌에 앉아 있는 왕의 발 아래로 나아가 큰 그릇을 달라고 하더니 거기에 책을 싸고 있던 책커버를 놓고 책은 왕에게 주면서 말했다.

"이 책을 받으십시오. 제 목이 잘리면 그 목을 그릇에 있는 책커버 위에 놓으라고 명하십시오. 그러면 제 목에서 흐르던 피가 즉시 멈출 것입니다. 그 때 책을 펼치십시오. 폐하의 질문에 대해 제 머리가 대답해드릴 것입니다. 하지만 한 번만 더 폐하의 관대한 처분을 간청드립니다. 소인은 아무런 죄가 없사옵니다."

"아무리 간청을 한다 해도 돌이킬 수 없다. 네가 죽은 후 네 머리가 말하는 걸 들으려면 네가 죽어야 하느니라." 하고 왕이 대답했다. 왕은 이렇게 말하며 두반의 손에서 책을 낚아채가며 사형집행인에게 목을 치라 명령했다.

단칼에 잘린 머리는 큰 그릇 속으로 굴러떨어졌다. 그런데 머리가 책커버 위로 떨어지자마자 피가 멈추는 게 아닌가. 그리고 왕과 모든 구경꾼들에게 놀랍게도 머리가 두 눈을 뜨더니 이렇게 말하는 것이었다.

"폐하, 책을 펼치시겠사옵니까?" 왕은 그 말에 따라 책을 펼치려 했다. 하지만 책 낱장들이 한데 엉겨 붙어서 쉽게 펼쳐지지 않자 손가락을 입에 가져다대고 침을 묻혔다. 황제는 여섯 장째 책을 펼쳤을 때 아무런 글씨도 쓰여 있지 않은 것을 발견하자 두반에게 물었다.

"여봐라, 아무 것도 쓰여 있지 않지 않느냐."

"책장을 더 넘겨보십시오." 하고 머리가 대답했다. 왕은 그 말에 따라 매번 손가락에 침을 묻히며 책장을 한 장씩 넘겼다. 그런데 갑자기 이상한 경련이 일고 눈앞이 깜깜해졌다. 왕은 심하게 발작을 하며 왕좌 아래로 굴러떨어졌다.

의사 두반은, 아니 두반의 머리는 독이 퍼지는 것을 보며 왕의 목숨이 금방 끊어질 것을 알았다. "폭군이여," 하고 머리가 소리쳤다. "권한을 남용하여 무고한 사람의 머리를 치는 군주들의 말로가 어떠한지 이제야 알겠는가. 불의와 잔악행위에 대해서 언젠가는 하느님이 벌을 내리시는 법이니." 목이 이렇게 말을 마치자마자 왕이 쓰러져 죽었다. 목도 숨을 거두었다.

갑자기 이상한
경련이 일었다.

어부는 그리스 왕과 의사 두반의 이야기를 끝내고 아직까지 항아리 속에

"책장을 더 넘겨보십시오." 하고 머리가 대답했다.

가둬두었던 지니 요정에게 말했다. "왕이 의사 두반을 살려 주었다면 하느님께서 왕의 목숨을 살려 주었을 것이다. 네 경우도 마찬가지. 하지만 네가 나를 죽이려 했으니 나 또한 너한테 잔인하게 굴 수밖에 없다."

"한 마디만 더 들어보거라." 하고 지니 요정이 소리쳤다. "널 해치지 않겠다고 약속하마. 아니, 해치기는커녕 네게 엄청난 부자가 되는 법을 알려주마."

가난에서 벗어날 수 있다는 희망 때문에 어부의 마음이 움직였다. "네 말을 듣겠다." 하고 어부가 말했다. "믿을 만한 맹세를 한다면 말이다. 네가 한 약속을 충실히 지키겠다고 신의 이름으로 맹세하거라. 그러면 항아리를 열어 주겠다. 감히 그 맹세를 어기지 않으리라 믿으니까."

요정이 맹세를 하자 어부는 즉시 항아리의 뚜껑을 열었다. 그러자 연기가 솟아오르며 요정이 형체를 드러내더니 항아리를 바닷속으로 걷어차 버렸다.

"염려하지 말거라, 네가 놀라는 모습을 보려고 그랬을 뿐이다. 내 말이 진심이란 걸 확인해 주겠다. 그물을 가지고 날 따라오너라." 하고 지니 요정이 말했다.

그들은 마을을 지나 산꼭대기로 올라갔다가 다시 거대한 평지로 내려갔다. 그러자 네 개의 언덕으로 둘러싸인 호수가 나왔다.

호숫가에 이르자 지니 요정이 어부에게 말했다. "그물을 던져 고기를 잡거라." 물속에는 수많은 고기들이 헤엄쳐 다녔기 때문에 어부는 고기를 잡을 것을 의심치 않았다. 그런데 너무나 놀랍게도 고기들은 흰색, 빨간색, 파란색, 노란색 네 가지 색깔을 띠고 있었다. 어부는 그물을 던져 색깔별로 한 마리씩 고기를 낚았다. 그는 한 번도 그러한 고기를 본 적이 없었기 때문에 경탄을 금치 못했다. 그처럼 신기한 고기를 많이 잡을 수 있다고 생각하자 너무나도 기뻤다.

"그 고기들을 가지고 가서 황제에게 바치거라." 하고 지니 요정이 말했다.

"그러면 황제가 많은 돈을 줄 것이다. 날마다 이 호수에 와서 고기를 잡아도 좋다. 하지만 경고하건대, 하루에 두 번 이상 그물을 던져서는 안 되느니라. 그랬다가는 후회하게 될 거야."

요정이 이렇게 말하고 발로 땅을 차자 땅이 갈라지더니 요정을 삼키고는 다시 닫혀 버렸다.

7장
어부의 또 다른 모험

지니 요정의 충고를 따르기로 한 어부는 그물을 다시 던지지 않고 매우 만족스럽게 마을로 돌아왔다. 그리고 즉시 황제가 사는 황궁으로 가서 물고기를 바쳤다.

황제는 어부가 바친 네 마리 물고기를 보고 놀라움을 금치 못했다. 황제는 물고기를 한 마리씩 집어들고는 이리저리 살폈다. 한참을 감탄하며 살피던 황제가 신하에게 말했다. "이 물고기들을 가져다 요리사에게 주어라. 이렇게 아름다우니 맛도 아주 좋을 것이다. 어부에게는 금화 400냥을 주거라."

그렇게 많은 돈을 본 적이 없는 어부는 자기의 행운을 믿을 수가 없었다. 그래서 모든 게 꿈일 거라고 생각했다. 하지만 가족에게 먹을 것을 사다줄 수 있게 되자 그때서야 꿈이 아님을 실감했다.

한편 요리사는 물고기를 손질한 다음 기름을 부은 프라이팬에 물고기를 넣고 불 위에 올렸다. 그리고 한 쪽이 충분히 익을 때쯤 되자 물고기를 뒤집었다. 그런데, 오, 참으로 경이로운 일이 벌어졌다! 물고기를 뒤집자마자 부엌 벽이 갈라지더니 눈부시게 아름다운 여인이 나타났다. 여인은 꽃무늬가 새겨진 비단옷을 걸치고, 귀고리와 커다란 진주 목걸이와 루비가 박힌 금팔찌를 차고, 손에는 지팡이를 들고 있었다. 그 광경에 요리사는 얼어붙어 버렸다.

그런데 더욱더 놀랍게도 여인이 프라이팬으로 다가가더니 지팡이 끝으로 물고기 한 마리를 치면서 이렇게 묻는 것이 아닌가. "물고기야, 물고기야, 너의 소임을 다하고 있느냐?"

물고기가 아무런 대답이 없자 여인이 다시 똑같은 말을 되풀이했다. 그러자 네 마리 물고기가 일제히 머리를 쳐들고 대답했다.

"네, 네, 당신이 계산을 하면 우리가 계산을 하는 것이고, 당신이 빚을 청산하면 우리가 빚을 청산하는 것이고, 당신이 외면하면 우리도 외면하겠습니다."

눈부시게 아름다운 여인이 나타났다.

물고기들이 이런 말을 마치자마자 여인은 프라이팬을 엎어 버리고는 다시 벽 틈새로 사라졌다. 그러자 금세 갈라진 벽이 닫히고 이전처럼 말끔해졌다.

요리사는 눈앞에서 벌어진 광경에 어안이 벙벙했다. 잠시 후 제정신으로 돌아온 요리사는 난로에 떨어진 물고기를 집어들었다. 그런데 물고기가 석탄보다도 더 검게 타 있는 것이 아닌가. 도저히 황제에게 바칠 수 없는 상태였다. "이를 어쩌지!" 하고 요리사가 중얼거렸다. "이제 나는 어떻게 되는 거지? 황제께 내가 본 일을 사실대로 고하면 믿지 않으시고 노발대발하시겠지."

요리사가 이렇게 비탄에 잠겨 있을 때 재상이 들어와서 물고기 요리가 준비되었는지를 물었다. 요리사는 자신이 본 일을 상세하게 얘기했다. 재상이 그 얘기를 듣고 놀란 것은 당연했다. 하지만 재상은 황제에게 그 일을 사실대로 고하지 않고 그럴듯한 핑계를 둘러대고는 즉시 사람을 시켜 어부를 데려온 다음, 이전에 가져왔던 것과 똑같은 물고기를 네 마리 더 잡아오라고 명했다. 어부는 내일 물고기를 바치겠다고 약속했다.

이리하여 어부는 다음날 아침 일찍 물고기를 네 마리 잡아 약속한 시간에 재상에게 가져다주었다. 재상은 직접 물고기를 가지고 부엌으로 가서 부엌문을 잠그고 요리사와 단둘이 요리를 시작했다. 요리사는 물고기를 씻은 다음 전날 했던 것처럼 불 위에 올려놓고 요리를 시작했다. 그리고 물고기의 한 쪽이 다 익자 물고기를 뒤집었다. 이렇게 해서 재상은 요리사가 얘기했던 사건이 눈앞에 벌어지는 광경을 직접 목격하게 되었다.

"이런 일은 황제 폐하께 숨기기에는 너무도 신기하고 특별한 일이오." 하고 재상이 말했다. "가서 이 경이로운 일에 대해 폐하께 고하겠소."

소식을 전해들은 황제는 소스라치게 놀라며 즉시 사람을 보내 어부를 불러오게 하여 이렇게 물었다. "여봐라, 똑같은 물고기를 네 마리 더 잡아올 수 있겠느냐?"

그러자 어부가 대답했다. "폐하께서 제게 내일까지 시간을 주신다면 그리하겠습니다."

이리하여 어부는 물고기를 네 마리 잡아 황제에게 바쳤다. 황제는 매우 기뻐하며 어부에게 400냥의 금화를 주라고 명했다.

황제는 물고기를 요리할 수 있는 요리 기구를 모두 챙겨 물고기를 가지고 재상과 단둘이 벽장으로 들어갔다. 재상이 물고기를 프라이팬에 넣고 한 쪽이 다 익자 뒤집었다. 그러자 벽장 벽이 갈라지며 이번에는 젊은 여인 대신에 노예 복장을 한, 거인처럼 키가 큰 흑인이 손에 커다란 녹색 지팡이를 들고 나타났다. 그는 프라이팬으로 다가가더니 지팡이로 물고기 한 마리를 치면서 무시무시한 목소리로 말했다.

"물고기야, 너의 소임을 다하고 있느냐?" 이 물음에 물고기들이 고개를 쳐들며 대답했다. "네, 네, 다하고 있어요. 당신이 계산을 하면 우리가 계산을 하는 것이고, 당신이 빚을 청산하면 우리가 빚을 청산하는 것이고, 당신이 외면하면 우리도 외면하겠습니다."

물고기들이 이 말을 마치자마자 흑인이 프라이팬을 벽장 한가운데로 던져 물고기들을 까만 석탄으로 만들어 버렸다. 그러고 나서 흑인은 씩씩거리며 물러나더니 다시 갈라진 벽 속으로 사라졌다. 그 순간 벽이 닫히고 다시 이전처럼 말짱해졌다.

"이러한 광경을 보니 안심이 되지 않는구나." 하고 황제가 재상에게 말했다. "이 물고기들은 틀림없이 뭔가 심상찮은 일을 예고하는 것이야." 황제는 사람을 보내 어부를 불러오게 하여 물고기를 잡은 장소를 알아냈다. 그리고는 모든 신하들에게 말을 타라고 명한 후 어부를 따라 물고기를 잡은 장소로 향했다. 그들은 일제히 높은 산을 올라갔다. 그런데 놀랍게도 산자락에는 널따란 평원이 펼쳐져 있었다. 이제까지 아무도 보지 못한 곳이었다. 평원을 지난 그들은

물고기들이 고개를 쳐들며 대답했다.

마침내 호수에 도착했다. 어부가 얘기해 준 대로 호수는 네 개의 언덕에 둘러
싸여 있었다. 호수 물이 너무도 맑아서 어부가 궁전으로 가져갔던 물고기들이
물 속을 헤엄쳐 다니는 모습을 볼 수 있었다.

　황제는 호숫가에 서서 감탄을 하며 물고기들을 바라보았다. 황제가 신하들
에게 마을에서 이처럼 가까운 곳에 이런 호수가 있는데 보지 못했을 수가 있느
냐고 묻자 모두들 이런 호수는 듣지도 보지도 못했다고 대답했다.

"그대들 모두가 들어본 적도 없다고들 하고, 나 또한 그대들과 마찬가지로 이러한 진기한 풍경이 놀라우니 이 호수가 어떻게 해서 이곳에 생기게 되었는지, 그리고 이 호수에 사는 물고기들이 왜 네 가지 색깔인지를 알기 전에는 궁전으로 돌아가지 않겠노라."

황제는 이렇게 말하고 신하들에게 야영준비를 하라고 명령하였다. 곧이어 황제가 거처할 막사와 신하들이 묵을 천막이 호숫가에 세워졌다.

황제는 야영지에서 홀로 떨어져 나와 마음을 어지럽히는 징후들의 비밀을 알아낼 결심을 하고, 재상에게 자신이 돌아오기 전에 신하들이 자신의 행방을 물으면 몸이 아파 자리를 비웠다고 알리도록 명했다.

재상은 황제의 마음을 돌려보려 애썼으나 아무런 소용이 없었다. 황제는 단호했다. 그는 산보하기에 적당한 복장을 갖춰 입고 큰 칼을 찼다. 그리고 야영지가 모두 잠들어 조용해지자 홀로 밖으로 나왔다. 태양이 솟아오를 무렵, 아득히 멀리 번쩍번쩍한 검은 대리석으로 지은 거대한 건물이 눈에 들어왔다. 건물은 유리처럼 매끄러운 강철로 덮여 있었다. 그토록 빨리 호기심을 불러일으킬 만한 뭔가를 발견하게 된 것이 너무 기뻐서 황제는 살짝 열려 있는 문으로 다가갔다. 곧장 안으로 들어갈 수도 있었지만 황제는 노크를 하는 것이 좋겠다는 생각에 여러 차례 노크를 했다. 하지만 아무도 나타나지 않자 매우 놀랐다.

황제는 안으로 들어갔다. 그리고는 현관으로 들어가 소리쳤다.

"지나가는 나그네인데, 요기 좀 하려고 합니다. 아무도 없습니까?"

황제가 큰 소리로 물었으나 아무런 대답이 없었다. 침묵이 황제를 더욱더 놀라게 했다. 황제는 널따란 안마당으로 들어가 그곳에 사는 사람의 흔적을 찾아 이리저리 살폈으나 아무것도 발견할 수가 없었다.

그래서 이번에는 여러 개의 커다란 홀로 들어가 보았다. 홀에는 비단 태피

번쩍번쩍한 검은 대리석으로 지은 거대한 건물이 눈에 들어왔다.

스트리가 걸려 있었고, 벽면의 움푹 들어간 공간과 소파는 메카*에서 나온 장식으로 덮여 있었으며, 현관은 금과 은이 섞인 인도 제품으로 호화롭게 장식되어 있었다. 황제는 이번에는 아주 근사한 방으로 들어가 보았다. 방 한가운데에는 분수가 있었는데 각 모서리마다 순금으로 만든 황금 사자가 서 있었다.

성의 세 면은 꽃과 관목이 자라는 화단들이 있는 정원으로 둘러싸여 있었으며, 수많은 새들이 듣기 좋은 화음을 이루며 여기저기서 지저귀어 아름다움을 한층 더해 주었다. 황제는 방마다 들어가 보았는데, 하나같이 화려하고 웅장했다. 걷다가 지친 황제는 정원이 내려다보이는 베란다에 앉았다. 그때 갑자기 비탄에 젖은 목소리로 한탄을 하는 목소리가 들렸다. 가만히 귀를 기울여 듣자 이런 말이 들렸다.

"오, 운명이여! 내게 행복한 순간을 오래 허락하지 않는구나. 날 그만 괴롭히고 빠른 죽음으로 나의 슬픔을 거두어 가거라."

황제는 일어서서 소리가 나는 쪽으로 가서 커다란 방의 문을 열고 커튼을 젖혔다. 화려한 옷을 입은 아름다운 청년이 왕좌에 앉아 있었다. 그의 표정은 비애로 가득 차 있었다. 황제가 다가가서 인사를 건넸다. 그러자 청년은 머리를 숙여 인사를 하며 이렇게 말했다. "나리, 일어나서 영접해 드려야 하는데, 슬픈 운명 때문에 그리하지 못하니 마음 상해 하지 말기 바랍니다."

"무슨 말씀을." 하고 황제가 대답했다. "나를 이리 생각해 주시니 감사할 따름입니다. 일어나서 맞아 주시지 않은 것에 대해서는 어떤 연고로 그리하시든지 간에 전혀 마음 상하지 않습니다. 탄식하시는 소리에 이끌려 도와드리고자 이곳까지 왔습니다. 당신의 마음을 달래드리고, 당신의 어려움을 도와줄 힘이 제게 있으면 좋겠소이다! 무슨 일 때문에 그리 비통해하시는지 말씀해 주십시

---

* 　사우디아라비아에 있는 이슬람 성지

황제가 다가가서 인사를 건넸다.

오. 하지만 그 전에 궁전 가까이에 네 가지 색깔의 물고기들이 헤엄쳐 다니는
호수가 있던데, 어찌하여 그런 호수가 생기게 된 것인지 말씀해 주셨으면 합니
다. 이 성의 주인은 누군지요? 당신은 어찌하여 이곳에 있는지요? 그리고 왜
홀로 이렇게 있는 것인지요?"

청년은 대답 대신 비통하게 흐느끼기 시작했다. "참으로 변덕스럽기 그지
없는 게 운명의 여신이지요!" 하고 청년이 소리쳤다. "사람들을 끝없이 행복하
게 만들었다가 불행의 늪으로 던져 버리길 즐거워하지요. 어떻게 해서 제가
이토록 비통해하며 제 눈에서는 그칠 줄 모르는 눈물이 흘러내리는 걸까요?"

이렇게 말하며 청년은 옷을 들어올려 황제에게 몸을 보여주었다. 그의 몸은
머리에서 허리까지 절반만 사람이고 나머지 절반은 검은 대리석이었다. 청년
의 비통한 처지를 보고 황제가 얼마나 놀랐을지 쉽게 짐작할 수 있을 것이다.

황제가 말했다. "당신이 내게 보여준 모습에 한편으로는 공포감이 일지만, 다른 한편으로는 호기심을 갖지 않을 수 없군요. 어떤 사연인지 어서 듣고 싶습니다. 호수와 물고기도 그 사연과 관련이 있겠지요? 그러니 그 얘기도 해 주십시오."

"얘기해 드리지요, 새삼 또 슬픔이 밀려들긴 하지만요." 이렇게 해서 청년이 이야기를 시작했다.

검은 섬에 사는 젊은 왕에 관한 이야기

청년이 이야기를 계속했다.

저의 아버지는 마흐무드라고 하는데 이 나라의 왕이셨지요. 이 나라는 검은 섬이라고 하는 왕국이에요. 근처에 있는 네 개의 작은 산에서 이름을 따온 것이지요. 이 산들은 이전에는 섬이었거든요. 수도는 지금 이 호수가 있는 곳에 있었답니다.

저의 아버지이신 이 나라 왕께서 나이 70세에 돌아가신 뒤 저는 그 뒤를 이어 왕이 된 후 곧 사촌과 결혼을 했지요. 처음에는 우리 결혼생활보다 더 즐겁고 평화로운 것은 아무것도 없었답니다. 그렇게 행복한 시간이 5년 동안 지속되었지요. 그러다가 5년이 지날 무렵 저는 아내가 저의 관심을 받는 것을 더 이상 기뻐하지 않는다는 사실을 알게 되었어요.

어느 날, 저녁식사 후, 아내는 욕실에 들어가 목욕을 하고 저는 소파에 누워 있었지요. 그때 두 하녀가 들어와 한 명은 내 머리맡에, 다른 한 명은 내 발치에 가 앉더니 내게 부채질을 하며 더위를 식혀주고 파리를 쫓아주었어요. 두 하녀는 내가 잠들어 있는 줄 알고 소곤소곤 속삭였어요. 하지만 저는 눈만 감고 있었기 때문에 대화를 모두 듣게 되었지요.

한 하녀가 다른 하녀에게 이렇게 말했어요. "이처럼 다정하신 폐하를 사랑하지 않다니, 왕비님이 나쁘지 않아?"

"맞아." 하고 다른 하녀가 대답했어요. "그 이유를 알 수가 없어. 그리고 왜 밤마다 폐하를 홀로 두고 외출을 하시는지도 알수가 없어. 폐하께서 눈치를 못 채시는 게 말이 돼?"

"아니, 어떻게 아시겠어? 저녁마다 폐하께서 마시는 물에 약초즙을 타서 매일 밤 잠에 곯아떨어지게 하는데. 그 뒤 밤새 마음

"두 하녀는
내가 잠들어 있는 줄 알고
소곤소곤 속삭였어요."

껏 쏘다니다가 날이 밝기 시작하면 돌아와서 폐하 옆에 다시 누워 폐하의 콧구멍 속에 뭔가를 넣어 냄새로 잠을 깨우잖아." 하고 첫 번째 하녀가 대답했어요.

이런 대화를 듣고 제가 얼마나 놀랐을지 짐작하실 수 있을 거예요. 하지만 자제를 하고 한 마디도 듣지 못한 척하며 잠에서 깨어나는 시늉을 했지요.

왕비가 목욕을 하고 방으로 들어오자 우리는 함께 저녁 식사를 했어요. 식사가 끝나자 왕비는 늘 그랬던 것처럼 물이 가득 든 잔을 제게 권했어요. 저는 잔을 입에 가져가지 않고 열려 있던 창문가로 가서 왕비가 눈치 채지 못하게 물을 얼른 버리고는 자리로 돌아왔어요.

잠시 후 제가 잠든 줄 안 왕비는 또렷이 들릴 만큼 큰 소리로 이렇게 말했지요. "계속 자거라, 다시는 깨어나지 말기를!"

이렇게 말하고 왕비는 옷을 입고 방에서 나갔어요.

왕비가 나가자마자 저는 급히 옷을 입고 큰 칼을 가지고 잽싸게 왕비를 뒤쫓아 갔어요. 곧이어 앞서가는 왕비의 발자국 소리가 들렸지요. 저는 들키지 않도록 조심스레 뒤를 따라갔어요. 왕비가 주문을 외우자 문들이 스르르 열렸고, 왕비는 그 열린 문들을 지나 정원 문 안으로 들어갔어요. 저는 왕비가 눈치 채지 못하도록 문가에 서서 왕비가 화단을 따라 걷는 모습을 지켜보았어요. 컴컴한 어둠 속에서 왕비가 작은 숲으로 들어가는 모습이 보였어요. 저는 다른 길을 통해 그곳으로 가서 왕비가 한 남자와 걷는 모습을 숨어서 지켜보았지요.

그들의 얘기를 귀 기울여 듣고 있자니 왕비가 연인인 청년에게 이렇게 말하는 소리가 들렸어요. "무슨 증거로 제가 지조가 없다고 의심하는 거예요? 명령만 하세요. 그러면 해가 뜨기 전에 이 거대한 도시와 멋진 궁전을 끔찍한 폐허로, 늑대와 올빼미와 까마귀들만 우글거리는 곳으로 만들어 버릴 테니까요. 아니면 이 견고한 성을 쌓은 돌들을 모두 코카서스 산 너머나 이 세상 밖으로 옮겨 버릴까요? 말만 하세요. 무엇이든 바꿔 버릴 테니까요."

이 말이 끝나자 왕비와 그녀의 연인인 청년이 방향을 돌려 제 앞을 지나갔지요. 저는 이미 칼을 빼어들고 있었는데, 그 청년은 바로 내 앞에 있었어요. 저는 그를 쳐서 쓰러뜨렸어요. 그가 죽었다는 확신이 들었기 때문에 왕비에게 들키지 않도록 재빨리 궁전으로 돌아왔지요.

그 청년은 치명적인 상처를 입었지만 왕비의 마법으로 죽은 자도 산 자도 아닌 채 남아 있게 되었지요. 정원을 지나 궁전으로 돌아오는데, 왕비가 큰 소리로 울부짖는 소리가 들렸어요. 우는 소리로 보아 왕비가 얼마나 비통해하는지 알 수 있었지요. 그녀를 살려 둔 것이 기뻤어요.

저는 방에 도착하자마자 제게 상처를 준 놈을 해치운 것을 흡족해하며 잠이

"그를 쳐서 쓰러뜨렸어요."

들었어요. 다음날 아침 깨어보니 왕비가 옆에 누워 있었어요.

왕비가 잠을 자는지 못 자는지는 모르겠어요. 저는 일어나서 옷장으로 가서 옷을 입고 어전회의를 열었어요. 나중에 돌아오자 왕비가 상복을 입고 머리 일부가 잡아 뜯긴 채 헝클어진 모습으로 제 앞에 나타나서 이렇게 말하는 거예요.

"이런 제 모습을 보고 놀라지 마십시오, 폐하. 세 가지 비참한 소식에 가슴이 찢어지는 듯하답니다. 저의 어머니이신 왕비께서 돌아가셨고, 저의 아버지이신 왕께서 전쟁에서 전사하셨으며 제 형제 중 한 명은 벼랑에서 떨어져 목숨을 잃었다고 합니다."

저는 왕비가 자신이 슬퍼하는 진짜 원인을 숨기고 이처럼 변명을 하는 것이 불쾌하지 않았어요. 자기 연인을 죽인 범인으로 저를 의심하고 있다고는 생각지 않았지요. "부인," 하고 제가 말했어요. "책망이라니오. 진심으로 애도를 표하는 바이오."

저는 시간이 지나 기억에서 멀어지며 슬픔이 가시길 바란다고 말했지요.

왕비는 일 년 내내 애도를 하더니 자신이 죽는 날까지 지내게 될 궁전 안에 자신이 죽으면 묻힐 무덤을 만들 수 있도록 허락해 달라고 부탁했어요. 허락을 하자 왕비는 웅장한 건물을 짓더니 눈물의 궁전이라고 이름을 붙였어요. 건물이 완성되자 왕비는 그곳으로 자기 연인을 데려왔어요. 그때까지 자신이 만든 묘약으로 죽지 않도록 보살펴 온 그 청년 말이에요. 연인이 눈물의 궁전으로 온 후 왕비는 묘약을 만들어 날마다 직접 가져다주었어요.

하지만 온갖 마법에도 불구하고 연인을 치료할 수는 없었지요. 그는 혼자서 걷지도 먹지도 못했어요. 또 말도 할 수가 없었기 때문에 살아 있다는 것을 알 수 있는 것은 그의 표정뿐이었지요. 왕비는 날마다 두 번씩 그를 찾아갔어요. 저는 그 사실을 알았지만 모르는 척했어요.

어느 날, 호기심에 이끌려 눈물의 궁전으로 갔다가 왕비가 연인에게 이렇게 말하는 소리를 듣게 되었어요. "당신의 이런 모습에 가슴이 찢어지는 것 같아요. 당신이 겪고 있는 이 고통을 저도 느낄 수 있어요. 하지만, 나의 사랑, 난 끊임없이 당신한테 이렇게 얘기하는데 당신은 한 마디도 안 하는군요. 얼마나 오래 그렇게 입을 다물고 있을 건가요? 오, 무덤이여! 그가 내게 품었던 크나큰 애정을 네가 파괴해 버렸느냐? 그토록 넘치는 사랑을 보여주고 나의 즐거움이었던 저 두 눈을 네가 감기게 해 버렸느냐? 아니야, 아니야, 도저히 그렇게는 생각할 수가 없구나. 말해다오. 어떤 기적으로 네가 이 세상에서 가장 귀하고 귀한 보물을 간직하는 수탁인이 되었는지."

고백하건대, 저는 이러한 말을 듣자 분노가 이글거렸어요. 이번에는 제가 무덤을 부르며 이렇게 외쳤지요. "오 무덤이여! 인간의 본성에 도전하는 저 괴물을 왜 삼켜 버리지 않느냐, 저 연인과 그의 정부를 왜 삼켜 버리지 않는 것이냐?"

내가 말을 마치자마자 왕비가 불같이 일어서더니, "이 악당!" 하고 소리쳤어요. "바로 당신 때문에 내가 슬픔을 겪게 된 거예요. 제가 모르는 줄 아세요? 이 사실을 너무 오래 숨겨 왔어요."

동시에 왕비는 제가 이해할 수 없는 말을 지껄이고는 이렇게 덧붙였어요. "나의 마법의 힘으로 반은 대리석으로 반은 인간이 될 것을 명하노라."

그 순간 저는 보시는 바와 같이 이 지경이 되어 버렸답니다. 산 자 중의 죽은 자요 죽은 자 중의 산 자 말입니다. 왕비라고 할 만한 가치도 없는 이 잔인한 마녀는 저를 이렇게 만들어 이 방으로 데려다 놓고는 또 다른 마법을 써서 사람들로 붐비며 번성하던 수도를 파괴해 버렸어요. 그리고 집들과 공공장소와 시장을 모두 파괴해 버리고 온 나라를 보시는 바와 같이 호수와 사막으로 바꾸어 버렸어요. 호수에 사는 네 가지 색깔의 물고기들은 서로 다른 종교를 가진, 이 도시에 살던 네 종류의 사람들이랍니다. 흰색은 이슬람교도들이고, 빨간색은 불을 숭배하는 페르시아인, 파란색은 기독교인, 그리고 노란색은 유대인들이지요. 네 개의 작은 언덕들은 이 왕국의 이름의 기원이었던 네 개의 섬들이었어요. 하지만 그녀의 복수심은 저의 왕국을 파괴하고 저를 바꾸어 버린 것으로 그치지 않았어요. 그녀는 날마다 찾아와서 저의 온몸이 피로 물들 때까지 벌거벗은 제 어깨를 100대씩 채찍으로 쳤지요. 그 벌이 끝나자 염소 털로 된 거친 천을 제 몸에 걸쳐 놓고는 그 위에 비단으로 만든 이 옷을 걸쳐 놓았어요. 체면을 지켜주기 위해서가 아니라 조롱하기 위해서 말입니다.

여기까지 이야기를 들은 황제는 그러한 불의에 분개를 하며 이 불운한 왕이 겪는 고통에 대해 복수를 하고자 하는 마음에 이렇게 말했다. "이 불충한 마녀가 어디로 갔는지 알려주시오. 어디로 가면 죽기도 전에 이미 매장된, 그녀의 부도덕한 연인을 찾을 수가 있소?"

"나리," 하고 왕이 대답했다. "말씀드렸듯이 그녀의 연인은 눈물의 궁전에 거처하고 있답니다. 반구형의 지붕으로 된 웅장한 무덤에요. 이 궁전은 성과 맞닿아 있답니다. 측면에 문이 있는데 그곳으로 연결되어 있지요. 피로 물든 복수를 한 후 왕비는 날마다 해가 뜨면 연인을 찾아간답니다. 저는 상태가 이러한지라 어쩔 수가 없지요."

"왕이시여," 하고 황제가 말했다. "그대의 처지가 참으로 통탄스럽군요. 여지껏 그처럼 통탄할 만한 일은 본 적이 없습니다. 이제 단 한 가지만 남아 있습니다. 마땅한 복수 말입니다. 제가 할 수 있는 한 무슨 수를 써서라도 복수를 해 드리겠습니다."

두 사람은 복수를 위해 어떻게 할 것인지에 대해 대화를 나누었다. 그러나 실행은 다음날까지 미루기로 하였다.

젊은 왕은 여느 때처럼 계속 경계를 하며 시간을 보냈다. 마법에 걸려 있었기 때문에 잠도 자지 않았다.

황제는 새벽에 일어나 눈물의 궁전으로 갔다. 하얀 초들이 꽂혀 있는 수많은 촛대들로 불이 환하게 밝혀져 있었으며 순금으로 된 훌륭한 여러 개의 향로에서는 감미로운 향이 퍼져 나왔다. 흑인이 누워 있는 침대를 발견하자 황제는 큰 칼을 빼어들고 가차 없이 그의 참담한 목숨을 빼앗고 그의 시체를 성 안의 마당으로 끌고 가 우물 속으로 던져 버렸다. 그리고는 그 흑인이 누워 있던 침대로 가서 누워 칼을 이불 밑에 숨기고 자신의 계획을 완수할 때를 기다렸다.

곧이어 왕비가 들어왔다. 그녀는 먼저 검은 섬의 왕인 남편이 있는 방으로 가더니 남편의 옷을 벗기고 채찍으로 잔혹하게 100대를 쳤다. 그리고는 다시 남편에게 염소 털 덮개와 비단 가운을 입히고는 눈물의 궁전으로 가서 침대에 누워 있는 사람이 자신의 연인인 줄 알고 이렇게 말했다.

"나의 태양, 나의 생명, 그렇게 늘 침묵할 건가요? 당신의 입술에서 날 사랑한다는 말을 듣는 위안도 주지 않은 채 날 죽게 할 작정인가요? 내 영혼, 한 마디라도 해줘요, 제발."

황제는 마치 깊은 잠에서 깨어난 것처럼, 그리고 흑인들의 발음을 흉내 내어 근엄한 목소리로 왕비에게 대답했다. "전능하신 하느님에게만 힘과 권력이 있느니."

이 말에 마녀는 기뻐서 소리를 질렀다. "세상에, 이게 꿈이 아니죠. 당신의 목소리를 들은 게 생시인가요? 당신이 내게 말을 한 건가요?"

"불행한 여인이여, 당신에게 내 대답을 들을 만한 자격이 있는가?" 하고 황제가 말했다.

"아니! 왜 그렇게 절 나무라시는 거예요?" 하고 왕비가 대답했다.

"당신이 날마다 그처럼 치욕을 주고 잔혹하게 구는, 당신 남편의 울음소리와 신음소리와 눈물 때문에 밤이고 낮이고 잠을 잘 수가 없소. 어서 가서 그를 풀어 주시오. 그의 탄식 소리로부터 벗어나고 싶소." 하고 황제가 대답했다.

마녀는 즉시 눈물의 궁전에서 나와 그 명령을 실행했다. 그녀는 즉시 주문을 외워 젊은 왕을 본래의 모습으로 돌려놓은 후 당장 그녀의 눈 앞에서 사라지라고 명하며 그 명령을 어길 시에는 죽일 것이라 말했다. 그리하여 젊은 왕은 외딴 곳으로 피해 황제가 착수한 계획의 결과를 참을성 있게 기다렸다.

한편, 마녀는 눈물의 궁전으로 돌아와 침대에 누워 있는 사람이 흑인 연인이라고 생각하고 시키는 대로 했다고 확인해 주었다.

황제가 여전히 흑인들의 발음을 흉내 내며 말했다. "그것으로는 날 치료하기에 충분하지 않소. 당신이 그 치명적인 마법으로 파괴해 버린 도시, 섬들, 그리고 사람들을 생각해 보시오. 물고기들은 밤마다 자정이 되면 물 속에서 고개를 내밀고 당신과 나한테 복수를 하겠다고 울부짖고 있소. 내가 빨리 낫지 않는 것은 바로 이 때문이오. 빨리 가서 그 물고기들을 이전의 모습으로 되돌려 놓으시오. 그러고 나서 돌아오면 내가 손을 내밀 테니 내 손을 잡아 일으켜 주시오."

마녀는 희망에 부풀어 지체하지 않고 곧바로 호숫가로 가서 손으로 물을 떠서 물고기 위에 뿌리면서 뭐라고 중얼거렸다. 그러자 즉시 도시가 이전의 모습으로 되돌아왔다. 물고기들은 이전처럼 남자, 여자, 아이들의 모습으로 되돌아왔으며, 이슬람교도, 기독교인, 페르시아인, 유대인이 되었고, 자유인이나 노예로 변했다. 모든 것이 이전과 같이 자연스런 모습을 되찾았다. 집들과 상점들은 사람들로 붐볐으며 온갖 것들이 마법에 걸리기 이전의 상태로 돌아왔다.

자신들이 야영을 한 곳이 커다란 광장으로 변한 것을 본 황제의 수많은 수행원들은 자신들이 사람들로 붐비는 아주 훌륭한 커다란 도시 한가운데에 있음을 알고 놀라워했다.

마녀의 이야기로 돌아가 보자. 마녀는 마법으로 도시를 이처럼 놀랍게 바꾼 다음 그에 대한 보상을 기대하면서 눈물의 궁전으로 서둘러 갔다.

"가까이 오시오." 하고 황제가 여전히 흑인의 발음을 흉내 내며 말했다. 마녀가 가까이 갔다. "더 가까이 오시오." 하고 황제가 말했다. "더 가까이."

마녀가 다시 더 가까이 다가갔다. 그러자 황제가 일어나더니 갑자기 마녀의 팔을 붙잡았다. 너무도 눈 깜짝할 사이에 벌어진 일이라 마녀는 그를 알아볼 사이도 없었다. 황제는 단칼에 마녀를 두 토막 내고 말았다. 한 토막은 한쪽으로, 다른 토막은 다른 쪽으로 떨어져 나갔다. 황제는 시체를 그 자리에 두고 눈물의 궁전을 나와 검은 섬의 젊은 왕을 찾아 나섰다.

"왕이시여," 하고 황제가 그를 포옹하며 외쳤다. "이제 아무것도 두려워할 게 없으니 기뻐하시오. 당신의 잔인한 적은 죽었소이다."

젊은 왕은 황제에게 감사를 표하며 장수를 누리며 행복하게 살기를 기원해 주었다. "이제, 이 도시에서 평화롭게 지내실 수 있습니다. 아니면 네다섯 시간 거리에 있는 저의 도시로 함께 가서 지내도 좋고요." 하고 황제가 말했다.

"전능하신 폐하." 하고 왕이 대답했다. "폐하의 도시에서 여기까지 오는 데 그 시간이 걸린 것은 저의 도시가 마법에 걸려 있었기 때문입니다. 하지만 이제 마법이 풀렸으니 상황이 달라졌지요. 되돌아가시는 데에는 자그마치 1년이 걸릴 겁니다. 하지만 그곳이 지구 끝이라 하더라도 제가 따라나서지 못할 이유는 없습니다."

황제는 자기 왕국에서 그처럼 먼 곳까지 왔었다는 사실에 매우 놀랐으며 어떻게 그것이 가능한지 상상할 수가 없었다. "하지만, 그건 상관없소. 당신을 도와 줄 수 있어서 흡족하오. 나의 나라로 돌아가는 수고는 당신을 아들로 삼는다면 충분히 보상될 것이오. 나에게는 자식이 없소. 그러니 당신이 나와 동행하는 영광을 내게 준다면 이제부터 당신을 아들로 삼고 나의 상속인이자 후계자가 되게 할 것이오." 하고 황제가 말했다.

마침내 황제와 젊은 왕은 100마리의 낙타에 젊은 왕이 살던 왕궁의 창고에 쌓인 보물을 가득 싣고 여행을 시작했다. 그 뒤를 잘 차려입고 훌륭한 말을 탄 50명의 잘생긴 남자들이 뒤따랐다. 도시에 사는 사람들이 떼를 지어 몰려와 환호해 주었으며 여러 날 동안 기뻐해 주었다.

도착한 다음날 황제는 모든 신하들에게 예상과 달리 그처럼 오랫동안 지체할 수밖에 없었던 상황에 대해 자세하게 설명해 주었다. 또한 네 개의 검은 섬의 왕이 기꺼이 동행하여 황제의 나라에서 함께 살기로 했으며, 그를 양자로 삼기로 했다는 설명도 해주었다. 그리고 신하들에게는 그들의 충성심에 대한 보답으로 각 직급에 따라 선물을 주었다.

어부의 경우, 그는 젊은 왕을 구할 수 있도록 맨 처음 단서를 제공해 주었으므로 황제는 그에게 많은 재산을 주었다. 그리하여 어부는 가족과 함께 평생을 행복하게 살았다.

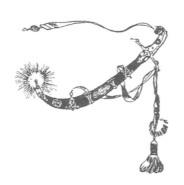

8장
뱃사람 신밧드의 모험

하룬 알 라시드 칼리프*가 통치하던 시절에 바그다드에 힌드밧드라는 가난한 짐꾼이 살고 있었다. 그는 감당하기 힘든 무거운 짐을 날라야 할 때가 많았다. 매우 더운 어느 날, 그는 낯선 거리를 따라 짐을 나르다가 지쳐서 대저택 옆에 앉아 쉬고 있었다. 힌드밧드는 그처럼 쾌적한 장소를 발견하게 되어 운이 좋다고 생각했다. 그곳에 앉아 있자 감미로운 음악 소리가 귀를 즐겁게 해주고 달콤한 냄새가 피곤을 누그러뜨려 주었기 때문이다. 그는 그처럼 훌륭한 집에 누가 사는지 궁금하여 하인에게 물었다.

"세상에, 세계를 항해한 그 유명한 뱃사람 신밧드를 모른단 말이오?" 하고 하인이 대답했다. 힌드밧드는 말했다. "아아, 신밧드의 운명과 내 운명은 어찌 이리 다르단 말인가! 그는 이처럼 부자로 살고 나는 가난뱅이로 사니 대체 그에게 무슨 재주가 있는 것일까?"

♣ 과거 이슬람 국가를 통치하던 통치자에 대한 칭호

힌드밧드는 대저택 옆에 앉아
쉬고 있었다.

　그때 신밧드가 우연히 그 말을 듣고 그처럼 이상한 말을 하는 사람이 어떤 사람인지 보고 싶어 사람을 시켜 데려오게 했다. 이리하여 힌드밧드는 하인을 따라 화려한 식사가 차려져 있고 잘생긴 손님들이 모여 있는 커다란 홀로 들어갔다. 가난한 짐꾼이 매우 어색해하자 신밧드는 그를 가까이 오라고 하더니 오른쪽 옆에 앉히고는 직접 음식을 권하고 탁자 옆에 풍성하게 준비되어 있는 홀륭한 포도주도 따라주었다.

　식사가 끝나자 신밧드가 힌드밧드에게 왜 자신의 처지에 대해 불평을 하는지를 물었다. "나리," 하고 힌드밧드가 대답했다. "가끔 지쳐서 기분이 안 좋을 때면 헛소리가 나오곤 한답니다. 용서해 주십시오."

"그런 불평을 듣고 화를 낼 만큼 분별없는 사람은 아니니라." 하고 신밧드가 말했다. "하지만 나의 부富는 노력 없이 얻어진 것이 아니라는 사실을 알아야 한다. 널 위해 내가 여행을 다닌 역사를 얘기해 주지. 그 얘기를 들으면 내가 얼마나 멋진 모험을 했는지 알게 될 거야."

그러고 나서 신밧드는 자신의 첫 번째 항해에 대한 이야기를 시작했다.

아주 젊었을 때 나는 아버지로부터 많은 재산을 물려받았어. 그래서 나는 신나게 돈을 쓰며 살았지. 호화롭게 말이야. 그러다가 들어오는 돈은 없고 나가는 돈만 있으니 돈이 점점 줄어들고 있다는 사실을 알게 되었지. 나는 나의 어리석음을 즉시 깨닫고 부소라Bussorah에 사는 상인들에게 나머지 돈을 투자하여 그들과 함께 항해에 나섰지. 페르시아만을 건너 인도제국으로 가는 항해였어.

항해 도중 우리는 몇몇 섬에 들러서 물건을 팔기도 하고 교환하기도 했지. 어느 날, 우리는 항해를 하다가 바람이 자서 작은 섬 옆에 배를 멈추고 기다리고 있었어. 물 위로 살짝 올라와 있는 푸른 목초지 같은 섬이었지. 선장은 돛을 걷으라고 명령하고는 섬으로 가보고 싶은 사람은 가도 좋다고 허락했어. 나도 섬으로 간 사람들 중 하나였지.

그런데 우리가 섬에 앉아 먹고 마신 후 바다를 항해하느라 지친 몸을 쉬고 있을 때 갑자기 섬이 출렁거리기 시작했어. 우리는 바닥에 이리저리 내팽개쳐졌지.

배 안에 있던 선원들이 섬이 출렁거리는 것을 보고 우리한테 빨리 다시 배에 타라고 소리쳤어. 그렇지 않으면 바다 속으로 모두 빠져 죽을 거라고 말이야. 우리가 섬이라고 생각했던 땅은 나중에 알고 보니 바다 괴물의 등이었던 거야. 가장 민첩한 선원은 작은 범선으로 올라탔고 다른 선원들은 헤엄쳐 갔지. 하지만 나는 그 괴물이 바닷속으로 첨벙 뛰어들 때까지도 여전히 그 등에 타고 있었어. 도망칠 겨를이 없어서 불을 지피려고 배에서 가져온 나무토막 한 개를 겨우 손으로 잡았지.

"하지만 나는 여전히 그 괴물의 등에 타고 있었지."

그때 범선에 타고 있던 사람들이 모두 배에 타고 물 속에서 헤엄치던 사람들도 구해 내자 선장은 때마침 불어오는 순풍을 이용할 작정으로 돛을 올리고 항해를 계속했지. 그래서 나는 배로 돌아갈 수도 없게 되어버렸어.

나는 파도에 몸을 내맡긴 채 둥둥 떠다녔어. 그날 내내, 그리고 그 다음날 저녁까지 바다에서 빠져나오려고 발버둥쳤지. 힘이 다 빠지고 살아날 희망을 잃을 무렵 다행히도 파도에 휩쓸려 어느 섬에 닿게 되었어. 나는 나무뿌리를 잡고 겨우 가파른 제방을 올라가서 반쯤 실신한 상태로 땅바닥에 누워 있었지. 태양이 솟아오를 때까지 말이야. 살아나려고 안간힘을 쓴 데다가 먹지도 못해서 그때까지도 기진맥진한 상태였지만 기어서 먹을 만한 식물을 찾아 나섰지. 다행히도 먹을 만한 것도 찾고 훌륭한 물이 있는 샘물도 찾아 기운을 회복할 수 있었어.

그리고 나서 섬 안으로 들어가는데 사람의 목소리가 들리면서 누군가가 나타나서 깜짝 놀랐어. 그 사람은 나에게 누구냐고 물었지. 내가 겪은 모험에 대해 얘기해 주자 그는 내 손을 잡고 동굴 속으로 안내했는데, 거기에는 또 다른 사람들이 있었어. 나도 그들을 보고 깜짝 놀랐지만 그들도 나를 보고 소스라치게 놀라더군.

나는 그들이 주는 음식을 먹었어. 내가 그들에게 그와 같은 사막에서 뭘 하고 있느냐고 묻자 그들은 자신들이 그 섬의 통치자인 마하라자*의 마부들이라고 대답했어. 마하라자 왕의 말들을 몰고 궁전을 향해 곧 출발할 것이라고 했지. 그러면서 내일 출발할 예정인데 내가 하루만 늦었어도 살아남지 못했을 거라고 했어. 그 섬에서 사람이 사는 곳까지는 아주 멀어서 안내자가 없이는 그곳까지 가는 것이 불가능했을 거라는 거였지.

마부들이 출발할 때 나도 따라나섰어. 그들은 나를 마하라자 왕에게 소개해 주었는데, 왕은 내가 겪은 모험담을 듣고 매우 흥미로워하면서 언제까지라도 그곳에 묵어도 좋다고 했어.

나는 상인이었기 때문에 상인들과 만

"나를 마하라자 왕에게 소개해 주었어."

✦   과거 인도 왕국 중 한 곳을 다스리던 군주

나 혹시 낯선 사람들을 본 적이 있느냐고 물어보고 다녔지. 어쩌면 바그다드의 소식을 들을 수 있을지도 모르고, 고향으로 돌아갈 수 있는 기회가 생길지도 몰라서 말이야. 마하라자 왕이 다스리는 수도는 해안가에 위치하고 있어서, 날마다 세계 방방곡곡에서 배들이 드나드는 훌륭한 항구가 있었거든. 또한 학식 있는 인도인들이 모이는 단체에도 자주 드나들며 그들의 대화를 즐겨 듣곤 했어.

하지만 동시에 나는 마하라자 왕의 비위를 맞추는 일에도 신경을 쓰고, 왕의 주변에 있는 총독들과 속국屬國인 소왕국의 군주들과도 대화를 나누었지. 그들은 우리나라에 대해 수천 가지 질문을 했어. 나 또한 그들의 법과 관습에 관해 익히고, 알아야 할 필요가 있는 것들에 대해 질문을 했지.

그런데 마하라자 왕이 다스리는 섬 중에 카셀이라는 섬이 있었어. 밤마다 그곳에서 북소리가 들려온다고 그들이 말했지. 그래서 선원들은 그곳에 데지얼이란 정령이 살고 있다고 생각한다는 거야. 나는 그 신기한 곳을 가보기로 결심했지. 그런데 내가 본 것은 그곳으로 가는 길에 있던 길이가 50미터와 100미터 되는 물고기들뿐이었어. 물고기들은 다행히 우리를 해치기보다는 우리를 두려워했어. 너무 겁이 많아서 막대기 두 개를 치거나 갑판을 치기만 해도 도망을 갔지. 또 머리가 올빼미같이 생긴 물고기들도 보았어.

섬에서 돌아온 후 어느 날, 부두에 나갔는데 내가 타고 항해했던 배가 도착하여 선원들이 짐을 내리기 시작하는 거야. 짐짝에 새겨진 내 이름을 보고 선장한테 가서 말했지.

"제가 바로 선장님이 죽었다고 생각하고 있는 신밧드입니다. 저 짐들은 제 것이죠."

선장은 내 말을 듣더니 이렇게 외쳤지. "맙소사, 요즘에는 믿을 사람이 없다니까. 사람들 간에 믿음이 사라졌어. 신밧드가 죽는 것을 내 눈으로 똑똑히 보았고 우리 선원들도 보았는데, 당신이 신밧드란 말이오? 참으로 파렴치하군.

"길이가 50미터와 100미터 되는 물고기들뿐이었어."

걸모습은 멀쩡하니 정직하게 생겼는데, 자기 물건도 아닌 것을 차지하려고 끔찍한 거짓말을 하다니."

한참을 옥신각신한 후 선장은 내 말이 사실이라고 믿게 되었고 다른 선원들이 나를 알아보자 내 물건을 건네 주며 살아난 것을 축하해 주었지.

나는 내 짐 속에서 가장 값진 물건들을 꺼내 마하라자 왕에게 선물로 주었어. 그러자 내가 바다에서 물건들을 모두 잃어버렸었다는 사실을 알고 있는 왕은 어떻게 해서 그런 진기한 것들을 구했느냐고 물었어. 내가 그 물건들을 찾게 된 경위를 설명하자 왕은 내 행운을 기뻐해 주며 그 선물을 받고 그보다 훨씬 더 값진 것을 선물로 주었어. 나는 내 물건들을 그 나라 상품들과 바꾼 후 왕에게 작별인사를 하고 집을 떠날 때 탔던 배와 똑같은 배를 타고 집으로 향했지. 우리는 여러 섬들을 지나 마침내 부소라에 도착했다가 거기에서 10만 시퀸*을 가지고 이 도시로 오게 되었어.

신밧드는 여기에서 이야기를 멈추고 연주자들에게 이야기 때문에 중단되었던 음악을 연주하라고 명했다. 손님들은 저녁이 될 때까지 즐거운 시간을 보냈다. 작별할 때가 되자 신밧드가 100시퀸이 든 지갑을 가져오라고 명하더니 짐꾼에게 주며 말했다.

"힌드밧드, 이걸 가지고 집으로 가거라. 그리고 내일 다시 오면 내가 겪은 모험에 대해 더 얘기해 주마."

짐꾼은 그 같은 영광과 선물에 놀라며 집으로 갔다가 다음날 가장 좋은 옷으로 차려 입고 신밧드의 집을 다시 방문했다. 신밧드는 그에게 극진한 대접을 해 준 후 이야기를 계속했다.

_____

🐾 옛 터키의 금화

신밧드의 두 번째 항해 이야기

첫 번째 항해 이후, 나는 평생을 바그다드에서 살기로 결심했어. 그런데 얼마 지나지 않아 무료한 생활에 싫증이 나기 시작했지. 그래서 두 번째 항해에 나섰어. 우리는 훌륭한 배를 타고 하느님께 아린 뒤 출항을 했어. 섬을 돌아다니며 장사를 하고 물건을 교환하여 큰 이득을 남겼지. 어느 날, 여러 종류의 과일 나무들이 자라는 한 섬에 착륙했는데 사람도 동물도 보이지 않는 거야. 우리는 물가를 따라 뻗어 있는 목초지를 거닐며 신선한 공기를 마셨지. 다른 선원들이 꽃과 과일을 따는 데 열중해 있는 동안 나는 포도주와 음식을 꺼내 두 그루의 나무 사이로 흐르는, 짙은 그늘이 진 개울가에 앉아서 거나한 식사를 하고 잠이 들었어. 얼마나 잤을까, 깨어 보니 배가 가 버리고 없는 거야.

배가 가 버린 걸 알자 덜컥 겁이 났어. 일어서서 주위를 둘러봤지만 함께 섬으로 올라왔던 상인들은 한 사람도 보이지 않았어. 배가 항해하는 모습이 보였지만 너무 멀어서 시야에서 곧 사라지고 말았지. 첫 번째 항해에서 얻은 것만으로도 평생을 풍족하게 살 수 있었는데 그에 만족하지 않고 또다시 항해에 나

선 나 자신이 얼마나 원망스러웠는지 몰라. 하지만 후회해도 이미 소용없는 일이었어. 뭘 어찌해야 할지를 몰라서 높이 솟은 나무 꼭대기로 기어올라가 혹시 희망을 가질 만한 것이 없나 하고 사방을 둘러보았지. 육지 쪽을 둘러보자 뭔가 하얀 것이 보였어. 나는 나무에서 내려와 남은 음식을 가지고 그곳으로 다가갔지. 거리가 너무 멀어서 무엇인지 분간할 수가 없었거든.

가까이 다가가면서 나는 그것이 엄청나게 높고 큰 반구형의 흰 지붕이라고 생각했어. 그런데 더 가까이 다가가서 만져보니 아주 매끄러운 거야. 열린 입구가 있나 하고 빙 돌면서 둘러보았지만 찾을 수가 없었어. 게다가 너무 매끄러워서 꼭대기로 올라갈 수도 없었지. 둘레가 적어도 50보步는 되었어.

"높이 솟은 나무 꼭대기로 기어올라갔지."

그런데 해가 저물 무렵 갑자기 하늘이 짙은 구름으로 뒤덮인 듯이 캄캄해지는 거야. 갑자기 주위가 어두워져서 깜짝 놀랐지. 하지만 그렇게 해를 가리며 나를 향해 날아오는 거대한 새를 보고는 그보다 더 놀라고 말았어. 선원들이 대괴조大怪鳥라고 부르는 놀라운 새에 관해 얘기하는 것을 자주 들은 기억이 났기 때문에 그 커다랗고 둥그런 물건이 그 새의 알일 거라고 생각했지. 잠시 후 새가 날아 내려와 알 위에 앉았어. 새가 날아 내려오는 것을 보았을 때 나는 알 옆으로 바짝 기어갔지. 그래서 커다란 나무 몸통같이 큰 새의 다리 하나가 내 바로 앞에 놓이게 되었어. 나는 새 다리에 내 터번을 단단히 묶었어. 다음날

아침 대괴조가 나를 이
외딴섬에서 데려가 주길
바라면서 말이야.

"나는 새 다리에
내 터번을 단단히 묶었어."

　그런 상태로 밤이 지
나고 날이 밝자마자 새는
나를 데리고 하늘 높이 날아올
랐어. 너무 높아서 땅이 보
이지 않았지. 나중에 새가
너무 급속도로 내려앉는
바람에 잠깐 정신을 잃기도 했지
만, 땅에 내려앉은 것을 발견하고는
재빨리 끈을 풀었지. 끈을 풀자마자
새는 아주 길다란 뱀을 부리에 물고 사라졌어.

　새가 나를 데려다 놓은 곳은 사방이 산으로 둘러싸여 있었어. 산이 너무 높
아서 구름 위로 솟아 있는 듯이 보였으며 너무 가팔라서 계곡에서 빠져 나가는
것이 불가능해 보였어. 이번에도 난감했지. 새가 날 이곳으로 데려오기 전에
있었던 외딴섬이나 여기나 다를 바가 없었으니까.

　그런데 계곡을 걷다 보니 커다란 다이아몬드가 뿌려져 있지 않겠어. 어떤
것은 놀랄 정도로 컸지. 처음에는 즐겁게 그 광경을 구경하며 다녔지만, 얼마
안 되어 멀리서 어떤 물체가 나타나는 바람에 즐거운 기분이 사라지고 말았
어. 참으로 끔찍한 광경이었지. 어머어마하게 큰 뱀들이 나타난 거야. 제일 작
은 놈이 코끼리를 한 입에 삼킬 정도였으니까 그 크기가 짐작이 갈 거야. 뱀들
은 대괴조에게 잡아먹힐까봐 낮에는 굴 속에 숨어 있다가 밤에만 나와 활동
을 했지.

나는 낮 동안 계곡을 돌아다니며 좋은 장소가 나타나면 쉬었어. 그리고 밤이 되자 안전하게 쉴 수 있는 동굴로 들어가 낮고 좁은 동굴 입구를 커다란 돌로 막아 뱀들이 들어오지 못하게 했어. 하지만 빛이 새어 들어올 수 있게 완전히 막지는 않았지. 그리고는 가지고 있는 식량을 아껴가며 저녁 식사를 했어. 하지만 그 와중에도 주위에서 뱀들이 계속해서 쉭쉭거리는 바람에 무서워서 부들부들 떨었지. 짐작이 가겠지만 그 때문에 잠을 잘 수가 없어. 나는 날이 밝아 뱀들이 물러가자 동굴에서 벌벌 떨며 나왔지. 다이아몬드 위를 걸어다녀도 손대고 싶은 생각이 없었어. 그러다가 앉아서 쉬었는데 걱정이 태산 같은데도 밤새 한 잠도 못 잔 터라 음식을 조금 먹은 후 잠에 곯아떨어지고 말았어. 그런데 눈을 감기가 무섭게 쿵 하고 내 옆에 뭔가가 떨어지는 소리에 잠에서 깼지. 커다란 생고기 덩어리였어. 그와 동시에 여기저기 바위에서 또 다른 고기들이 떨어져 내렸지.

선원들과 상인들이 다이아몬드 계곡에 대해 얘기하면서 그곳의 다이아몬드를 가져올 수 있는 방법에 대해 얘기할 때 나는 늘 꾸며낸 이야기라고 생각했지. 그런데 이제 보니 그들의 말이 사실이었던 거야.

그들이 말하기를, 독수리들이 새끼를 낳을 때쯤이면 상인들이 이 계곡 근처에 와서 큰 고깃덩어리를 계곡에 던진다는 거야. 그러면 고깃덩어리에 뾰족한 다이아몬드가 박히게 되지. 이 지역 독수리들은 그 어느 곳보다도 힘이 세기로 유명한데, 그 독수리들이 힘껏 고깃덩어리들을 낚아채 올려서 어린 새끼들에게 먹이려고 가파른 벼랑에 있는 둥지로 가져간다더군. 그러면 상인들이 둥지로 달려가서 고함을 질러 독수리들을 쫓은 다음 고기에 박혀 있는 다이아몬드를 가져온다는 것이었지.

그때 그 무덤과 같은 곳에서 빠져나올 좋은 생각이 떠올랐어. 그래서 가방에 가장 큰 다이아몬드들을 주워 담고 내 허리띠에 묶었지. 그리고는 터번 천을 이용해서 고깃덩어리 하나를 내 등에 묶고 얼굴을 땅바닥에 대고 누워 있었어.

바로 그때 독수리들이 날아왔지. 독수리들은 각자 고기 한 덩어리씩을 낚아챘는데, 그 중 가장 힘센 독수리가 내가 묶인 고깃덩어리를 낚아채어 산꼭대기에 있는 둥지로 가져갔어. 상인들이 기다리고 있다가 소리를 질러 독수리에게 겁을 주어 쫓아 버렸지. 독수리들이 사냥감을 떨어뜨리고 사라지자 한 상인이 내가 있는 둥지로 왔는데, 나를 보고 소스라치게 놀라는 거야. 하지만 곧 정신을 가다듬더니 내가 어떻게 해서 거기에 있는지 묻는 것이 아니라, 왜 자기 물건을 훔쳤냐며 따지기 시작했어.

"내가 어떤 사람인지 알면 이렇게 불손하게 날 대하진 않을 것이오." 하고 내가 대답했지. "염려하지 마시오. 당신과 내가 가질 다이아몬드는 충분히 있으니까. 다른 상인들이 가진 것 전부를 합친 것보다 더 많다오. 다른 상인들은 어쩌다 고깃덩어리에 묻어온 다이아몬드만 가질 수 있지만, 나는 직접 저기 계곡 아래서 주워 왔소. 보다시피 이 가방에 있는 것들을 말이오."

이 말을 하자 다른 상인들이 우리 주위로 우르르 몰려들더니 나를 보고 깜짝 놀랐어. 하지만 내가 겪은 모험을 이야기해 주자 더욱더 놀라워했지. 그들은 내가 계곡에서 빠져나오기 위해 세운 계획보다도 그 계획을 행동으로 옮긴 용기에 더욱 감탄했어.

그들은 자기네 야영지로 나를 데려갔어. 거기에서 내가 가방을 열어보이자 모두들 다이아몬드 크기를 보고 놀라면서 그들이 가본 궁전에서조차 그렇게 크고 완벽한 것은 본 적이 없다고 입을 모아 말했지. 상인마다 각자 자기 소유의 둥지가 있었는데, 나는 내가 떨구어졌던 둥지를 소유한 상인에게 원하는 만큼 다이아몬드를 가지라고 권했어. 그런데 그가 한 개만 가져가는 거야. 그것도 가장 작은 것으로 가져갔지. 내가 괜찮으니 더 가지라고 하자 그가 이렇게 말했지.

"나를 보고 소스라치게 놀라는 거야."

"아니요, 난 이것으로 족하오. 이것 하나면 더 이상 항해를 하지 않고 원하는 만큼 재산을 늘릴 수가 있소."

그날 밤 상인들과 함께 밤을 지내면서 내가 겪은 이야기를 재차 들려주었지. 그 얘기를 처음 듣는 상인들은 무척 흥미로워했어. 나는 위험에서 빠져나온 것이 기뻐서 하늘을 날 것만 같았지. 꿈만 같았어. 정말이지 위험에서 빠져나왔다는 사실을 믿을 수가 없었어.

마침내 집에 도착하자 나는 가난한 사람들에게 선물을 듬뿍 나눠 주었어. 그리고 어렵게 얻은 재산으로 풍족하게 살았지.

이렇게 해서 두 번째 항해 이야기를 끝낸 신밧드는 힌드밧드에게 또 100시퀸을 주면서 다음날 다시 오면 또 다른 모험에 대해 얘기해 주겠다고 말했다.

신밧드의 세 번째 항해 이야기

얼마 지나지 않아 나는 한가하고 호화로운 생활에 싫증이 나서 또 다른 항해에 나서게 되었지. 그런데 우리는 바다에서 거센 폭풍을 만나 표류를 하다가 어느 섬에 닿게 되었어. 선장은 그 섬에 털이 많은 야만인들이 산다고 하면서 곧 우릴 공격할 것이라고 했지. 그 야만인들은 난쟁이들이긴 하지만 불행하게도 메뚜기 떼보다도 수가 더 많기 때문에 건드리면 안 된다는 거야. 하나를 죽이면 모두가 우리한테 달려들어 우릴 죽일 거라는 거였지.

얼마 후 선장의 말이 증명되었어. 온 몸이 빨간 털로 덮인, 키가 60센티미터 정도 되는 무서운 야만인들이 셀 수 없이 헤엄쳐 몰려들어 우리 배를 둘러쌌지. 우리는 섬 안쪽으로 피신해갔어. 그러다 높다랗고 웅장한 궁전을 발견하게 되었는데, 흑단 나무로 된 무거운 두 짝의 문이 달려 있었지. 문을 밀치고 마당으로 들어가자 커다란 집이 보였는데 현관 한쪽에는 사람들의 뼈가 수북이 쌓여 있었고, 다른 한쪽에는 고기를 굽는 쇠꼬챙이들이 가득 쌓여 있었어. 집 문이 삐거덕 하고 큰 소리를 내며 열렸을 때 우리는 무서워서 벌벌 떨었지. 키가 큰 야자나무만한 무시무시하게 생긴 흑인이 나타났거든. 그는 눈이 이마 한

가운데에 하나밖에 없었는데, 이글이글 타오르는 불처럼 빨간 색이었지. 길고 날카로운 앞니가 말 입처럼 긴 입 밖으로 튀어나와 있었고, 윗입술은 가슴 위까지 처져 있었으며, 귀는 코끼리 귀처럼 어깨까지 늘어져 있었고, 손톱은 거대한 새의 발톱처럼 길게 구부러져 있었어. 그처럼 무시무시한 거인의 모습에 우리는 얼어붙어 죽은 사람처럼 바짝 엎드렸지.

그런데 거인이 우리를 자세히 살피더니 우리 쪽으로 걸어와 나에게 손을 뻗어 내 목덜미를 잡아올려 빙 돌리는 거야. 푸줏간 주인이 양고기를 살피듯 말이야. 나를 자세히 뜯어본 거인은 내가 너무 야위어서 가죽과 뼈밖에 없다고 생각했는지 날 놔주었어. 그리고는 다른 사람들을 하나씩 들어올려 자세히 살폈지. 우리 중에 선장이 가장 살이 쪘었어. 거인은 선장을 한 손으로 집어올려 달팽이에게 쇠꼬챙이를 꽂듯이 선장의 몸에 쇠꼬챙이를 꽂은 다음 불을 피우고 구워서 저녁식사로 먹어치웠지.

식사를 마치자 거인은 현관으로 다시 와 누워서 천둥소리와 같이 요란하게 코를 골며 잠이 들었어.

우리는 두려움에 얼어붙은 채 앉아 있었지. 하지만 다음날, 거인이 외출하자 우리는 복수할 방법을 궁리했어.

거인이 다시 우리 중 한 명을 잡아먹고 누워서 잠이 들면 과감한 계획을 실행에 옮길 준비

"푸줏간 주인이
양고기를 살피듯
나를 빙 돌리는 거야."

를 했지. 그래서 나와 남은 아홉 명은 거인이 코를 골기 시작하자 끝을 뜨거운 불로 달군 쇠꼬챙이 하나씩을 들고 거인에게 다가가 동시에 그의 눈을 찔렀어. 거인은 눈이 멀게 되었지. 거인은 우리를 잡으려고 애쓰다가 우리가 숨어 버리자 고통에 찬 고함을 지르며 사라졌어.

우리는 급히 그곳을 빠져나와 해안가로 가서 필요할 경우 탈 수 있도록 뗏목을 만들었지. 하지만 뗏목을 타고 이동하는 것은 위험했기 때문에 거인이 죽기를 바라며 기다렸어. 거인의 울부짖는 소리가 그쳤었거든. 하지만 동이 트기가 무섭게 거인이 우리를 향해 다가왔지. 그 거인만큼이나 큰 두 명의 거인과 다른 거인들을 데리고 말이야.

우리는 급히 뗏목에 올라탔어. 그러자 우리를 놓치게 되어 화가 난 거인들은 커다란 돌을 집어 들고 해안가를 달려 물속까지 들어와서 돌을 던지기 시작했어. 돌들이 뗏목에 명중해 내가 탄 뗏목을 제외하고는 모두 가라앉고 말았지. 결국 나와 두 명의 선원을 제외한 모든 선원들이 물에 빠져 죽고 말았어. 우리는 죽을 힘을 다해 노를 저어서 거인들로부터 벗어났어. 밤낮을 표류하다 마침내 어느 섬에 닿게 되었는데 아주 훌륭한 과일나무가 자라는 곳이었지.

밤이 되자 우리는 해안가로 가서 잠을 잤어. 하지만 시끄러운 소리에 잠이 깨고 말았어. 엄청나게 크고 긴 뱀이 기어갈 때 그 비늘이 바스락거리는 소리였지. 뱀은 고함을 지르며 도망치려 애쓰는 선원 한 명을 삼켜 버리고 말았지. 그 선원을 몇 차례 땅에 내

"다음날 저녁 우리는 뱀을 피해 커다란 나무로 기어올라갔어."

동댕이치더니 짓뭉갰어. 우리는 멀리까지 도망쳐 갔지만, 뱀이 그 가엾은 선원을 물어뜯고 뼈를 우적거리며 먹는 소리를 들을 수 있었어. 위험을 감지한 우리는 다음날 저녁에는 뱀을 피해 높다란 나무 위로 기어올라갔어. 하지만 공포스럽게도 뱀은 나무를 타고 올라오더니 내 아래쪽에 있던 선원을 삼켜 버리고 사라졌어.

나는 밤새 나무 위에 있다가 날이 밝자 아래로 내려와서 작은 나뭇가지와 검은딸기나무와 마른 가시덤불들을 주워서 나뭇단을 만들었어. 그리고 그것들을 나무 주위에 빙 둘러서 큰 원을 만들고 머리 위쪽에 있는 나뭇가지에도 나뭇단을 단단히 묶어서 텐트처럼 꾸몄어. 밤이 되자 나는 그 안에 들어가 쪼그리고 앉아서 잔인한 운명으로부터 스스로를 보호할 방도를 잘 생각해 냈다는 우울한 만족감에 젖었지. 똑같은 시간에 뱀은 어김없이 나타나 나무 주위를 빙빙 돌며 나를 삼킬 기회를 엿봤어. 하지만 내가 만들어놓은 성벽 때문에 나를 먹을 수가 없었지. 그러자 그 뱀이 날이 밝을 때까지 나를 그 자리에서 꼼짝 않고 지켜보는 거야. 무사히 탈출한 쥐를 헛되이 노리는 고양이 같았지. 날이 밝자 뱀은 물러갔지만 나는 태양이 뜰 때까지 무서워서 밖으로 나올 수가 없었어.

해가 뜨자 이처럼 끔찍한 상태로는 더 이상 지낼 수 없다고 생각하면서 바다로 달려갔는데, 아주 멀리 배 한 척이 보였지. 나는 있는 힘을 다해 소리를 지르며 멀리서 내가 보이도록 터번을 꺼내 흔들었어. 다행히도 선원들이 나를 발견했고 선장은 보트 한 척을 보내주었어. 내가 배에 올라타자 상인들과 선원들이 내 주위로 몰려들어 어떻게 해서 그런 섬에 가게 되었느냐고 물었어. 내가 그때까지 겪은 일을 이야기하자 그 중 가장 나이 많은 선원들이 말했지.

"그 섬에 거인들이 산다는 얘기를 여러 차례 들은 적이 있지. 그들은 식인종으로 사람들을 산 채로 잡아먹거나 구워 먹는다고 말이야. 그리고 그 섬에 뱀들이 엄청 많이 사는데 낮에는 숨어 있다가 밤에 나돌아 다닌다고 했지."

그들은 내가 그처럼 많은 위험에서 무사히 빠져나온 것을 기뻐하며 맛있는
음식을 가져다주었어. 그리고 선장은 두 번째 항해 때 나를 버리고 갔던 배의
선장이었는데, 누더기가 된 내 옷을 보고 자기 옷을 입으라고 주었어. 내가 같
은 배를 탔던 선원이라는 것을 말하자 선장이 소리쳤지. "이렇게 고마울 수가.
내 잘못을 만회할 수 있는 기회가 주어져서 얼마나 기쁜지 모른다네. 지금까지
자네 짐들을 잘 보관하고 있었네."

나는 짐을 받아들며 그에게 고맙다는 인사를 했어. 항해를 하여 집으로 돌
아오는 도중에 물건들을 좋은 가격에 팔아 이번에도 큰돈을
벌어 부소라에 도착했지. 그리고 부소라에서 바그다드로 돌
아오자 가난한 사람들에게 많은 것을 나눠 주고 땅을 더 사
들였어.

이야기를 마치자 신밧드는 힌드밧드에게 다음날 저녁 식
사 때 다음 이야기를 들으러 오라고 초대하면서 100
시퀸을 주고 집으로 보냈다.

"있는 힘을 다해 소리쳤지."

신밧드의 네 번째 항해 이야기

얼마 지나지 않아 나는 또다시 항해를 하게 되었지. 이번에는 페르시아를 통해 항구로 가서 배를 탔어. 그런데 출발한 지 얼마 안 되어 거대한 폭풍이 우리를 덮쳤어. 거센 폭풍에 돛이 갈기갈기 찢어져버려 배는 오도가도 못하게 되었지. 상인들과 선원들 몇몇은 익사하고 짐은 모두 물 속으로 가라앉아 버렸고.

나는 운이 좋아서 몇몇 상인과 선원들과 함께 판자에 올라타게 되었는데, 조류에 휩쓸리다가 어느 섬에 닿았지. 그 섬에는 과일과 물이 있어서 다행히 목숨은 구할 수가 있었어. 우리는 해안가에 누워서 잠이 들었어.

다음날 아침, 날이 밝자마자 우리는 해안에서 출발하여 섬 안쪽으로 들어갔는데 그곳에는 집들이 있었어. 우리가 가까이 다가가자 갑자기 수많은 흑인들이 주위를 에워싸더니 우리를 붙잡아 각자의 집으로 데려갔지.

나는 다섯 명의 동료들과 함께 어느 집으로 끌려갔는데, 그들은 우리를 앉으라고 하더니 무슨 약초를 주면서 먹으라는 몸짓을 해보였어. 내 동료들은 흑인들 중 그 누구도 그것을 먹지 않는다는 사실을 눈치 채지 못하고 허기를 달

"나는 동료들과 함께 끌려갔어."

랠 생각만 하고 허겁지겁 먹어댔어. 하지만 나는 수상한 느낌이 들어서 약초를 입에 대지도 않았지. 그런데 그렇게 하길 잘한 것이었어. 조금 지나자 동료들이 분별력을 잃더니 자신들이 무슨 말을 하는지도 모르면서 나한테 지껄여 대는 거야.

나중에 흑인들은 야자열매 기름으로 요리한 밥을 우리에게 주었지. 분별력을 잃은 내 동료들은 허겁지겁 먹어댔지만 나는 아주 조금만 먹었어. 그들이 처음에 약초를 준 것은 감각을 무디게 하여 우리 앞에 닥친 슬픈 운명을 인식하지 못하도록 하기 위함이었고, 밥을 준 것은 우리를 살을 찌우게 하기 위해서였어. 식인종들이었던 그들은 우리가 살이 찌면 잡아먹을 속셈이었지. 예상했던 대로 그들은 아무런 분별력이 없는 내 동료들을 잡아먹어 버렸어. 하지만 분명한 분별력을 가지고 있었던 나는, 추측할 수 있겠지만, 살이 찌기는커녕 날이 갈수록 말라만 갔어. 죽음에 대한 공포에 시달리다 보니 음식을 먹어도 모두 독이 되었던 거야. 나는 점점 더 쇠약해지는 병에 걸렸고 그 때문에 목숨을 구하게 되었지. 이미 내 동료들을 모두 잡아먹은 식인종들은 내가 점점 더 마르고 쇠약해지고 병들어가는 모습을 보면서 잡아먹는 것을 자꾸 뒤로 미뤘어.

그래서 나는 많은 자유를 누릴 수가 있었지. 그들은 내가 하는 일에 별로 관심이 없었으니까. 그러던 어느 날, 그들의 집에서 멀리 떨어져 나와 도망칠 기회를 갖게 되었지. 한 식인종 노인이 내 계획을 알아차리고는 나를 보고 큰 소

"나에게 돌아오라고
힘껏 소리쳐 불렀지."

리로 돌아오라고 소리쳤어. 하지만 나는 그 말을 듣기는커녕 더욱더 속도를 내서 멀리 사라졌지. 나는 있는 힘을 다해 계속 달려서 그들로부터 가장 멀리 떨어진 곳에 자리를 잡고 7일 동안 과일을 따 먹으며 지냈어.

8일째 되는 날 바닷가에 갔다가 나와 똑같이 생긴 백인들이 후추를 따는 모습을 보게 되었지. 그곳은 후추가 많이 자라는 곳이었거든. 그들은 나를 보자 다가와서 아랍어로 내가 누구인지, 어디에서 왔는지를 물었어. 나와 똑같은 언어를 사용하는 사람들을 만나다니 너무나도 기뻤지. 나는 배가 난파되어 식인종들의 손에 넘어가게 되기까지의 사연을 얘기했어.

"그 식인종들이 사람을 잡아먹는다고 했는데, 대체 무슨 기적이 일어났기에 그들에게서 탈출할 수 있었단 말이오?" 하고 그들이 물었지. 내가 지금까지의 상황을 얘기하자 그들은 매우 놀라워했지.

나는 그들이 후추를 충분히 딸 때까지 함께 지내다가 배를 타고 그들이 사는 섬으로 함께 갔지. 그들은 나를 왕에게 소개시켜 주었는데, 왕은 참으로 훌륭한 군주였어. 그는 내 얘기를 듣더니 나를 환영해 주었고 나에게 큰 우정을 품게 되었어. 그렇게 해서 나는 그 도시에서 중요한 인물이 되었지.

그런데 나는 그곳에 사는 사람들 중 말을 탈 때 안장이나 굴레를 사용하는 사람이 없다는 걸 알게 되었어. 나는 왕에 대한 존경을 표시하기 위해 일꾼을 찾아가 모형을 주면서 안장을 만들어 달라고 부탁했지. 안장이 완성되자 나는

"안장이나 굴레를
사용하는 사람이 없었지."

손수 벨벳과 가죽을 씌우고 금으로 수를 놓았어. 그리고는 대장장이를 찾아가
모형을 보여주면서 재갈과, 말을 탈 때 두 발을 디딜 수 있는 등자를 만들어 달
라고 부탁했어.

마구馬具가 모두 완성되자 나는 마구를 왕에게 가져가 말 위에 얹어 드렸어.
그러자 왕은 즉시 말을 타보더니 아주 만족해하며 많은 선물을 주면서 이렇게
말했지. "그대가 결혼을 하여 그대의 나라에 대한 생각을 잊고 이곳에 오래도
록 머물기를 바라노라."

나는 감히 왕의 뜻을 거역할 수가 없었어. 왕은 궁전에서 아름답고 고결하
고 부유한 여인을 내게 주었어. 결혼식을 치른 후 나는 아내와 함께 한동안 아

주 평화롭게 살았지. 하지만 나는 그 같은 생활에 만족할 수가 없어서 기회가 생기자 도망칠 궁리를 했어. 도망쳐서 바그다드로 돌아가기를 바랐지. 아무리 좋다 해도 지금의 내 터전을 잊을 수가 없었던 거야.

그 무렵 내게는 그곳에서 매우 돈독한 우정을 맺은 이웃에 살던 친구가 있었는데, 어느 날 그의 아내가 병들어 죽게 되었어. 그래서 그를 위로하러 갔지. 깊은 슬픔에 빠져 있는 그를 보고 내가 이렇게 말했어. "하느님께서 자네가 오래도록 잘 살도록 보호해 주실 것이네."

그러자 그가 이렇게 말했지. "아! 그렇게 덕담을 해 봐야 아무 소용이 없다네. 난 오늘 아내와 함께 묻힐 운명이니까. 우리 조상들이 만들어 놓은 이 섬의 법이라네. 항상 어김없이 지켜져 왔지. 아내가 죽으면 살아 있는 남편이 죽은 아내와 함께 묻고, 남편이 죽으면 살아 있는 아내가 죽은 남편과 함께 묻히게 되어 있어. 그 어떤 것도 날 구할 수가 없다네. 누구나 이 법을 따라야 하니까."

"궁궐에 있는 여인을 주었어."

이웃 친구가 소름끼치는 이런 야만적인 관습에 대해 이야기하고 있을 때 그의 친척과 친구들과 이웃들이 장례식을 도우려고 몰려왔어. 그들은 마치 결혼식처럼 죽은 아내의 시신에 가장 화려한 옷을 입히고 온갖 보석으로 장식해 주었어. 그런 다음 뚜껑이 열린 관에 눕히고 매장지를 향해 출발했어. 남편은 맨 앞장서서 관을 따라갔지. 그들은 높은 산으로 향했고 목적지에 이르자 깊은 구덩이를 막아 놓았던 커다란 돌을 들어내고 갖가지 옷과 보석과 함께 시신을 구덩이 안에 눕혔어. 그러자 남편은 친척과 친구들과 포옹을 하고는 물병과 빵 일곱 덩어리를 가지고 아무런 저항 없이 뚜껑이 열려 있던 또 다른 관으로 들어가서 죽은 아내와 똑같은 모습으로 누웠어. 산은 아주 길게 해안가를 따라 쭉 뻗어 있었고 구덩이는 아주 깊었지. 장례식이 끝나자 일행은 입구를 다시 돌로 막고 돌아갔어.

그로부터 얼마 후 나도 똑같은 운명에 처하게 되었어. 내가 극진히 보살펴 주었지만 내 아내가 병들어 죽고 말았거든. 나는 백방으로 노력했지만 그 나라 법을 어길 수는 없는 일이었어. 그래서 왕과 귀족들이 무덤으로 와서 나에게 예의를 갖추어 작별인사를 했고 나는 아내의 시체와 빵과 물과 함께 무덤에 묻히게 되었어. 음식이 다 바닥나고 죽음을 기다리고 있을 때 누군가 숨을 쉬는 듯이 헐떡거리는 소리가 들렸지. 나는 소리나는 쪽으로 가보았어. 그러자 황급히 달아나는 발소리가 들렸어. 뒤를 쫓아가 보니 저 멀리 별 같은 것이 보였는데 가까이 다가가자 점 같던 그 빛이 점점 더 커졌지. 나는 그것이 산비탈에 난 구멍이라는 것을 금세 알아차렸어. 해안 위쪽으로 솟아 있는 구멍 말이야. 해안으로 나온 나는 너무 기뻐서 모래 위에서 뒹굴었지. 그러고 나서 눈을 들어 하늘을 보는데 바로 가까이에 배가 보이지 뭐야. 나는 터번을 흔들었어. 배에 탄 사람들이 그걸 보고 보트를 보내 주어서 무사히 배에 타게 되었지. 선장에게 배가 난파되어 표류하던 상인이라고 나를 소개하자 그는 내 말을 믿고 아무

"나는 뒤를 쫓아갔지."

런 질문도 하지 않고 배에 태워 주었어.

　오랜 항해를 하는 동안 우리는 여러 항구를 들렀는데 그 때마다 나는 많은 돈을 벌었지. 마침내 나는 엄청나게 많은 돈을 가지고 바그다드에 도착했어. 그 점에 대해서는 자세히 말할 필요가 없겠지. 나는 자비를 베풀어 주신 하느님에게 감사하는 뜻에서 여러 사원과 가난한 사람들을 위해 기부도 많이 하고, 친척과 친구들과도 함께 시간을 보내면서 잔치를 벌였지.

　신밧드는 이번에도 짐꾼에게 100시퀸을 주면서 다음날 다시 오라고 말했다.

신밧드의 다섯 번째 항해 이야기

　나는 온갖 즐거움을 누리면서 그동안 겪었던 여러 가지 어려움과 재난을 잊을 수 있었어. 하지만 또다시 항해를 떠나고 싶은 유혹을 떨쳐 버릴 수는 없었지. 그래서 팔 만한 물건들을 사서 적당한 항구로 갔지. 나는 선장을 신뢰할 수 없었기 때문에 내가 직접 배를 조종할 수 있도록 돈을 들여서 배를 만들어 달라고 주문하고는 배가 완성되자 물건을 싣고 배에 탔어. 하지만 짐이 많지 않았기 때문에 다른 나라에서 온 몇몇 상인들이 그들의 짐을 싣고 내 배에 타는 것을 허락했지.

　우리는 첫 순풍을 타고 항해했어. 한참을 항해한 후 우리가 처음 닿은 곳은 무인도였어. 거기에서 우리는 대괴조의 알을 하나 발견했지. 앞에서 내가 얘기했던 대괴조와 크기가 비슷한 대괴조의 알을 말이야. 알 속에는 어린 대괴조가 막 부화하려고 하고 있었어. 부리가 나오기 시작하더군.

　그런데 나와 함께 상륙한 상인들이 손도끼로 알을 깨고 어린 대괴조를 꺼내 불에 구웠어. 알을 건드리지 말라고 간곡하게 부탁했지만 그들은 내 말을 듣지 않았지.

그들이 식사를 끝내기가 무섭게 저 멀리 하늘에 거대한 두 점의 구름이 나타났어. 배를 항해하도록 내가 고용했던 선장은 경험이 많아 그것이 무얼 의미하는지를 직감으로 알았지. 그는 그 두 점의 검은 구름이 어린 대괴조의 엄마, 아빠라고 말하면서 재빨리 배에 타라고 재촉했어. 그렇지 않으면 그가 경험한 바 있는 재앙을 당할 거라고 말이야. 우리는 서둘러서 배에 타고 전속력으로 출발했지.

그 사이에 두 마리의 대괴조는 무서운 소리를 내며 우리 쪽으로 다가왔어. 알이 깨지고 어린 대괴조가 사라진 것을 보자 더욱더 빠른 속도로 날아왔지. 그러다가 왔던 방향으로 다시 날아가더니 잠시 사라졌어. 우리는 재앙을 피하기 위해 온 힘을 다해 배를 몰았지.

잠시 후 대괴조들이 다시 나타났는데, 발에 산처럼 커다란 돌을 하나씩 쥐

"상인들이 손도끼로 알을 깼어."

고 있는 거야. 대괴조들이 우리 배 바로 위까지 오더니, 머리 위에서 맴돌다가 한 마리가 커다란 돌을 떨어뜨렸어. 하지만 키잡이의 노련한 솜씨 덕분에 돌은 우리를 빗나가 바다로 떨어졌지. 바다 바닥이 보일 정도로 거대한 물살을 일으키면서 말이야. 하지만 두 번째 대괴조가 떨어뜨린 돌은 불행하게도 정확하게 배 한가운데에 떨어지는 바람에 배가 산산조각이 나고 말았어. 배에 탄 사람들은 모두 돌에 맞아 죽거나 물에 빠졌지.

나 또한 물에 빠졌지만 물 속에서 위로 떠오르면서 운 좋게도 배의 잔해 조각을 붙잡았어. 나는 손을 번갈아가며 나무 조각을 붙들고 남은 한 손으로 헤엄쳐서 순조로운 바람과 조류를 타고 어느 섬에 닿았어. 해안이 가팔랐지만 무사히 해변으로 올라갔지.

풀밭에 앉아 피곤을 좀 달랜 후 섬을 살펴보러 갔어. 섬은 아주 상쾌한 정원 같았지. 여기저기 나무들이 자라고 있었는데 어떤 나무에는 녹색의 열매가 열려 있었고, 또 어떤 나무에는 무르익은 열매가 매달려 있었으며, 신선하고 깨끗한 물이 흐르는 개울이 구불구불 이어져 있어 상쾌했어. 과일을 먹어 봤는데 아주 맛있었어. 이번에는 물을 먹어보자 달콤하고 향긋했지.

밤이 되자 나는 편안한 풀밭에 자리 잡고 누웠어. 하지만 위험한 일이 닥칠까봐 걱정이 되어 거의 한 시간마다 잠이 깨었지. 불안에 떨며 밤을 지새다시피 하면서 집에 가만히 있지 못하고 항해를 떠나온 경솔함이 후회가 되었어. 이런 생각에 끝없이 빠져들자 살고 싶지가 않았어. 하지만 날이 밝자 우울한 생각들이 말끔히 사라졌지. 나는 일어나서 다소 두려운 마음으로 경계를 하며 나무들 사이를 걸었어.

섬 안쪽으로 들어가자 아주 허약하고 노쇠한 노인이 보였어. 그는 개울둑에 앉아 있었지. 처음에는 나처럼 난파를 당한 사람인 줄 알았어. 다가가서 인사를 하자 노인은 고개만 살짝 숙여 보였지. 왜 거기에 그렇게 앉아 있느냐고 묻

"아주 허약하고
노쇠한 노인이 보였어."

자 노인은 대답 대신 자기를 등에 업고 개울을 건너 달라는 몸짓을 해 보였어.

과일을 딸 거라는 시늉을 해 보이면서.

나는 노인이 정말로 도움이 필요한 줄 알고 노인을 등에 업고 개울을 건넌 다음 내리라고 말했어. 쉽게 내릴 수 있도록 허리를 굽히면서 말이야. 그런데 아주 노쇠해 보였던 노인은 등에서 내리기는커녕 민첩하게 두 다리로 내 목을 조였어. 너무 세게 조이는 바람에 나는 기절하고 말았지. 그런데도 몰인정한 그 노인은 계속해서 내 목을 세게 조였어. 이번에는 숨을 쉴 수 있도록 다리를 조금 풀어주면서 말이야. 내가 숨을 좀 쉬자 이번에는 한 발로 내 배를 차고 동시에 다른 발로는 내 옆구리를 찼어. 너무 세게 차는 바람에 나도 모르게 벌떡 일어섰지. 그러자 그는 나를 나무 아래로 걸어가라고 하면서 과일이 보이면 이따금 멈추게 하여 과일을 주워서 먹으라고 했어. 그는 하루 종일 나에게 붙어 다녔고 저녁에 쉬려고 누우면 그도 내 옆에 누웠어. 그리고 한시도 꽉 조인 내 목을 놓아주지 않았지. 아침이 되면 날 밀쳐 깨운 다음 그를 업고 계속 걷게 했어. 계속 발로 차서 다그치면서 말이야. 이러지도 저러지도 못하는 그런 짐 덩어리를 계속해서 짊어지고 다녀야 하는 내 고충이 어땠을지 짐작이 갈 거야.

그러던 어느 날, 나는 길을 가다가 나무에서 떨어진 마른 조롱박 몇 개를 발견했어. 그래서 큰 것을 주워서 깨끗이 씻은 다음 섬 여기저기에 풍부한 포도의 즙을 짜 넣고 적당한 장소에 놓아 두었어. 며칠 후에 다시 가서 맛을 보니 아주 좋은 포도주가 되어 있었지. 나는 포도주 덕분에 슬픔을 모두 잊고 새로운 활력을 얻을 수가 있었어. 너무 기분이 좋아서 걸으면서 노래를 부르고 춤도 추기 시작했지.

노인은 내가 그 주스를 마시고 달라진데다가 그전보다 더 가볍게 그를 업고 다니는 것을 보고 자기에게도 주스를 좀 달라는 시늉을 했어. 조롱박을 건네주자 맛이 있었는지 모두 다 마셔 버리지 뭐야. 그리고는 너무 취해 내 목을 조른 발이 느슨해졌어. 나는 그 기회를 틈타서 그를 바닥에 팽개쳤어. 노인은 꼼짝도 않고 누워 있었지. 그래서 커다란 돌을 들어 그의 머리를 박살내 버렸어.

나는 골칫덩어리 노인에게서 영원히 벗어나게 되어서 너무나도 기뻤지. 그

"그의 머리를 박살내 버렸어."

뒤 나는 해변으로 향했어. 거기에서 배를 정박시키기 위해 닻을 내리고 있던 선원들을 만났지. 그들은 나를 보고 놀라더니 내 모험담을 듣고는 더욱더 놀라워했어.

그 선원들이 말했어. "당신은 '바다의 노인'에게 잡혔던 것이오. 그 사악한 노인은 속임수로 사람들을 목졸라 죽이는데, 거기에서 도망쳐 나온 사람은 당신이 처음이오. 그 노인은 자기 손아귀에 들어온 사람을 죽이지 않고서는 놓아준 적이 없으니까. 그래서 이 섬은 그가 죽인 수많은 사람들 때문에 악명이 자자하다오. 이 섬에 상륙한 상인들이나 선원들은 섬 안으로는 절대로 들어가지 않지. 들어가야 한다면 함께 무리를 지어서 가고 말이오."

그들은 이런 얘기를 하면서 나를 그들의 배로 데려갔어. 선원들이 나에게 일어났던 일을 선장에게 얘기해 주자 선장은 나를 매우 친절하게 맞아 주었지. 배는 바다를 향해 다시 출항을 했고, 며칠간의 항해 끝에 우리는 커다란 도시의 항구에 도착했어. 깎아서 모양을 만든 돌로 지은 집들이 있는 도시였지.

나에게 우정을 갖게 된 한 상인이 함께 마을로 가자고 권하면서 내게 커다란 자루를 주었어. 그는 코코넛을 따던 몇몇 마을 사람들에게 나를 추천하면서 나를 그들과 함께 데려가 달라고 청했어. "가게. 저 사람들이 하는 대로 따라 하게. 하지만 절대로 저들과 떨어져서는 안 되네. 그러면 목숨이 위태로울 수 있거든." 하고 그가 말했지. 그는 이렇게 말하고 길을 가면서 먹을 음식을 주었지. 이렇게 해서 나는 마을 사람들을 따라나서게 되었어.

우리는 울창한 코코넛 나무 숲으로 갔는데, 나무가 키가 아주 큰 데다 몸통이 아주 매끄러워서 타고 올라갈 수가 없었기 때문에 높은 나뭇가지에 매달린 코코넛을 딸 수가 없었어. 숲속으로 들어서자 크고 작은 수많은 원숭이들이 보였지. 원숭이들은 우리를 보자 놀라운 속도로 나무 꼭대기로 달아났어.

나와 함께 간 상인들이 돌멩이를 줍더니 나무 꼭대기로 올라간 원숭이들을 향해 던졌어. 나도 똑같이 했지. 그러자 원숭이들이 화가 나서 잽싸게 코코넛을 던졌어. 우리는 코코넛을 주우면서 이따금 돌멩이를 던졌고, 이렇게 해서 자루 가득 코코넛을 따올 수 있었지. 나는 내 자루에 든 코코넛을 판 뒤에도 여러 차례 숲으로 돌아가서 코코넛을 가져와 팔아서 많은 돈을 벌었지.

내가 타고 왔던 배는 몇몇 상인들을 태우고 코코넛을 싣고 떠났어. 나는 다음 배가 오기를 기다렸지. 곧이어 코코넛을 실으러 또 다른 배가 도착했어. 나는 그 배에 내 코코넛을 싣고 출항 준비가 되자 내게 친절을 베풀어 준 상인에게 작별인사를 했어. 그는 항구에서 볼일이 남아 있어서 나와 함께 출발할 수 없었거든. 우리는 후추가 풍성하게 자라는 섬으로 항해했어. 거기에서 다시 품종이 가장 좋은 알로에 나무가 자라는 코마리 섬으로 향했지. 그곳 주민들은 절대로 포도주를 마시지 않아. 그 섬들에서 코코넛을 후추와 알로에 나무와 교환한 다음 상인들과 함께 진주를 채취하러 갔어. 나는 잠수부들을 고용했는데, 그들은 아주 크고 순수한 진주를 채취해 주었지. 그 후 다시 배를 타고 무사히 부소라에 도착하게 되었고 거기에서 바그다드로 돌아와 후추와 알로에 나무와 진주를 팔아 큰돈을 벌었어. 나는 여느 때처럼 내가 번 돈의 10분의 1을 가난한 사람들에게 나눠주고 여러 가지 여흥을 즐기며 피로를 풀었지.

여기까지 이야기를 마친 신밧드는 이번에도 힌드밧드에게 100시퀸을 주면서 다음날 같은 시간에 오라고 부탁했다.

"원숭이들은 잽싸게
우리에게 코코넛을 던졌어."

신밧드의 여섯 번째 항해 이야기

나는 방랑벽이 있는 사람이라 오래도록 빈둥거리며 지낼 수가 없었어. 그래서 1년을 쉰 후 친척들과 친구들이 말리는데도 불구하고 여섯 번째 항해를 떠날 준비를 했어. 이번에는 페르시아와 인도 제국을 두루 여행한 후 어느 외딴 항구에서 긴 여행을 떠나는 배를 타게 되었지.

출항을 한 지 한참이 지난 어느 날, 선장이 아주 슬픈 얼굴로 자리를 박차고 나와 터번을 벗어 던지더니 고통에 찬 목소리로 소리쳤어. "급류에 배가 휩쓸리고 있소. 15분도 안 되어 우리는 모두 죽을 것이오. 이 위험에서 구해 달라고 하느님께 기도하시오. 하느님께서 자비를 베푸시지 않으면 우리는 빠져나갈 수가 없소."

이렇게 말하고 그는 돛을 내리라고 명령했어. 하지만 밧줄이 이미 모두 끊어져 버려 배는 접근하기 어려운 산자락까지 급류에 휩쓸려갔다가 부딪쳐서 산산조각이 나고 말았지. 다행히 우리는 무사했고 식량과 가장 좋은 물건들은 건져낼 수 있었어.

"이렇게 된 것은 모두 하느님의 뜻이오. 각자 무덤을 파고 세상에 작별을 고

"우리는 모두
죽을 것이오."

하시오. 이제까지 이곳에서 난파를 당한 사람은 그 어느 누구도 고향으로 돌아가지 못했소." 하고 선장이 말했어. 그의 말에 우리는 비통해하며 서로 부둥켜안으면서 우리의 불행한 운명을 개탄했어.

우리 배가 난파된 산자락은 아주 커다란 섬의 해안과 맞닿아 있는 지역이었어. 그곳에 믿을 수 없을 정도로 많은 물건과 재물들이 떠다니는 광경을 보고 우리는 더욱더 절망했지. 다른 지역에서는 보통 강이 해협을 통해 바다로 흘러들지만, 여기에서는 민물이 흐르는 강물이 바다에서 흘러나와 입구가 아주 넓고 높은 컴컴한 동굴로 흘러들어가. 이곳의 가장 두드러진 점은 산의 돌들이 모두 수정이나 루비와 같은 보석들이라는 점이야. 이곳에서는 나무들도 자라는데 대부분의 나무들은 코마리에서 자라는 것과 같이 아주 품질이 좋은 알로에 나무들이지.

마지막으로 이곳에 대해 말하자면, 여기에 접근하면 배가 옴짝달싹 못하게 되는 만灣이라고 할 수 있어. 바다에서 부는 바람에 의해 배가 이곳으로 향하게 되면 바람과 해류 때문에 꼼짝못하고 이곳으로 빨려들게 되지. 그리고 육풍 陸風에 의해 이곳으로 접근하게 되면 다시 육풍을 이용해 빠져나올 수 있을 것 같지만, 높은 산이 가로막고 있어 바람을 잠재우기 때문에 거센 해류에 휩쓸려 해안으로 밀려가게 되어 있어. 여기에 덧붙여 산으로 올라갈 수도 없고 바다를 통해 빠져나올 수도 없다는 점에서 더욱 절망스러웠지.

우리는 엄청난 곤경 속에 빠진 거야. 해안을 떠다니는 수많은 배의 잔해와 해골들이 우리가 빠져나올 가능성이 없다고 한 선장의 말을 입증해 주었어. 그곳은 참으로 아름다운 곳이었지만 우리는 우리의 운명을 애도하며 감정을 억누르면서 죽음을 기다렸어.

마침내 식량이 바닥나기 시작했고 선원들이 한 명씩 죽어가기 시작했지. 결국에는 모두 죽고 나만 홀로 남게 되었어. 먼저 죽은 사람들은 생존자들에 의해 매장되었고 나는 마지막까지 남아 동료들을 묻어 주는 최후의 생존자가 되었지. 그도 그럴 것이 내 몫으로 주어진 식량을 다른 동료들보다 알뜰하게 잘 아껴 먹었기 때문에 식량이 더 오래 남아 있었거든. 물론 다른 동료들에게 그걸 나눠 주지는 않았지. 하지만 마지막 동료를 묻고 나자 내 식량도 거의 바닥이 나고 말았어. 그래서 나도 이제 곧 죽겠구나 생각하고 내가 들어갈 무덤을 팠어. 나 외에는 살아남은 사람이 없었기 때문에 나를 묻어줄 자가 없었으니까. 솔직히 말해서 나는 무덤을 파면서 스스로 죽음을 자초한 내가 원망스러웠어.

마지막이 되어 버린 이 항해가 후회스러웠지. 심사숙고하지 않은 결과로 죽음을 재촉한 거야. 나는 손을 물어뜯기 시작했어.

그런데 다행히 하느님께서 다시 한 번 나를 불쌍히 여기어 나로 하여금 거대한 동굴로 이어지는 강둑으로 갈 생각을 하도록 해주었어. 강둑을 따라가면 어디가 나올지를 곰곰이 생각하면서 나는 이렇게 중얼거렸지.

"땅 밑으로 흘러가는 이 강은 어딘가에 종착지가 있을 거야. 뗏목을 만들어 타고 물이 흘러가는 대로 몸을 내맡기면 어딘가 사람들이 사는 나라에 도착하게 되겠지. 아니면 죽든가. 물에 빠져 죽는다 해도 잃을 것은 없어. 어차피 죽을 목숨, 죽는 방법만 달라질 뿐이지. 이 지옥 같은 곳에서 벗어난다면 동료들이 당한 슬픈 운명을 피할 수 있을 뿐만 아니라 부자가 될 새로운 기회가 생길 수도 있어. 이 위험을 벗어나면 난파당한 것을 이자까지 붙여서 보상을 받게 될지 누가 알겠어."

나는 즉시 근처에 있는 커다란 판자와 밧줄들을 모아 단단히 묶어서 아주 튼튼한 뗏목을 만들었어. 뗏목이 완성되자 루비, 에메랄드, 용연향♠, 수정 들을 몇 개의 자루에 넣어 싣고, 풍부한 재료들을 짐짝에 넣어 실은 뒤 물살에 뗏목을 내맡긴 채 내 운명은 하느님의 뜻에 맡기고 스스로를 위로했어. 물에 빠져 죽든 굶어 죽든 간에, 어떻게 죽어도 상관이 없다고 생각하면서 말이야.

뗏목이 동굴로 들어서자 깜깜해서 어디로 흘러가는지 알 수가 없었어. 며칠 간을 그렇게 한 점의 빛도 없는 깜깜한 어둠 속을 떠다녔지. 한번은 천장이 너무 낮아서 머리를 다칠 뻔했어. 그 후부터는 그런 위험을 피하도록 조심했지. 그처럼 뗏목을 타고 표류하는 동안 나는 몸을 지탱할 수 있을 정도만 먹었어. 하지만 그렇게 아껴 먹었는데도 음식은 바닥나고 나는 의식을 잃고 말았지. 얼

♠　향유고래 창자에서 생기는 향료

"아주 튼튼한 뗏목을 만들었지."

마 동안 정신을 잃고 있었는지 알 수가 없었어. 그런데 깨어보니 놀랍게도 강
둑에 있는 널따란 평지에 내가 있는 거야. 뗏목은 강둑에 매어져 있고 수많은
흑인들이 나를 둘러싸고 있었어. 그들을 보자 나는 벌떡 일어나서 인사를 건
넸어. 그들이 뭐라고 내게 말했는데, 처음 듣는 언어라 무슨 말인지 이해할 수
가 없었지. 나는 너무나 기뻐서 큰 소리로 아랍어로 하느님께 감사를 표했어.

그러자 아랍어를 이해하는 한 흑인이 내가 하는 말을 듣고 다가오더니 말했어. "형제여, 특별한 사연이 있는 것 같은데, 어떤 사연이 있는지 얘기해 주시오. 어떻게 해서 이 강까지 오게 되었소? 어디에서 온 것이오?"

나는 먹을 것을 먼저 달라고 부탁하면서, 먹고 나서 내가 겪은 일에 대해 자세히 얘기해 주겠다고 말했어. 그들은 몇 가지 음식을 가져다주었고 나는 허기를 채운 다음 내가 겪은 일들을 얘기해 주었지. 그러자 그들은 놀란 얼굴로 열심히 듣더니 말을 한 필 가져왔어. 왕이 그 놀라운 이야기를 들을 수 있도록 나를 태우고 왕에게 데려가기 위해서였지.

우리는 세렌디브♣의 수도까지 갔어. 내가 상륙한 곳이 바로 세렌디브 섬이었거든. 흑인들은 나를 왕에게 데리고 갔어. 나는 왕 앞으로 다가가 인도 제국 왕들에게 하듯이 그의 발 아래 엎드려 절을 했지. 왕은 나에게 일어서라고 명하더니 아주 친절하게 맞아 주면서 그의 옆에 앉으라고 했어. 왕이 내 이름을 묻자 나는 대답했지. "사람들은 저를 뱃사람 신밧드라고 부른답니다. 수많은 항해를 했기 때문이지요. 저는 바그다드의 시민이랍니다."

그리고는 내가 겪은 일들을 서슴없이 털어놓았지. 이야기를 하는 동안 왕은 내 보석들을 즐겁게 구경했어. 그 중에서도 아주 훌륭한 보석들을 하나하나 눈여겨보는 것을 보고 나는 무례하게도 그의 발 아래 엎드려 이렇게 말했어. "폐하, 소신은 폐하를 위해서라면 무엇이든 할 수 있사옵니다. 뗏목의 짐들과 보석을 모두 가지셔도 좋습니다."

그러자 왕이 미소를 지으며 대답했어. "신밧드, 그대의 보석을 가지려 하는 것이 아니라 그대에게 합당한 선물을 더 주려는 것이오."

그에 대해 내가 할 수 있는 대답은 고결한 왕의 번영을 빌며 그의 넓은 도량과 너그러움에 감사를 표하는 것뿐이었지. 그는 한 신하에게 나를 보살펴 주

♣ 실론 섬의 옛 이름

"나는 그의 발 아래 엎드렸어."

라고 말하고, 사람들에게는 왕이 비용을 댈 테니 나를 잘 접대하라고 명했어. 신하는 매우 충실하게 임무를 이행하는 사람이어서 내 숙소로 온갖 물건들을 보내 주었지.

세렌디브 섬은 적도 바로 아래 위치해 있어서 낮과 밤의 길이가 12시간씩으로 같지. 섬의 크기는 길이가 480킬로미터에 너비 또한 그 정도야.

섬의 수도는 세계에서 가장 높은 산들이 에워싸고 있는, 섬 중앙의 아주 훌륭한 계곡 끝에 자리하고 있어. 바다를 3일 동안 항해해야 보이는 곳이지. 루비와 여러 가지 광물들이 풍부하고, 바위들은 대부분 깎고 닦아서 보석을 만들 수 있는 금속성의 돌들로 되어 있지. 그곳에서는 희귀한 식물과 나무들이 자라는데, 특히 삼나무와 코코넛 나무가 자라고 있어. 그곳의 큰 강 입구에는 진주 조개 채취장이 있고 계곡에서는 다이아몬드를 캘 수 있어.

수도에서 얼마간을 보내고, 아담이 낙원에서 추방된 후 지냈다는 장소를 포함하여 흥미로운 곳들을 구경한 후 나는 왕에게 고향으로 돌아가게 허락해 달라고 부탁했지. 그러자 왕은 아주 친절하고 예의바른 태도로 허락을 해 주었어. 그리고 사양하는데도 불구하고 훌륭한 선물을 주었지. 작별인사를 하러 가자 이번에는 훨씬 더 값진 선물을 떠안기면서 우리나라 왕인 대교주♣에게 보내는 편지를 주었어. "이것은 내가 주는 선물이오. 그리고 이 편지는 칼리프에게 보내는 편지로서 나의 우정을 담은 것이오."

세렌디브 왕이 쓴 편지는 아주 값비싼 동물 가죽에 쓰여 있었어. 희귀한 노란색의 값나가는 가죽에, 편지의 글자는 하늘색으로 내용은 이러했지.

"행차를 할 때면 100마리의 코끼리가 앞서 행진하고, 10만 개의 루비로 장식되는 빛이 나는 궁전에 살며, 다이아몬드로 장식된 2만 5천 개의 왕관을 금

♣ 이슬람교국의 왕인 칼리프를 지칭하는 칭호

고에 가지고 있는 인도 제국의 왕이 하룬 알 라시드 왕에게.

폐하에게 보내드리는 선물은 약소하지만 우리가 폐하에게 품고 있는 진심 어린 우정을 생각하시어, 그리고 그러한 우정을 표시하고자 하는 우리의 정을 생각하시어 형제이자 친구로서 받아 주시기 바랍니다. 우리의 우정은 우리에게 큰 힘이 될 것이며 폐하의 위엄을 드러내는 징표이기도 하므로 우정을 나눠 주시기 바랍니다. 형제의 마음으로 이를 간청하는 바입니다. 평안을 기원합니다."

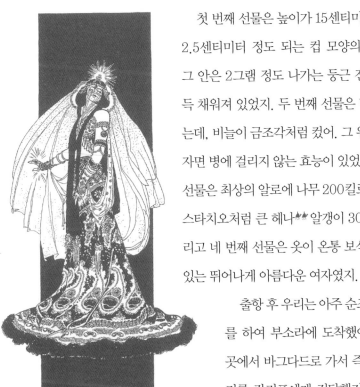

첫 번째 선물은 높이가 15센티미터, 두께가 2.5센티미터 정도 되는 컵 모양의 루비로서, 그 안은 2그램 정도 나가는 둥근 진주들로 가득 채워져 있었지. 두 번째 선물은 뱀가죽이었는데, 비늘이 금조각처럼 컸어. 그 위에 누워서 자면 병에 걸리지 않는 효능이 있었지. 세 번째 선물은 최상의 알로에 나무 200킬로그램과 피스타치오처럼 큰 헤나🐪🐪 알갱이 30개였어. 그리고 네 번째 선물은 옷이 온통 보석으로 덮여 있는 뛰어나게 아름다운 여자였지.

출항 후 우리는 아주 순조롭게 항해를 하여 부소라에 도착했어. 나는 그곳에서 바그다드로 가서 즉시 왕의 편지를 칼리프에게 전달했지. 칼리프는 인도 제국에 대한 내 얘기를 귀 기울

"뛰어나게 아름다운 여자였지."

🐪🐪 부처꽃과의 관목

여 들었어. 인도 제국의 왕이 편지에 쓴 대로 엄청나게 부유하다는 얘기를 말이야. 또 인도 사람들의 예의와 관습에 대해서도 얘기했어. 칼리프는 매우 흥미로워했지.

여기까지 얘기를 한 신밧드는 여섯 번째 항해 이야기는 그것으로 끝이라면서 힌드밧드에게 100시퀸을 주면서 다음날 일곱 번째이자 마지막 항해에 대한 이야기를 들으러 오라고 청했다.

신밧드의 일곱 번째이자 마지막 항해 이야기

여섯 번째 항해에서 돌아온 나는 이제는 집을 떠나지 않겠다고 결심했어. 다시 항해를 떠날 생각은 추호도 없었지. 게다가 이제 나이가 들어 쉴 때가 되었기 때문에 더 이상 그런 위험한 모험은 하지 않기로 했어. 그래서 남은 생을 평온하게 보내야겠다고만 생각했지. 그런데 어느 날, 사신이 와서 칼리프가 나를 궁전으로 오라고 했다고 전했어. 궁전으로 가자 칼리프가 말했지.

"신밧드, 그대의 도움이 필요하오. 내 답신을 가지고 가서 세렌디브 왕에게 전해주기 바라오. 그가 보여준 예禮에 대해 답례를 하지 않을 수 없소."

나는 이 새로운 시련을 어떻게든 피해 보려고 내가 겪었던 모험을 모두 얘기했어. 하지만 내가 얘기를 마치자마자 칼리프가 이렇게 말했지.

"그대가 얘기한 일들은 참으로 기이하구려. 하지만 내가 부탁한 이번 항해는 반드시 해야 하오. 세렌디브 왕에게 가서 내가 준 것을 전달하기만 하면 되오. 그 후로는 마음대로 돌아와도 좋소. 하지만 꼭 가야 하오. 세렌디브 왕에게 빚을 지는 것은 내 체면에 손상이 가는 일이오."

칼리프가 끈질기게 요청을 했기 때문에 나는 기꺼이 그 명령에 따르겠다고 대답할 수밖에 없었어. 그러자 그는 매우 기뻐하더니 항해 비용으로 1,000시퀸을 내게 주겠다고 했지. 나는 며칠에 걸쳐 떠날 준비를 끝내고 칼리프의 편지와 선물이 도착하자 곧 부소라로 가서 배를 타고 아주 행복한 항해를 했지. 세렌디브 섬에 도착하는 즉시 나는 성대한 환영식과 함께 궁전으로 안내되었어. 왕은 나를 보자 외쳤지.

"신밧드, 어서 오시오. 그대가 떠난 후 그대를 자주 생각했다오. 이렇게 다시 만나다니 참으로 복된 날이오."

나는 예를 갖추어 인사를 한 후 그의 친절에 대해 감사를 표시하고 칼리프의 편지와 선물을 전달했어. 왕은 상상할 수 없을 정도로 기뻐하며 받았지.

칼리프의 선물은 1,000시퀸이 나가는 금실로 만든 옷 한 벌과 화려한 천으로 만든 50벌의 예복, 카이로와 수에즈와 알렉산드리아를 통틀어 가장 품질이 좋은 100필의 흰 천, 두께가 3센티미터에 너비가 15센티미터인 넓고 얇은 모양의 마노 보석으로 만든 그릇이었어. 마노 보석으로 만든 그릇의 밑바닥에는 무릎을 꿇은 채 활과 화살을 들고 사자를 쏠 준비를 하고 있는 남자가 새겨져 있었지. 칼리프는 또한, 전해 내려오는 이야기에 의하면 위대한 솔로몬의 것이었다고 하는 화려한 명판도 선물로 보냈어.

칼리프의 편지는 다음과 같았지.

"행복한 기억을 가진 조상의 뒤를 이어서 하느님께서 그의 예언자 마호메트를 대신하도록 정해 놓으신 하느님God의 자녀인 하룬 알 라시드가 존경하는 강력한 군주이신 세렌디브의 왕에게 정도正道로 이끄는 군주의 이름으로 편지를 드립니다.

기쁜 마음으로 폐하의 편지를 받고 최고의 지혜의 정원인 저희 왕실로부터 이 선물을 보내드립니다. 저희의 마음을 헤아려 주시고 기쁘게 받아 주시기 바랍니다. 평안하십시오."

세렌디브의 왕은 칼리프가 자신의 우정을 알아준 것에 대해 매우 만족해했지. 왕에게 선물을 전하고 얼마 후, 나는 아주 어렵게 허락을 얻어 집으로 돌아가게 되었어. 매우 근사한 선물을 가지고 바그다드로 향하는 배를 탔지. 하지만 내 바람처럼 항해가 순조롭지가 않았어. 그와 정반대였지.

출발한 지 3, 4일 후 우리는 해적에게 공격을 당했어. 해적들은 아주 손쉽게 우리 배를 손에 넣고는 해적과의 싸움에서 살아남은 선원들을 먼 나라로 데려가서 노예로 팔아 버렸어.

나 또한 노예로 팔리게 되었는데, 어느 부유한 상인의 손에 들어가게 되었지. 그 상인은 나를 산 뒤 곧 자기 집으로 데려가 친절하게 접대를 해주고는 노예치고는 아주 좋은 옷을 입혀 주었어. 며칠 후, 내가 누군지 몰랐던 상인은 내게 장사에 대해 잘 아느냐고 물었지. 그래서 나는 물건을 만드는 장인은 아니지만 상인이었고, 내가 가졌던 모든 것들을 나를 판 해적들에게 빼앗겼다고 대답했어.

"그런데, 활은 잘 쏘느냐?" 하고 상인이 물었지. 나는 활쏘기는 어릴 때 즐겨 놀던 놀이라고 대답했어. 그는 나에게 활과 화살을 주더니 자신이 탄 코끼리 등에 태워 마을에서 몇 킬로미터 떨어진 울창한 숲으로 데려갔어. 한참을 숲속으로 들어가 적당한 곳을 찾자 그는 내게 내리라고 명령하고는 커다란 나무를 가리키며 말했어. "저 나무로 올라가거라. 코끼리가 지나가는 것이 보이거든 활로 쏘거라. 여긴 코끼리가 아주 많으니라. 만일 코끼리를 하나라도 맞추어 쓰러뜨리면 내게 와서 알리거라." 이렇게 말하고 그는 내가 먹을 식량을 남겨 두고는 마을로 돌아갔어. 나는 밤새 나무 위에 올라가 있었지.

하지만 코끼리는 한 마리도 보이지 않았어. 그런데 다음날 날이 밝기가 무섭게 엄청난 코끼리 떼가 몰려왔어. 화살을 여러 차례 쏜 끝에 마침내 한 마리가 쓰러지고 나머지 코끼리들은 도망을 갔어. 그래서 상인에게 가서 전리품에 대해 알렸지.

코끼리를 쓰러뜨렸다고 알리자 상인은 훌륭한 식사를 대접해 주고는 내 솜씨를 칭찬하며 어루만져 주었어. 우리는 함께 숲속으로 가서 코끼리를 묻을 구덩이를 팠어. 상인은 코끼리가 썩으면 상아를 가져다 장사를 할 계획이었지.

나는 두 달 동안 이 일을 하면서 매일 코끼리를 죽였어. 어느 때는 이 나무에, 어느 때는 저 나무에 올라가서 말이야. 그러던 어느 날 아침, 코끼리를 기다리고 있는데, 참으로 놀랍게도 코끼리들이 여느 때처럼 숲을 가로질러 지나가지 않고 멈추어 서더니 소름끼치는 소리를 질러대며 내게로 다가오는 것이 아니겠어! 그 숫자가 어마어마해서 평지가 코끼리들로 완전히 뒤덮였고 땅이 흔들렸지. 코끼리들은 코를 길게 늘어뜨리고 눈은 모두 나를 겨냥한 채 내가 숨어 있던 나무를 에워쌌어. 이런 경악스런 광경에 난 너무 무서워서 얼어붙은 채 활과 화살을 떨어뜨리고 말았지.

내가 무서워했던 데는 그만한 이유가 있었어. 코끼리들이 한동안 나를 노려보다가 그 중에서 가장 큰 놈이 긴 코로 나무 밑둥을 휘감더니 뽑아서 땅바닥에 내동댕이치는 게 아니겠어. 나는 나무와 함께 내팽개쳐졌지. 코끼리는 코로 나를 들어올린 다음 자기 등에 태우고 다른 코끼리들이 뒤따르는 가운데 언덕으로 데려가서는 나를 내려놓고 다른 무

"코끼리는 나무를 뿌리째 뽑아버렸어."

리들과 함께 물러갔어. 자리에서 일어난 나는 언덕을 온통 뒤덮은 코끼리 뼈와 상아를 보고 얼마나 놀랐는지 몰라. 나는 즉시 그곳이 코끼리들의 무덤임을 알 아차리고는 그들의 본능에 감탄했어. 그들은 내가 더 이상 코끼리들을 죽이지 못하도록 하기 위해 나를 그곳으로 데려간 거야. 내가 코끼리들을 죽인 것은 오직 상아를 얻기 위함이었으니까. 나는 언덕에서 내려와 도시로 향했어. 하룻 낮 하룻밤을 걸어 나의 주인인 상인의 집에 도착했지.

도중에 코끼리를 한 번도 마주치지 않아서 깊은 숲속으로 물러갔구나 생각 했어. 다시 언덕으로 돌아갈 때도 아무런 방해를 받지 않았지.

주인은 나를 보더니 기뻐서 어쩔 줄을 몰라 했어. "아, 가엾은 신밧드." 하고 그가 소리쳤지. "네가 어떻게 되었는지 알아보려고 아주 애를 썼단다. 숲으로 가보니 나무가 뽑혀 있고 활과 화살은 땅에 떨어져 있었지. 여기저기 너를 찾 았지만 도무지 행방을 알 수 없었단다. 그래서 다시 볼 수 없을 거라 생각했지. 대체 어떻게 된 것인지 얘기해 보거라. 어떤 요행으로 살아남았느냐?"

나는 내가 겪은 일에 대해 상세하게 얘기했지. 다음날 아침에 우리는 언덕 으로 다시 갔어. 그는 내 얘기가 모두 사실인 것을 알고 매우 기뻐했지. 우리 는 타고 간 코끼리에 상아를 잔뜩 싣고 돌아왔어. 집에 도착하자 그가 말했지. "신밧드, 우리는 부자가 되었을 뿐만 아니라 네 덕분에 많은 생명을 구할 수 있 게 되었구나. 지금까지 상아를 얻기 위해 수많은 노예들이 죽었단다. 지금부터 는 넌 더 이상 노예가 아니다. 네가 원하는 것이 있으면 무엇이든 말해 보거라. 하느님이 위대한 일을 하도록 널 선택한 것이 분명하니까."

이 친절한 말에 내가 대답했지. "제가 한 일에 대해 보답을 해 주시려거든 저에게 자유를 주십시오. 주인님을 부자로 만들어드린 데 대한 대가로 원하는 것은 제 고향으로 돌아가는 것 외에는 아무것도 없습니다."

"잘 알겠느니라." 하고 그가 말했지. "계절풍이 불면 배가 상아를 실으러 올

거다. 그때 널 고향으로 보내주마. 그리고 집으로 가는 경비로 사용할 수 있는 것을 주마."

나는 나에게 자유를 주고 친절을 베풀어 준 것에 대해 다시 한 번 고마움을 표시했지. 계절풍을 기다리며 그의 집에서 묵는 동안 우리는 몇 차례 언덕을 다녀와서 창고가 상아로 가득 찼어. 우리와 거래를 한 다른 상인들도 언덕에서 상아를 가져갔지. 그 비밀을 오랫동안 그들에게 숨길 수는 없었으니까.

마침내 배가 도착하자 주인은 내가 탈 배를 직접 골라준 후 그 배에 내 몫으로 배가 거의 반이 찰 정도로 많은 상아를 실어 주고는, 항해하면서 먹을 식량도 풍족히 실어 주었어. 게다가 아주 값이 비싼 그 나라의 특산품도 내게 안겨 주었지. 나는 거듭해서 고마움을 표시하고 아쉬운 작별을 하고 출발했어.

도중에 우리는 신선한 식량을 구하기 위해 몇몇 섬에 들렀지. 배가 인도 제국 본토에 있는 항구에 다다르자 우리는 그곳에 정박했어. 나는 바다를 통해 부소라에 가고 싶지 않았기 때문에 육로로 여행할 결심을 하고 내 몫의 상아를 모두 배에서 내렸어. 그리고는 상아를 팔아 큰돈을 벌어 선물용으로 진귀한 물건들을 샀지. 마차가 준비되자 나는 상인들과 함께 출발했어. 긴 여행에 고생을 많이 했지만 바다와 해적과 뱀과 또 그때까지 겪었던 온갖 위험에 비하면 아무것도 아니라고 생각하면서 참고 견디었지.

마침내 이 모든 고생이 끝나고 안전하게 바그다드에 도착했어. 나는 즉시 칼리프를 찾아뵙고 그때까지의 경과에 대해 보고를 했지. 칼리프는 내가 오랫동안 돌아오지 않아 걱정을 많이 했다고 하면서 하느님이 나를 지켜 주길 항상 기원했다고 했어. 내가 코끼리들에 관한 얘기를 하자 무척 놀라워하면서 나의 진실함을 알지 못했더라면 그런 얘기는 믿지 않았을 거라고 했지. 그는 코끼리들의 이야기와 내가 들려준 다른 이야기들을 매우 신기해하더니 서기書記를 불러 금 글자로 기록하게 하고는 그것을 금고에 보관했어. 나는 예의바른 접대를 받고, 칼리프가 준 선물까지 받아들고 아주 흡족한 마음으로 집으로 돌아왔지. 그 후부터는 오직 가족과 친척과 친구들에게 헌신하며 살아왔어.

신밧드는 일곱 번째이자 마지막 항해에 대한 이야기를 여기서 마치고 힌드밧드에게 말했다. "이보게, 친구. 나처럼 이렇게 많은 고생을 했거나 나처럼 수많은 우여곡절을 겪은 사람에 대해 들어본 적이나 있나? 이처럼 많은 고생을 했으니 이제 평화롭고 즐거운 삶을 누려야 마땅하지 않겠나?"

힌드밧드는 신밧드에게 다가가 존경의 표시로 그의 손에 입을 맞추고는 신밧드가 겪은 모험에 비하면 자신이 겪고 있는 고생이 얼마나 하찮은 것인지를 알겠다고 말했다.

신밧드는 이번에도 100시퀸을 주며 날마다 식탁에 힌드밧드를 위한 자리를 마련해 두겠다고 하면서, 언제든지 뱃사람 신밧드의 우정에 기대라고 말했다.

"서기에게 그 모험담을 기록하라고 명했지."

9장
아메드 왕자와 페리 바누 요정 이야기

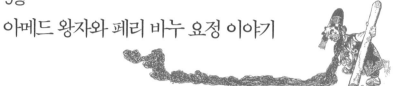

세 아들과 조카딸이 있는 인도 황제가 있었다. 그들은 황실의 꽃이었다. 장남의 이름은 후세인, 둘째 왕자는 알리, 셋째 왕자는 아메드, 그리고 조카딸은 누로니하르라 불렸다.

누로니하르는 어릴 때 아버지를 잃고 황제의 손에서 자랐다. 그런데 이제 어엿한 숙녀가 되었기 때문에 황제는 그녀를 마땅한 왕자에게 시집을 보낼 생각을 하고 있었다. 누로니하르는 매우 아름다웠기 때문에 황제의 생각이 알려지자 왕자들은 각자 황제를 찾아와 자기가 공주를 사랑하니 결혼을 하고 싶다고 말했다. 이에 황제는 고민에 빠졌다. 왕자들이 서로 시기와 질투를 할 것이기 때문이었다. 그래서 황제는 왕자들을 한 명씩 불러서 누로니하르가 남편을 선택하면 영원히 그에 따르라고 설득하였으나 아무도 순순히 따르려 하지 않았다. 왕자들은 하나같이 완고했기 때문에 황제는 세 왕자를 한자리에 불러놓고 말했다.

"내 아들들아, 너희들이 하나같이 너희 사촌과 결혼을 하고 싶어 하는데, 그

황제는 왕자들을
한 명씩 불렀다.

고집을 꺾을 수가 없고, 내 권위를 이용하여 너희 중 한 사람을 골라 누로니하르를 주고 싶지도 않으므로 너희들 모두가 만족할 만하고 또한 너희들 간의 형제애를 상하지 않게 할 한 가지 방법을 생각해 냈단다. 그러니 내 충고를 따르기 바란다. 내 생각에는 너희들이 서로 부딪히지 않도록 각자 떨어져서 다른 나라로 여행을 하는 것도 나쁘지 않을 것 같구나. 너희들도 알다시피 나는 호기심이 매우 많아서 특이하고 희귀한 것들을 좋아한단다. 그러니 너희 중 가장 희귀한 물건을 가져오는 사람이 공주와 결혼을 하도록 해주겠다.”

　세 왕자는 각자 자기에게 행운이 떨어지길 기대하면서 이 제안을 받아들였고 황제는 그들에게 여행 경비를 주었다. 다음날 이른 아침, 그들은 상인으로 변장하여 도시를 출발하였다. 그들은 각자 믿을 만한 하인을 데리고 같은 문으로 나가 하루 동안 함께 여행을 했다. 그리고는 밤에 숙소에서 묵으면서 1년 후

같은 장소에서 함께 만나기로 약속했다. 그들은 작별인사를 한 후 다음날 아침 일찍 각자 다른 곳을 향해 출발했다.

비즈나가르 왕국이 경이로울 정도로 거대하고 강력하고 풍요로우며 화려하다는 이야기를 들은 장남 후세인 왕자는 인도 해안을 향해 출발했다. 사막과 메마른 산을 넘기도 하고 가끔은 번화하고 비옥한 고장을 지나 세 달을 여행한 끝에 비즈나가르 왕국의 수도이자 마하라자 왕이 거주하는, 왕국의 이름과 똑같은 도시 비즈나가르에 당도했다. 후세인 왕자는 외국 상인들을 위한 숙소에 묵었다. 그는 수도에 온갖 부류의 상인들이 가게를 운영하는 네 개의 주요 구역이 있으며, 그 중앙에 세 개의 정원과 서로 10킬로미터 떨어져 있는 문들이 있는 마하라자 왕의 궁전이 자리 잡고 있다는 사실을 듣고 다음날 아침 그 네 구역 중 한 곳으로 갔다.

그곳은 아주 넓은 곳으로, 여러 개의 거리로 나뉘어져 있었으며 아치형의 지붕이 있어 햇빛을 차단하도록 되어 있으면서도 매우 밝았다. 가게들은 모두 크기와 규모가 같았으며, 같은 상품을 파는 상인들은 모두 같은 거리에서 살았다. 또한 같은 직종을 가진 장인들 또한 같은 거리에서 살았다.

후세인 왕자는 그곳에서 파는 상품들의 다양함과 화려함에 놀랐다. 이 거리 저 거리를 구경한 왕자는 더욱더 놀랐다. 세계 각국의 상품들을 도처에서 볼 수 있었기 때문이다. 비단과 도자기 제품과 잔뜩 쌓여 있는 보석들로 보아 그곳 사람들이 매우 부유하다는 사실을 알 수 있었다. 후세인 왕자가 특히 감탄한 것은 거리를 가득 메운 수많은 꽃 장수들이었다. 인도 사람들은 꽃을 매우 좋아했기 때문에 하나같이 손에 꽃다발을 들고 다니거나 머리에 화환을 쓰고 다녔으며, 상인들은 꽃이 핀 화분들을 진열해 놓고 있어서 그 지역 전체의 공기가 꽃향기로 가득했다.

후세인 왕자가 거리를 모두 둘러보았을 때 한 상인이 지친 걸음으로 지나가는 왕자를 보고 자기 가게로 들어와 앉으라고 청했다. 얼마 후 한 행상인이 양탄자 값으로 40냥이라고 외치며 양탄자 하나를 가지고 지나갔다. 0.5제곱미터 정도밖에 되지 않는 양탄자의 가격에 왕자는 깜짝 놀랐다.

"분명히, 그 양탄자에 매우 특별한 점이 있겠지요. 너무 누추하게 보여서 겉으로는 알 수 없지만 말입니다." 하고 왕자가 말했다.

"바로 알아맞혔습니다, 나리." 하고 행상인이 대답했다. "그걸 알면 갖고 싶

행상인이 양탄자 값으로
40냥이라고 외치며 지나갔다.

으실 겁니다. 이 양탄자 위에 앉으면 원하는 곳이 어디든지 눈 깜짝할 사이에 갈 수 있답니다. 어떤 장애물이 있어도 피해서 말입니다."

왕자는 공주와 결혼할 수 있는 진기한 물건을 발견해서 너무도 기뻤다. "만약에 이 양탄자에 그런 특별한 능력이 있다면 당장 사겠소." 하고 그가 말했다.

"나리, 제가 한 말은 모두 사실이랍니다. 직접 확인해 드리겠습니다. 양탄자를 펼칠 것이니 일단 우리 둘이 같이 양탄자에 앉은 다음 나리의 숙소에 있는 방으로 가고 싶다는 생각을 해 보십시오. 양탄자가 우리를 그곳으로 데려가지 않으면 사지 않으셔도 됩니다." 하고 행상인이 대답했다.

확신에 찬 행상인의 말에 왕자는 그 조건을 받아들이기로 했다. 그리고는 가게 주인의 허락을 얻어 가게 뒤쪽으로 가서 양탄자를 펼치고 그 위에 상인과 같이 앉았다. 그런데 왕자가 숙소에 있는 방으로 가고 싶다는 생각을 하자마자 상인과 함께 그곳으로 가 있지 않은가. 그것이 특별한 양탄자라는 증거가 더 이상 필요 없었으므로 왕자는 행상인에게 양탄자 값으로 금화 40냥을 준 후 20전을 더 주었다.

이렇게 해서 후세인 왕자는 양탄자를 손에 넣게 되었다. 그는 아버지에게 가져갈 진기한 물건을 그렇게 쉽게 구하게 되어 너무도 기뻤다. 마음만 먹으면 동생들과 헤어졌던 숙소로 가볼 수도 있는 일이었지만 동생들이 아직 돌아오지 않았을 터이므로 도시를 둘러보며 그곳 사람들의 관습과 생활방식에 대해 알아보기로 했다. 그는 다양한 건물들을 둘러보기도 하고 그곳에서 열리는 다양한 행사들을 구경하면서 많은 정보를 얻었다. 그리하여 수많은 힌두교 신자들이 참여하는 경건한 축제도 구경했는데, 시야가 닿는 곳 아득히 멀리까지 펼쳐진 거대한 평원과 거기에 늘어선 다양한 색깔의 천막에서 야영하는 사람들의 모습이 장관을 이루었다. 또한 마하라자 왕의 궁전을 구경할 때는 그 호화로움에 감탄했다. 이러한 모든 것들로 인해 왕자는 비즈나가르에 묵는 것이 즐거웠지만, 가장 애틋하게 사랑하는 누로니하르와 조금이라도 더 가까이 있고 싶었다. 그는 신기한 양탄자로 그녀를 신부로 맞이할 수 있다고 확신했다. 그래서 비즈나가르에 더 오래 머물 수도 있었음에도 숙소에 숙박비를 치른 후 방바닥에 양탄자를 펼치고 즉시 하인과 함께 그들이 출발했던 만남의 장소로 이동했다.

두 번째 왕자인 알리 왕자는 사막을 건너는 대상大商의 대열에 합류했다. 그들은 4개월이 지나 당시 페르시아 제국의 수도였던 쉬라즈에 도착했다. 왕자는 여행을 하는 동안 몇몇 보석 상인들과 친구가 되어 같은 숙소에 묵었다.

숙소에 도착한 다음날 아침, 알리 왕자는 숙소가 있는 지역에서 팔고 있는 값비싼 물건들을 살펴보기 시작했다. 물건들의 화려함에 왕자는 놀랐다. 그는 감탄을 하며 이 거리 저 거리를 돌아다녔다. 하지만 그를 가장 놀라게 한 것은 상아 대롱을 손에 들고 이리저리 다니면서 금화 40냥이라고 외치는 행상인이었다. 알리 왕자는 그 행상인이 미쳤다는 생각이 들었지만 그 대롱이 왜 그리 비싼 것인지 알고 싶었다.

왕자가 묻자 행상인이 대답했다. "나리, 이 대롱에는 유리가 달려 있답니다. 그 유리를 통해 보면 보고 싶은 것이 무엇이든 다 보인답니다."

행상인이 대롱을 내밀며 살펴보라고 권했다. 왕자는 아버지가 보고 싶다고 생각하면서 유리를 들여다보았다. 그런데 놀랍게도 황제가 회의실에 있는 왕좌에 아주 건강한 모습으로 앉아 있는 모습이 보이는 것이 아닌가. 이번에는 누로니하르 공주가 보고 싶다는 생각을 하자 친구들에게 둘러싸여 웃으며 앉아 있는 그녀의 모습이 즉시 나타났다.

이를 보자 알리 왕자는 그 대롱이 쉬라즈에서는 물론이고 세계 어디에서도 볼 수 없는 아주 진기한 물건이라는 확신이 들었다. 그리고 그 대롱을 사지 않

으면 그와 같은 진기한 물건을
다시는 찾지 못할 거라는 생각
이 들었다. 그래서 행상인에게
이렇게 말했다. "40냥에 이 대
롱을 사겠소."

그리고는 행상인을 숙소로 데
려가 돈을 주고 대롱을 받았다.

알리 왕자는 대롱을 산 것이
너무도 기뻤다. 형제들이 그와
같은 진기하고 감탄할 만한 물
건을 찾지 못할 것이므로 누로니하
르 공주가 그의 여행과 노고에 대한

알리 왕자는
그 대롱이 진기한 물건임을 확신했다.

보상으로 주어지리라는 확신이 들었기 때문이다. 그는 함께 온 대상들이 다시
돌아갈 때를 기다리는 동안 페르시아 궁전을 둘러보고 도시 근처에 있는 온갖
진기한 것들을 구경하였다. 대상들이 돌아갈 준비가 되자 그는 대상들과 함께
무사히 만남의 장소에 도착했다. 그곳에서는 후세인 왕자가 먼저 와서 기다리
고 있었다. 두 왕자는 아메드 왕자를 함께 기다렸다.

아메드 왕자는 사마르칸트로 향했다. 그곳에 도착한 다음날 그는 도시를 걷
다가 인조 사과 하나를 손에 들고 금화 35냥이라고 외치는 한 행상인을 보았
다. "그 사과 좀 봅시다." 하고 왕자가 말했다. "대체 얼마나 특별한 사과이기
에 가격이 그리 비싼 것이오?"

"나리," 하고 행상인이 사과를 왕자의 손에 쥐어주며 대답했다. "보기엔 별
로 특별한 점이 없어 보이지만 이 사과가 가지고 있는 특징과 효능과 사람들에

"그 사과 좀 봅시다."

게 가져다줄 이득을 생각하면 값을 매길 수가 없답니다. 이 사과를 가지는 사람은 대단한 보물을 지니게 되는 셈이랍니다. 질병에 걸린 사람을 치료해 주는 효과가 있거든요. 그것도 환자가 이 사과 냄새만 맡으면 치료가 된답니다."

"그 말이 사실이라면, 이 사과가 지닌 효능은 참으로 대단하니 아주 가치 있는 것이군요. 하지만 당신의 말이 사실인지 어떻게 알 수가 있단 말이오?" 하고 왕자가 대답했다. "나리, 그것은 사마르칸트 도시 전체가 아는 사실입니다." 하고 행상인이 대답했다.

행상인이 아메드 왕자에게 인조 사과의 진기한 효능에 대해 설명하고 있을 때 많은 사람들이 주위로 몰려들어 그 말이 사실이라고 확인해 주었다. 그 때 그들 중 한 사람이 친구가 위급한 병에 걸려 생명이 위태로운데 사과의 효능을 시험해 볼 좋은 기회라고 말했다. 이에 아메드 왕자는 사과 냄새를 맡아 병든 환자가 치료가 된다면 사과 값으로 40냥을 주겠다고 행상인에게 말했다.

그러자 행상인이 아메드 왕자에게 말했다. "좋습니다, 나리. 가서 시험해 봅시다. 사과는 나리 것이 될 것입니다." 시험은 성공했다. 왕자는 행상인에게 40냥을 주고 사과를 받아들고 인도를 향해 대상들이 출발하기를 조바심을 내며 기다렸다. 기다리는 동안 왕자는 사마르칸트와 주변에 있는 진기한 것들을 구경했다. 마침내 대상들이 출발하자 그는 대상과 합류하여 후세인 왕자와 알리 왕자가 그를 기다리고 있는 약속 장소에 무사히 도착했다.

아메드 왕자가 나타나자 세 왕자는 서로 다정하게 부둥켜안고 다시 만난 것을 매우 기뻐했다. 후세인 왕자가 말했다. "아우들아, 우리의 여행담에 대한 이야기는 뒤로 미루고 지금 당장 각자 어떤 진기한 물건을 가져왔는지 서로 보여주자. 그리고 우리끼리 평가해 본 다음 아버지가 어떤 물건을 고를지 알아 맞춰 보자. 내가 먼저 말할게. 비즈나가르 왕국에서 내가 가져온 진기한 물건은 바로 지금 내가 앉아 있는 이 양탄자야. 보기에는 평범해서 특별한 점이 없어 보이지만 놀랄만한 기능이 있지. 그 위에 앉아 가고 싶은 곳을 생각하면 어디든지 즉시 데려다 주거든. 40냥을 지불하기 전에 직접 시험해 봤는데, 그 돈이 아깝지 않았어. 이제 너희들이 가져온 물건이 이 양탄자에 버금가는 것인지 말해 봐."

다음에는 알리 왕자가 말했다. "형이 가져온 양탄자는 정말 훌륭해. 하지만 형이 그렇듯이 나도 내가 산 물건이 매우 마음에 들어. 바로 상아 대롱이야. 나도 40냥을 주고 샀어. 특별한 점이 없어 보이지만 대롱을 들여다보면 자기가 원하는 것을 볼 수 있어. 아무리 멀리 있는 것이라도 말이야. 자, 직접 한번 봐봐."

후세인 왕자는 누로니하르 공주를 볼 생각을 하면서 알리에게서 상아 대롱을 받아들었다. 그를 지켜보고 있던 알리와 아메드 왕자는 후세인의 표정이 두려움과 고통으로 일그러지는 모습을 보고 깜짝 놀랐다. 후세인 왕자가 외쳤다.

"아아! 아우들아, 대체 뭣 때문에 우리가 그토록 길고도 힘든 여행을 했단 말이냐. 아름다운 누로니하르를 얻고자 하는 희망에서 그리하지 않았더냐. 그런데 얼마 후면 그 사랑스런 공주가 마지막 숨을 거두게 되었구나. 공주가 침대에 누워 있고 여자들이 마치 그녀의 죽음을 예상하듯이 눈물을 흘리며 침대 주위를 에워싸고 있구나. 대롱을 가져가 공주의 비참한 상태를 직접 보거라. 그리고 나의 눈물에 너의 눈물을 섞으렴."

알리 왕자는 후세인에게서 대롱을 받아들고 똑같은 광경을 보고는 슬픈 표정으로 아메드에게 대롱을 건넸다. 아메드 역시 모두를 근심에 빠트린 우울한 광경을 보았다.

그는 알리에게서 대롱을 받아들고 누로니하르의 임종이 임박한 광경을 보고는 두 형에게 말했다. "형들, 누로니하르 공주가 이제는 죽음의 문턱 앞에 있어. 하지만 서두르면 그녀의 목숨을 구할 수 있을지도 몰라."

그러고 나서 아메드 왕자는 가슴에서 인조 사과를 꺼내 들고 말했다. "이 사과는 양탄자나 상아 대롱과 같은 값을 주고 샀는데, 병을 치료하는 효과가 있어. 병든 사람이 이 사과 냄새를 맡으면 임종의 고통 속에 있는 사람이라 하더라도 즉시 온전하게 건강을 되찾을 수 있어. 직접 시험해 봤지. 서둘러서 공주에게 가면 그 신기한 효능을 보여 줄 수 있어."

"내 양탄자를 타고 가면 무엇보다도 빨리 누로니하르의 방에 도착할 수 있어." 하고 후세인 왕자가 말했다. "자, 시간을 낭비하지 말고 어서 앉아. 우리 모두가 앉아도 충분한 크기니까."

알리와 아메드 왕자는 후세인 옆에 앉았다. 그들의 관심사는 모두 같았으므로 모두 똑같은 소원을 빌자 금세 누로니하르 공주의 방에 도착했다.

갑자기 세 왕자가 나타나자 방 안에 있던 하녀들은 당황해했다. 어떤 마법으로 인해 남자 셋이 갑자기 그들 사이에 있게 된 것인지 이해할 수가 없었다.

콧구멍에 사과를 가져다 댔다.

처음에는 세 왕자를 알아보지 못했던 것이다.

아메드 왕자는 누로니하르의 방에 도착하여 죽어가는 공주를 보자 즉시 양탄자에서 침대로 다가가 콧구멍에 사과를 가져다 댔다. 그러자 공주가 눈을 뜨더니 마치 푹 자고 일어난 것처럼 평소와 다름없이 아무런 거리낌 없이 옷을 입혀 달라고 말했다. 하녀들은 누로니하르 공주에게 건강을 갑자기 되찾게 된 것에 대해 사촌인 세 왕자들에게, 특히 아메드 왕자에게 고마워해야 한다고 알려 주었다. 공주는 사촌들을 보고 매우 기뻐하며 모두에게 고마움을 표시했다. 특히 아메드 왕자에게는 거듭해서 고맙다는 말을 덧붙였다. 공주가 옷을 갈아입고 싶어 했기 때문에 왕자들은 서둘러서 공주가 건강을 되찾은 것에 대해 기쁨을 표시하고 방에서 나왔다.

공주가 옷을 갈아입는 동안 왕자들은 황제를 만나러 갔다. 황제는 그들이 갑자기 도착한 사실과 어떻게 해서 공주가 갑자기 회복이 되었는지를 이미 알고 있었다.

황제는 왕자들을 보고 그들이 돌아온 것에 대해서, 그리고 의사들도 포기한 공주가 신기하게도 병이 나은 것에 대해 매우 기뻐하며 아들들을 포옹했다. 관례적인 인사말을 한 후 왕자들은 각자 자신들이 가져온 진기한 물건들을 내놓았다. 후세인 왕자는 양탄자를, 알리 왕자는 상아 대롱을, 그리고 아메드 왕자는 인조 사과를.

왕자들은 각기 자신의 진기한 물건을 황제의 손에 건네면서 자랑을 늘어놓은 후, 그들의 운명에 대해 결정해 달라고 하면서 약속한 대로 누구에게 누로니하르 공주를 시집보낼 것인지를 발표해 달라고 요청했다.

인도 황제는 왕자들이 한 얘기를 모두 들은 후 대답할 말을 생각하면서 한참 동안 침묵을 지켰다. 그러다가 마침내 매우 신중하게 말을 꺼냈다. "내 아들들아, 내가 공정하게 할 수만 있다면 너희 중 한 명을 선택하겠다만, 내가 그럴 수 있을까? 아메드, 공주가 네 사과 때문에 병이 나은 것은 사실이다. 하지만 이걸 물어보마. 알리의 대롱을 통해 공주가 위급하다는 사실을 알지 못했다면, 그리고 후세인의 양탄자를 타고 그렇게 신속하게 올 수 없었더라면 공주를 치료할 수 있었을까? 알리, 너의 상아 대롱 덕택에 너와 네 형제들은 공주가 위태롭다는 사실을 알 수 있었고 그 점에 대해 공주는 매우 고마워하고 있다. 하지만 너 또한 이 점을 인정해야 하느니라. 사과와 양탄자가 없었더라면 위태롭다는 사실을 알았어도 아무런 소용이 없었을 것이라는 점을 말이다. 후세인, 만일 공주가 너의 양탄자의 가치를 제대로 알아보지 못했다면 참으로 배은망덕한 일이다. 병을 치료하는 데 없어서는 안 될 수단이었으니까. 하지만 생각해보거라. 알리의 대롱을 통해 공주가 아프다는 사실을 알지 못했더라면, 그리고 아메드가 사과로 치료해 주지 않았더라면 양탄자는 아무 소용도 없었을 것이다. 그러니 양탄자도, 상아 대롱도, 인조 사과도, 그 어느 것도 다른 물건에 비해 중요하지 않은 것이 없으니 공주를 너희 중 한 명에게 줄 수가 없구나. 너희들이 이번 여행을 통해 얻은 유일한 결실은 공주의 건강을 회복시키는데 똑같이 공헌하는 영광을 가졌다는 점이다. 사정이 이러하므로 불가피하게 다른 방법을 통해 결정을 해야겠구나. 지금부터 밤이 되기 전까지 충분한 시간이 있으므로 오늘 결정하도록 하겠다. 각자 가서 활과 화살을 하나씩 가지고 말들이 운동하는 평지로 나오너라. 나도 곧 따라가마. 가장 멀리 화살을 쏘는 사람에게 누로니하르 공주를 주도록 하겠다."

세 왕자는 황제의 이러한 결정에 대해 아무런 불만이 없었다. 황제에게서 물러나온 왕자들은 각자 활과 화살을 가지고 약속한 평지로 갔다. 수많은 사람들이 그 뒤를 따랐다.

황제는 그들을 오래 기다리게 하지 않았다. 황제가 도착하는 즉시 장남인 후세인 왕자가 활과 화살을 들고 맨 먼저 활을 쏘았다. 다음에는 알리 왕자가 활을 쏘아 후세인을 앞질렀다. 마지막으로 아메드 왕자가 활을 쏘았다. 그런데 그의 화살이 떨어진 곳을 본 사람이 아무도 없었다. 왕자 자신과 구경꾼 모두가 나서서 찾아봤지만 화살을 찾을 수가 없었다. 아메드 왕자가 가장 멀리 쏘았을 것으로 생각되었지만 화살을 찾을 수 없었으므로 황제는 알리 왕자를 승자로 정하고 결혼식을 엄숙하게 거행할 준비를 하라고 명했다. 며칠 후 결혼식이 성대하게 치러졌다.

후세인 왕자는 결혼식에 참석하지 않으려 했다. 그는 누로니하르 공주가 알리 왕자와 결혼하는 것을 차마 볼 수가 없었다. 그의 말에 따르면, 공주와 결혼할 자격에 있어서나 공주를 사랑하는 점에 있어서 알리 왕자는 그보다 못했으니까 말이다. 결국, 그는 슬픔이 극도에 달해 궁전을 떠나 왕위 계승자로서의 권리를 모두 버리고 수도승이 되어, 모범적인 삶으로 큰 명성을 얻은 유명한 지도자 밑으로 들어가 버렸다.

아메드 왕자 또한 후세인 왕자와 똑같은 심정이어서 알리 왕자와 누로니하르 공주의 결혼식에 참석하지 않았다. 그러나 후세인처럼 세상을 버리지는 않았다. 그는 자신이 쏜 화살이 어떻게 되었을지 짐작이 가지 않았으므로 나중에 후회할 일이 없도록 직접 찾아보기로 결심했다. 이런 생각을 하며 그는 후세인과

후세인 왕자는 궁궐을 떠났다.

알리 왕자의 화살이 떨어졌던 자리까지 가서 그곳에서부터 양쪽을 살피며 앞으로 나아갔다. 상당히 멀리까지 갔는데도 화살이 없자 더 이상 찾아봐도 소용이 없다는 생각이 들기 시작했다. 그럼에도 아메드는 포기할 수가 없었다. 마침내 그는 가파르고 험준한 바위들이 있는 곳에 이르렀다. 바위들은 길을 완전히 가로막고 있었다.

그런데 놀랍게도 바로 거기에, 그러니까 바위 아래쪽에 그의 것으로 보이는 화살이 있지 않은가.

그는 중얼거렸다. "분명히 나도, 그리고 그 어떤 인간도 이렇게 멀리까지 활을 쏠 수는 없어. 운명의 여신이 내 인생에 있어서 가장 큰 행복이라고 생각한 것을 빼앗아가는 대신에 그에 대한 보상으로 내게 위로가 될 더 큰 축복을 예비해 놓았을지도 몰라."

바위에는 여기저기 많은 구멍들이 있었다. 왕자는 그중 한 구멍으로 들어가서 두리번거리다가 철문 하나를 발견했다. 잠겨 있을 것 같았는데 밀치자 문이 열리면서 아래로 내려가는 완만한 계단이 나타났다. 왕자는 화살을 손에 들고 아래로 내려갔다. 처음에는 어두운 공간으로 내려가고 있다고 생각했는데 곧이어 바깥에서 보았던 빛과는 완전히 다른 한 줄기의 빛이 보였다. 널따랗고 네모난 공간으로 들어서자 웅장한 궁전이 보였다. 그 순간 위엄 있고 빼어나게 아름다운 한 여인이 하나같이 화려하게 차려입은 여인들을 거느리고 앞으로 다가왔다.

아메드 왕자는 여인을 보자마자 경의를 표했다. 그러자 여인이 왕자를 보며 말했다. "어서 오시오, 아메드 왕자, 잘 왔어요."

아메드 왕자는 자신의 이름이 불려서 깜짝 놀랐다. 하지만 낮게 절을 하고는 커다란 홀로 따라 들어갔다. 여인은 소파에 앉더니 왕자에게 자기 옆에 앉으라고 청하고는 말했다.

"어서 오시오, 아메드 왕자, 잘 왔어요."

"내가 당신을 알아서 놀랐을 거예요. 하지만 내가 누군지 모르진 않겠지요. 세상에는 인간들뿐만 아니라 요정들도 산다고 코란에 쓰여 있으니까요. 나는 이런 요정들 중에서도 가장 강력하고 뛰어난 요정의 딸이랍니다. 내 이름은 페리 바누예요. 당신의 사랑과 여행에 대해 모두 알고 있어요. 사마르칸트에서 당신이 산 인조 사과와, 후세인 왕자가 비즈나가르에서 산 양탄자, 그리고 알리 왕자가 쉬라즈에서 산 상아 대롱은 모두 내가 팔려고 내놓았으니까요. 이만하면 당신에게 일어난 모든 일을 내가 알고 있다는 걸 아시겠죠. 내가 보기에 당신은 누로니하르 공주를 갖는 것보다 더 큰 행복을 누릴 자격이 있어요. 그런데 당신이 공주를 얻게 될 것 같아 당신이 쏜 화살을 당신이 찾은 그곳으로 가져다 놓은 거예요. 당신은 행복할 수 있는 절호의 기회를 잡을 수 있는 능력이 있어요."

아메드 왕자는 아무런 대답 없이 요정의 옷자락에 입을 맞추려고 무릎을 꿇었다. 하지만 요정은 옷자락에 입 맞추는 것을 허락하지 않으면서 손을 대신 내밀었다. 왕자는 요정의 손에 수천 번 입을 맞추고는 자기 손으로 요정의 손을 꼭 잡았다. 요정이 말했다. "아메드 왕자님, 내가 당신에게 맹세하듯이 당신도 나에게 충실할 것을 맹세하나요?"

"네, 요정님," 하고 왕자가 황홀한 기쁨에 취해 말했다. "이보다 더 큰 행운이 어디 있으며 또 이보다 더 기쁜 일이 어디 있겠습니까?"

"그렇다면, 이제 당신은 나의 남편이고 나는 당신의 아내가 되었어요. 우리 요정들 사이에서 결혼은 다른 의식이 없이 이루어지지만 온갖 형식을 갖춘 인간들의 결혼보다 더 견고하답니다." 하고 요정이 대답했다. 그러고 나서 페리 바누 요정은 아메드 왕자를 데리고 호화로운 궁전을 돌며 그곳을 소개해 주었다. 궁전에는 왕자를 즐겁게 하는 것들이 많았다.

마침내 요정은 결혼 연회가 펼쳐지는 화려한 방으로 왕자를 안내하고 성대한 식사를 준비하라고 명했다. 왕자는 다양하고 아주 맛이 좋은 요리들을 보고 감탄했다. 요리들은 대부분 왕자가 처음 먹어보는 음식이었다. 식사를 하는 동안 음악이 울려 퍼졌으며 후식을 먹은 후에는 수많은 요정들이 나와 춤을 추었다. 날마다 전날보다 더욱더 새롭고 흥미로운 오락이 펼쳐졌다. 요정이 이처럼 오락을 제공한 것은 왕자에게 자신의 진실한 사랑을 증명해 보이기 위해서였을 뿐만 아니라, 왕자가 아버지의 궁전에 있을 때보다 요정과 있을 때 그 어느 것에도 비할 바 없는 행복을 누릴 수 있다는 것을 보여주고, 또한 왕자가 요정에게 애정을 갖도록 하기 위함이었다. 그 점에 있어서 요정의 시도는 성공적이었다.

6개월이 지나자 자신의 아버지인 황제를 사랑하고 존경하는 아메드 왕자는 아버지의 안부가 몹시 궁금해졌다. 이러한 바람을 왕자가 말하자 요정은 왕자가 그것을 구실 삼아 자신을 떠날까 두려워서 그런 생각은 떨쳐 버리라고 애원했다.

왕자가 대답했다. "내가 가는 것을 당신이 반대하니 나의 바람을 접어 두겠소. 당신을 기쁘게 하는 것보다 더 중요한 일은 없으니까."

그 말을 듣고 요정은 매우 기뻐하였다. 하지만 왕자는 아버지가 자기가 죽었다고 생각할까봐 슬펐다.

왕자가 추측한 대로, 인도의 황제는 알리 왕자와 누로니하르 공주가 결혼해서 기뻤지만 다른 한편으로는 두 왕자가 결혼식에 참석하지 않아 마음이 매우 아팠다. 얼마 후 황제는 후세인 왕자가 세상을 등지기로 결심하고 은둔했다는 소식을 들었다. 황제는 아메드 왕자를 찾으려 온갖 노력을 다했다. 그는 총독들에게 아메드 왕자를 보거든 잡아서 궁전으로 돌려 보내라는 명령을 내리고 자신이 다스리는 왕국 곳곳에 선발대를 파견하였다. 하지만 백방으로 애를 써도 왕자를 찾을 수가 없었다. 그리하여 왕의 고통은 줄어들기는커녕 점점 더 커져만 갔다.

그는 재상을 불러 이렇게 말했다. "재상, 아들 중에서도 아메드 왕자를 내가 가장 사랑한다는 것은 재상이 알 것이오. 그대의 위로가 없다면 내 슬픔이 너무 커서 그 무게에 눌려 죽을 것만 같소. 어찌하면 좋을지 얘기해 주시오." 황제의 마음을 위로해 줄 방법을 생각하던 재상은 경이로운 일을 행한다고 들은 바가 있는 한 마법사를 생각해 냈다. 그는 황제에게 그 마법사를 불러 의논해 보라고 제안하였다. 그리하여 마법사가 황제의 앞에 불려오게 되었다.

황제가 그녀에게 물었다. "너의 기술과 기량으로 아메드 왕자가 어찌 되었는지 말해 줄 수 있겠느냐? 그가 살아 있다면 어디에 있느냐? 다시 그를 볼 수 있다는 희망을 품어도 되겠느냐?"

그러자 마법사가 대답했다. "폐하, 저로서는 그에 대해 지금 당장 대답해 드리기가 어렵습니다. 하지만 내일까지 시간을 주신다면 알아보도록 하겠습니다."

황제는 마법사에게 시간을 허락하며 많은 보상을 해 주겠노라고 약속했다.

다음날 마법사가 돌아와서 말했다. "폐하, 아메드 왕자님께서 살아 계시다는 것만 알 수 있을 뿐 어디에 계시는지는 알아내지 못했습니다."

인도 황제는 그 대답에 만족할 수밖에 없었다. 하지만 왕자가 어떤 상황인지를 알 수 없었기 때문에 이전과 마찬가지로 안절부절못했다.

한편, 아메드 왕자는 페리 바누 요정에게 아버지를 방문하게 해 달라는 부탁을 다시는 하지 않았지만 황제에 관해서 요정에게 종종 얘기하곤 했다. 그래서 요정은 왕자가 아직도 아버지를 보고 싶어 한다는 것을 알았다. 어느 날 요정이 왕자에게 말했다. "왕자님, 이제 당신의 변하지 않는 사랑을 아니까 가도록 허락해 드릴게요. 다만, 빨리 돌아온다고 맹세해 주세요. 한 가지 충고해 드릴게요. 아버지께는 우리가 결혼했다는 사실을 말하지 마세요. 그리고 내가 누구인지도, 우리가 어디에 사는지도 말해서는 안 돼요. 왕자님이 행복하게 살고 있다는 사실을 아는 것만으로 만족하시라고 아버지께 말씀드리세요. 아버지를 찾아뵌 것은 아무 사고 없이 잘 살고 있으니 안심하라고 말하기 위해서일 뿐이라고 말이에요."

아메드 왕자는 이 말을 듣고 매우 기뻐했다. 그는 20명의 마부를 이끌고 최고로 화려하게 꾸민 말을 타고 출발했다. 그 말은 인도 제국 황제의 마구간에서도 볼 수 없는 매우 아름다운 말이었다. 아버지가 사는 도시까지는 멀지 않았다. 아메드 왕자가 도착하자 인도 왕국의 사람들이 환호하며 그를 맞이했으며 궁전까지 무리지어 그의 뒤를 따라갔다. 황제는 매우 반갑게 왕자를 포용하며 동시에 부모가 자식에게 보이는 온화한 표정으로 그가 오랫동안 보이지 않아 많은 걱정을 했다고 불평했다.

"아버님," 하고 아메드 왕자가 대답했다. "제가 쏜 화살이 불가사의하게 사라졌을 때 그걸 찾고 싶은 생각이 들었답니다. 그래서 혼자 돌아가 화살을 찾기 시작했지요. 후세인 형과 알리 형의 화살이 떨어진 곳도 모두 다 찾아보고 제 화살이 떨어졌을 법한 곳도 모두 찾아봤지만 보이지 않았어요. 평지를 따라

그는 화려하게 꾸민 말을 타고 출발했다.

5킬로미터나 갔는데도 찾을 수가 없었어요. 그래서 찾는 것을 포기하려고 했는데 무언지 알 수 없는 힘에 이끌려 제가 앞으로 가고 있지 않겠어요. 20킬로미터를 더 가서 바위들로 둘러싸인 평지에 이르자 화살 하나가 거기에 떨어져 있었어요. 저는 당장 달려가서 화살을 주웠지요. 그것은 제가 쏜 화살과 똑같았어요. 그래서 아버님의 결정이 틀렸다는 것을 알게 되었고 무언가 알 수 없는 힘이 저를 위해 작용하고 있다는 사실을 알았어요. 하지만 이 신비스런 일에 대해서는 말씀드릴 수가 없으니 마음 상해 하시지 마세요. 다만 제 입으로 제가 행복하며 제 운명에 대해 만족한다고 말했으니 그것으로 안심하시길 바랍니다. 아버님이 걱정하실 것 같아 마음이 편치 않았어요. 가끔 찾아뵙도록 허락해 주세요."

"아들아, 네 비밀을 더 이상 깊이 파고들 생각은 없다. 돌아온 너를 보고 오랫동안 느껴보지 못했던 기쁨을 되찾았단다. 언제든지 환영하니 올 수 있을 때 오너라."

아메드 왕자는 3일 동안 아버지의 궁전에서 지낸 후 4일째 되는 날 페리 바누 요정에게로 돌아갔다. 요정은 그를 매우 반갑게 맞아주었다.

아메드 왕자가 아버지를 방문하고 돌아온 지 한 달이 되던 어느 날, 요정이 말했다. "아버지에게 했던 약속을 잊어버리셨어요? 더 이상 아버지를 기다리게 해서는 안 될 것 같아요. 내일 다녀오세요. 그리고 그 다음부터는 내게 묻거나 내 허락을 구하지 말고 한 달에 한 번씩 다녀오세요. 그건 기꺼이 허락할게요."

다음날, 아메드 왕자는 훨씬 더 화려하게 마구를 갖추고 치장을 한 후 저번과 같은 수행원들을 데리고 출발했다. 황제는 이번에도 기쁘고 흡족하게 그를 맞아 주었다. 왕자는 몇 달 동안 계속 황제를 방문했고 방문할 때마다 더욱더 화려하고 눈부시게 치장을 했다.

마침내 황제의 총애를 받던 신하들은 아메드 왕자의 화려한 차림새를 보고 왕자의 힘이 막강할 것이라 판단하고는 황제로 하여금 왕자를 질투하게 만들려고 애를 썼다. 그들은 신중을 기하면 왕자가 어디에 사는지, 왕실에서 경비를 받지 않는데도 불구하고 어떻게 해서 그처럼 화려한 생활을 할 수 있는지를 알 수 있을 것이라고 황제를 부추겼다. 그리고 황제를 모욕하기 위해 찾아오는 것 같다는 둥, 사람들의 환심을 사서 왕위를 찬탈할지도 모른다는 둥의 말을 했다. 또한 자신들의 말을 뒷받침하기 위해 이러저러한 간교한 말을 덧붙이기도 했다.

"그처럼 강력한 이웃을 옆에 두면 위험합니다. 함께 수행하는 사람도 말도 여행 마스크를 쓰지 않는 것으로 보아 가까운 곳에 사는 것이 분명합니다."

신하들이 이렇게 넌지시 말하자 황제가 대답했다. "내 아들 아메드는 그대들이 날 설득하려 하는 것처럼 그렇게 사악하지 않소. 하지만 충고는 고맙게 받아들이겠소. 그대들이 좋은 의도로 나에 대한 충성심에서 그런 충고를 하는 것이라 의심치 않소."

인도의 황제는 이와 같은 충고들이 그의 마음에 남긴 충격을 신하들이 알지 못하도록 이렇게 말했다. 그러나 그런 말들을 듣고 몹시 두려운 마음이 들어 아메드 왕자를 지켜보기로 결심했다. 그래서 황제는 마법사를 불렀다. 마법사는 밀실문을 통해 황제의 벽장으로 들어왔다.

황제가 입을 열었다. "내 아들 아메드가 매달 내 궁전을 찾아온다. 하지만 그는 자기가 어디에 사는지 말해주지도 않고, 나도 그의 비밀을 알려 달라고 강요하고 싶지도 않다. 그는 이맘때쯤에 나를 찾아와서 떠날 때는 나에게도, 신하들에게도 작별인사도 없이 떠난다. 왕자를 지켜보고 있다가 어디로 가는지 알아오너라."

마법사는 아메드 왕자가 그의 화살을 찾은 곳을 알고 있었으므로 황제에게서 물러나 바로 그곳으로 갔다. 그리고는 들키지 않도록 바위틈에 몸을 숨겼다.

다음날 아침, 아메드 왕자는 평상시대로 황제에게도, 신하에게도 작별인사를 하지 않고 새벽녘에 출발했다. 마법사는 왕자를 계속해서 주시했다. 그런데 왕자가 갑자기 바위 틈새로 사라져 버리지 않는가. 바위들은 너무도 가파르고 높아서 사람이라면 말을 타든, 걸어서든 넘어갈 수 없는 장애물이었다. 그래서 마법사는 왕자가 동굴 속으로 들어갔거나 요정들이 사는 지하로 갔을 거라고 생각했다.

왕자와 그의 수행원들이 그들이 사는 비밀의 장소로 들어섰을 것이라 생각되었을 때쯤, 마법사는 숨었던 곳에서 나와 왕자의 일행이 사라져 버린 텅 빈 길을 살펴보았다. 그러나 아무런 흔적도 발견할 수가 없었다. 더 이상 찾아봐도 소용이 없다는 생각이 들자 마법사는 황제에게로 돌아왔다. "이번에는 실패했지만 곧 찾을 수 있습니다." 하고 마법사가 말했다.

황제는 기뻐하며 말했다. "그건 네가 알아서 하거라." 그리고 황제는 마법사를 격려하기 위해 매우 값나가는 다이아몬드를 주면서 이는 약조금에 불과하며 이 중요한 일을 성공적으로 마치면 커다란 보상을 주겠다고 덧붙였다.

왕자가 다음에 방문하기로 되어 있는 날에서 하루 이틀 전쯤, 마법사는 왕자와 그의 수행원들을 놓쳐 버렸던 바위자락으로 가서 자신이 꾸민 계획을 실행하기 위해 기다렸다.

여행에 나선 아메드 왕자는 신음을 하며 도와줄 사람이 없다고 울부짖으며 땅바닥에 누워 있는 마법사를 발견했다. 이를 측은히 여긴 왕자는 말머리를 돌리며 말했다. "선량한 여인이여, 그대가 생각하는 것처럼 도와줄 사람이 없는 것이 아니오. 내가 도와주겠소. 당신을 극진히 돌봐줄 수 있는 곳으로 데려다 주겠소. 곧 치료를 받게 될 것이오. 일어나시오. 내 수행원이 당신을 데려갈 것이오."

왕자가 사는 곳을 알아내기 위해 꾀병을 부린 마법사는 이 말에 아파서 일어설 수 없는 척하면서 일어서려 애썼다. 그러자 왕자의 두 수행원이 말에서 내려 그녀를 부축해 일으켰다. 그들이 마법사를 다른 수행원의 말에 태우자 왕자는 말머리를 철문 쪽으로 돌렸다. 안뜰로 들어서자 왕자는 사람을 시켜 페리 바누를 불렀다. 요정이 황급히 오자 왕자가 말했다. "나의 공주, 이 선량한 여인을 불쌍히 여겨주기 바라오. 보다시피 아픈 이 여인을 발견하고 도와주기로 약속했다오. 당신에게 맡기니 이 여인을 잘 치료해 주리라 믿소."

왕자가 얘기하는 동안 꾀병을 앓고 있는 여인을 계속 주시하던 요정은 두 시녀를 불러 수행원이 부축하고 있는 여인을 궁전의 방으로 데려가 극진히 보살피라고 명했다.

두 시녀가 요정의 명령에 따라 마법사를 보살피는 동안 요정은 아메드 왕자에게 가서 귀에 대고 속삭였다. "왕자님, 이 여인은 꾀병을 부리고 있어요. 왕자님을 곤경에 빠뜨리려고 여기로 온 거예요. 하지만 염려 마세요. 어떤 함정이 있든 간에 왕자님을 구해 드릴 테니까요. 어서 여행을 떠나세요."

요정의 말에 아메드 왕자는 전혀 놀라지 않았다. 그가 말했다. "나의 공주, 내가 그 누구도 해치거나 해칠 생각을 한 적이 없는데 누군가 나를 해칠 생각을 한다고는 믿을 수 없소. 하지만 그렇다 하더라도 선행을 베풀 수 있다면 그리 하겠소."

이렇게 말하고 왕자는 요정에게 작별인사를 하고 다시 아버지를 만나러 길을 떠났다. 왕자가 도착하자 황제는 여느 때처럼 그를 맞아 주었다. 사실 황제는 신하들로부터 왕자를 의심하는 얘기들을 들은 이후 매우 불안했는데, 그런 불안을 왕자에게 숨기기 위해 최대한 자제하고 있었다.

한편 페리 바누의 명령을 받은 두 시녀는 마법사를 화려하게 꾸며진 우아한 방으로 데려갔다. 마법사를 침대에 눕히자 한 시녀가 밖으로 나갔다가 액체가 가득 든 도자기 컵을 들고 곧 돌아왔다. 시녀가 컵을 마법사에게 가져가자 다른 시녀가 마법사를 부축하여 일으켰다. "이걸 마시세요." 하고 시녀가 말했다. "사자의 샘에서 가져온 물이에요. 열을 치료해 주는 영묘한 효험이 있는 영약이에요. 한 시간 안에 효과가 있을 거예요."

그리고 나서 시녀들은 마법사를 놔두고 나갔다가 한 시간 후에 돌아왔다. 마법사는 소파에 앉아 있었다. 시녀들이 방문을 열고 들어오는 것을 보고 마법사가 소리쳤다. "오, 정말 대단한 약이에요! 깨끗이 나았어요. 당신들이 날 친절한 주인님에게 데려다주길 초조하게 기다리고 있었어요. 갈 길이 바빠서요."

두 시녀는 마법사가 누워 있었던 방보다 훨씬 더 훌륭한 여러 개의 방을 지나 커다란 홀로 그녀를 안내했다. 그 홀은 궁전에서 가장 화려하고 훌륭하게 치장된 방이었다.

홀에는 커다란 다이아몬드, 루비, 진주들이 화려하게 박힌 순금으로 만든 왕좌에 페리 바누가 앉아서 화려하게 차려 입은 수많은 아름다운 요정들의 시중을 받고 있었다. 너무나도 화려한 광경에 마법사는 눈이 부시고 감탄스러워 왕좌 앞에 엎드린 후에도 입이 벌어지지 않아 요정에게 감사의 말을 할 수가 없었다. 그러나 페리 요정이 그녀의 노고를 덜어주며 말했다. "선량한 여인이여, 당신이 다시 여행을 할 수 있게 되어 기쁘오. 당신을 붙들어 둘 생각은 없지만 내 궁전을 보고 싶다면 내 시녀들을 따라가시오. 안내해 줄 것이오."

한 마디 할 용기도 힘도 없던 늙은 마법사는 왕좌의 발치를 덮고 있는 양탄자에 머리를 조아리며 다시 한 번 엎드리고는 물러나와 두 요정의 안내를 받았다. 요정들은 아메드 왕자가 처음 도착했을 때 보았던 방들을 구경시켜 주었다. 그리고는 마법사가 들어왔던 철문으로 안내한 후 여행을 잘 하라는 인사와 함께 떠나도록 해주었다.

마법사는 몇 걸음을 가다가 철문을 살펴보려고 다시 돌아섰다. 그런데 그

페리 바누 요정이 홀에 앉아 있었다.

자리에 있을 거라 생각했던 철문을 찾을 수가 없었다. 마법사는 물론이고 다른 여자들에게는 보이지 않는 문이었던 것이다. 이 점을 제외하고 마법사는 자신이 얻은 정보에 매우 만족해하며 황제에게 갔다. 그녀는 이리저리 우회로를 통해 궁전 밀실문으로 들어가 곧 황제에게 안내되었다.

마법사는 황제에게 자신이 어떻게 해서 요정의 궁전에 들어갔는지에 대해, 그리고 그곳에서 본 온갖 경이로운 것들에 대해 말해 주었다. 얘기를 마친 후 마법사가 말했다. "폐하께서 당하실 수 있는 불운을 생각하자 온몸이 벌벌 떨렸답니다. 요정이 왕자님을 사주하여 폐하를 왕좌에서 몰아내고 인도 제국의 왕위를 찬탈할 계획을 세울지 누가 알겠습니까? 이는 지극히 중요한 일이므로 폐하께서는 이 점을 늘 염두에 두셔야 합니다."

인도 황제는 마법사가 도착했다는 전갈을 받았을 때 마침 신하들과 회의를 하는 중이었다. 그래서 황제는 마법사에게 따라오라고 명한 후 신하들이 모인 자리로 데려갔다. 황제가 마법사가 말한 내용을 신하들에게 전하자 한 신하가 말했다. "그런 일이 일어나지 않도록 막으려면 왕자가 폐하의 손이 닿을 수 있는 곳에 있을 때 체포해야 합니다. 왕자를 죽이라는 얘기가 아니라 엄중히 감금하자는 것입니다." 이 제안에 대해 다른 신하들도 일제히 찬성했다.

마법사가 황제의 허락을 얻어 말했다. "왕자님을 체포하면 수행원들도 구금해야 합니다. 하지만 그들은 모두 요정들이니 몸을 보이지 않게 숨기는 능력을 사용하여 사라져 버릴 것입니다. 그리하여 즉시 페리 바누 요정에게 가서 그녀의 남편이 당한 모욕에 대해 말할 것입니다. 그렇게 되면 페리 바누 요정이 복수를 하지 않고 가만히 있겠습니까? 똑같은 목적을 달성하면서도 폐하께 이득이 될 수 있는 다른 방법은 없을까요? 자식으로서의 사랑을 요구해 보세요. 그 요구를 들어주지 못한다면 폐하께서는 왕자님에 대해 불평을 할 구실이 생기는 겁니다. 예를 들어, 한 손 안에 들고 다닐 수 있지만 펼치면 폐하의 군대가 전부 들어갈 수 있을 만큼 큰 천막을 구해 오라고 요구해 보십시오. 왕자님이 그런 천막을 구해온다면 그와 같은 주문을 또 하는 겁니다. 어려운 주문이어서 왕자님이 실행할 수 없을 때까지 말입니다."

마법사가 말을 마치자 황제는 신하들에게 그보다 더 나은 제안이 있는지를 물었다. 모두가 대답이 없자 황제는 마법사의 충고를 따르기로 결정했다.

다음날 왕자가 황제를 찾아오자 황제가 말했다. "아들아, 네가 그처럼 가진 것이 많고 너의 사랑을 받을 자격이 있는 요정과 결혼을 했다니 참으로 행운이구나. 그 요정이 강력한 힘을 가지고 있다고 들었다. 나를 위해 도움이 되는 일을 좀 해 달라고 네가 부탁을 해 주었으면 한다. 너도 알다시피 전투를 위해 출정을 할 때마다 부대에 천막을 제공하느라 아주 많은 비용이 들지 않느냐. 네가 요정에게 부탁하면 사람이 한 손 안에 들고 다닐 수는 있지만 펼치면 나의 부대 전부가 들어갈 수 있는 천막을 쉽게 구해올 수 있을 것이다. 날 위해서 이 일을 해 주리라 생각한다."

아메드 왕자는 뭐라고 대답해야 할지 몹시 당황스러웠다. 마침내 왕자가 입을 열었다. "비밀에 부친 이 사실을 아버님께서 어떻게 아시게 되었는지 모르지만 아버님의 말씀이 모두 사실입니다. 저는 말씀하신 그 요정과 결혼을 했습니다. 그 요정을 사랑하고 그녀도 저를 사랑합니다. 하지만 제가 그녀에게 얼마나 영향력이 있는지는 모르겠습니다. 그러나 무릇 모든 자식들은 아버지의 요구를 따라야 하므로, 참으로 내키지 않지만 아버지가 바라시는 것을 구할 수 있는지 아내에게 물어보겠습니다. 다만 그 천막을 구할 수 있으리란 약속은 드릴 수 없습니다. 만일 제가 다시는 아버지를 뵈러 오지 못한다면 제 요청이 받아들여지지 않았다는 표시로 아십시오."

인도 황제가 대답했다. "아들아, 나의 요구 때문에 여느 때처럼 너를 볼 수 있는 행복을 빼앗긴다면 참으로 유감일 게다. 너는 무릇 남편에게는 아내를 통제할 수 있는 힘이 있다는 사실을 모르고 있는 것 같구나. 요정으로서 특별한 힘을 가지고 있는 너의 아내가 만일 내가 너에게 요구한 것과 같은 사소한 요청을 거절한다면 너에 대한 사랑이 보잘것없다는 것을 말해 주는 증거일 게다."

이러한 말들도 아메드 왕자를 안심시키지는 못했다. 왕자는 너무나도 고민이 되어 여느 때보다 이틀 더 일찍 떠났다.

페리 바누 요정은 늘 즐거운 표정으로 돌아왔던 남편이 시무룩한 표정으로 돌아오자 이유를 물었다. 요정이 끈질기게 묻자 아메드 왕자는 황제가 어떻게 해서 알아냈는지는 알 수 없지만, 그들의 거처에 대한 비밀을 알아냈으며 그녀와 결혼한 사실도 알아냈다고 말했다.

그러자 요정은 그가 도와 준 적이 있던 여인을 상기시키며 덧붙였다. "하지만 당신이 그처럼 침울한 데에는 그것 말고 다른 이유가 있음이 분명해요. 말해 보세요, 네?"

아메드 왕자가 대답했다.

"아버지께서 나의 충성심을 의심하여 한 손 안에 들고 다닐 수 있지만 황제의 모든 부대가 들어갈 수 있는 천막을 당신에게 부탁해서 구해 오라고 요구했다오."

요정이 미소를 지으며 대답했다. "왕자님, 황제 폐하의 요구는 참으로 사소한 것이에요. 기회가 되면 황제를 위해 더 중요한 일도 해 드릴 수 있어요. 그러니 나를 성가시게 하는 일이라 생각하지 마세요. 당신이 원하는 일이라면 얼마든지 기쁘게 할 수 있어요."

요정은 출납관을 불러오게 한 후 말했다.

"누르제하운, 보물 창고에 있는 가장 큰 천막을 가져오시오." 누르제하운은 곧 손바닥에 쥐고 있어 보이지 않는 천막을 가지고 돌아와서 요정에게 건넸고, 요정은 아메드 왕자에게 이를 건네주었다.

아메드 왕자는 요정이 보물창고에서 가장 큰 것이라고 한 천막을 보고 요정이 자기를 놀리는 것이라고 생각했다. 그가 놀라는 표정을 보이자 페리 바누 요정은 곧 이를 알아채고 웃었다. "어머나! 왕자님," 하고 요정이 소리쳤다. "내가 당신을 놀린다고 생각하는 거예요? 그게 아니라는 걸 곧 알게 될 거예요. 누르제하운," 하고 요정이 출납관을 보고 말했다. "가서 천막을 세워 보세요. 황제께서 크기가 충분하다고 생각하실지 왕자님이 볼 수 있도록 말예요."

출납관은 즉시 천막을 궁전에서 가지고 나가 세웠다. 천막은 황제의 부대의 두 배가 되는 부대가 묵을 수 있을 정도로 컸다. "황제께서 부대에 쓰고도 남을

요정은
아메드 왕자에게
천막을 건네주었다.

정도로 크다는 걸 아시겠죠?" 하고 요정이 말했다.

"게다가 한 가지 특징이 있어요. 특별히 손을 대지 않아도 부대의 크기에 따라 커졌다 작아졌다 한다는 점이지요."

출납관은 천막을 다시 해체하여 원래의 크기로 접은 다음 가져와서 왕자의 손에 건네주었다. 왕자는 천막을 가지고 바로 다음날 말을 타고 어느 때처럼 수행원을 데리고 황제에게로 갔다.

황제는 왕자가 신속히 돌아온 것을 보고 크게 놀랐다. 그는 천막을 받았다. 처음에는 그 작은 크기에 감탄했다. 그러나 천막을 거대한 평지에 펼쳤을 때 황제가 전투에 데리고 갈 부대의 두 배 규모의 부대가 들어갈 수 있을 만큼 커진 천막을 보고는 너무 놀라서 입을 다물지 못했다.

황제는 그처럼 귀한 선물을 준 것에 대해 요정에게 감사의 말을 전하라고 하면서 왕자에게 깊은 고마움을 표시했다. 그리고 그 천막을 소중하게 여기고 있음을 보여주기 위해 조심스럽게 그의 보물창고에 넣어놓으라고 명했다. 하지만 마음속으로는 아들에 대해 그 어느 때보다도 더 큰 질투심이 일었다. 그리하여 왕자를 파멸시킬 더 큰 마음을 먹고 마법사를 불러 의논을 하였다. 마법사는 왕자에게 사자의 샘에 있는 물을 가져오게 하라고 조언을 해 주었다.

저녁이 되어 황제가 여느 때처럼 그의 중신들에게 둘러싸여 있을 때 왕자가 문안을 드리러 왔다. 황제는 왕자에게 이렇게 말했다. "아들아, 네가 천막을 구해다 주어 얼마나 고마운지 이미 말한 바 있다. 그 천막은 내 보물창고에 있는 물건들 중에서 가장 귀중하게 생각한단다. 그런데 한 가지만 더 부탁하마. 나에게 아주 유익하게 쓰일 수 있는 것이니라. 네 아내인 요정이 사자의 샘물이라고 불리는 특별한 물을 사용한다고 들었다. 온갖 열병을 치료하는 효험이 있다지? 아주 치명적인 경우라도 말이다. 내 건강은 너에게 아주 소중할 테니 네 아내에게 그 물 한 병을 얻어서 영약으로 쓸 수 있도록 가져다줄 수 있으리라 믿는다. 내가 건강이 좋지 않을 때 쓸 수 있겠지. 중대한 이 일을 해 주면 이것으로서 다정한 아비에 대한 좋은 아들로서의 의무는 끝난다."

그가 가져다준 특별하고도 유용한 천막에 황제가 만족하리라 믿었고, 또한 아내의 불쾌감을 살 만한 다른 임무를 황제가 강요하지 않을 것이라 믿었던 아메드 왕자는 황제가 이 같은 요구를 하자 아연실색했다. 한참 동안 침묵을 지키던 왕자가 입을 열었다. "아버지의 생명을 연장할 수 있는 약을 구해 오는 일을 마다할 리 있겠습니까. 하지만 제 아내의 도움 없이 구해 올 수 있기를 바랍니다. 그러니 그 물을 꼭 가져오겠다는 약속은 드릴 수가 없습니다. 제가 할 수 있는 일은 아내에게 부탁하겠다는 약속을 드리는 것입니다. 하지만 천막을 부탁할 때와 마찬가지로 마지못해 하는 것입니다."

다음날 아침 아메드 왕자는 페리 바누에게 돌아가 아버지의 궁전에서 있었던 일들에 대해 진지하고 정확하게 얘기를 했다. 그리고는 이렇게 덧붙였다. "하지만 나의 공주, 내가 이런 얘기를 하는 것은 아버지와 나 사이에 무슨 일이 일어나고 있는지를 명확하게 설명하고자 하는 의도에서일 뿐이오. 이 요구를 받아들이든 거절하든 그것은 당신이 좋을 대로 하시오. 나는 당신 뜻대로 따르겠소."

"아니에요, 아녜요." 하고 요정이 대답했다. "황제의 요구를 들어드릴게요. 황제께서는 마법사의 말에 귀를 기울이시겠지만 그 마법사가 황제에게 어떤 요구를 하라고 충고하든 간에 나나 당신을 책망하진 못할 거예요. 내 얘기를 들으면 아시겠지만 이 요구는 참으로 간교해요. 사자의 샘은 거대한 성의 마당 한가운데 있는데 그 입구를 네 마리의 사나운 사자들이 지키고 있어요. 사자들은 두 마리씩 교대해가며 잠을 자지요. 하지만 두려워할 필요는 없어요. 그 사자들 앞을 무사히 지나갈 수 있는 방법을 알려 줄게요."

페리 바누 요정은 마침 바느질을 하고 있던 참이었다. 그녀는 옆에 있던 여러 개의 실꾸리 중 하나를 들어 아메드 왕자에게 주면서 말했다. "먼저 이 실꾸리를 받으세요. 그걸 어떻게 써야 하는지 곧 알려 줄게요. 두 번째로 말이 두 마리 필요해요. 한 마리는 타고 가시고, 다른 한 마리는 끌고 가세요. 그 다른 한 마리에는 오늘 잡을 양고기 네 점을 싣고 가야 해요. 세 번째로 물을 담아올 병을 준비해 가세요. 그 병은 내가 줄게요. 내일 아침 일찍 출발하여 철문 앞을 지날 때 앞쪽에 실꾸리를 던지세요. 실꾸리가 성문 쪽으로 굴러갈 것이니 그 실을 따라가세요. 그러다가 성문이 열리면 실꾸리가 멈출 거예요. 열린 문으로 사자 네 마리가 보일 거예요. 깨어 있는 두 마리가 포효하여 잠든 두 마리를 깨우겠지만 놀랄 필요 없어요. 사자들에게 양고기 한 점씩을 던져주고 말을 세차게 몰고 샘으로 가세요. 말에서 내리지 말고 병에 물을 채운 후 똑같이 신속하게 돌아오세요. 사자들은 양고기를 먹느라고 정신이 없어 당신이 지나가도 신경을 쓰지 않을 거예요."

아메드 왕자는 다음날 아침 요정이 정해준 시간에 출발하여 그녀의 지시대로 정확히 따랐다. 그는 성문에 도착하자 양고기 네 조각을 사자들에게 던져주고 대담하게 사자들 사이를 지나 샘으로 가서 병에 물을 채우고 무사히 돌아왔다.

성문에서 조금 멀어졌을 때 뒤를 돌아보자 사자 두 마리가 쫓아오는 것이 보였다. 그가 칼을 빼어들고 방어할 준비를 하고 앞으로 나아가자 그 중 한 마리가 길에서 멀리 비켜서서 머리와 꼬리를 흔들어, 그를 해치려는 의도가 없으며 그저 앞서 가려는 것뿐이고, 다른 한 마리는 그의 뒤에서 따라가고자 할뿐이라는 표시를 해 보였다.

그래서 왕자는 칼집에 칼을 다시 집어넣었다. 이렇게 호위를 받으며 왕자는 인도의 수도에 도착했다. 사자들은 왕자가 황제의 궁 앞에 이를 때까지 그를 호위해 준 후 왔던 길로 되돌아갔다. 물론 사자들이 지나갈 때 사납게 굴지도 않았고 아주 조용하게 걸었음에도 불구하고 사람들은 놀라서 도망을 가거나 숨었다.

왕자가 말에서 내릴 때 많은 신하들이 나와서 왕자를 맞이하여 황제의 방으로 안내했다. 황제는 마침 총애하는 신하들과 얘기를 나누고 있었다. 왕자는 왕좌로 다가가 황제의 발 앞에 물병을 놓고 발받침을 덮은 양탄자에 입을 맞추고는 일어서면서 말했다. "폐하께서 원하시던 효험이 있는 물을 가져왔습니다, 폐하. 하지만 결코 이 물을 사용할 일이 없도록 건강하시길 기원 드립니다."

왕자가 말을 마치자 황제가 그의 오른손을 왕자에게 얹고 말했다. "아들아, 이처럼 귀중한 선물을 가져다주어서 참으로 고맙구나. 하지만 한 가지 더 부탁할 일이 있다. 이 이후로는 너의 복종을 요구하거나 네 아내에게 부탁하란 말을 할 일은 더 이상 없을 것이다. 내 부탁은 키가 50센티미터를 넘지 않고, 수염이 90센티미터가 되고, 어깨에는 무기로 사용하는 200킬로그램이 넘는 철봉을 얹고 다니며, 말을 할 줄 아는 사람을 데려오는 것이니라."

다음날 왕자는 페리 바누에게 돌아가 아버지가 요청한 새로운 요구에 대해 얘기하면서 앞의 두 가지 요구보다 더욱더 불가능한 요구라고 말했다. 이 세상에 그와 같은 사람이 있지도 않고, 있을 수도 없기 때문이었다.

"염려하지 마세요." 하고 요정이 대답했다. "당신은 아버지를 위해 사자들이 지키고 있는 샘물을 가져오는 위험도 감수했잖아요. 하지만 그런 사람을 찾아내는 일은 전혀 위험하지 않아요. 바로 제 오빠 샤이바르가 그런 사람이거든요. 우리는 둘 다 같은 아버지에게서 태어났지만 샤이바르는 나랑은 완전히 딴판이에요. 그는 성질이 포악해서 조금만 건드려도 화를 내며 누구라도 피투성이로 만들어 버려요. 하지만 다른 한편으로는 아주 후해서 도움을 필요로 하는 사람이 있으면 누구든지 도와주지요. 그를 불러올게요. 하지만 마음을 단단히 먹어요. 아주 특이한 그의 외모를 보고 놀라지 않도록 말이에요."

"뭐라고요!" 하고 아메드 왕자가 말했다. "샤이바르가 당신 오빠란 말이오?

그렇다면 그가 영원히 그렇게 추하고 기형이라 하더라도 나의 가장 가까운 친척으로서 그를 사랑하고 존경할 것이오."

페리 바누 요정은 황금으로 만든 채핑 디쉬chafing dish♣에 불을 얹어 궁전 현관 아래 놓으라고 명령했다. 그러고 나서 요정이 향을 집어 불 속으로 던지자 짙은 연기구름이 일었다.

잠시 후 요정이 아메드 왕자에게 말했다. "오빠가 오고 있어요. 보여요?" 왕자는 즉시 샤이바르를 알아봤다. 샤이바르는 사나운 눈으로 왕자를 보더니 페리 바누에게 누구냐고 물었다.

그러자 요정이 대답했다. "내 남편이야, 오빠. 이름은 아메드. 인도 황제의 아들이야. 남편을 위해서 오빠를 무례하게 부른 거야."

이 말에 샤이바르는 우호적인 눈으로, 그러나 사납고 야만스러운 표정은 그대로인 채로 아메드 왕자를 보며 말했다. "너의 남편이라고 하니 그가 원하는 일은 무엇이든 할 이유가 충분하다."

"그의 아버지인 황제께서 오빠를 보고 싶어 해. 남편을 따라 황제의 궁으로 가 주면 좋겠어." 하고 페리 바누가 말했다.

"길을 안내해 주기만 하면 돼. 내가 따라갈 테니." 하고 샤이바르가 대답했다.

다음날 아침, 샤이바르는 아메드 왕자와 함께 황제를 만나러 출발했다. 그들이 도시 성문에 이르자 샤이바르를 보고 사람들이 가게나 집으로 도망가 문을 꼭 잠그고 숨었으며, 달아나면서 만나는 사람들에게 그 공포를 전하기도 하였다. 그리하여 모두들 집 안에 숨어 있어서 샤이바르와 아메드 왕자가 궁전에 이를 때까지 거리와 광장이 텅 비었다. 궁전에 이르렀을 때 문지기들은 샤이바르를 들어가지 못하게 막기는커녕 도망가느라 바빴다. 그래서 왕자와 샤

♣ 음식이 식지 않도록 보온할 수 있게 만들어진 그릇

이바르는 아무런 방해도 받지 않고 황제가 앉아 있는 어전회의실로 가서 알현을 하였다.

황제에게 소개를 하기도 전에 샤이바르는 사납게 황좌로 다가가 황제에게 물었다. "당신이 날 찾았다고. 나에게 무슨 볼일이 있지?"

황제는 너무나도 끔찍한 모습을 보지 않으려고 고개를 돌렸다. 샤이바르는 이 같은 무례한 접대에 몹시 화가 나서 아메드 왕자가 미처 말릴 겨를도 없이 철봉을 들어올려 황제의 머리를 쳐서 죽여 버렸다. 그리고는 황제에게 못된 조언을 한 신하들을 모두 죽여 버렸다. 하지만 재상은 착한 사람이었기 때문에 살려 주었다. 이 같은 끔찍한 처형을 끝내자 샤이바르는 철봉을 어깨에 메고 회의실에서 마당으로 나와 재상을 보며 말했다.

샤이바르는 철봉으로
황제의 머리를 내리쳐 죽여 버렸다.

"여기에 마법사가 있다고 들었다. 내 처남인 왕자에게 있어서 내가 징벌한 비열한 신하들보다도 더욱더 큰 원수인 마법사 말이다. 즉시 데려오너라." 재상은 즉시 마법사를 불러오게 했다. 마법사가 안내되어 오자 샤이바르는 철봉으로 마법사의 머리를 내리쳐 죽였다.

그러고 나서 샤이바르가 말했다. "만일 내 처남인 아메드 왕자를 인도의 황제로 즉시 인정하지 않으면 도시 전체에 똑같은 벌을 내리겠다." 그러자 그곳에 있던 사람들이 일제히 "아메드 황제 폐하, 만수무강을 빕니다!" 라는 말을 반복하며 환호했다. 샤이바르는 아메드 왕자에게 황제의 옷을 입게 한 다음 황좌에 앉히고, 모두 그에게 충성을 맹세하게 한 후 페리 바누에게로 돌아가서 위풍당당하게 그녀를 데려와 인도 제국의 황후로 인정을 받게 했다.

알리 왕자와 누로니하르 공주에게는 많은 땅과 함께 재산이 주어졌다. 그들은 그곳에서 여생을 보냈다. 나중에 알리 왕자는 신하로서 후세인을 찾아가 상황이 변했음을 알리고, 원하는 땅을 주겠다는 황제의 뜻을 전했다. 그러나 후세인은 은둔 생활에 매우 만족했다. 그래서 황제에게 친절함에 감사하다는 말을 전해 달라고 하면서 충성을 다할 것을 약속한다고 말하고 그가 바라는 유일한 호의는 자신이 원하는 곳에서 은둔해서 살 수 있도록 허락해 주는 것이라고 말했다.

10장
하룬 알 라시드 왕의 모험

한번은 하룬 알 라시드 왕이 지아파 재상과 함께 상인으로 변장하여 바그다드 시 한가운데 있는 유프라테스 강 위의 다리를 건너다가 구걸을 하는 한 맹인 노인을 만났다. 왕은 노인에게 금화 한 닢을 주었다. 그런데 놀랍게도 노인이 이런 부탁을 하는 것이 아닌가. "나리, 제 따귀를 한 대 때려 주십시오. 그렇지 않으면 당신이 베푼 자비를 받아들일 수가 없습니다. 엄숙한 맹세를 어기게 될 테니까요."

왕은 망설이다가 그 이상한 요청을 받아들여 노인의 뺨을 살짝 때리고는 가던 길을 계속 갔다. 몇 걸음을 가다가 왕이 재상에게 말했다.

"저 맹인 노인에게 가서 내일 오후 기도 시간에 맞추어 내 궁전으로 오라고 전하시오. 어떤 사연인지 들어 보고 싶소. 분명 기이한 사연이 있을 것이오."

재상은 급히 노인에게 가서 말을 전하고 다시 왕과 함께 길을 갔다.

도시로 들어선 두 사람은 광장에 수많은 구경꾼들이 몰려 있는 것을 보았다. 구경꾼들은 한 잘생긴 젊은이를 구경하고 있었는데, 젊은이는 암말에 올라타

'하룬 알 라시드 왕'

그 가엾은 말이 온몸이 땀으로 흠뻑 젖고 피투성이가 되도록 야만스럽게 채찍질을 해대며 박차를 가해 궁전 주위를 전속력으로 돌고 있었다. 왕은 그 모습을 보고 몹시 마음이 상했다. 그는 그 젊은이가 왜 그처럼 말을 학대하는지 알고 싶으니 그 젊은이 또한 궁전으로 불러오라고 재상에게 명했다.

그러고 나서 왕과 재상은 궁전으로 향했다. 도중에 왕은 전에도 본 적이 있는 아주 근사한 건물을 보게 되었다. "저곳에는 누가 사는고?" 하고 왕이 물었다. 재상은 여기저기 물어 밧줄을 만드는 사람이란 뜻의 '알하발'이라는 성을 가진 코기아 하산이라는 사람이 산다는 것을 알아냈다. 실제 그 사람의 직업이 밧줄을 만드는 일이라고 했다. 왕은 매우 흥미로워서 재상에게 그 또한 내일 궁전으로 부르라고 명했다.

이렇게 해서 다음날, 세 사람이 궁전으로 오게 되었다. 그들은 재상의 안내를 받아 왕 앞으로 왔다.

세 사람 모두 왕 앞에 엎드려 절을 했다. 그들이 일어선 후 왕이 맹인에게 이름을 묻자, 맹인이 바바 압달라라고 대답했다.

"바바 압달라, 당신에게 자선을 베푸는 사람에게 왜 당신의 따귀를 때려 달라고 부탁하는지 이유를 말해 보시오." 하고 왕이 말했다.

맹인이 낮게 절하고는 대답했다. "폐하, 말씀 드리겠나이다. 이유를 들어보시면 그 이상한 행동이 제가 저지른 커다란 죄에 대한 조그마한 속죄에 불과하다는 것을 아시게 될 것입니다."

바바 압달라의 이야기

바바 압달라가 말을 이어나갔다.

폐하, 저는 바그다드에서 태어났답니다. 이른 나이에 저에게 많은 돈이 있다는 것을 알고 이 왕국 도시들을 돌아다니며 장사를 하기 시작했지요.

한번은 도시를 돌다가 부소라로 가게 되었답니다. 그곳에서 낙타에 짐을 가득 싣고 돌아오는 길에 금욕생활을 하는 이슬람교 수행자를 만났지요. 우리는 서로에게 궁금한 점들에 대해 얘기를 주고받은 다음에 앉아서 식사를 했답니다.

식사를 하면서 그 수행자는 근처에 엄청난 보물이 있는 장소를 안다고 하면서 그곳에 있는 금과 보석을 내가 가진 80마리의 낙타에 가득 싣고 온다 해도 없어진 흔적도 없을 거라고 했지요.

그 말을 듣고 제가 너무 기뻐하며 그곳으로 데려다 달라고 부탁을 하자 수행자가 대답했습니다. "언제라도 보물이 있는 장소로 데려다 주겠소. 80마리의 낙타에 금과 보석을 가득 실어 올 수 있게 말이오. 단 조건이 하나 있소. 낙타에 보석을 가득 실으면 절반의 낙타는 나를 주시오. 그리고 나머지는 당신이 가지시오. 그런 후 헤어져서 각자 낙타를 가지고 제갈길을 가기로 합시다. 이 분배가 매우 공평하다는 걸 알 것이오. 나에게 낙타 40마리를 준다 해도 당신은 내 덕분에 천 마리를 살 돈을 갖게 될 것이니 말이오."

욕심 때문에 그 많은 것을 포기하고 싶지 않았지만 달리 도리가 없었기 때문에 그러겠다고 했지요. 제가 약속을 하자 그는 그곳으로 저를 데려갔습니다.

그곳은 두 개의 높은 산으로 둘러싸인 계곡이었는데 매우 외딴 곳이어서 아무에게도 들킬 염려가 없었어요. 그곳에 도착하자 수행자는 낙타들을 멈추라고 말하더니 재빨리 나뭇가지들을 모아 주문을 외우면서 불을 지폈지요. 자욱한 연기가 일었다가 사라지자 우리 맞은편에 있던 벼랑의 측면이 뒤로 물러나더니 산허리에 매우 웅장한 궁전이 나타났습니다. 여기저기에 보물들이 가득 쌓여 있었지요.

저는 맹수처럼 욕심 사납게 금을 주워 자루에 잔뜩 채웠습니다. 그러다가 수행자가 금보다는 보석에 더 열중하는 것을 보고 그를 따라서 보석을 주웠습니다. 그래서 우리는 금보다는 보석을 더 많이 가져오게 되었지요. 특이하게도 수행자는 금으로 된 작은 상자를 주워 내게 보여주었는데, 안에는 끈적끈적한 연고밖에 없었습니다. 우리는 낙타에 보석을 잔뜩 실었지요. 그런 후 그는 다시 주문을 외워 바위를 닫았습니다.

우리는 각자 40마리씩 낙타를 나눠 가지고 함께 여행을 했습니다. 그러다가 큰 길이 나오자 수행자는 부소라를 향해서, 저는 바그다드를 향해서 길을 떠났지요. 우리는 매우 기쁜 마음으로 포옹을 하고 작별인사를 하고서 각자 길을 갔습니다.

그런데 얼마 가지 않아 배은망덕과 질투라는 악마가 내 마음을 차지했습니다. 저는 낙타를 잃은 것을 한탄했지요. 아니 그것보다는 낙타에 실린 보석들을 잃은 것이 더 아깝다는 생각이 들었어요. 저는 마음속으로 이렇게 생각했

"산허리에 웅장한 궁전이 나타났습니다."

지요. '저 수행자에게는 이런 보석이 필요가 없지. 언제든 보물을 찾아낼 수 있고 원하는 대로 가질 수도 있잖아.' 저는 가장 사악한 배은망덕이라는 악마에게 굴복하여 낙타와 낙타에 실은 짐을 모두 그에게서 당장 빼앗아 오기로 결심했습니다.

이러한 계획을 행동에 옮길 작정으로 저는 그를 목청껏 소리쳐 불러 중요한 할 말이 있다고 알리고 멈추라는 신호를 보냈지요. 그는 걸음을 멈추었습니다.

저는 그에게 다가가 말했지요. "형제, 당신과 헤어져 발길을 옮기다가 문득 이런 생각이 떠올랐지 뭐요. 우리 둘 다 미처 생각지도 못한 일이 말이오. 당신은 은둔생활을 하는 수행자로 지금까지 평온하게 살아 왔고 세상과 담을 쌓고 지내 왔소. 오직 하느님만을 위해 봉사하며 살아 왔지. 그러니 이렇게 많은 낙타를 돌보는 일이 얼마나 번거롭고 힘든지 모를 것이오. 충고를 하자면 서른 마리만 가져가는 게 좋겠소. 그것만으로도 돌보는 일이 벅찰 것이오. 내 말을 믿으시오. 내가 그런 경험이 있기 때문에 잘 아오."

"목청껏 소리쳐 그를 불렀지요."

수행자는 저를 두려워하는 표정으로 저에게 마흔 마리 낙타 중에서 열 마리를 골라 가라고 했지요. 저는 재빨리 낙타를 골라 제가 가진 마흔 마리 뒤쪽에 붙여 몰고 갔지요. 수행자가 순순히 제 말을 따르는 데 대해 내심 놀라워하면서도 점점 욕심이 더 생겼습니다. "형제여, 생각해 보니 당신은 낙타를 돌보는 일이 서투르니 서른 마리도 너무 많은 것 같소. 그러니 열 마리를 더 내게 주어 수고를 덜도록 하시오." 하고 제가 말했지요.

제 말이 그럴 듯했기 때문에 수행자는 망설임 없이 열 마리를 더 주었습니다. 이렇게 해서 그는 스무 마리를, 저는 예순 마리를 갖게 되었지요. 저는 그 어느 군주보다도 더 많은 보물을 갖게 되었습니다. 그쯤 되었으니 누구라도 이제는 제가 만족할 만하다고 생각했을 겁니다. 하지만 저는 점점 더 욕심이 생겨 나머지 스무 마리 낙타도 빼앗아야겠다는 생각을 했지요.

제가 끈덕지게 졸라대자 수행자는 흔연히 열 마리를 더 주었습니다. 저는 나머지 열 마리를 빼앗기 위해 수행자를 껴안고 그의 발에 입을 맞추고 어루만지면서, 이왕 나에게 은혜를 베풀었으니 끝까지 은혜를 베풀어 달라고 간청했어요. 결국 수행자가 나머지마저 제게 주었어요. 저는 더 이상 기쁠 수가 없었지요. 그때 문득 수행자가 제게 보여 주었던 연고가 들어 있던 작은 상자에 제가 가진 모든 보물보다도 더 값진 것이 들어 있을 것이라는 생각이 들었습니다. 그래서 그 상자를 갖고 싶다고 말했지요.

"그 작은 연고 상자가 당신에게 무슨 소용이 있겠소? 별 것 아닌 것 같은데 귀찮게 가지고 다닐 필요가 있겠소? 그러니 내게 선물로 주시오. 속세의 허영심과 담을 쌓고 지내는 당신 같은 수행자에게 향수나 향내 나는 연고가 무슨 소용이 있겠소?"

그가 끝까지 그 상자를 제게 주지 않았다면 얼마나 좋았을까요. 하지만 저는 그보다 힘이 더 셌기 때문에 그가 거절을 한다면 강제로 뺏을 결심까지 하고 있었어요. 제 욕심을 끝까지 채우기 위해 그에게 조그마한 보물도 허용하지 않았을 겁니다.

그 수행자는 선선히 가슴에서 상자를 꺼내 흔쾌히 제게 주며 말했지요. "여기 있소. 받으시오, 형제여. 만족하길 바라오. 내가 더 해 줄 수 있는 일이 있으면 말해 보시오. 무슨 부탁이든 들어주겠소."

상자를 받아든 저는 뚜껑을 열고 연고를 들여다보며 물었지요. "이처럼 내게 친절을 베풀었으니 이 연고가 어떤 특별한 용도가 있는지에 대해서도 말해 주리라 믿소."

"이 연고는 아주 놀랍고도 신기한 효능이 있다오." 하고 수행자가 대답했습니다. "이걸 왼쪽 눈에 조금 바르면 땅 속 깊숙이 묻혀 있는 온갖 보물들을 볼 수가 있다오. 하지만 이걸 오른쪽 눈에 바르면 맹인이 되지요."

제가 부탁을 하자 수행자는 제 왼쪽 눈에 연고를 발라 주었어요. 그 순간 그가 한 말이 사실이라는 것을 알았지요. 신기하게도 엄청난 보물들이 보였어요. 그 보물들을 전부 갖고 싶었지요. 그때 수행자가 연고를 오른쪽 눈에 바르면 눈이 멀게 된다고 말한 것은 무언가를 감추기 위해서 한 말이라는 생각이 들었어요. 그래서 오른쪽 눈에 연고를 발라 달라고 했지요.

"잊어버렸소? 즉시 맹인이 된다는 것을." 하고 수행자가 말했지요.

저는 수행자가 한 말이 사실이라고 믿기는커녕 분명 무언가 신비스런 비밀이 있을 것이고, 그걸 수행자가 숨기고자 한다고 생각했지요. 제가 미소를 지으며 대답했습니다. "형제여, 당신이 날 속이려고 하는 것이 뻔하오. 한 가지 연고에 어찌 정반대되는 효능이 있을 수 있단 말이오?"

"내가 한 말은 모두 사실이오. 하느님의 이름을 걸고 맹세하오. 내 말을 믿어야 하오. 진실을 속일 수는 없는 일이니까." 하고 수행자가 대답했습니다.

저는 정직한 사람처럼 말을 하는 수행자를 믿지 않으려 했지요. 이 세상에 있는 온갖 보물들을 마음껏 보고 싶다는 욕심에, 그리고 그 보물들을 욕심껏 가질 수 있을 거라는 생각에 사로잡혀 그의 충고가 귀에 들어오지 않았습니다.

제가 곧 돌이킬 수 없는 영원한 불행을 겪게 될 것이라는 말도 믿지 못했지요.

저는 연고를 왼쪽 눈에 바르면 땅 속에 묻힌 온갖 보물들을 볼 수 있으니 오른쪽 눈에 바르면 그 보물들을 내 마음대로 가질 수 있을 거라고 굳게 믿었지요. 이런 생각에 사로잡혀 저는 오른쪽 눈에 연고를 발라 달라고 수행자에게 끈질기게 졸랐습니다. 하지만 그는 단호하게 거절했지요. "형제여, 당신에게 이처럼 호의를 베풀어놓고 막판에 그와 같은 엄청난 상처를 주고 싶지는 않소. 시력을 잃으면 얼마나 불행할지 생각해 보시오. 평생 후회할 일을 해 달라고 내게 강요하지 마시오." 하고 그가 말했습니다.

저는 고집스럽게 졸라대면서 강한 어조로 말했지요. "형제여, 그런 걱정들은 제발 접어 두시오. 이제까지 아주 너그럽게도 내가 부탁한 일들을 모두 들어 주었는데, 막판에 이런 하찮은 부탁 하나 못 들어 주어서 내가 당신한테 불만을 가지고 떠나야 하겠소? 제발, 이 마지막 부탁을 들어주시오. 무슨 일이 생기든지 간에 당신을 원망하지 않고 모두 내 탓으로 돌리겠소."

"내 왼쪽 눈에
연고를 발랐어요."

수행자는 온갖 말로 완강하게 거부를 하다가 제가 강압적인 수단을 쓰려고 하자 그 치명적인 연고를 조금 찍어 내 오른쪽 눈에 발라 주었습니다. 그런데 아이! 눈을 떠보니 두 눈 모두 아무것도 보이지 않았어요. 지금 보시는 것처럼 맹인이 되어 버렸지요.

"아! 수행자," 하고 저는 고통에 차서 외쳤습니다. "당신이 경고한 말이 모두 사실이었구려. 치명적인 호기심과 그칠 줄 모르는 보물에 대한 욕심 때문에 나 자신을 불행의 구렁텅이로 빠뜨리다니! 하지만, 자비롭고 선량한 소중한 형제 여, 당신은 경이로운 비법들을 두루 알고 있으니 내 눈을 다시 되돌릴 수 있는 방법도 알고 있지 않소?"

"참으로 가련한 사람 같으니라고!" 하고 수행자가 대답했지요. "내 충고를 들었더라면 이런 불행은 당하지 않았을 것이오. 하지만 당신은 응당한 대가를 치렀소. 당신의 마음이 멀어서 당신의 눈이 멀게 되었구려. 그러니 하느님이 있다고 생각한다면 하느님에게 기도하시오. 오직 하느님만이 당신에게 눈을 되찾아 줄 수 있소. 하느님께서는 당신에게 당치도 않게 많은 보물을 주셨으나 당신은 그것을 받을 자격이 없었소. 그러니 당신에게 가당치 않은 보물을 다시 빼앗아가신 것이오. 하느님께서는 이제 내 손을 통해서 당신처럼 배은망덕하 지 않은 사람들에게 이 보물을 나누어 주실 것이오."

수행자는 형언할 수 없는 절망에 빠져 혼란스러워하는 저를 내버려 둔 채 제 낙타들을 몰고 부소라를 향해 떠나 버렸답니다.

그가 떠나는 소리를 듣고 저는 큰 소리로 울부짖으며 저를 그처럼 비참한 상 태로 내버려 둔 채 떠나지 말아 달라고 애원했습니다. 제가 처음에 묵었던 숙소 에라도 데려다 달라고 간청했지요. 하지만 그는 저의 간청과 애원을 들은 척도 하지 않았지요. 그처럼 눈도 잃고 세상에서 제가 가진 모든 것을 잃은 저는 고 통과 배고픔에 지쳐 죽었을 지도 모릅니다. 그런데 다음날, 부소라에서 돌아오 던 한 대상隊商이 자비롭게도 저를 받아주어 바그다드로 데려다 주었지요. 이 렇게 해서 저는 오갈 데 없이 구걸하는 신세가 되어 버렸답니다. 하지만 하느 님께 저지른 죄에 대한 속죄를 하기 위해 저는 속죄의 방법으로 제 처지를 가

런하게 여겨 자비를 베풀어 주는 사람에게 제 따귀를 때리도록 하고 있답니다.

폐하, 어제 제가 그처럼 이상한 행동을 하고 폐하의 심기를 건드리는 행동을 한 것은 모두 이런 연유 때문입니다. 폐하의 노예로서 다시 한 번 용서를 구하노니 어떤 벌이라도 달게 받겠나이다.

"바바 압달라." 하고 왕이 말했다. "네가 뉘우치고 있다는 사실을 알았으므로 너 스스로에게 가한 속죄에 대한 대가로 재상으로 하여금 너에게 은화 네 닢을 주도록 할 것이니 앞으로는 길거리에 나가 구걸을 하지 않아도 되느니라."

이 말에 바바 압달라는 왕의 발치에 엎드려 감사를 드리며 행복하게 장수를 누리기를 기원하였다.

시에드 누만 이야기

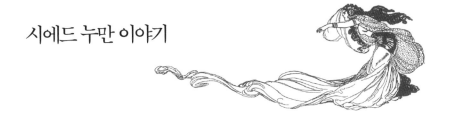

이번에는 왕이 젊은이에게 말을 학대하는 이유를 말하라고 명했다. 그러자 젊은이는 다음과 같은 이야기를 했다.

폐하, 제 이름은 시에드 누만이라고 합니다. 저에게는 참으로 이상한 사연이 있습니다. 저는 아민이라는 아름다운 여인과 결혼을 했는데, 아민의 이상한 행동으로 인해 비탄에 빠지게 되었답니다.

결혼할 사람을 보지도 않고, 누군지도 모른 상태에서 결혼하는 것이 우리의 풍습이기 때문에 아내가 될 사람이 끔찍하게 추하거나 이상하게 생기지 않았다면, 그리고 설사 외모가 약간 결함이 있더라도 행동거지와 처신이 단정하고 재기가 있어 그것을 벌충할 만하다면 남편은 불평하지 않는다는 것을 폐하께서도 아실 겁니다. 처음으로 베일을 벗은 아내의 얼굴을 보았을 때 우리는 서로에게 감탄을 했지요. 그런데 아내는 약간의 밥 외에는 아무것도 먹지 않았습니다. 밥을 먹을 때에도 낱알을 하나씩 바늘로 찍어서 입으로 가져갔지요. 그것만 먹고는 살 수 없었기 때문에 저는 아내가 의심스러워 지켜보기로 했습니다. 그래서 어떤 연유인지 알아내기 위해 밤에 자지 않고 깨어 있었지요. 그러던 중 어느 날 밤 드디어 그 비밀을 알게 되었습니다. 그날 밤 아내는 제가 곤히 잠든 줄 알고 살며시 잠자리에서 일어나 아주 조심스럽게 옷을 입고는 조용히 방을 나갔습니다. 아내가 나가자 저도 일어나서 어깨에 망토를 걸치고 아내 뒤를 밟았지요. 그런데 아내가 집 근처에 있는 공동묘지로 들어가지 않겠습니까. 아내는 사람의 시체를 먹는 악귀들과 어울려 소름끼치는 잔치를 벌이며 포식을 했지요. 그 광경에 저는 괴로운 마음을 안고 집으로 돌아와 침대에 누웠습니다. 아내의 존재를 견딜 수가 없었지요. 그때, 아내가 나갈 때와 마찬가지로 소리 없이 돌아왔습니다.

다음날 저는 아침 일찍 집을 나가 하루 종일 밖에서 지냈습니다. 저녁에 집으로 돌아오자 아내는 저녁식사를 차리라고 하더니 여느 때처럼 이상한 식으로 밥을 먹었지요. 가만히 보고만 있을 수가 없어서 제가 말했습니다. "우리집 식사가 악귀들이 차려주는 식사만도 못하나?" 이 말에 아민의 얼굴이 부들부들 떨리더니 무섭게 화를 내며 소리쳤습니다. "비열한 놈, 호기심 때문에 엿본 대가로 벌을 받거라. 개가 되거라!"

아민의 말이 떨어지기가 무섭게 저는 개가 되었습니다. 아내는 막대기를 집어들더니 저를 가혹하게 때리기 시작했습니다. 그리고는 문을 열었지요. 저는 울부짖으며 거리로 뛰쳐나갔습니다. 수많은 개들이 뒤쫓아 오며 저를 사납게 물어뜯었습니다. 그 개들을 피해 양머리들을 내놓은 한 가게로 달려 들어갔습니다. 나중에 많은 개들이 밖에서 먹을 것을 얻으려 기다리고 있는 것을 보고 그 무리에 끼어 시장기를 채웠지요. 다음날 저는 빵가게로 갔는데, 빵가게 주인이 저를 친절하게 맞아주며 함께 지내게 해주었습니다.

그 빵가게에서 지낸 지 얼마가 지난 어느 날, 한 여자가 빵을 사러 와서는 주인에게 위조화폐로 빵값을 지불했습니다. 주인이 돌려주며 진짜 돈을 달라고

"아내는 사람의 시체를 먹는 악귀들과 어울렸어요."

했지요. 그러자 여자는 다시 받기를 거부하면서 위조된 돈이 아니라고 우겼습니다. 빵가게 주인이 위조된 돈이라고 하면서 여자와 말다툼을 하던 중에 딱 봐도 위조된 것이 뻔하기 때문에 개라도 이를 구별할 수 있을 거라고 말했지요.

그리고는 저를 불러 말했어요. "보거라. 그리고 이 중 어떤 것이 위조된 돈인지 말해 보거라." 저는 돈을 모두 훑어보고는 발로 위조화폐를 나머지 것으로부터 떼어놓은 다음 주인에게 보라는 뜻으로 주인의 얼굴을 쳐다보았지요.

빵가게 주인은 아주 놀라워했어요. 그 후 저의 이름이 널리 알려지게 되어 가게는 손님들로 붐볐습니다. 그러던 어느 날, 한 여자가 가게로 들어와 제 능력을 시험하더니 자기 집으로 따라오라는 손짓을 해보였습니다. 저는 무슨 뜻인지 알았기 때문에 선선히 따라갔지요. 곧이어 그녀의 집에 다다르자 여자는 마법사인 자기 딸에게 저를 데려갔습니다.

여자가 말했지요. "아이야, 이 개는 유명한 개란다. 내 생각에는 개의 모습을 한 사람인 것 같구나. 그렇지? 내 말이 맞지 않느냐?"

"맞아요, 당장 마법을 풀게요." 하고 젊은 딸이 대답했어요.

젊은 딸은 소파에서 일어나더니 물이 담긴 대야에 손을 집어넣었다가 내 위로 물을 뿌리면서 말했습니다. "개로 태어났다면 개로 있고, 사람으로 태어났다면 이 물의 힘으로 사람으로 되돌아가거라!" 그 순간 마법이 풀리고 저는 원래의 모습으로 되돌아왔지요.

제가 저를 구해준 딸에게 감사를 표시하고 떠나려고 하자 딸이 말했습니다. "이 물을 가져가세요. 그리고 집에 도착하거든 그 잔인한 아내에게 뿌리면서 이렇게 말하세요. '너의 사악한 행동에 대한 대가를 받아라!' 라고." 저는 그녀가 시키는 대로 했지요. 그랬더니 아민이 그 자리에서 암말로 변했습니다. 어제 제가 타고 있던 그 말이 바로 아민이랍니다. 제가 아내에게 가한 벌이지요. 폐하께서 명하신 대로 제 사연을 모두 들려드렸나이다.

그러자 왕이 말했다. "너의 아내는 실로 벌을 받아 마땅하나 충분히 벌을 받았으므로 다시는 그런 사악한 행동을 하지 말고, 둘이 화해를 하면 좋겠구나."

이렇게 말하고 왕은 코기아 하산을 돌아보았다. 코기아 하산이 왕의 명령을 받아 자기의 사연을 이야기했다.

코기아 하산 알하발 이야기

폐하, 밧줄 만드는 사람이라는 뜻을 가진 저 코기아 하산 알하발이 지금 누리고 있는 이 모든 부富는 모두 저의 두 친구인 사디와 사드 덕분이랍니다. 어떻게 하여 이러한 부를 얻게 되었는지 말씀드리겠습니다. 사디와 사드는 행복의 조건에 대해 서로 의견이 달랐답니다. 아주 큰 부자인 사디는 다른 사람에게 의지하지 않고 살 수 있는 많은 재산이 없이는 절대로 행복할 수 없다고 항상 주장했지요. 하지만 사드는 의견이 달랐습니다. 그는 편안한 삶을 위해 부가 필요하긴 하지만, 괜찮은 삶을 영위하고 남에게 베풀 수 있는 정도의 재물만으로 충분하다고 보았습니다. 그는 사람의 삶에 있어서 행복이란 재물을 좇기보다는 미덕을 추구하는 데 있다고 보았지요.

어느 날, 이것은 두 사람에게 들은 이야기입니다만, 둘이서 이 문제에 대해 얘기를 나누던 중 사디가 말했습니다. "내가 직접 실험을 해서 증명해 보이겠네. 이를테면, 장인匠人에게 돈을 줘 보는 것일세." 그 때 두 사람은 우연히 제가게 앞을 지나다가 제가 밧줄을 만들고 있는 것을 보게 되었습니다. 사드가 저를 가리키며 말했지요. "저기 한 사람 있군. 내가 기억하기로 저 사람은 오랫동안 밧줄을 만드는 일을 해 왔는데 여전히 가난하게 살고 있지. 자네가 후하게 돈을 줄 대상으로 마땅한 것 같군. 자네가 원하는 실험을 하기에도 적당한 사람이고 말이야."

두 친구는 저에게 와서 저를 찾아온 목적을 말했어요. 그리고 사디가 품에서 지갑을 꺼내 제 손에 쥐어 주며 말했지요. "자, 이걸 받으시오. 금화 200냥이 들어 있소. 이 돈과 함께 하느님의 축복이 있기를 바라고 하느님의 은총을 받아 내가 바라는 대로 유용하게 쓰길 바라오. 여기에 있는 내 친구 사드와 나는 이 돈이 당신을 지금보다 더 행복하게 해 줄 수 있다면 매우 기쁘겠소."

저는 그들에게 정중하게 감사하다는 인사를 했습니다. 두 친구가 떠난 후 저는 다시 일을 하면서 제가 갖게 된 큰 행운에 대해 생각했지요. 그러다가 돈을 어디에 두어야 안전할지 고민이 되기 시작했습니다. 저의 집은 가난해서 돈을 넣어 둘 상자나 찬장 또는 돈이 눈에 띄지 않게 숨겨 둘 안전한 장소가 없었거든요.

이렇게 고민을 하다가 저는 당장 써야 할 10냥을 제외한 나머지 금화를 제 터번을 둘러싼 린넨 천에 넣고 꿰맸습니다. 그리고는 밧줄을 만들 싱싱한 대마大麻를 산 다음 오랫동안 고기를 먹지 못한 우리 가족들을 위해 저녁 식사로 먹을 고기를 사러 갔지요.

고기를 사서 들고 집으로 돌아오는데 굶주린 독수리 한 마리가 날아와 절 덮쳤어요. 고기를 단단히 움켜쥐고 있지 않았더라면 낚아채갈 뻔했지요. 그런데 뺏기지 않으려고 심하게 몸부림치는 바람에 터번이 땅바닥으로 떨어지고 말았어요.

독수리는 잽싸게 고기를 놔주고 터번을 낚아채더니 가지고 날아가 버렸습니다. 저는 소리를 고래고래 질렀지요. 그 소리가 너무 커서 이웃 사람들은 물

론이고 아이들까지 나와서 독수리로
하여금 터번을 떨어뜨리게 하려고 소
리를 질렀지요. 하지만 소리를 질러도
아무 소용이 없었습니다. 독수리는 제
터번을 가지고 멀리멀리 사라져 버렸
습니다. 제가 쫓아갔더라도 아무 소용
이 없었을 겁니다.

저는 돈을 잃어버리고 침울한 표정
으로 집으로 돌아갔습니다. 이미 대마
를 사느라고 돈을 써버린 데다가 새 터
번을 사야 했기 때문에 남은 돈이라곤
얼마 되지 않았습니다. 제가 생각했던
거대한 희망을 충족시키기에는 턱없
이 부족했지요.

그래도 10냥 중 남은 돈이 있는 동
안 우리 가족은 전보다는 더 나은 생
활을 했습니다. 하지만 곧 돈이 바닥

"굶주린 독수리가 저를 덮쳤어요."

이 나고 우리는 예전과 똑같은 가난뱅이가 되어 비참한 나락으로 빠져들게 되
었답니다. 하지만 절대로 푸념이나 불평을 하지 않았습니다. 이웃들에게 금화
190냥을 잃어버렸다고 말하자 그들은 절 그저 비웃기만 했지요.

6개월이 지나자 두 친구가 다시 제 가게를 찾아왔습니다. 저는 그들에게 믿
기 힘든 얘기를 해야 하는 제가 몹시 부끄러웠지요. 사디는 제 말에 조소를 하
더니 말했어요. "하산, 그런 농담을 하다니 날 속일 생각 마시오. 대체 독수리
가 터번을 가져갔다니 말이나 되오? 먹을 것을 찾아다니는 독수리가 터번을

가져다 뭘 하겠소?"

"나리, 제 말을 증명해 줄 증인들을 불러올 수도 있습니다." 하고 제가 대답
했습니다. 그런데 놀랍게도 사드가 제 편을 들어 사디에게 독수리에 관한 수많
은 얘기를 하는 것이었습니다. 제 말이 사실이라는 것을 확인해 주는 얘기도 들
려주었지요. 그러자 사디는 지갑을 꺼내 금화 200냥을 제 손에 쥐어 주었어요.
저는 지갑이 없었기 때문에 돈을 가슴에 넣으면서 이번에는 이 너그러운 선물
을 조심해서 잘 쓰겠다고 약속했습니다. 사디는 고맙다는 인사를 받으려 하지
않고 친구와 함께 조용히 가게를 나갔지요.

그들이 떠나자 저는 가게를 나와 집으로 갔습니다. 아내와 아이들이 외출하
여 집에는 아무도 없었습니다. 저는 돈을 꺼내 10냥을 따로 챙겨놓고 나머지는

"밀기울 항아리에
나머지 금화를
넣어 두었지요."

한쪽 구석에 있는 밀기울 항아리 속에 넣어 두었지요. 잠시 후 아내가 돌아왔습니다. 집에 대마가 조금밖에 남아 있지 않았기 때문에 저는 아내에게 대마를 사러 간다고 말하고 두 친구에 관해서는 아무 말도 하지 않고 집을 나왔습니다.

제가 집을 비운 사이에 수세미를 파는 장수가 우리 거리를 지나가게 되었습니다. 수세미가 필요했던 아내는 돈이 없자 밀기울과 수세미를 바꾸자고 했습니다. 그렇게 해서 수세미 장수는 밀기울 항아리를 가져가 버렸지요.

집에 돌아온 제가 항아리가 없어진 것을 발견하고 아내에게 묻자 아내가 수세미와 항아리를 바꾸었다고 했지요. 아내는 아주 유리한 거래를 했다고 생각하고 있었지요.

저는 아내가 엄청난 실수를 저질렀다고 하면서 심하게 나무랐답니다. 아내는 자신이 무슨 잘못을 저질렀는지를 알자 완전히 정신 나간 사람 같았습니다. 울부짖고 가슴을 치고 머리카락과 옷을 쥐어뜯었지요. "아이고, 이 박복한 년." 하고 아내가 울부짖었습니다. "이렇게 엄청난 실수를 저지르고서도 살 자격이 있을까? 그 수세미 장수를 어디서 찾지? 누군지 알지도 못하고 한 번도 본 적이 없는 사람인데. 오! 여보, 그처럼 중요한 물건을 그리 허술하게 보관하다니 당신도 책임이 있어요!"

"여보, 이제 그만 슬퍼하고 진정하시오. 그렇게 울부짖으면 이웃들이 다 알겠소. 그들이 알면 우리를 동정하기는커녕 비웃을 거요." 하고 제가 말했어요.

이런 일을 겪은 후에 두 친구가 다시 찾아왔지만 저는 기쁘게 맞이할 수가 없었지요. 사실, 그들이 왔을 때 얼굴을 제대로 쳐다볼 수가 없었어요. 저는 얼굴도 제대로 들지 못한 채 참담한 심정으로 그동안에 일어난 일을 얘기했습니다. 그들은 아무 말 없이 조용히 들었지요. 저는 이야기를 마친 후 이렇게 덧붙였어요. "나리, 나리의 관대한 처사에도 불구하고 부자가 되지 못하고 가난뱅이로 사는 것이 저에 대한 오묘하고도 헤아릴 수 없는 하느님의 뜻인가 봅니다. 하지만 나리께서 원하시던 대로 부자가 된 거나 다름없이 나리에게 감사합니다."

이렇게 말을 한 후 저는 침묵을 지키고 있었습니다. 그러자 사디가 친구인 사드를 돌아보며 말했지요. "이제 자네가 실험을 할 차례네. 가난한 사람에게 돈을 주는 것 말고도 달리 돈을 벌게 할 수 있는 방법이 있는지 보여주게나. 하산을 대상으로 실험해 보는 게 어떻겠나? 장담하건대, 이 사람에게 어떤 것을 주든 간에 금화 400냥을 준 것 이상으로 부자가 될 수는 없을 걸세."

당시에 사드는 납 조각을 손에 들고 있었는데, 그것을 사디에게 보여주며 말했지요. "아까 내가 땅바닥에서 이 납 조각을 줍는 것을 보았을 걸세. 이 납 조각을 하산한테 주겠네. 이것이 어떤 가치가 있는지 알게 될 걸세."

사디는 사드를 보고 웃음을 터뜨렸어요. "대체 납 조각이 무슨 가치가 있단 말인가? 눈곱만큼의 가치라도 있을까? 하산이 그걸 가지고 뭘 하겠나?"

사드는 납 조각을 제게 내밀며 말했어요. "받게, 하산. 사디가 웃든 말든 상관 말게. 언젠가 이 납 조각이 자네한테 행운을 가져다주면 우리한테 말해 주게나."

저는 사드가 농담을 하는 줄 알고 받지 않을까 생각했습니다. 하지만 납 조각을 받고 고맙다고 말했지요. 두 친구는 다시 가던 길을 갔고 저는 다시 일을 하기 시작했지요.

밤이 되어 잠자리에 들려고 옷을 벗는데 그 두 친구가 떠난 후 미처 생각하지 못하고 있었던 납 조각이 주머니에서 굴러떨어졌습니다. 저는 납 조각을 주워서 침대 옆에 놔두었지요. 그날 밤 이웃에 사는 한 어부가 그물을 수리하다가 납 조각 하나가 부족한 것을 알았습니다. 밤이 너무 늦어 가게들이 모두 닫혀 있었기 때문에 납 조각을 살 곳을 찾지 못한 어부는 그의 아내에게 혹시 이웃 사람들 중에 납 조각을 가지고 있을 만한 사람이 있는지를 물어보라고 했습니다. 그래서 어부의 아내가 거리 양쪽에 늘어선 집들을 찾아다니며 납 조각을 구해 보려고 했지만 구할 수가 없었습니다. 그래서 어부에게 돌아가 납 조각을 못 구했다고 하자 어부가 몇몇 집들을 대면서 그 집들을 찾아가 봤냐고 물었지요. 그 집들 중에는 우리 집도 들어 있었습니다. "아니요." 하고 어부의 아내가 대답했어요. "그 집들은 안 가봤어요. 너무 멀어서요. 그리고 그 집들을 가본들 납 조각을 구할 수 있었을 거 같아요? 이제까지 경험으로 볼 때 그 사람들이 내가 구하고자 한 것을 가지고 있었던 적은 한 번도 없었어요."

"어쨌든 간에, 가서 알아보고 오시오. 백 번을 찾아갔는데 한 번도 필요한 것을 얻어오지 못했다 하더라도 우리가 지금 필요로 하는 것을 가지고 있을 수도 있잖소." 하고 어부가 말했어요.

어부의 아내는 투덜대며 와서 우리 집 문을 두드려 깊은 잠이 든 저를 깨웠습니다. "하산, 남편이 그물을 고치고 있는데 납 조각이 필요하대요. 혹시 있으면 좀 주세요." 하고 어부의 아내가 말했지요. 저는 사드가 제게 주었던 납 조각이 생각나서 있다고 말했습니다. 잠시만 기다리면 제 아내가 가져다줄 것이라고 했지요. 저처럼 시끄러운 소리에 잠이 깬 제 아내가 일어나서 제가 일러준 곳을 더듬거려 납 조각을 찾아서 문을 열고 나가서 어부의 아내에게 건네주었어요. 어부의 아내는 기뻐서 어쩔 줄 몰라 하며 제 아내에게 보답으로 그물을 던져 맨 처음 낚아 올린 것을 우리에게 주겠다고 약속했지요.

어부는 거의 기대하지 않던 납 조각을 구할 수 있게 되어 너무도 기뻐하며 아내가 한 약속에 찬동했어요. 그는 그물을 고친 다음 여느 때처럼 날이 밝기 두 시간 전에 고기잡이를 하러 갔지요. 첫 번째 그물을 던져 올라온 것은 물고기 한 마리뿐이었습니다. 길이가 1미터 정도에 아주 통통한 물고기였지요. 하지만 두 번째부터는, 첫 번째 낚아 올린 물고기에 버금가는 것은 없었지만 물고기가 아주 많이 잡혔습니다.

그날 아침, 어부는 자기 아내가 한 약속을 지키기 위해 싱싱한 물고기 한 마리를 들고 저를 찾아와 말했지요. "이웃 양반, 지난밤에 내 아내가 당신의 친절에 대한 보답으로 첫 번째 그물을 던져 잡은 고기를 당신에게 주기로 약속한 바 있소. 그런데 하느님의 뜻인지 이 물고기 한 마리밖에 올라온 것이 없었소. 그러니 받아 주시오. 더 나은 것이었으면 좋으련만 어쩌겠소."

제가 말했어요. "이웃 양반, 당신한테 준 납 조각은 하찮은 것이어서 별로 가격이 나가지 않는 것이오. 필요한 것이 있으면 서로 돕는 것이 이웃이지 않겠소. 내가 그런 상황이었다면 당신이 내게 해 주었을 일을 했을 뿐이오. 당신이 기쁜 마음으로 이 선물을 주는 것이 아니거나 이 선물이 당신에게 부담이 되는

"싱싱한 물고기 한 마리를 들고
찾아왔지요."

것이라면 받지 않을 것이오. 하지만 당신이 기쁜 마음으로 주는 것이니 진심으로 고맙게 생각하며 받겠소."

이렇게 서로 예의를 갖추어 인사를 주고받은 뒤 저는 물고기를 집으로 가져가 아내에게 주었습니다. 우리 집에는 큰 그릇이 없었기 때문에 아내는 물고기를 통째로 요리할 수가 없었지요. "적당히 요리하시오. 어떻게 요리를 해도 맛이 좋을 테니까." 하고 제가 말했어요. 그런데 아내가 물고기를 요리할 준비를 하다가 커다란 수정을 발견했습니다. 아내는 그것이 유리인 줄 알고 가지고 놀라고 아이들에게 주었어요. 아이들은 밝고 아름다운 그 빛이 신기해서 서로 돌려보았지요.

밤이 되자 램프에 불이 켜지고 아이들은 여전히 수정을 가지고 놀고 있었습니다. 그러다가 아이들은 그 수정이 빛을 발한다는 사실을 알아냈습니다. 저녁 식사를 준비하고 있던 아내가 아이들과 램프 중간에 서서 램프의 빛을 막고 서 있는데도 주위가 환했지요. 아이들은 수정을 서로 가지려고 옥신각신했답니다. 그래서 제가 제일 큰아이를 불러서 무슨 일이냐고 물었더니, 유리 조각 때문에 그런다고 하면서 어둠 속에서도 빛이 난다고 말하더군요. 저는 그 말이 사실인지 확인해 보려고 램프를 껐습니다. 그런데 그 말이 사실이었습니다.

"이거 보거라, 이건 사드가 준 납 조각이 가져다준 또 다른 행운이야. 이제 기름 값을 아낄 수 있게 되었구나." 하고 제가 말했지요.

아이들은 램프를 꺼도 유리 조각이 밝게 빛을 내어 주위가 환하자 신기해서 큰 소리를 질러대며 소란을 피웠지요. 그 바람에 우리 집과 얇은 칸막이를 사이에 두고 있던 이웃들이 모두 깼습니다.

다음날, 보석 상인이자 아주 부자인, 옆집에 사는 이웃 유대인이 아내를 보내 초저녁잠을 깨웠다면서 불평했습니다. "어머, 라헬(유대인 아내의 이름이었어요)," 하고 아내가 말했지요. "어젯밤 일은 정말 죄송해요. 너그럽게 용서해 주세요. 아시다시피 아이들이 하찮은 일로 웃고 소리 지르는 바람에 그리 되었어요. 들어오세요. 무엇 때문에 소란을 피웠는지 보여 줄게요."

유대인 여자는 아내와 함께 안으로 들어왔습니다. 아내는 유리 조각(실제로는 아주 특별한 다이아몬드였어요)을 굴뚝에서 꺼내 건네주며 말했습니다. "이것 보세요. 그 소란을 피운 것은 이 유리 조각 때문이었어요." 온갖 보석에 대해 잘 알고 있는 유대인 여자가 감탄하며 다이아몬드를 들여다보는 동안 아내는 어떻게 해서 그것을 발견하게 되었는지에 대해 얘기했지요.

"아이샤(제 아내 이름이에요)," 하고 유대인 여자가 다시 다이아몬드를 건네 주며 말했어요. "맞아요, 유리 조각이에요. 하지만 일반적인 유리보다는 더 아름답군요. 우리 집에도 이런 것이 있는데 팔겠다면 내가 살게요."

그런데 자기들이 가지고 노는 장난감을 판다는 얘기를 들은 아이들이 당장 대화를 가로막으며 울면서 팔지 말라고 애걸했답니다. 그러자 아내는 아이들을 진정시키며 팔지 않겠다고 했지요.

다이아몬드를 속여서 사려고 했던 유대인 여자는 아이들 때문에 방해를 받자 가 버렸습니다. 하지만 가기 전에 문 앞까지 따라 나온 아내에게 팔 생각이 있으면 다른 사람한테 보여 주지 말고 자기한테 알려 달라고 속삭였지요.

다이아몬드에 대해 얘기를 들은 유대인은 유대인 여자를 보내 제 아내에게 다이아몬드를 금화 20냥에 팔라고 제안했습니다. 하지만 제 아내는 먼저 저와 상의를 한 다음에 팔겠다고 했지요. 때마침 제가 집에 돌아오자 아내는 그 제안에 대해 얘기했습니다. 저는 납 조각이 저를 부자로 만들어 줄 거라고 확신하던 사드의 말을 생각하며 잠시 머뭇거렸습니다. 그런데 유대인 여자는 돈이 적어서 제가 대답을 안 하는 줄 알고 50냥을 주겠다고 했습니다.

유대인 여자가 가격을 갑자기 20냥에서 50냥으로 올려주겠다고 하자 저는 그보다 더 높은 가격을 기대했다고 말했지요. "그렇다면, 100냥을 드릴게요. 하지만 비싸서 남편이 그러라고 할지 모르겠어요." 하고 유대인 여자가 말했어요. 이 제안에 저는 금화 10만 냥을 원한다고 했습니다. 그 수정이 다이아몬드라는 확신이 들었거든요. 저는 그 다이아몬드가 그보다 훨씬 더 높은 가치가 있지만 이웃이기 때문에 그 가격만 받겠다고 말했습니다. 그리고 그 가격에 사지 않는다면 다른 보석 상인들에게 훨씬 더 좋은 가격에 팔 수 있을 거라고 말했지요.

유대인 여자는 이처럼 단호한 제 태도를 보고 어떻게 해서든 다이아몬드를 사려고 했답니다. 그 여자가 5만 냥까지 주겠다고 했지만 저는 거절했습니다. "남편의 허락 없이는 그 이상 지불할 수 없어요. 남편이 밤에 집에 올 테니까 그걸 좀 남편에게 보여주세요." 하고 유대인 여자가 말했어요. 저는 그러겠다고 약속했지요.

저녁에 유대인이 찾아왔을 때 저는 제가 제안한 가격을 고집했습니다. 그가 흥정을 했지만 저는 그보다 더 낮은 가격을 받을 수 없다고 거절했지요. 결국 그는 제가 요구한 가격을 지불하기로 결정하고 예약금으로 각각 금화 천 냥이 들어 있는 두 개의 가방을 주면서 나머지는 다음날 지불하겠다고 약속했어요. 이렇게 해서 다음날 그는 나머지를 지불했고 저는 다이아몬드를 건네주었지요.

아내는 비싼 옷을 사자고 했지만 저는 재산을 낭비하지 않고 큰 장사를 위한 밑천으로 사용하기로 했습니다. 그래서 저는 이틀 동안 저처럼 날마다 열심히 밧줄을 꼬아서 그날그날 벌어 먹고 사는 사람들을 찾아다녔습니다. 그들에게 선금을 주면서 그들의 기술과 능력에 따라 갖가지 밧줄을 꼬아 달라고 부탁했습니다. 밧줄을 다 꼬아주면 즉시 돈을 지불하겠다고 약속했지요.

이렇게 해서 저는 바그다드에서 밧줄 장사를 독점하게 되었고 곧이어 커다란 창고를 세내야 했지요. 나중에 더 큰 공간이 필요하게 되자 저는 어제 폐

"결국 그는 내가 요구한 돈을 지불하기로 결정했지요."

하께서 보신 집을 짓게 되었답니다. 사실 그 집은 보기에는 아주 근사해 보이지만 저와 제 가족이 사는 방을 제외하면 거의가 제 장사를 위한 창고로 쓰이고 있답니다.

구차한 옛날 집에서 이곳으로 이사온 지 얼마 되지 않아 제가 어떻게 지내는지 보려고 사드와 사디가 그 거리에 찾아왔지요. 그런데 놀랍게도 제가 대단한 제조업자가 되어서 그냥 하산이라 불리지 않고 코기아 하산 알하발이라고 불리며 그 거리에 궁전과 같은 집을 짓고 산다는 것을 알게 되었습니다.

그 사실을 알자 그들은 당장 저를 찾아와서 제 성공을 축하해 주었습니다. 저는 우연히 그들이 오는 것을 보게 되어 그들에게 걸맞은 감사를 표하며 그들을 맞이할 수 있었습니다.

자리에 앉자 사디가 말했습니다. "코기아 하산, 대체 무슨 재주로 내가 준 금화 400냥으로 이처럼 큰 재산을 일구어냈는지 말해보게."

그러자 사드가 끼어들어 말했지요. "왜 아직도 이 친구의 진실성을 의심하는가? 우리 둘 중에서 누가 준 것으로 이처럼 부자가 되었는지 하산의 말을 직접 들어보세."

두 친구의 이런 대화가 오간 뒤 저는 그들에게 폐하께 말씀드린 그대로 하나도 빼지 않고 말했답니다.

하지만 제 말을 듣고도 사디는 확신을 하지 못하고 자기 돈으로 제가 부자가 되었다고 고집했어요. 이야기가 끝날 무렵 저녁이 되었기 때문에 그들은 떠날 준비를 했지요. 하지만 저는 그들을 붙잡으며 이렇게 말했지요. "나리들, 한 가지 청이 있습니다. 저와 함께 약소한 저녁 식사를 하시고 또 오늘 밤 여기서 주무시는 영광을 제게 주셨으면 합니다. 내일은 배로 작은 별장으로 모시고 가겠습니다. 신선한 공기를 쐬기 위해 제가 산 작은 별장이랍니다. 내일 바로 되돌아올 겁니다."

그들은 예의바르게 저의 초대를 받아주었습니다. 저녁식사가 준비되는 동안 저는 그들에게 제 집과 정원을 보여주었습니다. 그들은 감탄을 금치 못했지요. 하지만 그들을 위해 마련된 저녁 식탁을 보자 입이 마르도록 칭찬을 했어요.

다음날 아침, 신선한 공기를 만끽하기 위해 아침 일찍 출발하기로 한 우리는 해가 뜰 무렵에 강가로 가서 우리를 기다리고 있는, 양탄자가 깔린 쾌적한 보트를 탔습니다. 우리는 여섯 명의 뱃사공이 젓는 배를 타고 강줄기를 따라 한 시간 반이 채 못 되어 제 별장에 도착했지요.

저는 손님들에게 집을 구경시킨 후 정원으로 안내했습니다. 정원 끝에는 멋진 나무들이 들어선 숲이 있었지요.

우리들이 서서 정원을 구경하고 있을 때 별장으로 보냈던 저의 아이들 중 두 아들이 숲으로 달려가더니 높다란 나뭇가지에 매달린 둥지를 보고 하인을 시켜 가져오게 했습니다. 나무를 타고 올라간 하인은 둥지가 터번으로 되어 있는 것을 보고 깜짝 놀랐지요. 둥지를 가지고 내려온 그는 그 진기한 것을 저한테 보이려고 아이들에게 그 둥지를 저에게 가져다주라고 했지요. 저는 둥지를 이리저리 돌리며 한참 살펴보다가 손님들

"아들이 하인을 시켜 둥지를 가져오게 했습니다."

에게 말했지요. "나리들, 처음 저를 찾아 오셨을 때 제가 쓰고 있던 터번을 기억하시는지요?"

"잘 모르겠소." 하고 사드가 말했습니다. "내 친구도 나도 터번에는 신경을 쓰지 않았으니까. 하지만 190냥이 들어 있다면 당신 터번이 틀림없을 것이오."

"아주 무거운 걸로 봐서, 틀림없이 들어 있을 겁니다. 하지만 열어보기 전에 이 터번이 비바람에 변색된 모습을 확인해 주십시오. 이 나무에 오랫동안 있었다는 것을 보여주는 증거니까요." 하고 제가 말했지요.

그리고 나서 저는 터번을 둘러싼 린넨 천을 풀어서 지갑을 꺼냈습니다. 사디는 그것이 자기가 제게 주었던 지갑이라는 것을 알았지요. 저는 지갑 속에 든 것들을 양탄자 위에 쏟아내며 말했어요. "나리들, 돈입니다. 맞는지 세어 보겠습니다." 세어보니 금화 190냥이 맞았지요. 그러자 분명한 사실을 부인할 수 없었던 사디는 저를 보며 말했어요. "이 돈이 자네가 부자가 되는 데 쓰이지 않았다는 사실은 인정하네, 코기아 하산. 하지만 자네가 밀기울 항아리에 숨겼다고 한 나머지 190냥은 자네가 썼을 수 있네." 저는 그렇지 않다고 맹세했습니다. 그리고는 그 돈에 대해서는 더 이상 왈가왈부하지 않았지요. 우리는 집으로 들어가 저녁식사를 한 후 달빛 아래 시원한 저녁 공기를 마시며 말을 타고 바그다드로 향했지요.

그런데 하인들이 어쩌다 그런 실수를 저질렀는지는 모르지만, 말들이 먹을 먹이가 다 떨어져 버렸지 뭡니까. 가게들도 모두 닫혀 있었지요. 그 때 제 노예 한 명이 근처 가게를 찾아다니다가 한 가게에서 밀기울 항아리를 보게 되었습니다. 그는 밀기울을 사서 항아리는 다음날 돌려주기로 하고 항아리째 가져왔어요. 노예는 손으로 밀기울을 떠내 말들에게 나누어 주다가 아주 묵직한, 묶여 있는 린넨 천을 발견하게 되었습니다. 그는 그 천을 그 상태 그대로 제게 가져왔지요.

저는 그 천이 무엇인지 즉시 알아보고 손님들에게 달려갔답니다. "보세요, 나머지 190냥이 여기 있어요." 더 확실한 증거를 위해 저는 항아리를 아내에게 보냈지요. 아내는 즉시 알아보고는 수세미와 바꾼 바로 그 항아리라고 말했지요.

사디는 기꺼이 항복을 하고는 의심을 거두었습니다. 그리고는 사드에게 말했지요. "자네한테 졌네. 돈이 있다고 다 부자가 되는 것은 아니라는 걸 인정하네."

사디는 돈을 돌려받으려 하지 않았지요. 그래서 우리는 그 돈을 자선금으로 내기로 결정했습니다. 다음날 사드와 사디, 두 친구가 떠날 때 우리는 영원한 우정을 맹세했습니다. 지금까지도 그 우정은 변함이 없답니다.

왕은 이 이야기를 듣고 매우 만족해하며 그 다이아몬드는 이제 왕의 보물창고에 있으며 그 어떤 보석보다도 더 귀하게 여기고 있다고 말했다. 그리고는 이렇게 덧붙였다. "그 다이아몬드를 볼 수 있도록 그대의 친구들을 데려오거라."

이렇게 말하고 왕은 코기아 하산, 시에드 누만, 그리고 바바 압달라에게 그들이 들려준 사연에 고개를 끄덕이며 떠나도 좋다고 허락하였다.

11장
바그다드의 상인 알리 코기아 이야기

하룬 알 라시드 왕이 통치하던 시기에 바그다드에 얼마간의 재력財力을 가진 알리 코기아라고 하는 한 상인이 살았다. 그는 아버지가 물려 준 집에서 혼자 살면서 장사를 하여 번 돈으로 만족스러운 삶을 살고 있었다. 그러던 어느 날, 그는 3일 연속으로 기이한 꿈을 꾸게 되었다. 꿈속에서 덕망 있는 한 노인이 나타나 근엄한 얼굴로 메카 순례를 하지 않았다고 그를 꾸짖었다. 이런 꿈을 꾼 후 상인은 마음이 편치 않았다. 신심이 두터운 그는 메카 성지에 대한 경의를 표해야 할 의무를 느꼈다. 이러한 마음이 들자 그 의무를 이행하는 일을 더 이상 미룰 수가 없었다. 그리하여 메카에서 필요할 수도 있는 물건들만 남겨 두고 살림살이와 가게와 상품들을 모두 팔아 치웠다.

집 또한 세를 준 후 금화 천 냥에 해당하는 돈을 단지에 넣고 위쪽에 올리브를 채워 넣어 친구에게 맡겼다. 친구는 올리브 아래에 무엇이 들어 있는지 모르고 그가 돌아올 때까지 단지를 잘 보관하겠다고 약속했다. 이렇게 하여 알리 코기아는 대상의 대열에 합류하여 순례에 나서게 되었다.

알리 코기아는 메카에 무사히 도착하여 그곳 성지에 있는 사원을 둘러본 후 가지고 온 물건을 처분할 생각으로 시장 거리에 내놓았다.

두 상인이 지나가다 알리 코기아의 물건을 보고 자기들에게 필요한 물건은 아니었지만 매우 우수한 상품이라 생각하여 길을 멈추고 구경을 하였다. 실컷 구경을 한 후 자리를 뜰 때 한 사람이 상대방에게 말했다. "이 물건들을 카이로에 가져다 팔면 얼마나 큰돈을 벌 수 있을지를 이 상인이 안다면 여기서 물건을 팔지 않고 카이로로 가져갈 텐데. 이곳도 좋은 시장이긴 하지만 말이야."

알리 코기아는 이 대화를 듣게 되었다. 이집트에 아름다운 물건들이 많다는 얘기를 들어왔던 그는 그곳을 구경하기로 결심했다. 그래서 다시 짐을 싸서, 바그다드로 가지 않고 카이로로 가는 대상에 합류하여 이집트로 향했다. 이집트에서 그는 순식간에 물건들을 팔아 큰돈을 벌었다. 그는 다마스쿠스로 갈 생각으로 그 돈으로 다른 물건들을 샀다. 대상이 출발할 때까지는 얼마간의 시간이 있었기 때문에 그는 그 사이에 카이로 주변의 흥미로운 장소들과 나일강변을 둘러보았다. 대상들이 여행할 준비가 끝나자 그는 그 대열에 합류하였다. 도중에 그들은 예루살렘에 들렀고 순조로운 여행 끝에 다마스쿠스에 도착했다.

다마스쿠스는 촉촉하고 파릇파릇한 신록의 목초지와 싱그러운 정원들로 둘러싸인 매우 기분 좋은 곳으로, 여행자들의 일기에 묘사된 것보다 훨씬 더 아름다운 곳이었다. 알리 코기아는 이곳에서 오랫동안 지냈다. 하지만 고향인 바그다드를 잊은 적은 없었다. 마침내 그는 고향을 향해 출발했다. 도중에 알레포★에 들러 며칠 묵은 후, 그곳에서 다시 유프라테스 강을 건넌 뒤 티그리스 강을 타는 지름길로 바그다드에 돌아갈 생각으로 모술★★로 향했다.

★　시리아 서북부 도시
★★　이라크 북부 도시. 티그리스 강을 끼고 있음

알리 코기아는 이 대화를 들었다.

모술에 도착하자 함께 알레포에서부터 여행을 하면서 우정을 돈독히 한 몇몇 페르시아 상인들이 함께 쉬라즈에 가자고 알리 코기아를 설득하였다. 그곳에서 큰돈을 벌어 쉽게 바그다드로 돌아갈 수 있다는 것이었다. 그들은 알리 코기아를 데리고 술타니아, 레이, 코암, 카스찬, 이스파한 도시들을 들러서 쉬라즈로 갔다. 그곳에서 그는 페르시아 상인들과 동행하여 힌두스탄까지 간 다음 다시 그들과 함께 쉬라즈로 돌아왔다. 이전에 여러 도시를 들른 데다가 이러한 여행을 하느라고 많은 시간을 보낸 탓에 그가 바그다드를 떠난 지 어느덧 7년이 지났다. 그래서 그는 다시금 고향으로 돌아갈 결심을 하였다.

한편 그가 올리브 단지를 맡겨 놓았던 그의 친구는 알리 코기아와 그의 올리브에 대해 까맣게 잊고 지냈다. 그런데 알리 코기아가 대상들과 함께 쉬라즈로부터 돌아오고 있을 무렵의 어느 날 저녁, 알리 코기아의 친구는 그의 가족들과 저녁 식사를 하다가 우연히 올리브 얘기를 하게 되었다. 그러자 그의 아내가 올리브를 맛본 지가 오래되었다고 하면서 먹고 싶어 했다.

알리 코기아의 친구가 말했다. "올리브 얘기가 나왔으니 말인데, 7년 전에 알리 코기아가 메카로 떠날 때 맡겨 놓은 단지가 생각나는군. 돌아오면 가져가겠다면서 내 창고에 넣어둔 거 말이야. 그 친구가 어떻게 되었는지 알 수가 없어. 메카에서 돌아온 대상들이 하는 얘기로는 그 친구가 이집트로 떠났다고 하더군. 이렇게 오랜 시간이 지나도록 돌아오지 않는 걸 보면 분명히 죽었을 거야. 그러니 올리브가 잘 익었다면 먹어도 되겠지. 접시와 촛불을 주시오. 가서 좀 가져다가 먹읍시다."

그의 아내는 다른 사람의 물건에 손을 대서는 안 된다며 남편을 만류했으나 알리 코기아의 친구는 아내의 말을 듣지 않고 올리브를 가지러 갔다.

창고에 들어선 상인이 단지를 열자 곰팡이가 피어 있었다. 그는 밑바닥까지 상태가 모두 그러한지 확인하려고 접시에 단지를 엎었다. 그리고는 단지를 흔들었더니 금화 몇 닢이 굴러떨어졌다.

천성이 욕심 많은 상인이 금화를 보고 단지 안을 들여다보았더니 올리브가 거의 쏟아져 나온 단지 바닥에 금화가 깔려 있었다. 그는 얼른 올리브를 다시 단지에 채워 넣고 뚜껑을 닫은 다음 아내에게 돌아갔다.

"당신 말이 맞소, 올리브가 모두 곰팡이가 슬어 있습디다. 그래서 단지를 알리 코기아가 두었던 그대로 놔두고 왔소. 그러니 그가 돌아와서 보면 단지에 손댔다는 것을 눈치 채지 못할 것이오." 하고 상인이 말했다.

"제가 충고한 대로 손대지 말았어야죠. 나쁜 짓을 하지 않길 바라요." 하고

단지를 흔들었더니
금화가 굴러떨어졌다.

아내가 말했다.

알리 코기아의 친구인 상인은 처음에도 그랬듯이 이번에도 아내의 말에 아랑곳하지 않았다. 그는 어떻게 하면 알리 코기아의 금화를 자기 것으로 만들 수 있을지, 그리고 어떻게 하면 친구가 돌아와서 단지를 달라고 해도 그 금화를 자기가 가질 수 있을지에 대해 밤새 곰곰이 생각했다. 다음날 아침 그는 시장에 나가 그 해에 생산된 올리브를 사 와서 단지 안에 들어 있던 오래된 올리브와 금화를 꺼내고 새 올리브를 넣은 다음 뚜껑을 닫고 알리 코기아가 두었던 자리에 놓았다.

상인이 이와 같은 의리 없는 짓을 저지른 지 한 달이 지나 알리 코기아가 바그다드에 도착했다. 그는 떠나기 전에 집을 세놓았었기 때문에 세입자에게 자기가 도착한 사실을 알리고 다른 집을 구할 시간을 주기 위해 당분간 대상이 묵는 숙소에 묵기로 하였다.

다음날 아침, 알리 코기아는 친구인 상인을 찾아갔다. 상인은 알리 코기아를 매우 친절하게 맞으며 오랫동안 소식이 없어서 다시는 보지 못할 줄 알았다고 하면서 돌아온 것을 기뻐하였다. 두 사람이 서로에 대한 안부와 인사말을 주고받은 후 알리 코기아가 오랫동안 폐를 끼쳐 미안하다면서 자신이 맡겨 두었던 올리브 단지를 돌려 달라고 상인에게 말했다.

"이보게, 무슨 당치도 않은 그런 말을 하는가. 폐를 끼치다니. 단지 때문에 불편한 점은 전혀 없었다네. 내가 자네와 같은 입장이었다면 나라도 그랬을 것일세. 창고 열쇠를 줄 테니 가서 단지를 가져오게나. 자네가 놔둔 곳에 그대로 두었네." 하고 상인이 대답했다.

알리 코기아는 상인의 창고로 가서 단지를 꺼내온 다음 친구에게 고맙다는 인사를 하고는 열쇠를 돌려준 후 단지를 가지고 숙소로 갔다. 그런데 단지 뚜껑을 열고 손을 넣어 금화를 찾아 뒤적이자 금화가 한 닢도 없지 않은가. 그는 너무나도 놀라서 한동안 얼어붙은 듯 서 있었다. 그리고는 손과 눈을 들어올려 하늘을 보며 외쳤다.

"친구라고 여겼던 사람이 이런 비열한 짓을 할 수 있단 말인가?"

알리 코기아는 큰돈을 잃어버리고 몹시 걱정이 되어 당장 상인을 다시 찾아갔다. "이보게, 내가 이렇게 바로 다시 찾아온 것에 대해 놀라지 말게. 내가 가져간 단지가 자네 창고에 넣어두었던 올리브 단지가 맞긴 하네만 올리브와 함께 넣어 두었던 금화 천 냥은 찾을 수가 없군. 혹시 자네가 가져다가 장사하는 데 쓴 것은 아닌가? 그렇다면 돌려줄 형편이 될 때까지 자네가 쓰게. 하지만 내가 걱정을 덜 수 있도록 형편이 될 때 돌려 주겠다고 약속해 주게." 하고 그가 말했다.

알리 코기아가 다시 찾아와서 그런 말을 할 것이라고 예상했던 상인은 그에 대한 대답을 생각해 두었다.

"알리 코기아, 자네도 말했다시피 자네는 올리브가 든 단지를 내게 맡겼었네. 그런데 그 단지를 가져갔다가 다시 와서는 내게 금화 천 냥을 내놓으라니! 그 단지 안에 그만한 돈이 있다는 걸 내게 말한 적이나 있나? 난 그 단지 안에 올리브가 들어 있는지조차 몰랐네. 자네가 보여 준 적이 없었으니까 말일세. 금화가 아니라 다이아몬드와 진주를 내놓으라고 할까 두렵네. 당장 가 버리게. 내 창고에 대해 이러쿵저러쿵 소란 피우지 말고. 벌써 사람들이 몰려들잖은가." 하고 상인이 말했다.

상인이 너무 흥분하여 격하게 화를 내며 얘기를 했기 때문에 창고 근처에 몰려들었던 사람들은 그 자리를 떠나지 않고 지켜보았으며 근처 가게에 있던 상인들도 알리 코기아와 상인이 무엇 때문에 다투는지 알아보고 화해를 시키려고 몰려들었다. 알리 코기아가 그의 억울함에 대해 얘기하자 그들은 알리 코기아의 친구에게 해명을 해 보라고 말했다.

상인은 알리 코기아의 단지를 자기 창고에 보관하긴 했지만 손을 댄 적은 없다고 주장했다. 그리고 알리 코기아의 말을 믿고 단지 안에 올리브만 들어 있는 줄 알았다고 주장하면서 사람들에게 자신이 그처럼 모욕과 상처를 받은 것에 대해 증인을 서 달라고 부탁했다.

"그건 자네가 자초한 일일세." 하고 알리 코기아가 상인의 팔을 잡으며 말했다. "하지만 자네가 이처럼 비열하게 구니 고소를 할 수밖에 없네. 재판관 앞에서도 자네가 이처럼 당당하게 말할 수 있는지 보세."

"그야 당연하지. 누가 그른지 곧 알게 될 걸세." 하고 상인이 말했다.

알리 코기아는 상인을 치안판사 앞으로 끌고 가서 상인이 그에게 맡겨 놓았던 금화 천 냥을 사취하는 배임죄를 저질렀다고 고소했다. 치안판사가 증인이 있느냐고 묻자, 알리 코기아는 자기가 돈을 맡긴 사람을 친구라고 믿었고 늘 정직한 사람이라고 생각해 왔기 때문에 그러한 예방조치를 취하지 않았다고 대답했다. 상인은 이웃 상인들 앞에서 했던 말과 똑같은 말을 되풀이했다. 그는 맹세코 자기가 누명을 쓰고 있는 그 돈을 가져간 적이 없으며 그런 돈이 있는지조차 몰랐다고 말했다. 그러자 치안판사는 그의 말이 확실하다고 믿고 증거가 없다는 이유로 그를 무죄로 풀어 주었다.

큰돈을 잃게 되어 매우 원통했던 알리 코기아는 판결에 항의를 하며 왕에게 항소를 하여 정당한 판결을 구하겠다고 치안판사에게 공언했다. 치안판사는 그의 항의를 소송에서 진 사람들이 분개하여 으레 하는 말로 알고 아무런 증인도 없이 고소를 당한 사람을 무죄로 풀어줌으로써 자신의 의무를 다했다고 생각했다.

상인이 알리 코기아를 이기고 자신의 행운을 기뻐하며 집으로 돌아가고 있을 때 알리 코기아는 가서 탄원서를 작성하였다. 다음날, 왕이 정오의 기도를 마치고 돌아가는 시간을 알아둔 그는 왕이 지나가는 시간에 맞추어 거리로 나

알리 코기아는
탄원서를 내밀고 서 있었다.

가 기다렸다. 왕의 행렬이 지나갈 때 그가 탄원서를 내밀고 서 있자 늘 왕 앞 줄
에 서서 행진을 하며 그러한 일을 관장하는 관리가 받아갔다.

알리 코기아는 왕이 궁전으로 돌아가면 항상 탄원서를 가장 먼저 읽는다는
것을 알고 있었기 때문에 궁전으로 가서 탄원서를 받아간 관리가 왕의 방에서
나오기를 기다렸다. 방에서 나온 관리는 왕이 다음날 그의 청원을 듣기 위해
시간을 정했다고 전하면서 상인이 어디에 사느냐고 물은 뒤, 상인 역시 그 시
간에 참석하라고 알리기 위해 사람을 보냈다.

바로 그날 저녁, 왕은 종종 그래왔듯이 재상인 지아파와 환관인 메스로우
를 대동하여 변장을 하고 마을로 나갔다. 거리를 지날 때 작은 마당에서 들려
오는 시끄러운 소리를 들은 왕은 발걸음을 돌려 그곳으로 통하는 문으로 다가
갔다. 마당에서는 여남은 명의 아이들이 달빛을 받으며 놀고 있었다. 왕은 아
이들이 어떤 놀이를 하는지 궁금하여 근처에 있는 돌벤치에 앉았다. 가장 활
달한 아이 하나가 이렇게 말하는 소리가 들렸다. "재판관 놀이 하자. 내가 치
안판사 역할을 할게. 알리 코기아와, 금화 천 냥을 알리 코기아를 속여서 빼앗

은 상인을 데려오너라!"

알리 코기아와 상인에 얽힌 이야기는 바그다드에서 큰 파문을 일으켰기 때문에 아이들마저도 알고 있었던 것이다. 아이들은 재판관 놀이를 하자는 제안에 모두 찬성하며 각자 맡은 역할에 동의하였다. 재판관이 되겠다고 말한 아이의 제안을 거절하는 아이가 한 명도 없었다. 재판관 역할을 맡은 아이가 진짜 재판관과 같은 근엄한 자세로 자리에 앉자 법정 관리 역할을 맡은 아이가 두 소년을 그의 앞으로 데리고 왔다. 한 명은 알리 코기아의 역할을 맡은 아이였고, 다른 한 명은 알리 코기아가 고소한 상인의 역할을 맡은 아이였다.

재판관을 맡은 아이가 알리 코기아의 역할을 맡은 아이를 돌아보며 무엇 때문에 상인을 고소했는지를 물었다. 알리 코기아는 몸을 낮추어 절을 하고는, 상인이 돈을 사취했다고 하면서 그동안에 있었던 일들을 매우 상세하게 얘기하고 나서, 그의 권위를 이용하여 그렇게 많은 돈을 잃지 않도록 정당한 재판을 해 달라고 탄원했다. 재판관은 상인을 돌아보며 알리 코기아가 요구하는 돈을 왜 돌려 주지 않았는지를 물었다. 그러자 상인 역을 맡은 아이가 실제로 상인이 재판관 앞에서 했던 얘기를 그대로 하면서 자기가 한 말이 모두 진실임을 맹세한다고 말했다.

"그렇게 맹세를 하기엔 아직 이르다. 네가 맹세를 하기 전에 올리브 단지를 봐야겠다." 하고 재판관을 맡은 아이가 말했다. "알리 코기아, 단지를 가져왔느냐?" 하고 재판관을 맡은 아이가 알리 코기아 역을 맡은 아이를 보며 말했다. "아닙니다." 하고 알리 코기아가 대답했다. "그럼 가서 즉시 가져오도록 하여라." 하고 재판관이 말했다.

알리 코기아 역할을 맡은 아이는 즉시 가더니 돌아와서는 단지를 재판관 앞에 내려놓는 시늉을 하면서 자기가 상인에게 맡겨 놓은 것과 똑같은 단지이며 다시 되돌려 받은 것이라고 말했다. 하지만 재판관을 맡은 아이는 모든 절차를 밟기 위해 상인에게 같은 단지냐고 물었다. 상인이 침묵으로 그 사실을 인정하는 표정을 지어 보였다. 그러자 재판관은 단지를 열라고 명령하였다. 알리 코기아 역할을 맡은 아이가 뚜껑을 여는 시늉을 하고 재판관을 맡은 아이가 단지 안을 들여다보는 척했다.

"훌륭한 올리브로구나. 맛을 좀 보겠다." 하고 재판관이 말했다. 재판관은 먹는 시늉을 하더니 말했다. "참으로 맛이 좋구나. 하지만 7년이 지나도 올리브가 이처럼 맛있다는 게 믿기지 않는다. 그러니 올리브 상인들을 불러와 그들의 의견을 들어봐야겠다."

그러자 올리브 상인 역할을 맡은 두 소년이 등장했다. "너희들이 올리브를 파는 상인들이냐? 올리브는 얼마나 오랫동안 보관하며 먹을 수 있느냐?" 하고 재판관을 맡은 아이가 물었다.

"재판관님, 신중을 기해 말씀드리자면, 3년째가 되면 거의 먹지를 못하게 됩니다. 그 정도 되면 맛도 색깔도 없어지지요." 하고 두 올리브 상인 소년이 대답했다. "그렇다면, 이 단지 안에 있는 올리브를 살펴보고 이 올리브를 단지에 넣은 지 얼마나 되었는지 말해 보거라." 하고 재판관이 말했다.

두 상인은 단지 안을 살피고 맛을 보는 시늉을 하더니, "이제 갓 넣은 올리브로 맛이 좋습니다."라고 대답했다. "그건 말도 안 되는 소리다. 알리 코기아가 7년 전에 넣은 것이니라." 하고 재판관 소년이 말했다. "재판관 나리, 장담하건데 올해에 수확한 올리브이옵니다. 바그다드에 있는 어떤 상인에게 물어봐도 똑같이 대답할 것입니다." 하고 두 올리브 상인 소년이 대답했다.

고소를 당한 상인 역할을 맡은 소년이 올리브 상인들의 증언에 대해 반론을 펴려고 하였다. 하지만 재판관은 말을 들으려 하지 않았다. "입을 다물거라! 이 불한당 같으니라고. 이 놈을 극형에 처하도록 하여라!" 하고 재판관이 말했다. 이렇게 하여 아이들은 매우 기뻐서 손뼉을 치며 죄인을 붙들고 처형하러 끌고 나가면서 놀이를 끝냈다.

하룬 알 라시드 왕은 다음날 탄원을 듣게 될 사건에 대해 그처럼 정당한 판결을 내린 소년의 현명함과 분별력에 대해 얼마나 감탄했는지 이루 다 말로 표현할 수가 없었다. 왕은 벤치에서 일어서며 함께 듣고 있던 재상에게 어떻게 생각하는지를 물었다. "폐하, 저렇게 어린 아이가 그처럼 총명하다니 참으로 놀랍습니다." 하고 재상이 대답했다.

"그런데, 알고 있소? 바로 이 사건에 대해 내일 내가 판결을 내려야 한다오. 진짜 알리 코기아가 오늘 탄원서를 냈지. 내가 이보다 더 나은 판결을 내릴 수 있을 것 같소?" 하고 왕이 대답했다.

"더 나은 판결은 없을 것 같습니다. 만일 그 사건이 아이들이 말한 내용 그대로라면 말입니다." 하고 재상이 대답했다.

"이 집을 잘 봐두었다가, 내일 그 소년을 내게 데려오시오. 내가 보는 앞에서 소년이 판결을 할 수 있도록 말이오. 또한 그 상인을 무죄로 석방한 재판관을 출두시켜 자신의 의무를 그 아이에게서 배우게 하시오. 그리고 알리 코기아에게 올리브 단지를 가져오라고 말하고 두 명의 올리브 상인도 참석시키시오." 하고 황제가 말했다.

이 같은 명령을 내린 후 왕은 마을을 순회했다. 하지만 그밖에 달리 관심을 끄는 것은 없었다.

다음날 재상은 왕이 아이들의 놀이를 지켜보았던 집을 찾아가 주인을 불렀다. 하지만 주인은 해외로 나가고 없어 그의 아내가 두터운 베일을 가리고 나타났다. 그는 그 아내에게 아이들이 있느냐고 물었다. 그러자 그녀는 세 명이 있다고 하면서 아이들을 불렀다.

"용감한 애들아, 어젯밤 함께 놀 때 누가 재판관 역할을 맡았지?" 하고 재상이 말했다. 제일 큰 아이가 자기라고 대답했다. 하지만 재상이 왜 묻는지를 몰라 당황하여 얼굴을 붉혔다.

"나와 함께 가자꾸나. 폐하께서 널 보고 싶어 하신단다." 하고 재상이 말했다. 그의 어머니는 재상이 아들을 데려가려 하는 것을 보고 매우 겁을 내며 물었다. "폐하께서 무엇 때문에 제 아들을 보시려 하시지요?" 재상은 그녀를 격려하면서 한 시간 안에 아들을 돌려 보낼 것을 약속하며, 그때 아들에게 직접 그 이유를 들을 수 있을 것이라고 말했다. "그렇다면, 나리. 폐하 앞에 나갈 때 예의를 갖출 수 있도록 떠나기 전에 아들의 옷을 갈아입힐 수 있게 허락해 주십시오." 하고 소년의 어머니가 말했다. 소년이 옷을 갖추어 입자 재상은 그를 데리고 왕에게 갔다.

궁전에 도착하자 소년은 매우 부끄러워했다. 왕이 안심을 시키자 그때서야 표정이 밝아졌다. 왕은 상인들을 데려오라고 명했다. 안내를 받아 들어온 상인들은 왕좌 앞에 엎드려 머리를 조아리며 절을 했다. 왕이 그들에게 말했다. "이 아이 앞에서 너희들이 이곳에 불려온 이유에 대해 각자 말하거라. 그러면 이 아이가 듣고 판결을 내려 줄 것이다. 만일 아이가 당혹해한다면 내가 도울

"이 아이 앞에서
이곳으로 불려온 이유에 대해 각자 말하거라."

것이니라."

알리 코기아와 상인이 번갈아가며 탄원을 했다. 상인이 맹세를 한다고 말하자 소년이 말했다. "맹세를 하기에는 아직 이릅니다. 먼저 올리브 단지를 보는 것이 합당합니다."

이 말에 알리 코기아는 단지를 내밀어 황제의 발치에 놓고 뚜껑을 열었다. 왕은 올리브를 하나 집어 맛을 보고는 또 하나를 집어 소년에게 주었다. 잠시 후 올리브 상인들이 불려와 올리브를 살펴보더니 맛이 좋으며 그 해에 생산된 것이라고 말하였다. 그러자 소년은 알리 코기아가 단지를 7년 전에 맡겼으므로 7년 된 올리브가 있어야 한다고 올리브 상인들에게 말했다. 그러자 상인들은 어젯밤에 아이들이 놀이에서 했던 것과 똑같은 대답을 들려주었다.

이 올리브 상인들의 말을 통해 고소를 당한 상인이 유죄라는 사실이 확실해졌지만, 상인은 여전히 해명을 하려고 했다. 그때 소년이 그에게 극형의 명령을 내리는 대신 왕을 돌아보며 말했다. "폐하, 이것은 사소한 문제가 아닙니다. 이 사람에게 극형의 판결을 내릴 분은 폐하시지 제가 아닙니다. 어제 놀이에서는 제가 했지만 말입니다."

왕은 상인의 악행을 인정하여 그를 법무부 관리들에게 인계하여 극형에 처하도록 하였다.

상인이 금화 천 냥을 숨긴 장소를 자백하고 그 돈이 다시 알리 코기아에게 돌아간 후 그의 판결에 대한 집행이 이루어졌다. 매우 정의롭고도 공평한 왕은 재판관을 돌아보며, 앞으로는 소년에게 배워 그의 의무를 더욱 정확하게 이행할 것을 명했다. 그리고는 소년을 껴안아 주고는 그의 관대함에 대한 표시로, 그리고 소년의 총명함에 대한 감탄의 표시로 금화 100냥이 든 지갑을 주어 집으로 보냈다.

12장
아부 하산 또는
자면서 깨어 있는 자에 관한 이야기

하룬 알 라시드 왕이 통치하던 시기에 바그다드에 아주 부유한 상인이 살았다. 그에게는 아들이 한 명 있었는데 이름을 아부 하산이라 짓고 매우 엄격하게 교육을 하였다. 아들이 서른 살이 되었을 때 상인은 죽고 말았다. 아부 하산은 그의 유일한 상속인이었기 때문에 아버지가 근검절약하고 장사에 온 힘을 쏟아 모은 어마어마한 재산을 물려받게 되었다.

평소에 아버지 때문에 사치를 누려보지 못한 아부 하산은 돈을 마음껏 쓰고 싶어 흥청망청 돈을 쓰는 것으로 이름을 날리기로 결심하였다. 그래서 재산을 둘로 나누어 그 절반으로 도시에 있는 집 여러 채와 시골의 땅을 샀다. 땅과 집에서 나온 수입은 화려한 생활을 하고도 남을 만큼 많았는데, 그는 이 수입에는 절대로 손을 대지 않고 저축하기로 결심했다. 현금으로 된 나머지 절반의 재산은 아버지 때문에 늘 옥죄어 사느라 잃어버렸던 시간들을 보상하는 데 쓰기로 작정했다.

그래서 그는 자기와 같은 나이면서 같은 생각을 가진 젊은이들을 모아 클럽을 만들었다. 그들은 어떻게 하면 재미있게 시간을 보낼지 외에는 아무것도 생각하지 않는 젊은이들이었다. 아부 하산은 화려한 연회를 열고 온 도시에 축제를 벌이는 데 수고와 돈을 아끼지 않았다. 그 비용은 어마어마해서 그 목적을 위해 따로 떼어놓았던 돈은 일 년만에 바닥이 나고 말았다. 그래서 아부 하산은 연회를 더 이상 열지 않았다. 아부 하산이 흥겨운 연회를 중단하자 친구들은 그에게 등을 돌렸다. 아부 하산이 보이면 피해갔으며, 아부 하산이 우연히 그들과 마주칠 때 말을 걸려고 하면 늘 이러저러한 핑계를 대며 자리를 피했다.

아부 하산은 바보처럼 흥청망청 돈을 모두 낭비해버린 사실보다도 그에게 끊을 수 없는 우정을 맹세했음에도 불구하고 그처럼 비열하고 배은망덕하게 등을 돌리는 친구들의 행동이 더 마음 아팠다. 그는 매우 심통난 표정으로 생각에 잠겨 우울하게 그의 어머니의 방으로 가서 어머니와 멀찍이 떨어져 소파 맨 끝에 앉았다.

"무슨 일 있느냐, 아들아?" 하고 그의 어머니가 아들이 침울해하는 것을 보고 물었다. "왜 너답지 않게 그리 풀이 죽어 전혀 딴 사람처럼 구는 거냐?"

이 말에 아부 하산은 눈물을 뚝뚝 흘렸다. 그리고는 한숨을 내쉬며 외쳤다. "아! 어머니, 가난이 얼마나 견딜 수 없는 것인지 이제야 알겠어요. 지는 태양

그는 어머니의 방으로 가서
소파 맨 끝에 앉았다.

이 빛을 앗아가듯, 가난은 기쁨을 앗아가요. 가난은 우리가 부유했을 때 우리에게 쏟아졌던 모든 찬사를 잊어버리게 하고, 우리로 하여금 우리 자신을 숨기고 싶게 만들며, 눈물과 슬픔으로 밤을 지새게 만들지요. 한 마디로, 가난한 자는 친구들과 친척들로부터 이방인 취급을 당하지요. 어머니도 아시잖아요. 지난 일 년 동안 제가 친구들을 어떻게 대했는지요. 저는 온갖 아량을 베풀어 그들을 즐겁게 해 주었고 그러느라 돈이 바닥이 났어요. 그런데 이제 제가 그들에게 더 이상 베풀 수 없다는 것을 알자 모두 절 떠나 버렸어요. 땅과 집에는 손대지 않겠다고 한 맹세를 지킬 수 있도록 도와준 하늘에 감사해요. 이제 남은 것들을 어떻게 쓸지 모르겠어요. 하지만 저는 친구라고 부를 가치도 없는 그 인간들의 배은망덕이 어디까지 가는지 알아볼 참이에요. 저는 그들을 하나하나 찾아다니면서 제가 그들을 위해 한 일에 대해 말하고 저를 도와줄 돈을 좀 모아 달라고 부탁할 참이에요. 그들에게 고마운 마음이 티끌만큼이라도 남아 있는지 보려는 거지요."

친구들은 그를 모른다고 딱 잡아뗐다.

상처받은 아부 하산이 친구들을 설득하기 위해 한 얘기에 마음이 움직인 친구는 단 한 명도 없었다. 아부 하산은 거의 모든 친구들이 대놓고 자기를 모르는 체하자 굴욕감을 느꼈다.

그는 매우 우울한 기분으로 집으로 돌아와 어머니에게 가서 말했다. "아! 어머니, 그들은 친구들이 아니라 모두들 친구라고 할 만한 가치도 없는, 신의가 없는 배은망덕한 녀석들뿐이었어요. 이제 그들을 친구로 생각하지 않겠어요. 다시는 보지 않을 거예요."

그는 자신이 한 말을 지킬 결심을 하고 이전의 방탕한 생활로 인해 겪었던 불편을 다시는 겪지 않도록 조심을 하였다. 그리고 앞으로는 죽을 때까지 바그다드에 사는 사람들에게 그 어떤 접대도 하지 않기로 맹세했다. 그는 집과 땅에서 나온 임차료를 저축해 두었던 금고를 벽감에서 꺼내 빈 방에 두고는 날마다 단 한 사람과 함께 저녁식사를 할 만큼의 돈만 꺼내 쓰기로 결심했다. 그리고 함께 저녁식사를 할 사람은 자신이 맹세한 대로, 바그다드 사람이 아니라 그날 바그다드에 도착한 이방인으로 다음날 아침에 그를 떠나야 하는 사람으로 정했다.

이 계획에 따라 아부 하산은 매일 아침 필요한 것을 준비하고 저녁 무렵이 되면 바그다드 다리 끝에 앉아 있었다. 그러다가 이방인이 나타나면 다가가서 공손하게 저녁 식사에 초대하고 그날 밤 자기 집에서 묵기를 청했다. 그리고는 자신이 정한 규칙에 대해 설명해 주고는 이방인을 집으로 데려갔다.

아부 하산이 손님들에게 접대한 식사는 값비싼 음식이 아니었다. 하지만 식사를 할 때 그는 예의를 갖추어 차려 입고 훌륭한 포도주를 풍성하게 대접했다. 식사는 보통 밤이 이슥하도록 계속되었다. 아부 하산이 식사를 하면서 손님들과 나누는 얘기는 국가나 가족이나 사업에 관한 얘기와 같은 흔한 얘기가 아니라 여러 가지 유쾌한 이야기들이었다. 그는 천성적으로 매우 쾌활하고 상냥한 성격이어서 어떤 주제에 대해서도 재미나게 얘기를 잘했으며 아무리 우울한 사람이라도 명랑하게 만들었다.

다음날 아침, 손님들을 보낼 때면 그는 항상 이렇게 말했다. "어디를 가시든지 하느님께서 모든 슬픔으로부터 당신을 보호해 주시길 바랍니다. 어제 당신을 저녁식사에 초대할 때 제가 스스로에게 부과한 규칙에 대해 말씀드렸을 것입니다. 그러니 집에서든 어디에서든 다시는 서로 만나거나 함께 식사를 할 일이 없을 것이라고 말씀드린다 해도 서운하게 생각하지 마시기 바랍니다. 저만의 이유가 있어서 그렇답니다. 하느님께서 당신을 잘 인도해 주시기 바랍니다."

어느 날, 여느 때처럼 아부 하산이 다리에서 기다리고 있는데 하룬 알 라시드 왕이 모술 상인의 복장을 하고 노예 한 명을 데리고 그곳을 지나가게 되었다. 아부 하산은 왕이 상인인 줄 알고 공손하게 다가가 인사를 건네며 말했다. "나리, 바그다드에 오신 것을 환영합니다. 여행을 하시느라 피곤하셨을 테니 저희 집에 가셔서 함께 저녁식사를 하시고 하룻밤 묵으신다면 저로서는 영광이겠습니다."

그러고 나서 아부 하산은 처음 만난 이방인에게만 접대를 하는 자신의 규칙에 대해 설명했다. 왕은 아부 하산의 제안이 너무나도 특이하고 기이하여 그 연유를 알고 싶어졌다. 그래서, 이방인으로서 기대하지 않았던 그러한 정중한 대접을 받으니 그 친절한 제안을 받아들이지 않을 수가 없노라고 대답했다. 그리고는 앞장서서 가면 따라가겠다고 말했다.

자신이 초대한 손님의 신분에 대해서 짐작조차 못한 아부 하산은 손님을 대등한 위치에 있는 사람으로 접대하고 훌륭하지만 간소한 저녁 식사를 함께했다. 저녁식사를 마치고 손을 씻자 아부 하산은 포도주를 식탁에 놓으며 왕에게 마시라고 권했다. 왕은 포도주를 기분 좋게 마셨다. 또한 아부 하산이 들려주는 쉽고도 교양 있는 이야기를 즐겁게 들었다. 마침내 아부 하산은 흥이 넘쳐 자신이 겪은 경험담에 대해 얘기했으며 왕은 매우 흥미 있게 들었다. "참으로 다행이오, 너무 늦지 않게 자각을 하게 되었으니. 당신의 행동이 참으로 가

왕이 노예 한 명을 데리고 그곳을 지나가게 되었다.

상하오." 하고 왕이 말했다.

그들은 그렇게 앉아서 밤이 이슥하도록 술을 마시며 이러저러한 주제에 대해 이야기를 나누었다. 왕이 말했다. "우리가 헤어지기 전에 내가 당신을 도울 수 있는 일이 있는지 말해 주시오. 마음을 열고 허심탄회하게 말해 보시오. 난 상인에 불과하지만 혹시 아오? 내가 당신을 도울 수 있을지, 아니면 친구를 통해서 도울 수 있을지 말이오?"

이 제안을 받자 여전히 왕을 모술의 상인으로 알고 있는 아부 하산이 대답했다. "진심으로 이처럼 너그러운 제안을 하신다는 것은 잘 압니다. 하지만 정직하게 말씀드리자면 저를 힘들게 하는 일은 아무것도 없습니다. 사업도 욕망도 말입니다. 그러니 누구한테도 부탁할 일이 없습니다. 제가 말씀드렸듯이 저는 조금도 야망이 없습니다. 현재 저의 상태에 아주 만족하고 살고 있답니다. 그러니 그 친절한 제안에 감사할 뿐이며 약소한 식사를 함께 할 수 있는 영광을 주셔서 감사할 뿐입니다. 다만, 말씀 드리자면," 하고 아부 하산이 얘기를 계속했다.

"저의 휴식에 방해가 되지는 않지만, 한 가지 마음이 불편한 점이 있답니다. 바그다드가 네 구역으로 나뉘어 있다는 것을 아실 겁니다. 그리고 각 구역에 사원과 함께, 일정한 시간마다 예배를 위해 모인 사람들의 맨 앞에서 예배를 주관하는 성직자가 있다는 것도요. 그런데 제가 사는 구역의 성직자는 근엄한 표정을 짓고 다니지만 참으로 괴팍한데다 이 세상에 다시없는 위선자랍니다. 그 성직자와 다를 바 없는, 이웃에 사는 노인 네 명이 성직자의 집에서 매일 정기적으로 만나는데, 저와 이 지역에 대해 중상과 모략과 악담을 일삼는답니다. 그들을 벌할 수 있는 힘이 제게 있다면 당장 그리 하겠습니다. 폐하께서는 정의로운 분이시니 그들의 행실을 알면 가만두지 않을 겁니다. 만약 제가 왕과 같은 힘이 있다면 그들의 부당한 행실에 대해 성직자에게는 400대의 채찍질을, 성직자를 부추긴 네 명의 노인들에게는 각 100대의 채찍질을 하라고 명령하겠어요."

왕은 아부 하산이 소원을 이룰 수 있도록 당장 계획을 세웠다. 그는 포도주병을 들어 포도주를 잔에 따른 다음 아부 하산의 건강을 위해 건배를 하였다. 그리고 또 한 잔을 따르면서 늘 몸에 지니고 다니던 아편 가루를 살짝 넣은 다음, 아부 하산에게 권하면서 말했다. "밤새 저를 접대해 주시느라 고생이 많으셨으니 그 노고에 대한 보답으로 제가 할 수 있는 자그마한 성의입니다. 이 잔을 받아 저를 위해 마셔 주십시오."

아부 하산은 잔을 받아들고 손님을 접대할 수 있는 영광을 갖게 되어 매우

'이웃에 사는 네 명의 노인들'

기쁘다는 것을 보여주기 위해 단숨에 들이켰다. 술을 마시자 곧 아편가루가 온 몸에 퍼져 아부 하산은 깊은 잠에 빠져들었다. 왕은 그를 수행한 노예에게 아부 하산을 등에 업고 따라오라고 명했다. 그리고는 집을 다시 찾을 수 있도록 잘 봐 두라고 말했다. 잠시 후, 왕은 아부 하산을 등에 업은 노예를 데리고 집을 나왔다. 하지만 나중에 아부 하산을 다시 데려다 줘야 했으므로 문은 닫지 않고 열어 두었다. 그들은 곧장 궁전으로 가서 밀실문을 통해 각료들이 대기하고 있는 왕의 방으로 갔다. 왕은 그들에게 아부 하산의 옷을 벗기고 자신의 침대에 눕히라고 명했다. 각료들이 즉시 실행에 옮겼다.

왕은 이번에는 모든 각료들과 귀부인들을 궁전으로 불러들인 다음 그들에게 말했다. "아침마다 나를 알현하는 모든 이들은 내일 아침에는 나의 침대에 누워 있는 이 사람을 알현하도록 하시오. 내게 하듯이 그에게 존경을 표시하고 그가 무슨 명령을 하든 간에 복종하도록 하시오. 그가 부탁하는 일을 거절하는 일이 없도록 하고, 묻고 대답할 때는 마치 왕인 나를 대하듯이 경어를 쓰도록 하시오. 다시 말하면, 나를 배려하지 말고 진짜 왕을 대하듯이 그를 대하고 추호도 그에게 불복종하는 일이 없도록 하시오."

왕이 기분전환을 위해 그러는 것이라고 이해한 각료들과 귀부인들은 몸을 굽혀 대답을 하고는, 최선을 다해 각자의 역할을 능숙하게 해낼 각오를 하며 물러갔다.

다음으로 왕은 재상을 불러들였다. "지아파," 하고 왕이 말했다. "그대가 내일 아침 나를 알현하러 올 때 왕의 옷을 입고 내 왕좌에 앉아 있는 이 사람을 보고 놀랄까봐 알려 주려고 불렀소. 나에게 하듯이 이 사람을 경의와 존경심을 가지고 대하시오. 이 사람이 명령을 하면 내가 명령을 한 것처럼 생각하고 즉각 실행하도록 하시오. 이 사람은 많은 아량을 베풀어 그대에게 재물을 나눠 주라는 주문을 할 것이오. 그가 명하는 대로 모두 따르시오. 그의 후한 아량으로 인해 내 금고가 바닥이 날 정도가 되더라도 그리 하시오. 그리고 궁전 밖의 군주들과 각료들에게도 나에게 하듯 이 사람에게 경의를 표하고 내가 꾸민 이 일을 이 사람이 전혀 눈치 채지 못하도록 자연스럽게 행동하라고 전하시오."

재상이 물러가자 왕은 다른 방에 있는 침대로 가서 환관인 메스로우에게 모든 것이 의도한 대로 성공을 거둘 수 있도록 그가 할 일에 대해 명령을 했다. 왕은 짧은 시간 동안 왕의 권위와 힘을 아부 하산이 어떻게 사용하는지 보고 싶었다. 그래서 아부 하산을 깨우기 전, 반드시 여느 때와 같은 시각에 자신을 깨우라고 지시를 하였다. 아부 하산이 일어날 때 지켜보기 위함이었다.

메스로우는 왕이 지시한 대로 임무를 수행했다. 왕은 아부 하산이 자는 방으로 가서 모든 것을 훤히 내려다볼 수 있는 높다란 벽장에 몸을 숨겼다. 아부 하산을 알현할 각료들과 귀부인들도 같은 시각에 방으로 들어와 지위에 따라 자리를 잡고 왕이 아침에 기상할 때와 마찬가지로 알현할 준비를 갖추었다.

이제 동이 트기 시작하였다. 해가 뜨기 전에 아침 기도를 준비할 시각이었다. 침대 맡 가장 가까이에 있던 시종이 식초를 묻힌 스펀지를 아부 하산의 코에 갖다 댔다. 그러자 아부 하산이 깜짝 놀라며 깨어났다. 그는 화려하게 꾸며진 커다란 방에 있는 자신을 발견하고 소스라치게 놀랐다. 천장에는 아라베스크 무늬가 곱게 그려져 있었고, 사방은 금과 은으로 된 꽃병들로 장식이 되어 있었으며, 바닥에는 화려한 비단 양탄자가 깔려 있었다. 이불로 눈을 돌리자 진주와 다이아몬드를 화려하게 박아 넣은 금란*이 눈에 들어왔다. 침대 옆에 놓인 방석에는 보석으로 수놓인 직물로 된 의복과 왕의 터번이 놓여 있었다.

아부 하산은 눈부신 물건들을 보고 놀라서 입을 다물 수가 없었으며 모든 게 꿈이라고 생각했다. 하지만 꿈이 아니기를 바랐기 때문에 이렇게 중얼거렸

★　금실을 넣어 짠 천

시종은 식초를 묻힌 스펀지를
아부 하산의 코에 갖다 댔다.

다. "나는 왕이야." 하지만 자신의 처지를 떠올리며 이렇게 덧붙였다. "꿈일 뿐
이야. 지난밤에 손님을 접대하면서 내가 품었던 바람이 꿈으로 나타난 것뿐이
야." 그리고는 돌아누워 잠을 자려고 눈을 감았다. 바로 그때 노예가 매우 깊은
경의를 표하며 말했다. "폐하, 기도를 하러 가시기 위해 기상하실 시각입니다.
아침이 밝아오고 있사옵니다."

그 목소리에 아부 하산은 일어나 앉아 중얼거렸다. "이건 꿈일 리가 없어."
그는 잠을 깨려고 눈을 비볐다. 눈을 뜨자 햇살이 방 창문을 환하게 비추고 있었다. 바로 그때 메스로우가 들어와 아부 하산 앞에 엎드려 말했다. "폐하, 황송하옵게도 오늘 따라 늦게 기상하시어 기도 시간이 끝났사옵니다. 지난밤에 별일이 없으셨다면 왕좌에 오르셔서 여느 때처럼 어전회의를 하실 시간이옵니다. 모든 장군과 총독과 각료들이 어전회의실에서 기다리고 있사옵니다."

이 말에 아부 하산은 자신이 잠을 자고 있지도 꿈을 꾸고 있지도 않다고 확신하였다. 하지만 동시에 어떻게 행동해야 할지를 몰라 매우 당혹스럽고 혼란스러웠다. 마침내 그는 메스로우를 진지하게 바라보며 심각한 어조로 말했다. "대체 누구한테 말하는 것이오, 폐하라니요? 나는 당신이 누군지도 모르오. 아마도 나를 다른 사람으로 착각한 것 같소."

메스로우가 아닌 다른 사람이었다면 이 질문에 당혹해했을 것이다. 하지만 그는 왕에게 자세한 지시를 받은 터였기 때문에 자신의 역할을 아주 유연하게 잘 해냈다. "저의 주인님이시며 제왕이시여, 소신을 시험하시려고 그런 말씀을 하시는 것입니까? 폐하께서는 대교주님이시며, 동서를 가로지르는 이 세상의 군주이시고, 하느님이 보내신 마호메트의 대리자가 아니십니까? 폐하의 가련한 노예인 이 메스로우는 아주 긴 세월 동안 폐하께 봉사하고 존경하는 영광과 행복을 누려 왔습니다. 그런데 어찌 폐하를 몰라볼 수가 있겠습니까? 소신이 폐하의 심기를 불편하게 해 드렸다면 소신에게 이보다 더 불운한 일은 없을 것입니다. 그러니 황송하옵지만 이러한 심려를 하지 않도록 해 주십시오. 아마도 지난밤의 어지러운 꿈 때문에 마음이 산란하신 것이라 사료되옵니다."

이 말에 아부 하산은 웃음을 터뜨리며 베개받침 위로 벌러덩 넘어졌다. 이 광경을 보고 왕은 너무도 우스워서 큰 소리로 웃을 뻔했다. 하지만 그가 예상했던 바와 같은 이 유쾌한 광경이 중단될까 두려워 소리를 내지 않도록 조심했다. 웃다 지친 아부 하산은 몸을 세우고 다시 똑바로 앉아 메스로우처럼 흑인인, 옆에 서 있는 소년을 돌아보며 말했다.

"여봐라, 내가 누군지 말해 보거라."

"폐하, 폐하께서는 모든 신앙인들의 지도자이시며 이 땅에 기거하시는, 하느님의 대리자이십니다." 하고 소년이 다소곳이 대답했다.

"그럴 리 없다, 이리 오시오, 아름다운 부인." 하고 아부 하산은 옆에 서 있는 시녀들을 보며 말했다. 아부 하산이 손을 내밀었다. "꿈인지 생시인지 알 수 있도록 내 손가락 끝을 물어보시오."

왕이 모든 것을 지켜보고 있다는 것을 알고 있는 시녀는 아부 하산을 감쪽같이 속아 넘어가게 할 자신의 능력을 보여줄 수 있는 기회가 생긴 것에 매우 기뻐하며 엄숙한 표정으로 다가가 그의 손가락을 이 사이에 넣고 아부 하산이 아파할 정도로 세게 물었다.

아부 하산은 얼른 손가락을 빼며 말했다. "내가 자고 있는 것이 아니라 깨어 있다는 것을 알겠소. 하지만 무슨 기적이 일어났기에 하룻밤 사이에 내가 왕이 되었단 말이오? 이 세상에서 그 무엇보다도 더 기이하고 놀랄 일이 아니오?" 그리고는 손가락을 문 시녀를 돌아보며 말했다. "나는 물론이고 당신도 믿는 하느님의 가호 아래, 제발 나에게 진실을 숨기지 말기 바라오. 내가 진정 왕이오?"

"너무도 자명한 사실이라서, 폐하의 노예인 저희들은 폐하께서 사실을 믿지 못하시니 참으로 놀랍습니다." 하고 시녀가 대답했다.

"거짓말이오, 나는 내가 누군지 잘 알고 있소." 하고 아부 하산이 대답했다.

아부 하산은 너무도 어리둥절해서 메스로우가 부축해서 일으켜 주는 것도 노예들이 옷을 입혀 주는 것도 거절할 정신이 없었다. 옷을 다 입자 재상이 이중으로 된 커튼을 지나 어전회의실로 그를 안내한 다음, 왕을 모시는 화려한 의식을 갖추어 왕좌로 안내했다. 아부 하산이 왕좌 앞으로 다가가자 메스로우가 팔을 내밀어 붙잡고 계단을 오를 수 있도록 해 주었으며, 맞은편 각료도 똑같이 팔을 내밀었다. 각료들이 그의 행복과 번영을 외치며 환호하는 가운데 그는 그들을 의지하며 계단을 올라 왕좌에 앉았다. 한편, 왕은 그들을 뒤따라와 들키지 않고 그를 볼 수 있는 곳에 자리를 잡았다. 그는 아부 하산이 왕 자신처럼 매우 근엄하게 왕좌에 앉아서 매우 기뻤다.

아부 하산이 왕좌에 앉자 재상이 앞으로 나와 낮게 절을 하고는 말했다. "폐하, 이 세상에서는 하느님께서 폐하께 축복을 내려 주시고, 저 세상에서는 폐하를 그분의 낙원으로 인도하시며 폐하의 적들을 물리쳐 주시길 기원합니다."

이제 자신이 실제로 왕이라고 믿기 시작한 아부 하산은 재상에게 다뤄야 할 사안이 무엇인지를 물었다. "폐하, 어전회의에 참석할 각료들이 폐하께서 알현을 허락하실 때를 기다리며 밖에 서 있사옵니다." 하고 재상이 대답했다. 아부 하산은 즉시 문을 열어 각료들을 들여보내라고 명령했다. 각료들이 자리에 앉기 전에 엎드려 절하자 아부 하산은 제왕답게 그들에게 허리를 굽혀 답례했다.

곧이어 그날의 사안에 대한 논의가 이루어지고 재상은 왕좌 앞에 서서 보고를 하였다. 모든 것을 지켜보고 있던 황제는 아부 하산이 지혜롭게 일을 처리하는 모습을 보고 감탄했다. 아부 하산은 카디*를 불러 말했다.

"특정 구역에 있는 사원으로 가면 나이든 성직자가 있을 것이오. 그를 체포하고 유약한 그를 부추긴 네 명의 노인들을 체포하여 발바닥을 치는 벌을 내리시오. 성직자에게는 400대를, 그리고 나머지 노인들은 각각 100대씩을 치시오. 그런 후 그 다섯 명에게 누더기 옷을 입혀 낙타에 태운 후 얼굴을 길 쪽으로 향하게 하고 도시 전체를 도시오. 도시를 돌 때는 그들 앞에 포고를 하는 사람을 앞장 세워서 큰 목소리로 '이것은 참견을 좋아하는 사람들이 받는 벌이

★ 이슬람법에 따라 판결을 내리는 재판관

다!'라고 외치게 하시오. 또한 그들에게
영원히 그 지역을 떠나라고 명하시오."
카디는 재상에게 절을 하고 명령을 실행하
러 물러갔다가 잠시 후에 돌아와 임무를 완
수하였다고 보고하였다.

왕은 명령을 내리는 아부 하산의 확고부
동한 태도가 마음에 들었으며, 아부 하산이
이 기회를 놓치지 않고 자기 구역
에 있는 성직자와 네 명의 위선
자들을 벌하고자 한다는 것을
알았다. 이번에는 재상이 보고
를 하였다. 그가 보고를 막 끝냈
을 때 치안관이 명령을 집행하고
돌아왔다. 그는 관례적인 예의를 갖추
며 왕에게 다가가 말했다.

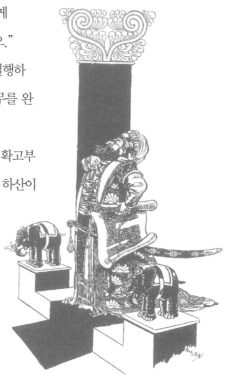

재상은 왕좌 앞에 서서 보고를 하였다.

"폐하, 폐하께서 말씀하셨던 성직자와 그의 네 명의 친구들을 사원에서 찾
아내었습니다. 폐하의 분부를 한 치도 어긋남이 없이 집행한 증거로서 그 구역
의 원로들이 사인을 한 문서를 가져왔습니다." 이렇게 말하면서 치안관은 품에
서 종이 한 장을 꺼내 아부 하산에게 내밀었다.

아부 하산이 이번에는 재상을 보고 말했다. "재무상에게 가서 금화 천 냥이
든 지갑을 가져다가 내가 치안관을 보냈던 바로 그 구역에 사는 아부 하산의 어
머니에게 전하도록 하시오. 빨리 갔다가 돌아오도록 하시오."

재상은 머리에 손을 얹고 왕좌 앞에 엎드린 다음 바로 재무상에게 갔다. 재
무상이 돈을 주자 재상은 노예에게 그 지갑을 가지고 따르게 한 후 아부 하산

의 어머니에게 가서 돈을 전하면서 왕이 선물로 주는 것이라고 말했다. 아부 하산의 어머니는 너무 놀라서 어쩔 줄 몰라 하며 받았다.

　그날의 업무가 끝나고 어전회의에 참석했던 사람들이 물러가자 아부 하산은 왕좌에서 내려와 식당으로 안내되었다. 그는 춤과 음악가들이 연주하는 음악을 구경하면서 푸짐한 식사를 하였다. 식사하는 내내 일곱 명의 아름다운 여인들이 옆에 서서 그에게 부채질을 해 주었다. 아부 하산은 모든 것에 완전히 매료되었다. 특히 시중을 드는 여인들의 아름다움이 그의 마음을 사로잡았다. 그는 그 여인들을 유심히 보면서 한 사람만 부채질을 해도 충분하니 나머지 여섯은 그의 양쪽으로 세 명씩 식탁에 앉으라고 말했다. 그러자 여인들이 식탁에 앉았다. 여인들이 그에 대한 존경의 표시로 먹지 않자, 아부 하산은 음식을 권하며 매우 간곡하고도 친절한 어조로 먹으라고 청했다. 얼마 후 아부 하산이 그들의 이름을 묻자 그들은 앨러배스터 넥, 코럴 립스, 문 페이스, 선샤인, 아이스 딜라이트, 하트스 딜라이트라고 대답했다. 그리고 그에게 부채질을 해주고 있던 여인의 이름은 슈거 케인이었다. 그 이름들 하나하나에 대해 그가 해주는 다정한 말을 보면 그가 얼마나 재기 넘치는 사람인지를 알 수 있었다. 또한 모든 것을 지켜보고 있던 왕이 그에게 품은 존경심이 더 커진 것은 말할 나위도 없었다.

　식사를 마친 후 아부 하산은 후식이 차려진 다른 방으로 안내되었다. 그 방에는 전보다 더 아름다운 일곱 명의 여인들이 그에게 부채질을 해 주기 위해 대기하고 서 있었다. 하지만 아부 하산은 그들에게 수고를 끼치고 싶지 않아 그의 옆에 앉아 함께 담소를 나누자고 말했다. 왕은 아부 하산이 여인들에게 해주는 재치가 넘치는 얘기들을 듣는 것이 즐거웠다. 그는 아부 하산이 보통 사람이 아니라는 것을 알았다.

　이제 날이 저물기 시작하자 아부 하산은 훨씬 더 훌륭하고 화려하게 치장이

그는 여인을 옆에 앉게 했다.

된 방으로 안내되었다. 금빛으로 번쩍이는 일곱 개의 초에서 나오는 불빛이 방 안을 화려하게 비추고 있었다. 은으로 된 일곱 개의 큰 병에는 최상의 포도주 가 가득 차 있었고, 그 옆에는 최고의 세공을 자랑하는 일곱 개의 크리스털 유 리잔이 놓여 있었다. 지금까지 아부 하산은 신분의 높낮이에 관계없이 지켜져 온 바그다드의 관습에 따라 저녁이 되기 전에 포도주를 마신 적이 없었으며 궁 전에 와서도 물밖에 마시지 않았다.

아부 하산은 방에 들어서자 식탁으로 가 앉아서 넋을 잃고 방안을 둘러보았 다. 이제까지 보아왔던 그 어느 것보다도 훨씬 더 아름다운 방이었다. 그는 그 의 오른쪽에 서 있던 여인의 손을 잡고 옆에 앉힌 다음 케이크를 권하면서 이 름을 물었다. "폐하, 저는 '진주 송이'라 불린답니다." 하고 여인이 대답했다.

아부 하산이 말했다. "그 어떤 이름도 너의 가치를 그보다 더 잘 표현할 수 는 없을 것 같구나. 너의 이는 최상의 진주보다도 더욱 아름답다, 진주 송이." 그가 덧붙였다. "그게 너의 이름이니 그리 부르마. 너의 아름다운 손으로 포 도주를 한 잔 따라 주거라." 여인은 사근사근하게 포도주 잔을 가져와 그에게 내밀었다. 아부 하산은 일곱 명의 여인들에게서 잔을 받아 마셨다. 그가 각 여 인에게서 받은 포도주를 모두 마시고 나자 진주 송이는 식당으로 가서 포도주 를 따른 다음 왕이 전날 밤 사용했던 것과 똑같은 가루를 조금 넣어 아부 하산 에게 주었다.

"폐하, 이 포도주 잔을 받으시길 청하옵니다. 한데 드시기 전에 제가 오늘 작곡한 노래를 들려드릴 수 있는 기회를 주십시오. 제가 자랑스럽게 생각하는 이 노래가 불쾌하시진 않으실 겁니다." 하고 그녀가 말했다. 여인이 말을 마쳤 을 때 아부 하산은 잔을 들이킨 후 적절한 칭찬의 말을 하려고 여인에게 고개 를 돌렸다. 하지만 아편 효과가 급속히 퍼져 그럴 수가 없었다. 그는 갑자기 입 을 벌리고 눈을 감고는 고개를 방석에 떨군 채 왕이 아편가루를 주었던 전날처럼 깊은 잠에 빠져들고 말았다. 한 여인이 그의 손에서 떨어진 잔을 잡으려고 일어섰다. 그때 모든 것을 지켜보고 있던 왕은 이 광경에 매우 만족스러워하며 방으로 나왔다. 그는 자신의 계획이 성공한 것을 기뻐했다. 왕은 아부 하산에게 원래 옷을 입히라 명하고, 아부 하산을 궁전으로 데려왔던 노예를 시켜 그를 다시 집으로 데려가 전날 밤 그가 누워 있던 방에 있는 소파에 조용히 눕히고 문을 열어 둔 채 돌아오라고 명했다.

아부 하산은 다음날 아침 매우 늦게까지 잠을 잤다. 아편의 기운이 사라지자 눈을 뜨고 깨어난 그는 집에 있는 자신을 보고 깜짝 놀랐다. "진주 송이! 모닝 스타! 코럴 립스, 문 페이스!" 그는 궁전에 있던 여인들의 이름을 기억해내며 소리쳐 불렀다. "어디 있느냐? 이리 오너라."

아부 하산이 너무 크게 소리를 지르는 바람에 옆 방에 있던 그의 어머니가 그 소리를 듣고 급히 달려와 물었다. "어디 아픈 거냐, 아들아? 왜 그러느냐?" 이 말에 아부 하산은 고개를 쳐들고 거만하게 자신의 어머니를 보며 말했다. "선량한 여인이여! 누구를 보고 아들이라 하는가?"

"아니, 네가 아부 하산이 아니더냐? 네가 누구인지 잊어버렸다니 참으로 이상하구나." 하고 그의 어머니가 매우 부드럽게 대답했다.

"내가 당신의 아들이라고? 네가 지금 무슨 말을 하고 있는지 아느냐? 나는 왕이다. 아무리 네가 그래도 난 내가 누군지 알고 있다." 하고 아부 하산이 말했다.

아부 하산이 정신적으로 이상이 있다고 확신한 아부 하산의 어머니는 주제를 바꾸어 보려 노력했다. 그래서 전날 성직자가 어떻게 처벌을 받았는지에 대해 얘기했다. 아부 하산은 그 얘기를 듣자 소리쳤다. "나는 네 아들도 아부 하산도 아니니라. 나는 제왕이다. 네가 그 얘기를 하는 것으로 보아 그것은 의심할 수 없는 사실이다. 성직자와 그의 네 명의 친구들은 바로 내 명령에 따라 처벌받았느니라."

아부 하산의 어머니는 그의 혼란스런 마음을 진정시키려 노력했으나 소용이 없었다. 그녀가 타이르자 아부 하산은 더욱더 격하게 화를 냈다. 그는 너무 격분한 나머지 어머니가 눈물을 흘리며 말리는데도 불구하고 회초리를 들고 불같이 화를 내며 달려들었다. 그리고는 그를 맹목적으로 사랑하는 어머니가 아니었다면 누구라도 무서워했을 위협적인 기세로 물었다. "내가 누군지 당장 말해 보거라. 믿을 수가 없구나."

그의 어머니는 아들을 아무런 두려움 없이 다정하게 바라보며 대답했다. "자기를 낳아준 어미를 몰라보고 자신을 잊어버릴 정도로 하느님의 버림을 받다니. 너는 분명히 나의 아들인 아부 하산이란다. 우리의 군주이신 하룬 알 라시드 왕만이 갖는 칭호를 사칭하는 것은 큰 잘못이란다. 더구나 왕께서는 어제 우리에게 고귀하고 너그러운 선물까지 보내 주셨는데 말이다."

이 말에 아부 하산은 완전히 정신이 돌아버렸다. 왕의 관대함에 대해 듣자 더욱더 자신이 왕이라는 확신이 들었다. 재상에게 그 일을 시켰던 것이 기억났기 때문이다. 그는 돈을 보내준 사람은 바로 자기라고 말을 하면서 광분하여 회초리로 자기 어머니를 때렸다. 말을 하다가 그렇게 갑자기 회초리를 들 줄 몰랐던 가엾은 어머니는 큰 소리로 도움을 요청했다. 그 소리에 이웃들이 도우러 달려왔다. 아부 하산은 계속 어머니를 때리면서 때릴 때마다 자기가 왕인지 아닌지를 물었고, 그때마다 어머니는 다정한 어조로 그가 자기 아들이라고 대답했다.

도우려고 달려온 이웃들은 아부 하산이 자신이 왕이라고 하는 말을 듣고 그가 미쳤다는 사실을 더 이상 의심치 않았다. 그들은 그를 붙잡아 묶은 다음 정신병원으로 데려갔다. 그는 창살로 막힌 방에 갇힌 채 제정신으로 돌아오도록 그곳에 남겨졌다. 그는 자신이 왕이 아니라는 사실을 깨닫도록 매일 발바닥을

50대씩 맞았다.

왕의 옷을 입고 왕의 권위를 행사하며 진짜 왕처럼 복종과 떠받듦을 받은 끝에 진짜 왕이라는 확신이 들었던 일들에 대한 아부 하산의 강렬하고도 생생한 기억이 점차 사그라들기 시작하였다. 그는 모든 일이 꿈이었다고 생각하기로 마음먹고 평온한 마음으로 돌아왔다.

그를 보러 온 아부 하산의 어머니는 제정신으로 돌아온 아들을 보고는 기쁨의 눈물을 흘렸다. "어머니, 대체 어떻게 된 일인지 모르겠어요. 하지만 모든 일을 아주 생생한 꿈이었다고 생각하기로 했어요. 어머니를 심하게 대한 것을 용서해 주세요." 하고 그가 말했다.

이웃들은 그를 정신병원에 두고 가버렸다.

"내 아들아!" 하고 어머니가 기쁨에 겨워 외쳤다. "네가 이렇게 제정신이 돌아온 걸 보니 말로 다 할 수 없이 행복하고 마음이 놓이는구나. 얼마나 기쁜지 모르겠다. 내 생각에는 이런 일이 일어난 데는 그럴 만한 이유가 있었던 것 같다. 네가 아프기 바로 전날 저녁 식사를 함께 하기 위해 네가 데려왔던 그 낯선 손님이 떠날 때 너의 방문을 닫지도 않고 가 버렸단다. 그래서 악귀가 네 방으로 들어가서 너를 그런 끔찍한 환상에 시달리게 했던 것 같다. 그러니 너를 구원해 준 하느님께 감사를 드려야 한다."

"어머니 말씀이 맞아요. 저를 이곳에서 나가게 해 주세요." 하고 아부 하산이 말했다. 어머니는 당장 원장에게 가서 말했다. 원장은 아부 하산을 꼼꼼히 살피더니 병실에서 나가게 해 주었다.

집으로 돌아온 아부 하산은 며칠 동안 휴식을 취한 후 다시 이방인을 저녁 식사에 초대하기 시작했다. 다리로 나간 첫날 그는 그동안에 일어났던 모든 불미스런 문제의 원인으로 생각되었던 상인이 다가오는 것을 보았다. 아부 하산은 그를 피하려고 고개를 돌렸으나 상인은 무시하고 곧장 그에게 다가왔다. "오, 아부 하산 형제, 당신 아니요? 이렇게 반가울 수가! 껴안아도 되겠소?" 하고 그가 말했다.

"난 아니요, 난 반갑지가 않아요. 당신을 반가워하지도 포옹하지도 않을 거요. 어서 가시오!" 하고 아부 하산이 대답했다.

아부 하산이 집으로 돌아간 후 이번 만남을 주도면밀하게 계획해 왔던 왕은 그의 무례한 행동에 꿈쩍도 하지 않았다. 그는 한번 접대를 한 이방인과는 다시는 말하지 않는다는, 아부 하산이 스스로에게 부과한 규칙을 잘 알고 있었지만 모르는 척했다. "아! 아부 하산 형제, 운 좋게도 당신을 두 번이나 만났는데 이렇게 헤어질 생각은 없소. 한달 전에 당신과 함께 잔을 나누던 그 때 베풀어 주었던 환대를 다시 한번 베풀어 주시오." 하고 왕이 그를 껴안으며 말했다.

아부 하산은 왕을 보내 버리고 싶었지만 그 반갑지 않은 존재를 뿌리치려 해도 소용이 없었다. 마침내 그는 그와 함께 동행하는 것을 허락할 수밖에 없었다. "단 한 가지 약속해 줄 일이 있소. 지난번 당신의 방문으로 인해 불미스런 일이 벌어졌기 때문이오. 무슨 일이 있었는지 말해 줄 테니 다시는 그와 같은 일이 되풀이되지 않도록 해 주시오." 하고 아부 하산이 말했다.

아부 하산은 자신이 겪은 일을 얘기하고는 왕에게 더 이상 자신의 앞날에 대해 호의를 가지고 어떻게 해 줄 생각은 않겠다는 약속을 하게 했다. 그리고는 이렇게 덧붙였다. "난 이제 만족하오. 지난 일은 모두 용서하겠소."

아부 하산은 집으로 들어서자 어머니를 불러 촛불을 가져오게 한 다음 손님에게 소파에 앉게 하고 자기는 그 옆에 앉았다. 잠시 후 저녁식사가 들어오자 두 사람은 예의고 뭐고 없이 먹기 시작했다. 식사를 마치자 아부 하산의 어머니가 식탁을 치우고는 아들 옆에 후식으로 과일과 포도주와 잔을 가져다 놓고 물러가서는 다시는 모습을 드러내지 않았다.

얼마간 술을 마시다 왕이 물었다. "결혼할 생각을 해 본 적이 있소?"

"없소, 난 자유로운 게 좋소." 하고 아부 하산이 대답했다.

"그건 온당치 못한 생각이오, 당신의 사랑을 받을 자격이 있는 적당한 배필을 찾아보겠소. 당신도 그 여인을 보면 좋아할 거요." 하고 왕이 말했다. 이렇게 말하고 황제는 아부 하산의 잔을 가져다 아편 가루를 조금 넣은 후 포도주를 채워 권했다. "자, 내가 구해 줄 배필의 건강을 위해 한 잔 하시오." 하고 황제가 말했다.

아부 하산은 웃으면서 잔을 받고는 고개를 흔들며 말했다. "좋도록 하시오. 당신이 바라는 일이니 무례하게 구는 것에 대해 죄책감이 없소. 그런 사소한 일로 훌륭한 손님의 뜻을 거스르지는 않겠소. 난 지금으로서도 매우 만족하고 당신이 한 약속을 지킬 거라고도 생각지 않지만 당신이 구해 줄 배필의 건강을 위해 마시겠소."

아부 하산은 잔을 비우자마자 이전처럼 곧 깊은 잠에 빠져들었다. 왕은 이전에 똑같은 일을 했던 노예에게 그를 데리고 궁전으로 가라고 명령했다. 노예가 아부 하산을 데리고 나가자 아부 하산을 다시 집으로 돌려보낼 생각이 없는 왕은 자신이 약속한 대로 문을 닫고 노예를 뒤따랐다.

궁전에 도착하자 왕은 한 달 전에 아부 하산이 잠이 든 채 집으로 옮겨졌던 바로 그 홀에 있는 소파에 아부 하산을 눕히라고 명하였다. 하지만 그 이전에 왕은 그에게 왕의 옷을 입히라고 명했다. 그리고 나서 왕은 그가 한 달 전 마지막으로 포도주를 마시고 잠들었을 때 홀에 있었던 모든 각료와 귀부인과 음악가들에게 날이 밝을 때까지 그곳에서 대기하라 명하고 아부 하산이 깨어나면 맡은 역할을 충실히 잘 할 것을 명했다. 그리고는 이전처럼 벽장에 숨어서 볼 수 있도록 메스로우에게 아침에 깨워 달라고 말하고는 자러 갔다.

모든 준비가 끝나고 왕이 먹인 약이 효과가 사라지자 아부 하산은 눈을 뜨지 않은 채 잠에서 깨어나기 시작했다. 그 순간 일곱 명의 가수들이 오보에, 파이프, 플룻, 그리고 다른 악기들의 연주에 맞추어 매우 기분 좋은 화음을 이루며 노래를 불렀다. 아부 하산은 그와 같은 유쾌한 화음을 듣고 깜짝 놀랐다. 하지만 눈을 떴을 때 익숙한 얼굴의 귀부인들과 각료들이 보이자 더욱더 놀랐다. 그가 있는 홀은 처음 그가 꿈을 꾸었을 때 있었던 방과 똑같아 보였으며 화려한 빛도 가구도 장식도 모두 다 똑같았다.

하지만 그는 너무 두려워서 정신을 차릴 수가 없었다. "하느님이시여, 저를 불쌍히 여기소서, 제가 악령이 들렸나이다." 하고 그는 외쳤다. 귀족들은 그가 나쁜 꿈을 꾼 것이라고 설득하려 했다.

"나리, 제 뒤를 봐 주십시오. 제가 헛것을 보고 있는 것인가요? 아직도 악령의 고통이 느껴집니다. 제가 깨어 있다는 걸 느낄 수 있도록 이리 와서 제 귀를 물어봐 주세요." 하고 그가 소리쳤다.

한 노예가 다가가 귀를 물었다. 그러자 아부 하산이 비명을 질렀다. 하지만 여전히 혼란스러웠다. 그 때 갑자기 악단이 연주를 시작하고, 모든 사람들이 아부 하산이 앉아 있는 소파 주위를 돌며 춤을 추기 시작했다. 여인들 중에서 그가 아는 얼굴이 보이자 아부 하산은 왕의 옷을 벗어 던지고 뛰고 깡충거리며 함께 춤을 추었다. 왕은 너무 재미있어서 벽장 밖으로 고개를 내밀고 소리쳤다.

"아부 하산, 아부 하산, 날 웃겨 죽일 작정이오?"

왕의 목소리가 들리자 모두가 조용해졌다. 소리나는 쪽으로 고개를 돌린 아부 하산은 왕을 보고 모술의 상인임을 알아보았지만 전혀 겁먹지 않았다. 오히려 자신이 깨어 있으며 자신에게 일어난 일이 꿈이 아니라 모두 진짜라는 확신을 갖게 되었다. 그는 왕의 말에 대꾸를 했다. "하! 하! 모술의 상인, 내가 당신을 죽일 거라고 불평을 하는군. 이제야 모든 걸 알겠소. 자, 어떻게 해서 날 분별없는 사람으로 만들었는지 얘기해 보시오. 그렇지 않으면 난 평생을 반쯤 미쳤다는 생각을 하며 살 테니까." 그가 확신에 찬 어조로 왕을 보며 말했다.

그러자 왕은 그가 약 때문에 깊이 잠든 사이에 일어난 일들과 어떻게 해서 그가 잠에 빠져들었는지에 대해 모두 얘기해 주었다. "나는 내 백성들이 어찌 지내는지 알고자 종종 변장을 하고 도시로 나간다오." 하고 왕이 얘기했다. "그러던 어느 날 당신 집으로 가게 되었고 당신이 하루만이라도 왕의 권력을 가지면 좋겠다고 얘기하는 것을 듣고 그 소원을 들어주기로 결심했소. 내가 사실을 밝히지 않음으로 인해 그처럼 불미스런 일들이 생길 것이라고는 생각지도 못했소. 하지만 내 힘 닿는 데까지 그에 대한 보상을 하겠소. 당신에게 신세를 지기도 했고 무엇보다도 당신이 보통 사람이 아니란 것을 알았기 때문이오. 바라는 것이 있으면 말해 보시오. 뭐든 들어주겠소."

"폐하, 저의 고통이 아무리 클지라도 이제 제 기억에서 말끔하게 지워졌나이다. 저의 군주이시자 주인님이 행하신 일임을 알았기 때문입니다. 한 가지 청이 있다면, 평생 폐하의 미덕을 흠모할 수 있도록 허락해 주십사 합니다." 하고 아부 하산이 대답했다.

왕은 이 말을 듣고 매우 기뻐하며 원하는 것은 무엇이든 줄 것이며 언제든지 자기를 찾아오라고 말했다. 아부 하산은 적당한 예를 표하고 집으로 돌아가 어머니에게 그동안에 일어났던 일에 대해 얘기하며 꿈이 아니었다고 말해주었다.

왕은 아부 하산과 함께 하는 시간을 매우 즐거워하며 끊임없이 함께 있고 싶어 했다. 그는 왕비인 조베이데에게도 아부 하산을 데려가곤 했는데, 왕비 또한 그의 모험담을 매우 즐겨 들었다. 왕비는 그를 자주 보고 싶어 했는데, 아부 하산이 자기를 찾아올 때마다 '누자툴 아우아다'라는 시녀에게서 눈을 떼지 못하는 모습을 보고 황제에게 그 사실을 말하기로 결심했다.

어느 날 왕비가 말했다. "폐하, 폐하께서 아부 하산을 저에게 데려올 때마다 그가 누자툴 아우아다라는 시녀에게 눈을 떼지 못하는 것을 보았습니다. 누자툴 아우아다 역시 그의 관심을 받는 것을 싫어하지 않는 눈치입니다. 두 사람을 서로 맺어주면 어떠할지요."

아부 하산은 왕과 왕비의
발 앞에 엎드렸다.

왕이 대답했다. "왕비, 누자툴 아우아다가 아부 하산을 남편으로 받아들인다면 반대할 이유가 없지요. 두 사람이 여기 있으니 당장 결정하도록 합시다."

아부 하산은 왕과 왕비의 발 앞에 엎드려 그들에게 감사를 표한 후 일어나서 말했다. "이보다 더 좋은 아내를 맞이할 수는 없을 것입니다. 하지만 감히 희망하건대, 제가 손을 내밀듯이 누자툴 아우아다 또한 기꺼이 제게 손을 내밀기를 바라나이다." 이렇게 말하며 아부 하산은 왕비의 시녀를 바라보았다. 누자툴 아우아다는 공손히 침묵을 지키고 갑자기 얼굴을 붉힘으로써 왕과 왕비의 말에 기꺼이 복종할 것임을 보여주었다.

결혼식 축하 잔치는 며칠 동안 계속되었다. 왕과 왕비 두 사람은 신혼부부에게 멋진 선물을 주었다. 아부 하산은 아내가 더할 나위 없이 마음에 들었으며, 누자툴 아우아다 또한 남편이 마음에 들었다. 사실 두 사람은 천생연분이었다. 결혼식 잔치와 행사가 끝나자 아부 하산과 그의 아내는 정착을 하여 매우 호화로운 생활을 하며 살았다. 그들은 연회를 베푸는 데 물쓰듯 돈을 썼다. 그처럼 낭비를 하는 바람에 결혼한 지 일 년이 채 못 되어 무일푼이 되고 말았다.

궁핍해진 아부 하산은 아내에게 말했다. "우리 둘에게 매우 중요한 일이 있는데 반대하지 않으리라 믿고 말하겠소. 이처럼 궁핍하다 보니 당분간이나마 우리가 먹고 살 수 있는 방법이 떠올랐소. 작은 속임수를 쓰는 것이오. 나는 왕에게, 당신은 왕비에게 말이오. 그 속임수를 왕과 왕비께서 매우 즐거워하실 테니 우리 두 사람에게 보상이 주어질 것이오. 그 속임수란 바로 당신과 내가 죽는 것이오."

"전 싫어요." 하고 누자툴 아우아다가 말을 가로막으며 외쳤다. "죽고 싶으면 당신이나 죽으세요. 전 이 삶에 아직 지치지 않았어요. 당신 생각이 어떻든 간에 그렇게 빨리 죽진 않을 거예요. 달리 방법이 없다면 당신 혼자 죽어도 좋아요. 하지만 함께 죽진 않을 거예요."

"왜 그리 의기충천하여 성급하시오, 설명할 시간도 주지 않고." 하고 아부 하산이 대답했다. "좀 진득하게 기다려 보시오. 그러면 내가 얘기하는 대로 기꺼이 죽고자 할 것이오. 설마 내가 진짜 죽으라 한다고 생각하는 것은 아니겠지요?"

"그럼, 당신이 가짜로 죽으려고 한다면 도와줄게요. 그런 죽음을 기꺼이 도와줄 수는 있어요. 하지만 아까도 말했듯이 난 정말이지 죽고 싶지 않아요." 하고 아내가 말했다.

아부 하산이 말했다. "좀 조용히 하시오, 약속한 대로 얘기하겠소. 내가 죽은 척하면 매장지로 갈 준비를 하듯이 나를 방 한가운데에 눕히고 터번을 얼굴에 올려놓고 발은 메카를 향하게 하시오. 그리고 나서 남편이 죽으면 흔히 하듯이 애통해하며 통곡을 하면서 옷과 머리카락을 쥐어뜯으시오. 아니면 그러는 척 하든가. 그리고 머리카락이 헝클어진 상태로 눈물을 흘리면서 왕비를 찾아가시오. 왕비는 당연히 당신을 보고 슬퍼하는 이유를 물을 것이오. 당신이 흐느끼면서 말을 하면 왕비는 당신을 가엾게 여기면서 내 장례식에 쓰라고 돈을 주고, 내 시신을 감싸 나를 더욱 호화롭게 매장하고 당신이 찢어 버린 옷 대신에 새 옷을 만들라고 화려한 양단*을 줄 것이오. 당신이 돌아오면 내가 일어나서 이번에는 당신을 눕혀 놓고 폐하를 찾아가겠소. 폐하께서는 왕비님 못지않게 나에게 너그럽게 대해 줄 것이오."

누자툴 아우아다는 이 계획이 마음에 들었다. 그녀는 즉시 남편의 제안을 실행에 옮겼다. 그녀는 아부 하산을 방 한가운데에 눕히고 두건을 벗겨내 얼굴에 놓고는 흐느끼며 애도를 하면서 왕비를 찾아갔다. 누자툴 아우아다가 동정심 많은 왕비에게 비통한 얘기를 전하자 왕비는 아부 하산이 죽었다는 얘기를 들

◆   비단의 종류

고 깊이 슬퍼하였다. 두 여인이 서로 슬픔을 나눈 후 왕비가 노예에게 금화 지갑과 시신을 감쌀 수 있는 양단을 누자툴 아우아다에게 주라고 명했다. 그리고는 누자툴 아우아다에게 잘 돌봐 줄 테니 앞날에 대해 걱정하지 말라고 다독였다.

누자툴 아우아다는 왕비의 방에서 나오자마자 눈물을 닦고 기뻐서 아부 하산에게 돌아가 성공적으로 일을 마쳤다고 전했다.

누자툴 아우아다는
슬피 흐느끼며
즉시 왕비를 찾아갔다.

집에 돌아온 그녀는 그때까지 방 한

가운데 누워 있는 남편을 보고 웃음을 터뜨렸다. 그녀는 그에게 다가가 일어나서 뭘 가져왔는지 보라고 말했다. 그러자 아부 하산은 일어나서 지갑과 양단을 보고 아내와 함께 기뻐하였다. 누자툴 아우아다는 자신의 성공에 기뻐서 어쩔 줄을 몰라 하며 남편에게 웃으면서 말했다.

"자, 여보, 이제 내가 죽은 척할게요. 내가 왕비에게 했던 것처럼 당신도 폐하의 동정심을 살 수 있는지 볼게요."

아부 하산이 말했다. "여자들이란 이렇다니까. 항상 자신들이 남자들보다 낫다고 자만한단 말이야. 잘할 경우라도 남자들의 충고 덕분에 잘할 수 있는 것인데 말이지. 이 계획을 내가 생각해 냈는데 내가 당신보다 못하다면 이상한 일이지. 그나저나 쓸데없는 얘기로 시간 낭비하지 말고 내가 누웠던 자리에 누워서 내가 당신만큼 잘해내는지 그렇지 않은지나 잘 보시오."

아부 하산은 아내가 자기에게 그랬듯이 아내를 감싸놓고 큰 고통에 빠진 사람처럼 터번을 풀어헤친 채 왕에게 달려갔다. 왕은 비밀회의를 열고 있던 중이었다. 그가 문 앞에 나타나자 그가 자유롭게 드나드는 사람이라는 것을 안 각료가 문을 열어 주었다. 그는 뺨 위로 흘러내리는 거짓 눈물을 감추기 위해 한 손으로는 손수건을 눈앞에 들고 다른 한 손으로는 가슴을 치며 슬픔으로 절규를 하며 방으로 들어갔다.

왕은 아부 하산이 그처럼 참담해하는 모습을 보고 깜짝 놀라 이유를 물었다. 누자툴 아우아다가 죽었다는 말을 듣자 왕은 적절한 말로 슬픔을 표현하며 왕비가 누자툴 아우아다에게 그러했듯이 재상을 불러 아부 하산에게 금화와 화려한 비단을 주라고 명령했다. 아부 하산은 왕 앞에 엎드려 그의 친절에 감사를 표했다. 그리고는 자신의 계획이 성공을 거둔 것에 기뻐하며 선물을 가지고 서둘러 집으로 갔다.

계속 한 자세로 오랫동안 누워 있느라고 힘들었던 누자툴 아우아다는 아부 하산이 일어나라고 말할 때까지 기다리지 않았다. 그녀는 문을 여는 소리가 들리자 벌떡 일어나서 남편에게 달려가 왕에게 잘 꾸며댔느냐고 물었다. "보면 알잖소." 하고 아부 하산이 가져온 물건을 보여주고 지갑을 흔들며 말했다. "당신이 죽지도 않은 남편이 죽은 것처럼 울면서 과부 역할을 잘 해냈듯이, 나도 살아 있는 아내가 죽은 척하면서 슬픈 남편 역할을 잘 해냈소."

그러나 아부 하산은 이와 같은 이중 음모가 발각되지 않을까 염려했다. 그는 앞으로 일어날 수 있는 일에 대해 아내에게 경계를 하게 하고 그녀와 함께 행동해야 실수를 막을 수 있다고 생각했다. "폐하와 왕비를 더욱더 당혹스럽게 하면 사실을 알았을 때 더욱 기뻐하며 더 큰 선물을 줄 수도 있을 것이오." 하고 그가 말했다.

한편 왕은 결정을 내려야 할 중요한 사안들이 있음에도 불구하고, 노예를 잃어버리고 슬퍼하고 있을 왕비를 빨리 위로해 줘야겠다고 생각하며 아부 하산이 가자마자 자리에서 일어나 왕비의 방으로 갔다.

왕이 말했다. "부인, 누자툴 아우아다가 죽었다고 하니 당신의 시녀를 잃은 것에 대해 깊은 슬픔을 표하는 바이오."

"폐하, 잘못 아셨어요. 죽은 사람은 누자툴 아우아다가 아니라 아부 하산이에요." 하고 왕비가 대답했다.

"아니, 부인, 부인이 잘못 알고 있소. 아부 하산은 건강하게 살아 있소." 하고 황제가 말했다.

왕비는 왕의 무심한 대답에 마음이 언짢았다. "폐하, 다시 한 번 말씀드릴게요. 죽은 사람은 아부 하산이에요. 내 노예인 누자툴 아우아다는 과부가 되어 살아 있답니다. 나와 함께 울어준 내 모든 시녀들이 그 사실을 증언해 줄 수 있어요. 내가 그녀에게 금화 100냥과 양단을 준 것도 말해 줄 수 있고요. 제가 슬퍼했던 이유는 그녀의 남편이 죽어서였어요. 제가 폐하께 위로의 말을 보내려 할 때 폐하께서 들어오셨어요." 하고 왕비가 대답했다.

왕비의 이 말에 왕은 웃음을 터뜨리며 말했다. "부인, 이것 참, 오늘 따라 이상하게 고집을 부리는구려. 하지만 누자툴 아우아다가 죽었다는 걸 믿어도 좋소."

"아니라니까요, 죽은 사람은 아부 하산이라니까요. 아무리 말씀하셔도 다른 건 안 믿어요." 하고 왕비가 날카롭게 말했다.

왕은 환관을 불러 아부 하산의 집에 가서 사실을 알아 오라고 명했다. 메스로우가 출발하자 왕이 왕비를 보고 말했다. "곧 알게 될 거요. 누가 옳은지 말이오. 난 확신하니 내가 틀리면 내 기쁨의 정원을 내놓고 당신이 틀리면 당신의 그림의 궁전을 내놓기로 합시다. 내 정원이 훨씬 더 가치가 있지만 말이오." 그들은 엄숙하게 내기에 대한 약속을 지킬 것을 맹세하며 메스로우가 돌아오기를 초조하게 기다렸다.

왕과 조베이데 왕비가 그처럼 진지하고 뜨겁게 논쟁을 벌이고 있을 때, 그들의 의견이 서로 엇갈릴 것이라고 예상한 아부 하산은 다음에 벌어질 일에 대해 온 정신을 집중하고 있었다. 창가에 앉아 아내와 얘기하고 있던 아부 하산은 창문을 통해 메스로우가 곧장 그들의 방으로 오는 것을 보고는 그가 무엇 때문에 오는지를 짐작하고 아내에게 지체하지 말고 당장 다시 한 번 죽은 사람 흉내를 내라고 말했다. 하지만 시간이 촉박했기 때문에 아부 하산은 메스로우가 도착하기 전까지 야단법석을 떨며 아내를 감싸고, 왕이 준 양단을 그 위에 덮었다. 그리고 나서 문을 열어 주고는 우울하고 침울한 표정을 짓고 손수건

메스로우는 자기가 본 광경을
보고하러 급히 돌아갔다.

으로 눈앞을 가린 채 거짓으로 죽은 자의 머리맡에 가 앉았다.

이 광경을 보고 메스로우는 흡족해하며 자기가 본 광경을 보고하러 급히 왕에게 갔다. 왕은 소식을 듣자 매우 기뻐하며 웃으면서 말했다. "들었소, 부인? 당신이 내기에 졌소."

하지만 조베이데 왕비는 아무런 증거가 없는 메스로우의 보고를 믿으려 하지 않았다. 그녀는 내기에 대해 반박을 하고 아부 하산이 진짜 죽었는지 확인하기 위해 왕비의 유모를 보내기로 하였다. 하지만 아부 하산은 창문을 통해 지켜보고 있었기 때문에 유모가 다가오는 것을 보자 당장 침상에 누울 준비를 했다. 그리하여 유모가 방에 도착했을 때에는 누자툴 아우아다가 그를 눕히는 작업을 끝내고 그의 옆에 서서 애도를 하고 있었다.

유모는 그녀에게 위로의 말을 하고는 급히 궁전으로 돌아갔다. 유모가 사라지자 누자툴 아우아다는 눈물을 닦으며 아부 하산을 풀어 주었다. 그리고 두 사람은 이 속임수가 어떻게 끝날지 예상하면서 창 옆에 놓인 소파에 앉아 상황에 맞게 연기를 할 준비를 하였다.

유모의 보고는 상황을 더욱더 복잡하게 만들었다. 왕과 왕비가 각자 자기가 보낸 심부름꾼의 말이 옳다고 주장했기 때문이다. 두 사람 모두 서로에게 지지 않으려 했기 때문에 결국 왕과 왕비는 직접 가서 확인해 보기로 하였다. 그래서 두 사람은 수행원을 거느리고 출발했다.

아부 하산은 왕과 왕비가 오는 것을 보고 아내에게 말했다. 그의 아내는 겁이 나서 어쩔 줄 몰라 했다. "이제 어떻게 하죠? 우린 이제 망했어요."

"걱정 마시오, 우리가 어떻게 하기로 했는지 잊어버렸소? 둘 다 죽은 척하기로 말이요. 두고 보면 알겠지만 모든 게 다 잘 될 거요. 두 분이 천천히 오고 있으니까 문 앞에 도착하기 전에 모든 준비가 다 끝날 거요." 하고 아부 하산이 대답했다. 아부 하산과 그의 아내는 몸을 감싸고 양단으로 덮은 뒤 참을성 있게 방문객들을 기다렸다.

먼저 도착한 메스로우가 문을 열고 왕과 왕비가 수행원들이 뒤따르는 가운데 방으로 들어섰다. 그들은 눈앞에 펼쳐진 광경을 보고 충격을 받아 말문이 막혔다. 마침내 조베이데 왕비가 침묵을 깨고 왕에게 말했다. "아! 둘 다 죽었군요!" 왕비가 왕과 메스로우를 번갈아 보며 말을 이어갔다. "내가 아끼는 시녀가 죽었다고 날 믿게 하려고 애쓰더니 그게 사실이었군요. 남편을 잃은 슬픔에 못 이겨 저 세상으로 간 게 틀림없어요."

"부인, 그게 아니라," 하고 그 반대의 생각을 가지고 있던 왕이 말했다. "누자툴 아우아다가 먼저 죽자 아부 하산이 슬픔에 못 이겨 괴로워하다가 사랑하는 아내를 뒤따라 죽은 거요. 그러니 내기에 졌다는 것을 인정하시오. 당신의 그림 궁전은 이제 내 것이오."

"잠깐만요." 왕이 반박을 하자 흥분한 왕비가 대답했다. "당신이 기쁨의 정원을 잃게 된 거예요. 아부 하산이 먼저 죽은 거라고요. 내 유모가 우리 앞에서 말했었잖아요. 누자툴 아우아다가 살아서 남편의 죽음을 애도하고 있는 것을 보았다고요."

"이 두 사람 중 누가 먼저 죽었는지 말할 수 있는 사람에게 금화 천 냥을 주겠다!" 하고 왕이 말했다.

왕의 입에서 이 말이 떨어지기가 무섭게 아부 하산을 덮고 있는 비단 밑에서 이런 목소리가 들렸다. "폐하, 제가 먼저 죽었습니다. 이제 금화 천 냥을 제게 주십시오." 동시에 아부 하산은 비단 천을 벗어 던지고 벌떡 일어나서 왕 앞에 엎드렸다. 그의 아내 역시 일어나서 조베이데 왕비 앞에 엎드렸다. 아끼는 시녀가 죽은 것을 보고 슬픔을 가누지 못하던 왕비는 비명을 지르다가 정신을 차리고는 사랑하는 노예가 다시 살아난 것을 보고 매우 기뻐했다. "아! 짓궂은 누자툴 아우아다, 너 때문에 내가 얼마나 슬펐는지 아느냐? 하지만 네가 죽지 않았으니 진심으로 용서하마." 하고 왕비가 외쳤다.

왕은 매우 즐거워하며 그와 같은 우스운 일을 꾸민 이유를 물었다. 그러자 아부 하산이 대답했다. "폐하, 하나도 숨기지 않고 모든 사실을 다 말씀드리겠습니다. 제 아내와 저는 분수를 넘어선 사치를 누리며 살았습니다. 그러다가 돈이 다 떨어져서 어찌할 바를 몰랐습니다. 그처럼 비참한 상황에 이른 저희 처지가 부끄럽기도 하고 폐하께 차마 말씀을 드릴 수도 없어서 생각 끝에 이 일을 꾸미게 된 것입니다. 폐하께서 기꺼이 용서해 주시고 저희가 필요한 것을 주실 것이며, 저희의 속임수를 즐거워하시리라 생각했습니다."

왕과 왕비는 아부 하산의 말에 웃음을 터뜨렸다. 그처럼 특이한 경험에 계속 웃음을 참지 못하던 왕이 일어서서 아부 하산과 그의 아내에게 말했다. "날 따라오너라. 그대들 둘 다 죽지 않았으니 기쁜 마음으로 약속한 금화 천 냥을 주겠다."

왕비는 똑같은 이유로 똑같은 금액의 금화를 자기의 시녀에게 선물로 주도록 허락해 달라고 왕에게 말했다. 이렇게 하여 아부 하산과 그의 아내 누자툴 아우아다는 하룬 알 라시드 왕과 조베이데 왕비의 총애를 계속 받게 되었으며, 왕과 왕비의 너그러운 처사로 즐거운 삶을 계속 이어갈 수 있었다.

마지막 이야기

페르시아 제국의 황제 샤리야르는 무궁무진하게 펼쳐지는 흥미로운 이야기들을 보고 감탄하지 않을 수 없었다. 셰에라자드가 이처럼 무궁무진한 이야기를 늘어놓는 동안 1,001일 밤이 지나갔다.

샤리야르는 또한 자신의 아내가 되겠다고 제안한 셰에라자드의 용기에도 탄복하지 않을 수 없었다. 셰에라자드로 인해서 황제가 했던 가혹한 맹세는 조금씩 누그러졌다. 황제는 셰에라자드를 차마 죽일 수가 없었다.

"고백할 게 있소, 셰에라자드." 하고 황제가 말했다. "당신의 재치가 내 마음을 누그러뜨렸소. 날마다 여자를 죽이겠다고 한 끔찍한 맹세를 당신을 위해 포기하겠소. 그러니 당신은 나의 분노의 희생자가 되었을 무수한 처녀들의 구원자로 길이 기억될 것이오. 나의 그러한 처사가 얼마나 부당한 것이었는지 이제야 깨달았소."

셰에라자드는 황제의 발 아래 몸을 던지며 가장 큰 사랑과 감사의 마음을 담아 껴안았다.

이 기쁜 소식을 맨 처음 접한 사람은 재상이었다. 그는 즉시 이 소식을 제국 방방곡곡에 알렸다. 그리하여 아름다운 셰에라자드는 온 나라의 모든 사람들로부터 축복을 받게 되었다. 황제는 사랑하는 셰에라자드와 행복하게 살았으며 그들은 페르시아 제국 전체에 걸쳐 사랑과 존경을 받았다.

현대지성 클래식 살펴보기